"But man is not made for defeat, (……)
A man can be destroyed but not defeated."
—Ernest Hemingway

"하지만 인간은 패배하도록 창조된 게 아니야. (……)
인간은 파멸당할 수는 있을지 몰라도 패배할 수는 없어."
—어니스트 헤밍웨이

어니스트 헤밍웨이
#Ernest Hemingway

디 에센셜
The essential

4

김욱동

민음사

차례

인디언 부락

출산이 임박한 인디언 여인의 아이를 받으러, 의사 아버지와
그의 아들이 노를 저어 찾아간 인디언 부락에서 벌어진 이야기.
의사인 아버지를 따라다니며 헤밍웨이가 유년기에 실제로
체험한 내용을 바탕으로 쓰였다.『우리 시대에』(1924년)에 수록.

인디언 부락

호수 기슭에는 조그마한 쪽배가 또 한 척 끌어올려져 있었다. 인디언 두 사람이 서서 기다리고 있었다.

닉과 그의 아버지가 고물에 올라타자 인디언들이 배를 밀었고, 그중 한 사람이 올라타 노를 젓기 시작했다. 조지 삼촌은 부락에서 온 배의 고물 쪽에 앉아 있었다. 젊은 인디언이 그 배를 밀다가 올라타서 조지 삼촌 대신 노를 잡았다.

쪽배 두 척은 어둠을 가르며 앞으로 나아갔다. 닉의 귓가에 꽤 앞쪽 안개 속에서 다른 배가 내는 노걸이 소리가 들렸다. 인디언들은 탁탁 끊어 내듯 잽싸게 노를 저었다. 닉은 아버지의 팔에 안겨 누워 있었다. 물 위는 추웠다. 닉과 그의 아버지가 탄 배의 인디언도 열심히 노를 저었지만, 다른 쪽의 배가 줄곧 더 앞쪽에서 안개를 헤치고 나아갔다.

"아빠, 지금 어디 가는 거예요?" 닉이 물었다.

"저 건너 인디언 부락에 가는 거야. 인디언 여자 하나가 몹시 아프거든."

"아, 그렇군요." 닉이 대꾸했다.

다른 배는 벌써 건너편 호수 기슭에 끌어올려져 있었다. 조지 삼촌이 어둠 속에서 시가를 피우고 있었다. 젊은 인디언이 닉이 탔던 배를 호숫가 위쪽으로 끌어올렸다. 조지 삼촌은 인디언 두 사람에게 시가를 주었다.

그들은 호롱불을 든 인디언의 뒤를 따라 호숫가를 출발하여 밤이슬에 촉촉이 젖은 풀밭을 지나 위쪽으로 걸어갔다. 그러고 나서 숲으로 들어가 오솔길을 따라갔는데, 그 길은 언덕 깊숙이 뻗은 목재 운반용 도로로 이어져 있었다. 길 양쪽으로 나무를 벌목해 놓았기 때문에 목재 운반용 도로는 훨씬 훤했다. 젊은 인디언이 걸음을 멈추더니 입김을 불어 호롱불을 껐고, 그들은 모두 그 길을 따라 계속 걸었다.

길이 구부러진 데를 돌아가자 개 한 마리가 뛰어나와 컹컹 짖어 댔다. 앞쪽에는 나무껍질을 벗기며 사는 인디언들의 오두막 불빛이 보였다. 개가 몇 마리 더 그들을 향해 달려 나왔다. 인디언 두 사람은 개들을 오두막으로 쫓아 보냈다. 길가에서 가장 가까운 오두막의 창문에

불빛이 비쳤다. 그 집 문간에 노파 한 사람이 호롱불을
들고 서 있었다.

오두막 안에 들어가자 나무 침대 위에 젊은 인디언
여자가 누워 있었다. 여자는 아기를 낳으려고 이틀째
진통을 하고 있었다. 부락의 늙은 아낙네들이 모두 나서서
그녀를 돕는 중이었다. 남자들은 산모가 지르는 비명을
듣지 않으려고 길 위쪽 어둠 속에 앉아 담배를 피우고
있었다. 닉이 아버지와 조지 삼촌을 따라 오두막에 막
들어서자 여자가 째지는 듯한 비명을 질러 댔다. 2층
침대의 아래 칸에 누워 있었는데 이불 밑이 몹시 불룩했다.
여자는 얼굴을 옆쪽으로 돌리고 있었다. 침대 위 칸에는
그녀의 남편이 누워 있었다. 사흘 전 도끼로 다리를 크게
다쳤던 것이다. 그는 파이프 담배를 피우고 있었다. 방
안에서는 악취가 코를 찔렀다.

닉의 아버지는 난로 위에 물을 올려놓으라고 이르고
물이 끓는 동안 닉에게 말을 걸었다.

"이 여자는 지금 아기를 낳으려고 하는 거야, 닉."

"알아요." 닉이 말했다.

"네가 알긴 뭘 알아. 내 말 잘 들어 봐. 이 여자가 지금
겪고 있는 걸 진통이라고 하는 거야. 아기는 세상에 나오고
싶어 하고, 또 엄마도 아기를 낳고 싶어 해. 이 여자의 온몸
근육이 지금 아기를 내보내려고 안간힘을 쓰고 있지. 그럴

때마다 이 여자는 소리를 지르는 거고." 그의 아버지가
말했다.

"알겠어요." 닉이 대답했다.

바로 그때 여자가 큰 소리로 울부짖었다.

"오, 아빠, 뭐라도 줘서 비명을 멈추게 할 순 없어요?"
닉이 물었다.

"그건 안 돼. 마취제를 가져오지 않았거든. 하지만
이 정도 비명은 큰 문제도 아니란다. 문제가 아니니 아빠
귀에는 들어오지도 않아." 그의 아버지가 대답했다.

침대 위 칸에 있는 남편이 벽을 향해 돌아누웠다.

부엌에 있던 여자가 의사에게 물이 다 끓었다고
손짓을 했다. 닉의 아버지는 부엌에 들어가 큰 주전자의
물을 반쯤 대야에 따랐다. 그는 주전자에 남아 있는
물에다 손수건에 싸 온 물건 몇 개를 풀어 넣었다.

"이걸 끓여야 해요." 아버지는 이렇게 말하고
더운물이 담긴 대야에 두 손을 집어넣고 부락에서 가져온
비누로 박박 문질러 씻기 시작했다. 닉은 아버지가 비누로
두 손을 문지르는 모습을 지켜보았다. 아버지가 무척
정성스럽게 구석구석 씻으면서 하던 말을 이어 나갔다.

"그런데 말이다, 닉. 아이는 머리부터 나오게 돼
있지만 그러지 않을 때도 있어. 만약 머리부터 나오지
않으면 모두에게 큰 골칫거리가 되지. 어쩌면 이 여자는

수술을 해야 할지도 몰라. 조금 지나면 곧 알게 될 거다."

아버지는 만족할 때까지 손을 다 씻고 나더니 방에 들어가 일을 시작했다.

"이불을 치워 줘, 조지. 나는 그걸 만지지 않는 게 좋을 것 같군." 그가 말했다.

이윽고 아버지가 수술을 시작했고, 조지 삼촌과 인디언 세 사람은 여자가 움직이지 못하도록 꼭 붙잡았다. 여자가 조지 삼촌의 팔을 물자 삼촌은 "이 빌어먹을 인디언 계집이!"라고 내뱉었고, 조지 삼촌을 배에 싣고 온 젊은 인디언이 삼촌을 보고 씩 웃었다. 닉은 아버지 옆에서 대야를 들고 있었다. 수술은 아주 오래 걸렸다.

아버지는 아이를 쳐들어 숨을 쉬도록 찰싹 때리고는 노파에게 건네주었다.

"봤지, 사내아이야, 닉. 인턴 노릇을 한 기분이 어떠냐?" 아버지가 물었다.

"괜찮았어요." 닉이 대답했다. 그는 아버지가 하는 것을 보지 않으려고 얼굴을 옆으로 돌리고 있었다.

"자, 이제 모두 끝났어." 아버지가 이렇게 말하고는 뭔가를 대야에 집어넣었다.

닉은 그것을 보지 않았다.

"자, 이제부터 몇 바늘 꿰매야 해. 너는 봐도 좋고 안 봐도 좋아. 난 이제부터 내가 쨀 상처를 꿰맬 테니까." 그의 아버지가 말했다.

닉은 보지 않았다. 호기심이 사라진 지 이미 오래였다.

다 꿰매고 나자 아버지가 일어섰다. 조지 삼촌과 인디언 세 사람도 일어섰다. 닉은 부엌으로 대야를 갖고 갔다.

조지 삼촌은 자기 팔을 바라보았다. 젊은 인디언은 아까 그 일이 기억난 듯 픽 웃었다.

"과산화수소수[1]를 발라 주지, 조지." 의사가 말했다.

닉의 아버지는 허리를 굽혀 인디언 여자를 들여다보았다. 여자는 이제 조용했고 두 눈을 감고 있었다. 얼굴에는 핏기가 전혀 없어 백지장처럼 창백했다. 여자는 아이든 뭐든 상황이 어떻게 돌아가고 있는지 아무것도 모르고 있었다.

"아침에 다시 오지요." 의사가 일어서면서 말했다. "한낮까지는 세인트이그너스[2]에서 우리에게 필요한 것을 모두 가지고 간호사가 올 거요."

그는 마치 시합을 끝내고 탈의실에 들어선 풋볼 선수처럼 의기양양하여 마구 지껄이고 싶은 생각이 들었다.

---

1   흔히 쓰이는 소독약.
2   미국 미시간주 북부 미시간호와 휴런호 사이에 있는 소도시.

"이건 의학 잡지에 기고할 만한 일이야, 조지. 잭나이프로 제왕절개 수술을 하고, 2미터 반이 넘는 가느다란 명주 낚싯줄로 꿰맸으니 말이야." 그가 말했다.

조지 삼촌은 벽에 기대어 팔을 쳐다보고 있었다.

"아, 정말 대단하십니다." 그가 대꾸했다.

"자랑스러운 아이 아빠의 얼굴이나 한번 보고 가야지. 이런 큰일을 당했을 때 가장 고통을 겪는 건 아버지 쪽이거든. 하지만 그 사람은 꽤 침착하게 잘 참아 내더군." 의사가 말했다.

닉의 아버지는 인디언 남편의 머리에서 담요를 걷었다. 그러자 손에 축축한 것이 묻어 나왔다. 그는 한 손에 호롱불을 들고 아래 칸 침대 모서리에 올라서서 안을 들여다보았다. 인디언은 얼굴을 벽 쪽으로 돌린 채 누워 있었다. 목이 한쪽 귀에서 다른 쪽 귀까지 잘려 있었다. 몸무게 때문에 침대가 푹 꺼진 곳에 피가 흘러나와 고여 있었다. 머리는 왼쪽 팔 위에 얹혀 있었다. 열린 면도칼이 날을 위로 한 채 담요 속에 들어 있었다.

"어서 닉을 데리고 나가게, 조지." 의사가 말했다.

그러나 이미 소용없는 일이었다. 부엌 입구에 서 있던 닉은 아버지가 한 손에 호롱불을 들고 인디언의 머리를 도로 기울일 때 위쪽 침대를 똑똑히 보았기 때문이다.

그들이 목재 운반용 도로를 따라 호수를 향해 걸어올

때 막 동이 트기 시작했다.

"닉, 널 이곳에 데려온 게 몹시 후회되는구나." 수술
뒤의 의기양양한 기분이 말끔히 가신 그의 아버지가
말했다. "얼마나 많이 놀랐니!"

"여자들이 아이를 낳는 건 언제나 저렇게 힘든가요?"
닉이 물었다.

"아냐, 저런 경우는 아주 드물어."

"그 사람은 뭣 때문에 자살했을까요, 아빠?"

"모르겠구나, 닉. 아마 참을 수 없었던 모양이야."

"자살하는 남자가 많아요, 아빠?"

"그다지 많지 않아, 닉."

"그럼 여자는 많나요?"

"좀처럼 없지."

"전혀 없나요?"

"오, 그렇지 않아. 더러 있단다."

"아빠?"

"응."

"삼촌은 어디 갔어요?"

"틀림없이 곧 돌아오실 거야."

"아빠, 죽는 건 어려운 일이에요?"

"아니, 꽤 쉬운 일인 것 같구나, 닉. 물론 경우에 따라
다르겠지만."

두 사람은 배에 올라, 닉은 고물에 앉고 그의
아버지는 이물에 앉아 노를 젓기 시작했다. 해가 언덕 위로
막 솟아오르고 있었다. 농어 한 마리가 뛰어올라 수면에
둥그런 파문을 그렸다. 닉은 물속에 손을 담근 채로 갔다.
새벽의 매서운 한기 속에서도 물은 따스했다.

이른 아침 호수에서 아버지가 노를 젓는 배의 고물에
앉아 닉은 자기는 결코 죽지 않을 거라고 확신했다.

깨끗하고 밝은 곳

고독한 도시의 밤. 잠들고 싶어 하지 않는 사람들, 갈 곳 없는
이들은 깨끗하고 밝은 카페를 찾는다. 문을 닫지 않고 기다려
주는 나이 많은 웨이터가 있기에. 헤밍웨이의 탁월한 문체가 빛을
발하며, 제임스 조이스로부터 "이제껏 쓰인 단편 소설 중 최고의
작품"이라는 찬사를 받은 작품. 『승자에게는 아무것도 주지
마라』(1933년)에 수록.

||||||||||||||||||||||||||||||||||||||||||||||||||||||||||||||||||||||||||||

깨끗하고 밝은 곳

||||||||||||||||||||||||||||||||||||||||||||||||||||||||||||||||||||||||||||

늦은 밤 카페 손님도 모두 돌아갔는데 노인 한
사람이 전등 불빛에 나뭇잎이 만들어 내는 그림자 아래
앉아 있었다. 낮에는 먼지가 많이 이는 거리지만 밤에는
이슬이 내려서 그 먼지를 가라앉혀 주었기 때문에 노인은
밤늦도록 앉아 있기를 좋아했다. 노인은 귀가 들리지
않았지만 사방이 고요한 밤이면 미세하게나마 차이를
느낄 수 있었다. 카페 안쪽에 있는 두 웨이터는 노인이 조금
취했다는 것을 잘 알았다. 노인은 좋은 손님이었지만 많이
취하면 돈을 내지 않고 가는 버릇이 있어서 그들은 노인을
경계했다.

"저 영감 말이지, 지난주에 자살하려고 했대."
한 웨이터가 말했다.

"뭣 때문에요?"

"절망감 때문이지."

"뭣 때문에 절망했는데요?"

"아무것도 아닌 일이었다는군."

"아무것도 아닌 일인지는 어떻게 알아요?"

"돈이 꽤 많거든."

두 사람은 카페 입구에서 가까운 벽 옆 테이블에 앉아 테라스를 바라보고 있었다. 바람에 조금 흔들리는 나뭇잎 그림자 아래 노인 한 사람이 앉아 있는 자리를 제외하고 테라스의 테이블은 모두 텅 비어 있었다. 젊은 아가씨와 군인이 거리를 지나갔다. 군인의 놋쇠 계급장이 가로등에 반짝거렸다. 젊은 아가씨는 머리에 아무것도 쓰지 않고 군인 옆에서 바삐 걸음을 옮겼다.

"순찰병한테 잡힐 것 같은데." 한 웨이터가 말했다.

"얻고 싶은 걸 얻었으니 무슨 상관이겠어요?"

"지금 옆 골목으로 새면 좋을 텐데. 순찰병한테 들키고 말거야. 순찰병들이 오 분 전에 막 지나갔잖아."

그림자 속에 앉아 있던 노인이 글라스로 받침 접시를 톡톡 두드렸다. 좀 더 젊은 웨이터가 그에게 다가갔다.

"뭘 갖다 드릴까요?"

노인은 웨이터를 쳐다보았다. "브랜디 한 잔 더."

"취하실 텐데요." 웨이터가 말했다. 그러자 노인은 그를 쳐다보았다. 웨이터는 물러났다.

"저 영감, 밤새도록 앉아 있을 모양인데요." 웨이터가 동료 웨이터에게 말했다. "난 이제 졸린데. 3시 전에는 잠을 자 본 일이 없는 신세니, 원. 저놈의 영감, 지난주에 콱 죽어 버렸어야 되는데."

웨이터는 카페 안쪽의 카운터에서 브랜디 병과 받침 접시를 하나 집어 들고 노인의 테이블로 성큼성큼 걸어갔다. 그는 받침 접시를 내려놓고 글라스에 브랜디를 가득 따랐다.

"영감님은 지난주에 죽는 게 나을 뻔했어요." 그가 귀머거리 노인에게 말했다. 노인은 손가락으로 신호했다. "조금만 더 따라." 웨이터가 글라스에 더 따르자 브랜디가 넘쳐 글라스 밑에 놓인 받침 접시로 흘러내렸다. "고맙네." 노인이 말했다. 웨이터는 병을 들고 카페 안으로 돌아왔다. 그는 다시 동료 웨이터와 테이블에 앉았다.

"저 영감 이제 많이 취했는걸요." 그가 말했다.

"밤마다 많이 취하지."

"도대체 뭣 때문에 자살하려 했을까요?"

"난들 어떻게 알겠어?"

"어떻게 죽으려 했대요?"

"밧줄에 목을 매려고 했대."

"누가 밧줄을 끊고 구해 줬죠?"

"영감의 조카딸이래."

"뭣 때문에 구해 줬을까요?"

"자살하면 영혼이 구원받지 못하기 때문이지."[1]

"돈은 얼마나 있는데요?"

"아주 많대."

"나이가 여든 살은 됐을 거예요."

"여든은 틀림없이 됐을 거야."

"그만 돌아가 줬으면 좋겠네요. 난 3시 전에 잠을 자 본 적이 없어요. 잠자는 시간이 왜 이래야 돼요?"

"영감은 좋아서 저렇게 버티는 거야."

"영감은 혼자 몸이죠. 하지만 난 그렇지가 않잖아요. 마누라가 잠자리에서 기다리고 있는데."

"저 영감한테도 한때는 마누라가 있었어."

"이제는 있어 봐야 쓸모도 없겠죠."

"글쎄, 어떨지 누가 알아. 그래도 아내가 있는 게 좋을지도 모르지. 아내가 있다면 말이야."

"조카딸이 돌보고 있잖아요."

"그건 나도 알아. 조카딸이 밧줄을 끊어 줬다고 했잖아."

---

1 "나는 그리스도와 함께 십자가에 못 박혔습니다. 이제 사는 것은 내가 아닙니다. 그리스도께서 내 안에 사시는 것입니다. 내가 지금 육신 안에 사는 것은 나를 사랑하셔서 나를 위해 자신의 몸을 내주신 하나님의 아들을 믿는 믿음 안에서 사는 것입니다." (「갈라디아서」 2장 20절.)

"저런 늙은이가 되고 싶지 않아요. 늙은이는 추잡해 보여."

"꼭 그렇다고 할 수만은 없어. 저 노인은 깨끗해. 마실 때도 흘리지 않고. 지금같이 몹시 취해도 말이지. 저 봐, 저걸 좀 보라고."

"이젠 쳐다보기도 싫어요. 아, 제발 안 가려나? 우리같이 일을 해야 하는 사람한텐 정말 인정머리라곤 털끝만큼도 없는 사람이네요."

노인은 글라스에서 얼굴을 들고 광장 쪽을 보고 나서 웨이터들 쪽을 쳐다보았다.

"브랜디 한 잔 더 줘." 노인이 글라스를 가리키며 말했다. 조급해하던 웨이터가 다가갔다.

"이제 영업 끝났어요." 그는 멍청한 사람들이 술에 취한 사람이나 외국인에게 말할 때 그러듯이 구문을 생략해 말했다. "오늘 밤은 끝이에요. 이제 문 닫아야 해요."

"한 잔만 더 줘." 노인이 말했다.

"안 돼요. 영업 끝났다고요." 웨이터는 행주로 테이블 모서리를 훔치면서 고개를 저어 보였다.

그러자 노인은 자리에서 일어나 천천히 받침 접시의 수를 세고는 주머니에서 가죽 지갑을 꺼내더니 술값을 치르고 반 페세타[2]를 팁으로 남겨 놓았다. 웨이터는

거리를 걸어가는 노인을 지켜보았다. 노쇠한 탓에
비틀거렸지만 어딘지 품위가 있어 보였다.

"좀 더 마시게 두지 그랬어." 조급하지 않은 웨이터가
물었다. 두 사람은 덧문을 닫고 있었다. "아직 2시 30분도
안 됐는데."

"난 자러 가고 싶어요."

"한 시간 정도야 뭐 그리 대순가?"

"저 영감보다 젊은 나한테는 소중한 시간이죠."

"한 시간이긴 마찬가지야."

"영감 같은 말을 하는군요. 그 영감은 술을 사다가
집에서 마시면 되잖아요."

"그것하고는 다르지."

"그렇죠, 다르죠." 아내가 있는 웨이터가 맞장구쳤다.
그도 말도 안 되는 억지를 피울 생각은 없었다. 다만
서둘러 집에 가고 싶을 뿐이었다.

"그럼 자네는 어때? 평소보다 일찍 집에 돌아가는 게
두렵지 않은가?"

"저를 모욕하는 겁니까?"

"아냐, 옴브레!(이 사람아!)³ 그냥 농담한 거야."

---

2   스페인의 과거 화폐 단위.

3   "이어지는 외국어는 모두 스페인어다.

"두려울 게 뭐겠어요." 조급한 웨이터가
덧문을 내리고 일어나면서 말했다. "자신 있어요.
자신만만하다고요."

"젊고, 자신감 있고, 일자리도 있다 이건가." 나이
많은 웨이터가 말했다. "만사에 부족한 게 없군."

"그럼 아저씨는 뭐가 부족한데요?"

"일자리만 빼고는 모든 게 부족하지."

"저처럼 모든 게 있잖아요."

"아냐, 자신감이라는 건 가져 본 적도 없고, 또 이젠
예전처럼 젊지도 않아."

"자, 이제 쓸데없는 얘기는 그만하고 자물쇠나
채우세요."

"나는 늦게까지 카페에 남고 싶어." 나이 많은
웨이터가 말했다. "잠들고 싶어 하지 않는 모든 사람들과
함께. 밤에 불빛이 필요한 모든 사람들과 함께 말이야."

"난 집에 가서 자고 싶어요."

"우리는 다른 종류의 인간이군." 나이 많은 웨이터가
말했다. 그는 이제 옷을 갈아입고 집으로 돌아갈 준비를
하고 있었다. "젊음도 자신감도 아주 아름다운 것이긴
하지만 그것들만의 문제는 아니야. 매일 밤 가게를 닫을
때마다 어쩐지 망설이게 돼. 카페가 필요한 누군가가
있을지 모른다고 생각하면 말이지."

"옴브레! 보데가[4]는 얼마든지 있잖아요."

"자네는 이해 못 해. 이곳은 깨끗하고 기분 좋은 카페 아닌가. 불이 환하고. 불빛도 좋은 데다 나무 그늘이 있거든."

"그럼 안녕히 주무세요." 젊은 웨이터가 작별 인사를 했다.

"잘 가게." 다른 웨이터가 말했다. 전등을 끄면서 나이 많은 웨이터는 자신과 대화를 계속했다. 물론 불빛도 중요하지만 깨끗하고 아늑해야 해. 너한테는 음악은 필요 없어. 그래, 정말로 음악은 필요 없지. 또 이런 시간에 열려 있는 곳은 바밖에 없지만 너는 바 앞에서 품위를 지키며 서 있을 수 없지. 도대체 그가 두려워하는 게 무엇일까? 그것은 두려움도 공포도 아니야. 그것은 그가 너무나도 잘 알고 있는 허무라는 거지. 그것은 모두 허무였고, 인간도 한낱 허무에 지나지 않거든. 모든 것이 오직 허무뿐, 필요한 것은 밝은 불빛과 어떤 종류의 깨끗함과 질서야. 허무 속에 살면서 전혀 그것을 알아채지 못하는 사람들도 있지만 그는 그것을 잘 알고 있지. 모든 것은 '나다(무(無))'이면서 '나다'이고 또 '나다'와 '나다'이면서 '나다'일 뿐이지. '나다'에 계신 우리 '나다', '나다'의 이름을 거룩하게

4   밤새 술을 파는 술집.

하시며, 아버지의 나라가 '나다'하게 하시며, 아버지의
뜻이 '나다'에서와 같이 '나다'도 이루어지게 하소서. 오늘
우리에게 일용할 '나다'를 주시고, 우리가 우리에게 우리
'나다'를 '나다'하여 주시고, 우리를 '나다'에 '나다'하지
않게 하시고, '나다'에서 구하소서.[5] 무(無)가 가득하신
무(無)님, 기뻐하소서. 무(無)께서 함께 계시니.[6] 그는
미소를 지으며 반들반들 빛이 나는 에스프레소 기계가
있는 바 앞에 이르러 발걸음을 멈췄다.

"뭘 드시겠습니까?" 바텐더가 물었다.

"나다를 주게."

"오트로 로코 마스.(미친놈이 또 하나 있군.)" 바텐더가
말하고 고개를 돌렸다.

"작은 걸로 한 잔." 웨이터가 말했다.

그러자 바텐더가 그에게 술을 따라 주었다.

"불빛도 꽤 밝고 기분도 좋긴 한데 스탠드를 제대로
닦지 않았군." 웨이터가 말했다.

바텐더는 그를 쳐다보았지만 아무런 대꾸도 하지

---

5   "하늘에 계신 우리 아버지, 이름을 거룩하게 하옵시며……."로
     시작하는 개신교의 주기도문에 '나다(nada)'를 넣어 패러디한
     것이다.
6   "은총이 가득하신 마리아님, 기뻐하소서……."로 시작하는
     가톨릭교의 성모송에 '무(無)'를 넣어 패러디한 것이다.

않았다. 대화하기에는 너무 늦은 시간이었다.

"한 잔 더 따를까요?" 바텐더가 물었다.

"아냐, 이제 됐네." 웨이터가 이렇게 대답하고는 밖으로 나왔다. 바도 그렇고 술집도 그렇고 도무지 마음에 들지가 않았다. 깨끗하고 불빛이 밝은 카페라면 전혀 얘기가 달랐을 것이다. 이제 그는 더 생각하지 않고 집에 가서 방으로 들어갈 것이다. 침대에 누워 마침내 날이 샐 무렵이 되어서야 겨우 잠이 들 것이다. 따지고 보면 어쩌면 이것은 단순한 불면증일지도 몰라, 하고 그는 혼잣말을 했다. 많은 사람이 불면증에 시달리고 있음에 틀림없었다.

빗속의 고양이

이탈리아에 여행 온 부부는 비 내리는 어느 날 호텔 창밖을 바라보다 비에 젖은 고양이를 발견한다. 고양이를 데려오고 싶다고 말하는 아내의 말에 남편은 건성으로 대답할 뿐. 부부는 각자 어느 곳을 바라보는 걸까. 『우리 시대에』(1925년)에 수록.

빗속의 고양이

그 호텔에 머무는 사람은 미국인 두 사람이 전부였다.
두 사람은 방을 오가는 길에 계단에서 스치는 사람 중
어느 누구도 알지 못했다. 그들의 방은 바다를 마주
보는 2층에 있었다. 그 방은 또한 공원과 전쟁 기념비를
바라보고 있었다. 공원에는 큼직한 종려나무와 녹색
벤치들이 놓여 있었다. 날씨가 화창할 때면 화가 한 사람이
언제나 화가(畫架)를 세워 두고 그림을 그렸다. 화가들은
키 큰 종려나무와 정원과 바다를 마주 보고 늘어선 호텔의
밝은 빛을 좋아했다. 이탈리아인들은 전쟁 기념비를
보려고 먼 곳에서 찾아왔다. 청동으로 만든 기념비는 비에
젖어 번쩍거렸다. 비가 내리고 있었다. 종려나무에서도
빗방울이 뚝뚝 떨어졌다. 자갈길은 여러 군데 물이
고여 웅덩이를 이루었다. 빗속에서 바다는 파도가 길게
부서졌다가 해안 아래쪽으로 미끄러져 갔다가 다시

빗속에서 길게 부서졌다. 자동차 몇 대가 광장에서 전쟁 기념비 옆으로 사라져 갔다. 광장 저쪽에 있는 카페 입구에 웨이터 하나가 텅 빈 광장을 내다보았다.

미국인 아내는 창가에 서서 바깥을 내다보았다. 그들 방의 창문 바로 아래 빗방울이 뚝뚝 떨어지는 도박 테이블 밑에 고양이 한 마리가 웅크리고 있었다. 고양이는 비에 젖지 않으려고 몸을 작게 웅크렸다.

"밑에 내려가 고양이를 데려올게요." 미국인 아내가 말했다.

"내가 갔다 오지." 남편이 침대에서 제안했다.

"아니에요. 내가 데리고 올래요. 가엾게도 테이블 밑에서 비에 젖지 않으려고 애쓰고 있네요."

남편은 침대 발치에 베개 두 개를 괴어 받치고 누워서 책을 읽고 있었다.

"비 맞지 않도록 해." 그가 말했다.

아내가 아래로 내려가자 호텔 주인이 자리에서 일어나 사무실 앞을 지나가는 그녀에게 인사를 했다. 그의 책상은 사무실 한쪽 구석에 놓여 있었다. 키가 상당히 큰 노인이었다.

"일 피오베.(비가 내려요.)"[1] 미국인 아내가 말했다.

---

1   이어지는 외국어는 모두 이탈리아어.

그녀는 이 호텔 주인이 마음에 들었다.

"시, 시, 시뇨라, 브루토 템포.(네, 네, 그렇습니다, 부인, 고약한 날씨입니다.) 아주 고약한 날씨예요."

호텔 주인은 희미한 방 저쪽 구석의 책상 뒤에 서 있었다. 여자는 그를 좋아했다. 어떤 불평이라도 무척 진지하게 받아들이는 것이 마음에 들었다. 그의 위엄 있는 태도도 마음에 들었다. 그가 자신에게 봉사하려는 태도가 마음에 들었다. 또한 호텔 주인이라는 사실에 자부심을 느끼는 그의 태도가 마음에 들었다. 나이가 들어 멍한 그의 얼굴 표정과 큼직한 손이 마음에 들었다.

그에게 이렇게 호감을 느끼면서 미국인 아내는 문을 열고 바깥을 내다보았다. 비는 아까보다 더 세차게 내리고 있었다. 고무 비옷을 입은 사내가 텅 빈 광장을 가로질러 카페로 걸어가고 있었다. 고양이는 오른쪽으로 돌아가면 있을 것이다. 어쩌면 처마 밑을 따라 걸어가면 될지도 모른다. 여자가 문 입구에 서 있는데 뒤에서 누가 우산을 펼쳐 들었다. 그녀의 방을 돌봐 주는 호텔 하녀였다.

"비에 젖으시면 안 돼요." 그녀가 웃으면서 이탈리아어로 말했다. 물론 호텔 주인이 보낸 여자였다.

우산을 받쳐 주는 하녀와 함께 그녀는 자갈길을 걸어 자신의 창문 아래까지 갔다. 비에 씻긴 도박 테이블은 밝은 녹색을 띤 채 그곳에 놓여 있었지만 고양이는 보이지 않았다. 그녀의 마음이 갑자기 실망으로 가득 찼다. 하녀가 그녀의 얼굴을 올려다보았다.

"하 페르두토 칼체 코사, 시뇨라?(부인, 무슨 물건을 잃어버렸나요?)"

"조금 전에 이곳에서 고양이를 봤거든요." 미국인 아내가 대답했다.

"고양이라고요?" 호텔 직원이 웃었다. "빗속에 고양이가 있었단 말이에요?"

"시, 일 가토.(네, 고양이요.)" 여자가 대답했다.

"고양이라고요? 이런 빗속에 고양이라니." 하녀가 웃었다.

"네, 맞아요. 이 테이블 밑에 있었어요." 여자가 대답하고 나서 다시 말을 이었다. "아, 정말 갖고 싶었는데. 새끼 고양이를 갖고 싶었어요."

여자가 영어로 말하자 하녀의 얼굴이 굳어졌다.

"자, 들어가시죠, 부인. 안으로 들어가야 합니다. 비에 젖습니다." 그녀가 말했다.

"그래야겠지요." 미국인 아내가 대답했다.

두 사람은 자갈길을 되돌아가 문 입구에 이르렀다. 하녀는 우산을 접기 위해 바깥에 남아 있었다. 미국인 아내가 사무실을 지나갈 때 주인이 책상 있는 곳에서 꾸벅 인사를 했다. 그녀는 몸 안에서 무언가가 아주 작고 단단해지는 느낌이 들었다. 주인 때문에 자신이 아주 작게 느껴졌지만 동시에 자신이 매우 소중하다고 느끼게 되었다. 잠시나마 그녀는 자신이 아주 중요한 인물이 된 듯한 기분을 느꼈다. 그녀는 계단을 따라 올라갔다. 그리고 방문을 열었다. 조지는 여전히 침대에 누워 책을 읽고 있었다.

"고양이는 데려왔어?" 그가 책을 내려놓으면서 물었다.

"어디로 가 버렸는지 없어요."

"어디로 갔을까." 그는 읽고 있던 책에서 눈을 돌리면서 말했다.

여자는 침대에 앉았다.

"고양이가 몹시 갖고 싶었는데. 어째서 그토록 갖고 싶었는지는 모르겠어요. 어쨌든 그 불쌍한 고양이가 갖고 싶었어요. 비에 젖은 가엾은 고양이 신세가 된다면 정말 낙이 없을 거예요." 여자가 말했다.

조지는 다시 책을 읽기 시작했다.

여자는 침대를 떠나 화장대의 거울 앞에 앉아 손거울로 자기 모습을 들여다보았다. 처음에는 한쪽에서, 다음에는 반대쪽에서 자기 옆얼굴을 자세히 살펴보았다. 그런 뒤 머리 뒷부분과 목덜미를 살폈다.

"머리를 길러 보면 어떨까요?" 그녀가 옆얼굴을 다시

처다보면서 물었다.

조지는 고개를 쳐들어 마치 사내아이처럼 머리를 짧게 자른 아내의 목 뒤를 바라보았다.

"지금 그대로가 좋은데."

"이젠 이 머리가 지긋지긋해요. 사내아이처럼 보이는 것도 지겹고요." 그녀가 말했다.

조지는 침대 위에서 몸의 위치를 바꿨다. 여자가 이야기를 시작한 뒤로 그는 눈을 돌리지 않았다.

"당신은 아주 멋져 보여." 그가 말했다.

여자는 화장대 위에 거울을 내려놓고 창가로 걸어가 바깥을 내다보았다. 바깥은 점점 어두워졌다.

"머리를 뒤로 바짝 빗어 손으로 만질 수 있을 만큼 큼직하게 묶고 싶어요." 그녀가 말했다. "또 무릎에 새끼 고양이를 앉혀 놓고 쓰다듬어 주면서 기분 좋을 때 내는 가르랑 소리를 듣고 싶어요."

"그래?" 조지가 침대에서 대꾸했다.

"그리고 내 은 식기가 있는 식탁에서 식사하고 싶어요. 또 촛불이 있었으면 해요. 지금이 봄이었으면 좋겠고, 거울 앞에서 마음껏 머리를 빗어 봤으면 좋겠고, 그리고 새끼 고양이도 갖고 싶고, 새 옷도 입고 싶어요."

"아, 이젠 그만하고 책이나 읽지." 조지가 말했다. 그는 다시 책을 읽기 시작했다.

그의 아내는 창밖을 내다보았다. 이제는 꽤 어두워졌고, 종려나무에는 아직도 비가 내렸다.

"어쨌든 고양이를 갖고 싶어요. 고양이가 갖고 싶다고요. 지금 당장 갖고 싶단 말이에요. 머리를 기르지도 못하고 아무 재미도 없으니 고양이 정도는 가져도 되잖아요." 여자가 말했다.

조지는 이미 아내의 말을 듣고 있지 않았다. 그는 책을 읽고 있었다. 그의 아내는 창밖으로 광장의 불빛이 비치고 있는 곳을 바라보고 있었다.

그때 누군가가 문에 노크를 했다.

"아반티!(들어와요!)" 조지가 말했다. 그는 읽고 있던 책에서 얼굴을 들었다.

문밖에는 하녀가 서 있었다. 그녀는 큼직한 삼색 얼룩 고양이 한 마리를 꼭 안고서 몸에 대고 흔들었다.

"실례합니다. 주인님께서 부인께 이걸 갖다 드리라고 하시던데요." 그녀가 말했다.

때늦은 계절

이탈리아에 여행 온 젊은 부부는 낚시를 하려고 한다. 이때
페두치가 다가와 안내한다. 페두치는 부인을 위해 술을 사라고
남편에게 청하고 낚시하기 쾌적한 장소로 안내한다. 물론 공짜는
아니다. 헤밍웨이 특유의 유머감각이 엿보이는 작품으로, 『세
편의 단편과 열 편의 시』(1923년)에 수록.

때늦은 계절

페두치는 호텔 정원을 삽으로 파 주고 받은 4리라[1]로 술을 마시고 꽤 취해 있었다. 젊은 신사가 길에서 걸어 내려오는 것을 보자 그는 수수께끼처럼 뭐라고 말을 걸었다. 젊은 신사는 아직 식사를 하지 않았지만 점심 식사를 하는 대로 곧 떠날 준비를 할 거라고 말했다. 사십 분이나 한 시간 안으로 말이다.

다리 근처의 술집에서는 페두치가 오후 일에 대해 너무도 자신만만해하고 수수께끼처럼 행동했기 때문에 브랜디를 세 잔이나 외상으로 주었다. 그날은 바람이 많이 불어서 해가 얼굴을 내밀었다가 바로 구름 뒤로 숨어 버리더니 빗방울을 흩뿌렸다. 송어 낚시하기에는 더없이 좋은 날씨였다.

---

1   이탈리아의 과거 화폐 단위.

젊은 신사는 호텔에서 나오자 낚싯대에 대해서
물었다. 아내더러 낚싯대를 가지고 뒤따라오라고 해야
할까? "그러시죠. 부인은 우리 뒤에 오게 하시죠." 페두치가
말했다. 젊은 신사는 호텔로 돌아가 아내에게 그 말을
전했다. 그와 페두치는 도로를 따라 내려가기 시작했다.
젊은 신사는 어깨에 작은 배낭을 메고 있었다. 페두치가
쳐다보니 그의 아내는 젊은 신사와 나이가 비슷해
보였다. 등산화를 신고 파란 베레모를 쓴 그녀는 아직
잇지 않은 낚싯대를 양손에 하나씩 들고 그들 뒤를 따라
내려오고 있었다. 페두치는 여자가 그처럼 멀리 떨어져
오는 것이 마음에 들지 않았다. "시뇨리나!(아가씨)"[2] 하고
페두치가 젊은 신사에게 윙크하면서 말했다. "이리 와서
함께 가시죠. 시뇨라(부인), 어서 이리로 오세요. 다 함께
걸어가요." 페두치는 셋이서 나란히 코르티나[3]의 거리를
거닐고 싶었다.

여자는 뒤에 처져서 조금 무뚝뚝한 얼굴로 따라오고
있었다. "부인, 이리 와서 같이 갑시다." 페두치가 부드럽게
말했다. 젊은 신사가 뒤돌아보고 뭐라고 소리쳤다. 여자는
더 이상 꾸물거리지 않고 가까이 걸어왔다.

---

2   이어지는 외국어는 대부분 이탈리아어다.
3   이탈리아 북부 오스트리아 국경 지대에 위치한 마을.

마을의 큰 거리를 걷는 동안 페두치는 사람을
지나칠 때마다 정중하게 인사했다. "부온 디(안녕하십니까),
아르투로!" 그러고는 모자를 약간 치켜들었다. 은행의
출납계원이 파시스트 당원의 카페 입구에서 그를
응시했다. 가게 앞에서 서너 명씩 무리 지어 서 있던
사람들이 이들 세 사람을 뚫어지게 바라보았다. 신축
호텔의 기초 공사를 하느라 돌가루가 묻은 웃옷을 입은
노동자들이 그들이 지나가는 것을 쳐다보았다. 그러나
말라빠지고 늙은 데다 침 때문에 수염이 더러워진 마을의
거지가 그들 셋이 지나갈 때 모자를 들어 인사한 것을
제외하고는 어느 한 사람 그들에게 말을 걸지 않았으며
어떤 신호도 보내지 않았다.

페두치는 진열장 가득히 술병을 늘어놓은 가게
앞에서 걸음을 멈추고는 낡은 군복 안주머니에서 빈
브랜디 병을 꺼냈다. "마실 것 약간 말입니다. 부인이 마실
마르살라[4] 포도주라도 말입니다. 뭐, 조금, 살짝 마실 것
말이죠." 그는 술병을 들어 몸짓을 해 보였다. 날씨가 좋은
날이었다. "마르살라 말입니다. 부인께선 마르살라를
좋아하나요? 마르살라 조금 어떠세요?"

여자는 무뚝뚝한 표정으로 서 있었다. "당신이

---

4   이탈리아 시칠리아섬에서 나는 포도주.

상대해요. 난 이 사람이 무슨 말을 하는지 한 마디도
알아들을 수가 없으니. 이 사람 지금 취한 거 맞죠?"
그녀가 물었다.

젊은 신사는 페두치의 말을 듣고 있는 것 같지
않았다. 그는 도대체 무엇 때문에 이 사람이 마르살라
얘기를 꺼냈는지 생각하고 있었다. 그것은 맥스
비어봄[5]이 마시던 술 아닌가.

"겔트."[6] 페두치는 마침내 젊은 신사의 소매를
당기면서 말했다. "리라를요." 그는 그 얘기를 꺼내기
싫었지만 젊은 신사를 움직여야 했기 때문에 이렇게
말하고는 빙긋 웃었다.

젊은 신사는 지갑을 꺼내 10리라짜리 지폐 한 장을
그에게 건네주었다. 페두치는 층계를 올라가 '국산 및
외국산 포도주'를 판다고 쓴 가게 문에 이르렀다. 그러나
문이 잠겨 있었다.

"2시까지는 열지 않아요." 거리를 지나가던 사람이
조롱하듯 일러 주었다. 페두치는 층계를 내려왔다. 그는
속이 상했다. "걱정 없어요. 콩코르디아에 가면 얼마든지
살 수 있으니까." 그가 말했다.

---

5   Max Beerbohm(1872~1956). 영국의 수필가이자 풍자가이자
    만화가.
6   "돈요."라는 뜻의 독일어.

세 사람은 나란히 콩코르디아로 통하는 길을 따라
내려갔다. 녹슨 봅슬레이 썰매가 쌓여 있는 콩코르디아의
현관에서 젊은 신사가 물었다. "바스 볼렌 지?(무엇을
주문하시겠습니까?)" 그러자 페두치는 여러 번이나 접고 접은
10리라짜리 지폐를 그에게 다시 건네주었다. "아니오,
아무것도 아니오." 그가 말했다. 그는 어쩔 줄 몰라 했다.
"마르살라라도 말입니다. 잘 모르겠어요. 마르살라라도
괜찮을까요?"

콩코르디아의 문은 젊은 신사와 그 아내가 들어가자
곧 닫혔다. "마르살라 세 잔 주십시오." 젊은 신사가
식료품 카운터 뒤에 있는 점원 아가씨에게 말했다. "두
잔 말입니까?" 그녀가 물었다. "아니, 세 잔이오. 한 잔은
베치오(영감)가 마실 거요."

그가 말했다. "어머! 영감이." 그녀는 이렇게 말하고는
웃으면서 병을 내려놓았다. 그녀는 탁해 보이는 술을 세
개의 잔에 따랐다. 아내는 신문 걸이가 일렬로 늘어선
곳 아래 테이블에 앉아 있었다. 젊은 신사는 그녀 앞에
마르살라 한 잔을 놓았다. "좀 마셔 봐. 기분이 좋아질지도
몰라." 그가 말했다. 그녀는 앉은 채 술잔을 바라보았다.
젊은 신사는 페두치에게 줄 잔을 들고 문밖으로 나갔지만
그를 찾을 수 없었다.

"어디로 갔는지 모르겠어." 그가 잔을 들고 빵 가게로

돌아오면서 말했다.

"그 사람은 1쿼트[7]를 마시고 싶어 했어요." 아내가
말했다.

"4분의 1리터면 얼마죠?" 젊은 신사가 점원
아가씨에게 물었다.

"백포도주로요? 1리라입니다."

"아니, 마르살라 포도주로요. 그리고 이 두 잔 값도
함께 계산해 주십시오." 그가 자신의 잔과 페두치를
위해 따랐던 잔을 그녀에게 건네주면서 말했다. 그녀는
깔때기로 마르살라를 4분의 1리터 병에 가득 채웠다.
"그걸 갖고 갈 병도 주십시오." 젊은 신사가 말했다.

점원은 병을 찾으러 갔다. 그녀는 이 모든 일을 즐기는
듯 보였다.

"기분 상하게 해서 미안해, 타이니. 점심 식사 때
그런 식으로 말해서 미안해. 우린 같은 문제를 각자 다른
각도에서 보고 있었던 거야." 그가 말했다.

"그런 건 아무래도 좋아요. 전혀 문제가 안 돼요."
그녀가 대답했다.

"너무 춥지 않아?" 그가 물었다. "스웨터를 하나 더

---

7 야드파운드법에 의한 부피 단위로 미국에서는 약 0.95리터,
   영국에서는 약 1.11리터.

입고 오지 그랬어.”

"스웨터라면 세 개나 입은걸요."

점원 아가씨가 아주 가느다란 갈색 병을 갖고 와 그
병에 마르살라를 따랐다. 젊은 신사는 5리라를 더 주었다.
그들은 가게 밖으로 나갔다. 점원 아가씨의 표정이 즐거워
보였다. 페두치는 바람을 피해 반대쪽 끝에서 낚싯대를
들고 왔다 갔다 하고 있었다.

"자, 갑시다. 내가 낚싯대를 들고 가죠. 누가 보면
어때요? 아무도 우리를 괴롭히지는 않을 거요. 이
코르티나에서는 내게 시비를 걸 사람이 아무도 없어요.
난 무니시피오(시청)에 있는 사람들을 잘 알거든. 난
예전에 군인이었죠. 그래서 이 마을 사람들은 모두
나를 좋아해요. 지금은 개구리를 팔고 있소이다. 그런데
낚시질을 금한다고 해서 그게 뭐 어쨌다는 겁니까?
아무렇지도 않아요. 아무 문제도 없죠. 큰 송어는
말입니다. 얼마든지 있어요."

그들은 언덕을 내려와 강이 있는 쪽으로 걸어갔다.
읍내는 그들 뒤쪽에 있었다. 해가 이미 지고 서서히
빗방울이 떨어지기 시작했다. "저쪽 좀 보시오." 페두치가
그들이 지나가던 어느 집 문가에 서 있는 아가씨를
가리키면서 말했다. "내 도터(딸)요."

"이 사람, 독터(의사)래요. 우리가 이 사람 의사까지

봐야 하나요?" 그의 아내가 물었다.

"자기 딸이라고 말한 거야." 젊은 신사가 말했다.

그 젊은 아가씨는 페두치가 손가락질을 하자 집 안으로 들어가 버렸다.

그들은 언덕을 내려가 들판을 지난 뒤 방향을 돌려 강둑을 따라 걸어갔다. 페두치는 계속 윙크를 하고 아는 척하면서 잠시도 쉬지 않고 지껄여 댔다. 세 사람이 나란히 걷고 있을 때 그의 입김이 바람결에 그녀에게로 불어왔다. 한번은 그녀의 옆구리를 쿡 찌르기도 했다. 어떤 때는 담페초[8] 사투리로 말하는가 하면, 또 어떤 때는 티롤[9] 지방의 독일어 사투리로 지껄이기도 했다. 젊은 신사와 그의 아내가 어느 사투리를 더 잘 알아듣는지 몰랐기 때문에 두 가지 언어를 모두 사용한 것이다. 그러다가 젊은 신사가 "야, 야.(네, 네.)"라고 독일어로 말하자 페두치는 티롤 말을 쓰기로 결정했다. 그러나 젊은 신사와 그의 아내는 그의 말을 한 마디도 이해하지 못했다.

"마을 사람들이 우리가 낚싯대 들고 가는 것을 다 봤어. 그러니 지금쯤은 아마 수렵 감독관이 우리 뒤를 쫓고 있을 거야. 이런 쓸데없는 일로 감옥에 가긴 싫은데.

8   이탈리아 북부 알프스 남부에 위치한 소도시.
9   오스트리아 서부에 위치한 마을.

저 늙은 바보는 이렇게 취해 있으니."

"하지만 당신은 지금 당장 돌아갈 용기가 없을
테죠. 물론 당신은 이대로 가야 할 거예요." 그의 아내가
대꾸했다.

"그러면 당신은 돌아가면 되지 않아? 자, 돌아가,
타이니."

"난 당신과 함께 있겠어요. 당신이 감옥에 가게
된다면 우리 둘이 같이 가는 게 더 나을 거예요."

그들은 갑자기 돌아 강둑을 내려갔고, 페두치는
바람에 웃옷을 나부끼며 우뚝 서서 강을 향해 몸짓을
했다. 강물은 갈색으로 잔뜩 흐려져 있었다. 오른쪽
저쪽에는 쓰레기 더미가 있었다.

"이탈리아어로 말해 보시오." 젊은 신사가 말했다.

"운 메초라. 피우 둔 메초라.(어, 삼십 분, 적어도 삼십 분은
걸릴 거요.)"

"적어도 삼십 분은 더 걸린다는데. 그러니 돌아가,
타이니. 이런 바람이라면 많이 추울 거야. 사나운 날씨라
어쨌든 재미도 없을 테고."

"그럼 알았어요." 이렇게 말하고 그녀는 풀이 자란
둑으로 올라갔다.

페두치는 강에 내려가 있었기 때문에 그녀의 모습이
꼭대기에서 사라질 때까지 알아채지 못했다. "프라우!

프라우! 프라울라인!(부인! 부인! 아가씨!) 가면 안 돼요."
그가 소리쳤다.

그녀는 언덕 꼭대기를 넘어갔다.

"가 버렸군!" 페두치가 말했다. 그는 몹시 실망했다.

페두치는 낚싯대를 묶은 고무 밴드를 풀어
마디마디를 붙잡고 낚싯대 하나를 연결하기 시작했다.

"하지만 앞으로 삼십 분도 더 걸린다고 하지
않았습니까?"

"아, 그렇죠. 삼십 분 정도 더 내려가면 좋죠. 하지만
여기도 괜찮아요."

"정말인가요?"

"물론이죠. 여기도 좋고 저기도 좋아요."

젊은 신사는 강둑에 주저앉아 낚싯대를 잇고
얼레를 달아 낚싯줄을 줄 돌리개에 동여맸다. 언제
수렵 감독관이나 마을 사람들이 무리를 지어 마을에서
강둑을 넘어올지 몰라 그는 안절부절못했으며 겁을 먹고
있었다. 언덕 끝으로 마을의 집들과 종각이 보였다. 그는
낚시 목줄을 넣은 상자를 열었다. 페두치는 허리를 굽혀
평평하고 단단한 엄지손가락과 집게손가락을 상자 안에
넣어 축축한 낚시 목줄을 엉키게 했다.

"납 있어요?"

"없는데요."

"납이 있어야 하는데." 페두치는 흥분해 있었다. "피옴보(납)가 있어야 해요. 피옴보. 조그마한 피옴보 말이죠. 여기에 달아야 하거든요. 바늘 바로 위에 말이오. 그러지 않으면 먹이가 물 위로 떠내려가요. 납이 필요한데. 조그마한 피옴보면 되는데 말이오."

"아저씨한테 없나요?"

"없어요." 그는 주머니들을 마구 뒤졌다. 군복 주머니 안감의 실 부스러기까지 휘저었다. "하나도 없어요. 어쨌든 납이 있어야 하는데."

"그러면 낚시질은 못 하겠군요." 젊은 신사가 말했다. 그러고는 줄 돌리개에 낚싯줄을 도로 감아 들이면서 결합한 낚싯대를 분리했다. "낚시질은 납을 구해서 내일 하기로 하죠."

"들어 봐요, 카로,[10] 피옴보가 있어야 해요. 납이 없으면 낚싯줄이 물 위에 뜨고 만다니까요." 페두치가 기대하던 날이 이제 그의 눈앞에서 산산이 부서지고 있었다. "피옴보가 있어야 해요. 조금만 있으면 돼요. 당신의 낚시 도구는 모두 새것이고 깨끗하지만, 납이 없단 말씀이오. 내가 가져왔으면 좋았을걸. 당신이 다 준비해 놓았다고 하기에."

10 상대를 친근하게 부르는 호칭.

젊은 신사는 눈이 녹으면서 더러워진 강물을 바라보았다. "알았어요. 내일 납을 구해서 다시 옵시다." 그가 말했다.

"내일 아침 몇 시 말입니까? 말해 주시오."

"7시에요."

그때 해가 나왔다. 따뜻하고 기분이 좋았다. 젊은 신사는 한결 마음이 가뿐해졌다. 이제는 법을 어기지 않아도 되는 것이다. 강둑에 앉아 그는 주머니에서 마르살라 병을 꺼내 페두치에게 넘겨주었다. 페두치는 그것을 다시 돌려주었다. 젊은 신사도 한 모금 마시고는 다시 병을 페두치에게 주었다. 페두치가 또다시 그것을 돌려주었다. "마셔요. 자, 마셔요. 당신 술이니까." 그가 말했다. 한 모금 잠깐 마신 다음 젊은 신사는 또 술병을 넘겨주었다. 페두치는 그 모습을 자세히 지켜보았다. 그러고 나서 급히 병을 받아 들더니 곧바로 쭉 들이켰다. 길쭉한 갈색 병 끝을 쳐다보며 마시는 동안 목덜미 주름에 난 희끗희끗한 털이 움직였다. 그는 술을 모두 마셔 버렸다. 그가 술을 마시는 동안 햇살이 밝게 빛났다. 멋진 날이었다. 누가 뭐라 해도 대단한 날이었다. 정말 멋진 날이었다.

"센타(들어 봐요), 카로! 아침 7시요." 그는 젊은 신사를 몇 번이나 '카로'라고 불렀지만 아무런 일도 일어나지 않았다. 고급 마르살라였다. 그의 두 눈이 반짝 빛났다. 오늘 같은 날이 앞으로도 계속 이어질 것이다. 내일은 아침 7시부터 시작될 예정이었다.

두 사람은 언덕을 올라 마을을 향해 걸어갔다. 젊은 신사가 앞장을 섰다. 그는 한참 떨어져 언덕 위에 올라가 있었다. 페두치가 그에게 소리 질렀다.

"들어 봐요, 카로. 내게 5리라만 줄 수 없겠소?"

"오늘 안내한 값으로 말인가요?" 젊은 신사가 얼굴을 찡그리며 물었다.

"아니 오늘 분이 아니죠. 내일 분으로 줘요. 내일 준비는 내가 다 하리다. 파네, 살라미, 포르마조(빵, 소시지, 치즈) 등 우리가 먹을 것들 모두 말이오. 당신과 나와 당신 아내가 먹을 것 말입니다. 미끼는 지렁이가 아니라 피라미로 준비하겠소. 어쩌면 마르살라도 좀 살 수 있을 거요. 전부 5리라 안에서 사 오죠. 그러니 5리라만 부탁합니다."

젊은 신사는 지갑을 들여다보고 2리라짜리 지폐 한 장과 1리라짜리 지폐 두 장을 꺼냈다.

"고맙소, 젊은이. 정말 고맙소이다." 페두치는 마치 칼턴 클럽[11] 회원이 다른 회원한테서 《모닝 포스트》를

---

11 런던에서 조직된 정치가 클럽.

받을 때 하는 말투로 말했다. 인생이란 이렇게 사는
것이다. 꽁꽁 얼어붙은 퇴비를 쇠스랑으로 부수는 호텔
정원 일은 이제 끝이다. 새로운 삶이 바야흐로 열리고
있었다.

　"그럼, 내일 아침 7시에 만납시다, 카로." 그는 젊은
신사의 등을 두드리며 말했다. "정확히 7시요."

　"어쩌면 난 못 갈지도 모릅니다." 젊은 신사가
주머니에 지갑을 다시 넣으면서 말했다.

　"뭐라고요. 피라미를 갖고 가겠어요. 소시지니 뭐니
모두 갖고 갈 겁니다. 선생하고 나하고 선생의 부인, 우리
셋이서 먹을 것을 말이오."

　"어쩌면 못 갈지도 모릅니다. 그럴 가능성이 훨씬
큽니다."

　젊은 신사가 말했다. "만약 못 가게 되면 호텔
주인에게 말해 놓겠습니다."

프랜시스 매코머의 짧지만 행복한 생애

헤밍웨이 스스로 "자신의 최고 걸작 단편"이라고 평한 작품.
행복의 그림자라고는 찾으려야 찾을 수 없는 프랜시스 매코머의
삶이 왜 가장 행복할까. 1936년에 발표, 『제5열 및 최초의
49단편』(1938년)에 수록.

프랜시스 매코머의 짧지만 행복한 생애

이제 점심시간이었다. 모두들 아무 일 없었다는 듯 두 겹으로 된 초록색 식당용 텐트 장막 아래 앉아 있었다.

"라임 주스를 들겠나, 레몬스쿼시를 들겠나?" 매코머가 물었다.

"김릿[1]으로 하겠습니다." 로버트 윌슨이 대답했다.

"나도 김릿으로 할래요. 뭘 좀 마셔야겠어요." 매코머의 아내가 말했다.

"아무래도 그게 좋을 것 같군." 매코머도 맞장구쳤다. "김릿 세 잔 만들라고 해."

식당에서 일하는 소년은 벌써 준비에 들어가 냉각용 가죽 주머니에서 술병을 꺼냈다. 텐트에 그늘을 드리우는 나무 사이로 바람이 불어왔고 그 아래 가죽 주머니는

---

1   진과 라임 주스를 섞어 만든 칵테일.

땀이라도 흘린 듯 흠뻑 젖어 있었다.

"저 사람들에게는 얼마나 주면 될까?" 매코머가
물었다.

"1파운드면 충분할 겁니다. 공연히 버릇을 나쁘게
들일 필요는 없으니까요."

"추장이 나눠 줄까?"

"물론이죠."

프랜시스 매코머는 삼십 분 전에 요리사, 심부름하는
소년들, 가죽 벗기는 사나이, 짐꾼들의 팔과 어깨 위에
올라타 의기양양하게 캠프 끝에서 텐트까지 왔던 것이다.
엽총을 운반하는 사람들은 이 시위 행렬에는 참가하지
않았다. 원주민 소년들이 그를 텐트 문 앞에 내려놓았을
때, 그는 그들과 일일이 악수를 나누고 축하를 받고 난
뒤 텐트 안으로 들어가서 침대에 앉아 아내가 오기를
기다렸다. 아내는 들어왔지만 그에게 아무 말도 걸지
않았다. 그는 곧 밖으로 나가 휴대용 세면대에서 세수를
하고 식당 텐트로 건너가 서늘하게 바람이 부는 그늘 아래
안락한 캔버스 의자에 앉았다.

"드디어 사자를 잡았네요. 그것도 굉장한 놈을
말입니다." 로버트 윌슨이 그에게 말했다.

매코머 부인은 윌슨을 힐끗 쳐다보았다. 대단한
미인으로 아직도 미모와 사회적 지위를 유지하고 있는

여자였다. 오 년 전 그녀는 자신이 한 번도 사용해 본 적
없는 화장품을 자기 사진과 함께 보증해 준 광고 대가로
5000달러를 받은 일이 있었다. 그녀가 프랜시스 매코머와
결혼한 지는 십 년하고도 일 년이 되었다.

　"아주 굉장한 사자였지?" 매코머가 말했다. 그제야
그의 아내가 남편을 바라다보았다. 그녀는 마치 두 사내를
처음 보는 듯이 쳐다보았다.

　여자는 사내 중 한 사람, 즉 백인 수렵가 윌슨을
여태까지 한 번도 똑똑히 쳐다본 일이 없었다. 그 사람은
모래 빛 머리칼에다 짧고 빳빳한 콧수염을 기른 중키의
사내였다. 얼굴이 매우 불그스름했으며 푸른 눈은 몹시
차가웠고, 눈가에는 흰 주름이 희미하게 잡혀 웃을
때면 홈이 파이면서 명랑한 느낌을 주었다. 그는 지금
여자에게 미소를 던졌고, 그녀는 그의 얼굴에서 시선을
돌려 그가 걸친 헐렁한 웃옷 속에 어깨선이 내려가는
모습을 훑어보았다. 왼쪽 주머니가 달려 있어야 할 곳에는
큼직한 탄약 상자 네 개가 고리에 달려 있었다. 햇볕에 탄
큼직한 갈색 손이며 낡은 바지며 흙투성이 장화를 살피고
나서 다시 시선을 불그스레한 얼굴로 돌렸다. 햇볕에 탄
불그스레한 얼굴은 지금 텐트 기둥 못에 걸려 있는 그의
스텟슨[2] 모자가 만들어 놓은 둥글고 하얀 선에서 끝나고
있었다.

"자, 그럼 사자를 위해 건배!" 로버트 윌슨이 말했다. 그는 또다시 여자에게 미소를 던졌지만 그녀는 미소도 짓지 않은 채 호기심 어린 표정으로 남편을 쳐다보고만 있었다.

프랜시스 매코머는 매우 키가 큰 사람으로, 뼈대는 그렇게 크지 않아도 체격이 아주 당당했다. 얼굴은 거무스름하고 머리칼은 노잡이처럼 짧았으며, 입술은 조금 엷은 편으로 누가 봐도 미남이라 할 만했다. 매코머는 윌슨이 입은 것과 같은 종류의 사파리 복장이었지만 윌슨의 옷보다는 새것이었다. 서른다섯 살인 매코머는 체력을 잘 유지했으며, 코트에서 하는 게임을 잘하고 낚시질에서도 큰 고기를 낚았다. 하지만 바로 조금 전에는 여러 사람 앞에서 그만 겁쟁이의 모습을 드러내고 말았다.

"사자를 위해 건배! 당신 도움에 대해서는 뭐라고 고마워해야 할지 모르겠군." 그가 말했다.

그의 아내 마거릿은 남편에게서 눈을 돌려 다시 윌슨을 바라보았다.

"사자 얘기는 이제 그만하는 게 어때요." 여자가 말했다.

윌슨이 미소를 띠지 않고 여자 쪽을 건너다보자

2   챙이 넓고 운두가 높은 카우보이 모자.

이번에는 여자 쪽에서 그에게 미소를 던졌다.

"오늘은 참 이상한 날이었어요." 여자가 말했다.
"그런데 한낮에는 텐트 안에서도 모자를 써야 하지
않나요? 당신이 그렇게 말하지 않았던가요?"

"쓰는 게 좋겠죠." 윌슨이 대답했다.

"얼굴이 정말 붉군요, 윌슨 씨." 이렇게 말하고 그녀는
다시 미소를 지었다.

"술 때문이죠." 윌슨이 말했다.

"난 그렇게 생각하지 않는데요. 프랜시스는 술을
엄청나게 많이 마시는데도 얼굴이 조금도 붉어지지
않거든요."

"나도 오늘은 붉어졌어." 매코머가 농담조로 말했다.

"아뇨. 오늘은 내 얼굴이 붉어졌어요. 하지만 윌슨 씨
얼굴은 언제나 붉잖아요." 마거릿이 말했다.

"아마 인종이 다른가 보죠. 하지만 이 잘생긴 얼굴을
계속 화제로 삼고 싶은 건 아니겠죠?"

"이제 막 얘기를 꺼냈을 뿐인걸요."

"어쨌든 그만두죠." 윌슨이 말했다.

"얘기가 점점 까다로워지네요." 마거릿이 말했다.

"바보처럼 굴지 마, 마것.[3]" 그녀의 남편이 말했다.

---

3 '마거릿'의 애칭.

"별로 까다로워질 것도 없죠. 굉장히 멋진 사자를 잡았다 뿐이니까." 윌슨이 말했다.

마거릿은 두 사내를 쳐다보았고, 두 사내는 그녀가 울먹이고 있는 걸 알아차렸다. 윌슨은 아까부터 그녀가 울지 않을까 생각하면서 그것을 두려워하고 있었다. 매코머는 두려워하는 기색이 전혀 없었다.

"그런 일만 일어나지 않았더라면! 아, 정말 그런 일이 일어나지 않았더라면 좋았을 텐데!" 그녀는 이렇게 말하고는 자기 텐트로 가 버렸다. 울음소리를 내지는 않았지만 입고 있는 햇볕 차단용 장밋빛 셔츠 밑에서 두 어깨가 들먹거리는 것이 보였다.

"여자들은 쉽게 흥분하죠. 그리 대단한 일은 아닙니다. 신경이 날카로워지면 그러는 데다, 또 이런저런 일 때문에 그러죠." 윌슨이 키 큰 사내에게 말했다.

"그렇지 않아. 나도 앞으로 일생 동안 그 일 때문에 고민할 것 같은데." 매코머가 대꾸했다.

"말도 안 되는 소립니다. 위스키나 한잔 드시죠. 그리고 모두 잊어버리십시오. 어쨌든 그 일은 그렇게 중요한 게 아니니까요." 윌슨이 말했다.

"잊어버리려고 애는 써 보지. 하지만 당신이 나를 위해 해 준 일은 잊지 못할 거요." 매코머가 말했다.

"그건 아무것도 아닙니다. 대단치도 않은 일이에요."

윌슨이 말했다.

　　두 사람은 꼭대기가 넓게 퍼진 아카시아 나무 아래에
친 캠프 그늘에 앉아 있었다. 아카시아 나무 뒤쪽으로는
여기저기 옥석이 흩어진 낭떠러지가 있었고, 그 앞쪽에는
옥석이 깔린 개울 강둑으로 풀밭이 펼쳐졌으며, 그
건너편에는 숲이 있었다. 소년들이 점심 식사를 차리는
동안 두 사내는 마주 앉아 알맞게 차가워진 라임 주스를
마시면서도 서로의 시선을 피했다. 윌슨은 소년들도
지금은 그 일에 대해 다 안다는 것을 알아차릴 수 있었다.
매코머를 시중드는 소년이 테이블에 접시를 올려놓으면서
호기심 어린 눈으로 주인을 살피자, 윌슨은 스와힐리어로
소년을 나무랐다. 그러자 소년은 무표정한 얼굴로 자리를
떴다.

　　"지금 뭐라고 했나?" 매코머가 물었다.

　　"아무것도 아닙니다. 정신 바짝 차리지 않으면 열댓
대쯤 때려 주겠다고 했죠."

　　"그게 무슨 말이야? 매질을 한단 말인가?"

　　"물론 그건 불법이죠. 벌금을 물게 되어 있습니다."

　　"당신 지금도 원주민을 때리나?"

　　"물론이죠. 원주민들도 불평하고 싶으면 얼마든지
소동을 일으킬 수 있어요. 하지만 안 하죠. 벌금보다는
매를 더 좋아하거든요."

"참 이상도 하군." 매코머가 말했다.

"이상할 것 없습니다. 선생님 같으면 어느 쪽을 택하겠습니까? 매를 맞겠습니까, 아니면 급료를 안 받겠습니까?" 윌슨이 물었다.

그렇게 묻고 나니 어색하게 느껴졌고, 그래서 윌슨은 매코머가 대답하기 전에 먼저 말을 이었다. "우리도 어떤 의미에선 이런저런 식으로 날마다 매를 맞는 셈이죠."

이 말로도 그다지 신통치 않았다. 제기랄! 내가 뭐 중재하는 사람이라도 되나? 하고 그는 생각했다.

"그렇지. 우리도 매를 맞고 있는 셈이지." 매코머는 여전히 그를 쳐다보지도 않은 채 맞장구쳤다. "그놈의 사자 일 때문에 정말 골치 아파. 더 이상 소문이 퍼지지 말아야 하는데. 누구 귀엔들 안 들어가겠어?"

"설마 내가 마사이가 클럽⁴에서 그 이야기를 할까 봐 그럽니까?" 윌슨은 쌀쌀맞게 상대편을 쳐다보았다. 미처 생각도 못 한 일이었다. 그러고 보니 이 친구는 난잡한 데다 지독한 겁쟁이로군, 하고 그는 생각했다. 나는 오늘까지 오히려 이 사내에게 호감을 갖고 있었는데 말이야. 어떻게 하면 미국인을 제대로 이해할 수 있을까?

"천만에요. 난 직업 사냥꾼이오. 우린 손님 일에 대해

---

4   케냐 나이로비에 있는 사파리 수렵인을 위한 사교 클럽.

이러쿵저러쿵 떠벌리지 않습니다. 그 점만은 안심하셔도 좋습니다. 하지만 소문을 퍼뜨리지 말라고 요구하는 건 그리 좋은 모양새가 아닌 것 같군요." 윌슨이 말했다.

윌슨은 친구처럼 가깝게 구는 건 이제 그만두는 게 속 편하겠다고 판단했다. 그렇게 되면 혼자서 식사하고, 식사하면서 책도 읽을 수 있을 것이다. 그들은 그들끼리 식사하고 말이다. 그는 그들과 원정 수렵을 하면서 매우 형식적인 격식(프랑스인들은 이걸 뭐라고 하더라? 기품 있는 배려라고 하던가?)을 차려 안내할 것이고, 그 편이 이런 감정 소모를 겪는 것보다는 훨씬 속이 편할 것이다. 그에게 모욕을 주어 깨끗이 헤어지자. 그렇게 되면 식사를 하면서 책도 읽을 수 있을 것이고, 그들의 위스키도 계속 마실 수 있지 않겠는가. 이것은 수렵 여행이 제대로 돌아가지 않을 때 쓰는 표현이었다. 다른 백인 수렵 안내인을 우연히 만나 "그래, 재미가 어떠시오?"라고 물었을 때 상대편이 "아, 여전히 그자들의 위스키를 마시고 있다네."라고 대답하면, 그것만으로 모든 일이 엉망이라는 것을 알 수 있었다.

"미안하이." 매코머는 이렇게 말한 뒤 중년이 된 지금까지도 아직 앳된 티가 남아 있는 미국인 특유의 얼굴로 그를 쳐다보았다. 윌슨은 매코머의 선원처럼 짧게 깎은 머리칼이며, 조금 음흉스럽기는 하지만 호감을 주는 눈이며, 균형 잡힌 코며, 엷은 입술이며, 잘생긴 턱을 바라보았다. "그런 것까지는 미처 깨닫지 못했군. 세상에는 이렇게 알지 못하는 일들이 수두룩하다니까."

그렇다면 어떻게 해야 하나? 하고 윌슨은 생각했다. 그는 한시라도 빨리 깨끗이 손을 씻을 마음의 준비를 하고 있었다. 그런데 이 거지[5] 같은 친구는 방금 자기를 모욕하고서도 이러니저러니 변명만 늘어놓고 있지 않은가. 그래서 윌슨은 다시 건드려 보았다. "내가 소문이라도 낼까 봐 걱정할 필요는 없어요." 그가 말했다. "나도 입에 풀칠은 해야 하니까요. 아시겠지만, 아프리카에선 어떤 여자도 사자를 보면 놓치는 법이 없고, 어떤 백인 남자도 도망치는 법이 없습니다."

"그런데도 난 토끼처럼 도망쳐 버렸지." 매코머가 대꾸했다.

이렇게 대꾸하는 인간은 도대체 어떻게 다뤄야 하는 거지? 하고 윌슨은 생각했다.

윌슨은 생기 없고 기관총 사수 같은 푸른 눈동자로 매코머를 쳐다보았다. 그러자 상대편은 그에게 미소를 지어 보였다. 기분이 상했을 때 그의 눈 표정을 보지 못한 사람이라면 호감을 느낄 만한 미소였다.

---

5   헤밍웨이는 본래 '거지(beggar)' 대신에 '꼴도 보기 싫은 녀석(bugger)'이라는 단어를 사용했지만 후자에는 '남색'이나 '비역쟁이'의 뜻도 있어 출판사에서 '거지'로 바꿨다.

　"어쩌면 물소를 잡을 때 만회할 수 있을지도 모르겠군. 다음번엔 물소[6] 사냥을 하기로 했지?" 그가 물었다.

　"원하시면 내일 아침에라도 하죠." 윌슨이 대답했다. 어쩌면 그가 잘못 생각하는 것일지도 모른다. 이런 식으로 확실히 해결할 수도 있는데. 그러니 미국인에 대해선 이러쿵저러쿵 한 가지도 확실히 말할 수 없는 노릇 아닌가. 그는 또다시 완전히 매코머 편이 되고 말았다. 만약 오늘 아침 일을 잊을 수만 있다면 말이다. 그러나 물론 잊을 수 없었다. 오늘 아침의 그 사건은 그들이 이곳에 사냥 온 것만큼이나 꼴불견이었다.

　"멤사힙[7]이 나오십니다." 그가 말했다. 그 여자는 원기를 회복한 듯이 산뜻하고 쾌활하고 매우 우아한 모습으로 텐트에서 걸어 나오고 있었다. 어디 하나 흠잡을 데 없는 온전한 달걀형의 얼굴로, 너무 완벽해서 바보가 아닌지 생각될 정도였다. 하지만 저 여자는 바보가 아니지. 그럼, 전혀 바보가 아니고말고, 하고 윌슨은 생각했다.

　"얼굴이 붉은 미남 윌슨 씨는 안녕하신가요? 당신은

6　여기서 말하는 물소는 북아메리카 대륙의 물소와는 다른 케이프 버팔로로 몸집이 크고 뿔이 있어 수렵인에게 가장 위협적인 짐승이다.

7　'마님'이라는 뜻으로, 원래 인도에서 백인 지배층 부인에게 붙이는 호칭이 널리 퍼져 일반화되었다.

기분이 나아졌어요, 내 진주 같은 프랜시스?"

"아, 많이 나아졌어." 매코머가 대답했다.

"나도 모든 일을 다 잊고 왔어요." 그녀가 테이블 앞에 앉으면서 말했다 "프랜시스가 사자 잡는 솜씨가 훌륭하든 어떻든 그게 뭐 그리 대단한 일이에요? 사냥은 그의 직업이 아니잖아요. 그거야 윌슨 씨의 직업이죠. 윌슨 씨는 정말 무엇이든 잡을 수 있어요. 당신은 무슨 짐승이든 다 잡을 수 있는 거죠?"

"아, 그럼요, 무엇이든 다 잡을 수 있죠. 무엇이든 종류를 가리지 않고 잡습니다." 윌슨이 대답했다. 이런 여자들은 세상에서 가장 매정하지, 하고 그는 생각했다. 가장 매정한 데다 잔인하기 이를 데 없고, 가장 탐욕스러우면서 가장 매혹적이지. 이런 여자들이 매정해지면 상대편 남자들은 부드러워지거나 신경이 산산이 부서지고 말거든. 혹시 이런 여자들은 자기 마음대로 다룰 수 있는 남자들을 고르는 게 아닐까? 결혼할 당시 나이로는 그렇게 많은 걸 알 수 없었을 텐데, 하고 그는 생각했다. 지금 자기 앞에 있는 매력적인 여성을 보며 그는 지금까지 미국 여성들에 대해 경험을 쌓아 두길 잘했다고 생각했다.

"내일 아침에 물소를 잡으러 갈 겁니다." 그가 그녀에게 말했다.

"나도 갈래요." 그녀가 말했다.

"아니, 부인은 안 됩니다."

"아녜요, 갈 거예요. 프랜시스, 가면 안 되나요?"

"캠프에 그냥 남지그래?"

"무슨 일이 있어도 가야 해요. 무슨 일이 있어도 오늘처럼 뭔가를 놓치고 싶지는 않으니까요." 그녀가 대답했다.

아까 이 여자가 자리를 떴을 때, 울려고 밖으로 나갔을 때 매우 멋진 여자로 보였지, 하고 윌슨은 생각했다. 이해심 있고, 눈치 빠르고, 남편과 자신의 일 때문에 마음 아파하고, 또한 모든 사태를 잘 파악하고 있는 듯이 보였어. 그러던 것이 이십 분쯤 자리를 떴다가 돌아오자 미국 여자 특유의 냉정함으로 온몸을 단단히 감싸고 있구나. 세상에 벼락 맞을 여자들이야. 암, 벼락 맞을 여자들이지.

"내일은 오늘과는 다른 구경거리를 보여 주지." 프랜시스 매코머가 말했다.

"부인께선 오지 마십시오." 윌슨이 말했다.

"당신은 잘못 생각하고 있어요." 여자가 그에게 말했다. "또다시 당신이 멋들어지게 해치우는 걸 보고 싶어요. 오늘 아침의 당신은 아주 그만이었어요. 내 말은, 짐승의 대가리를 날려 버리는 게 멋있다고 할 수 있다면 말이에요.”

“점심이 나오는군요. 부인께선 기분이 아주
좋으시죠?” 윌슨이 말했다.

“그럼요. 우울하려고 여기까지 온 건 아니니까요.”

“하기야 지금까진 지루하지 않았죠.” 윌슨이 말했다.
시냇물에 잠겨 있는 옥석과 그 건너편 나무들이 우거진
높은 강둑을 바라보니 아침 일이 다시 생각났다.

“아, 그럼요. 참 재미있었지요. 내일도 그럴 거예요.
내일이 오기를 얼마나 애타게 기다리고 있는지 당신은
모르실 거예요.” 여자가 말했다.

“지금 요리사가 드린 것은 일런드영양 고기입니다.”
윌슨이 설명했다.

“소처럼 생겨서는 산토끼처럼 껑충 뛰는 동물
말인가요?”

“그렇게 묘사할 수도 있겠군요.” 윌슨이 대답했다.

“고기 맛이 썩 좋군.” 매코머가 말했다.

“프랜시스, 당신이 잡은 건가요?” 그녀가 물었다.

“그럼.”

“이 짐승은 별로 위험하진 않겠네요?”

“위에서 덤벼들지만 않으면 그렇죠.” 윌슨이 그녀에게
대답했다.

“그것 참 반가운 얘기군요.”

"쓸데없는 소리는 좀 그만두는 게 어때, 마것."
매코머가 일런드영양 고기 스테이크를 자르고 그
고기 조각에 꽂은 포크를 뒤집어 그 위에 으깬 감자와
그레이비소스와 당근을 얹으며 말했다.

"네, 그만두기로 하죠. 당신 말씨가 하도 예쁘니."
여자가 대꾸했다.

"오늘 저녁엔 사자를 위해 샴페인이나 마시기로 하죠.
대낮에는 좀 더우니 말이오." 월슨이 제안했다.

"아, 그 사자 말이죠. 사자를 까맣게 잊고 있었네요!"
마거릿이 내뱉었다.

그래, 지금 이 여자는 남편을 호되게 다루고 있구나,
하고 로버트 월슨은 생각했다. 아니면 한바탕 좋은
구경거리라도 만들 속셈인가? 자기 남편이 지독한
겁쟁이라는 사실을 알게 될 때 여자들은 대체 어떤 태도를
취할까? 이 여자는 지독하게 잔인하다. 하지만 여자들은
대체로 잔인하거든. 물론 이런 여자들은 남편을 쥐고 마구
흔드는 법이지. 마음대로 흔들자면 때론 잔인해질 수밖에
없어. 이런 여자들의 빌어먹을 폭력 행위야 실컷 봐 오지
않았던가.

"고기 좀 더 드십시오." 그가 공손히 여자에게 말했다.

그날 오후 늦게 매코머는 월슨과 원주민 운전사와
엽총 운반인 두 명을 데리고 자동차를 몰고 나갔다. 매코머

부인은 캠프에 남아 있었다. 너무 더워서 나갈 수 없다고 하면서 이튿날 아침 일찍 동행하겠노라고 했다. 점차 멀어져 가는 자동차에서 윌슨은 그녀가 큰 나무 밑에 서 있는 것을 보았다. 장밋빛 카키복을 입고 검은 머리카락을 이마에서 뒤로 넘겨 목덜미 아래까지 땋아 내린 그녀의 모습은 아름답다기보다 사랑스러웠다. 생기 넘치는 얼굴이 마치 영국 느낌이 난다고 그는 생각했다. 그녀는 자동차가 키 큰 풀이 우거진 늪지를 뚫고 멀어져 가자 그들을 향해 손을 흔들었다. 차는 나무 사이를 구불구불 돌아 과수원 숲이 있는 조그마한 언덕으로 들어갔다.

과수원 숲에서 그들은 일런드영양 떼를 발견하고는 모두 차에서 내려 뿔이 길게 뻗친 늙은 일런드영양 한 마리 뒤를 살금살금 쫓아갔다. 매코머는 200미터 조금 못 미치는 거리에서 훌륭한 솜씨로 일런드영양 수놈을 맞혔다. 그러자 일런드영양 떼는 후닥닥 뛰어올라 서로의 등을 뛰어넘으며 도망쳤는데, 다리를 오그리고 껑충껑충 뛰어가는 꼴이 꿈속에서나 가끔 경험하는 것일 뿐 도저히 현실의 것이라고는 믿어지지 않았다.

"아주 훌륭한 솜씨였습니다. 과녁이 작았는데도 말이죠." 윌슨이 말했다.

"쏠 만한 가치가 있는 놈이었나?" 매코머가 물었다.

"아주 훌륭한 솜씨였어요. 그렇게만 쏘면 아무 문제가

없을 겁니다." 윌슨이 대답했다.

"내일 물소를 찾아낼 수 있을까?"

"그럴 가능성이 큽니다. 놈들은 아침 일찍 물 먹으러 나오거든요. 운이 좋으면 넓은 들판에서 잡을 수도 있어요."

"사자 사냥 일을 깨끗이 씻어 버리고 싶군. 그런 실수를 저지르는 걸 아내가 본다면 기분이 썩 좋진 않을 거야." 매코머가 말했다.

아내가 있건 없건, 그 일이 소문으로 퍼져 나가건 말건 나로서는 그런 것보다는 그런 실수를 했다는 사실 자체에 훨씬 불쾌감을 느낄 텐데, 하고 윌슨은 생각했다. 그러나 그는 자신의 생각을 입 밖에 내지 않았다. "나 같으면 그 일에 대해선 더 이상 생각하지 않을 겁니다. 누구라도 사자를 처음 만나면 당황할 테니까요. 다 지나간 일이죠."

그러나 그날 밤 저녁 식사를 마친 뒤 잠자리에 들기 전에 모닥불 옆에서 위스키소다를 마시고 모기장을 친 침대에 드러누워 밤의 정적에 귀를 기울이고 있던 프랜시스 매코머에게는 그 일이 완전히 끝난 것이 아니었다. 끝난 것도 아니었을뿐더러 시작한 것도 아니었다. 어떤 부분은 씻을 수 없을 만큼 돋보이는 채 그 일은 일어났던 그대로 남아 있었다. 그래서 그는 비참한 마음으로 그 일을 부끄럽게 떠올렸다. 아니, 부끄러움

이상으로 싸늘하고 공허한 공포감을 온몸으로 느꼈다. 한때는 자신만만하던 자리에 두려움이 마치 차고도 끈적한 텅 빈 동굴처럼 그대로 남아 메스꺼움이 올라왔다. 그런 느낌이 지금까지도 그에게 그대로 남아 있었던 것이다.

사건은 전날 밤 프랜시스가 잠에서 깨어 강 상류 어디선가 사자가 울부짖는 소리를 들으면서 시작되었다. 우렁차고 나지막한 울음소리였지만 마침내 기침 소리처럼 투덜거리는 소리로 바뀐 것으로 보아 사자가 바로 텐트 밖에 다가와 있는 것 같았다. 한밤중에 잠이 깬 프랜시스 매코머는 그 소리를 듣자 덜컥 겁이 났다. 아내는 숨소리를 고르게 내며 자고 있었다. 무섭다고 말할 사람도, 자신과 함께 무서워할 사람도 없이 그는 홀로 누워 있었다. "아무리 용감한 남자라도 사자에게 세 번은 놀란다. 발자국을 처음 보았을 때, 울부짖는 소리를 처음 들었을 때, 처음 마주쳤을 때 말이다."라는 소말리아 속담을 그는 몰랐다. 아침 해가 뜨기 전 식당 텐트에서 램프 불을 켜 놓고 아침 식사를 하고 있을 때 사자가 또다시 울부짖었다. 그래서 프랜시스는 사자가 바로 캠프 가까이에 와 있다고 생각했다.

"꼭 늙은이 같은 소리를 내는군요. 저놈이 기침하는 소리를 들어 보십시오." 로버트 윌슨이 훈제 청어와 커피[8]에서 얼굴을 들며 말했다.

"바로 가까이에 와 있는 거요?"

"시냇가 상류로 1.5킬로미터쯤 떨어진 곳에 있을 겁니다."

"한번 가서 볼 수 있을까?"

"보러 가죠."

"울부짖는 소리가 이렇게 멀리까지 들리나? 마치 캠프 안에 들어와 있는 것 같군."

"굉장히 멀리까지 들리죠. 어떻게 이렇게 멀리까지 들리는지 신기할 정도입니다. 총을 쏴서 잡을 만한 놈이라면 좋겠군요. 애들 말로는 이 근처에 아주 큰 놈이 하나 있다고 하던데요." 로버트 윌슨이 말했다.

"쏜다면 어디를 겨냥해야 쓰러뜨릴 수 있나?" 매코머가 물었다.

"어깨죠. 맞힐 수만 있다면 목도 좋습니다. 골격을 쏴야만 해요. 그래야만 뻗게 할 수가 있거든요."

"제대로 겨냥할 수 있길 바랄 뿐이야." 매코머가 대꾸했다.

"잘 쏘잖아요. 시간을 넉넉히 잡아요. 놈을 확실히 잘 겨눠야 합니다. 중요한 건 첫 발을 잘 맞히느냐 하는 거죠."

---

8   당시 영국인의 일상적인 아침 식사.

윌슨이 그에게 설명했다.

"거리는 어느 정도면 될까?"

"그건 알 수 없어요. 사자에 달렸다고 봐야죠. 충분히 가까이 다가올 때까지는 절대로 쏘면 안 됩니다."

"한 100미터 이내까지 말인가?" 매코머가 물었다.

윌슨은 재빨리 그를 쳐다보았다.

"100미터 정도면 괜찮습니다. 그보다 가까이 끌어들이면 더 좋고요. 그 이상 떨어진 데선 아예 쏘지 않는 편이 좋습니다. 100미터가 알맞은 거리죠. 그 거리에서는 어디라도 맞힐 수 있을 테니 말입니다. 부인께서 나오시는군요."

"안녕히 주무셨어요? 저 사자를 잡으러 가는 거예요?" 그녀가 물었다.

"부인께서 아침 식사를 마치시는 대로 곧 떠나기로 하죠." 윌슨이 대답했다. "그래, 기분은 좀 어떻습니까?"

"더할 나위 없이 좋아요. 벌써 신바람이 나네요." 그녀가 대답했다.

"준비가 다 됐는지 잠깐 나가 보겠습니다." 윌슨이 나갔다. 그가 나갈 때 사자가 또다시 울부짖었다.

"시끄러운 거지 같은 놈! 끽소리도 못하게 해 줄 테다." 윌슨이 말했다.

"무슨 일이에요, 프랜시스?" 아내가 그에게 물었다.

"아무것도 아냐." 매코머가 대답했다.

"아니, 좀 이상해요. 뭐 걱정되는 거 있나요?" 그녀가 물었다.

"아무것도 아니래도." 그가 대꾸했다.

"말 좀 해 보세요. 어디 몸이 불편한 데라도 있어요?" 여자는 그를 쳐다보았다.

"저 망할 놈의 울음소리 때문이야. 저놈이 밤새도록 으르렁거렸어." 그가 대답했다.

"그럼 왜 나를 깨우지 않았어요? 그 소리를 듣고 싶었는데." 여자가 말했다.

"저 망할 놈을 잡고 말겠어." 매코머가 비참한 표정으로 내뱉었다.

"그래야죠. 당신이 여기까지 온 것도 그 때문이잖아요?"

"그렇지. 하지만 어쩐지 초조해지는군. 저놈의 울음소리를 들으면 신경이 날카로워진단 말이야."

"그렇다면 윌슨 씨 말대로 그놈을 죽여 끽소리도 내지 못하게 해 버려요."

"암, 그래야지, 여보. 그런데 말이야 쉽지, 안 그래?" 프랜시스 매코머가 물었다.

"설마 겁먹은 건 아니겠죠?"

"물론 아니지. 하지만 밤새도록 으르렁거리는 소리를

듣고 나니 신경이 날카로워졌어.”

“당신은 그놈을 보기 좋게 잡을 거예요. 그러리라 믿어요. 어서 그 광경을 보고 싶어요.” 그녀가 말했다.

“어서 아침 식사를 하고 같이 떠납시다.”

“아직 날이 밝지도 않았어요. 이 시간에 사냥이라니 말도 안 돼요.” 그녀가 말했다.

바로 그때 사자는 가슴속 깊은 곳에서 우러나오는 듯한 소리로 울부짖다가 갑자기 공기를 뒤흔들듯이 목구멍을 울리며 점점 높이 떠는 소리를 내더니 마침내 한숨과 가슴속에서 우러나오는 묵직한 신음 소리로 잦아들었다.

“바로 옆에 와 있는 것 같아요.” 매코머의 아내가 말했다.

“빌어먹을! 저 지긋지긋한 소리 정말 듣기 싫군.” 매코머가 말했다.

“아주 인상적인데요.”

“인상적이지. 몸서리쳐질 정도로.”

그때 로버트 윌슨이 총신이 짧고 구경이 상당히 커서 흉측해 보이는 0.505구경 깁스 엽총[9]을 가지고 벙글벙글

---

9   사파리 안내인은 만약의 사태에 대비해 깁스 같은 대형 엽총을 가지고 다녔다.

웃으며 돌아왔다.

　"자, 가시죠. 엽총 운반인이 선생의 스프링필드 엽총과
대형 총을 가지고 갑니다. 차 안에 모든 준비가 되어
있습니다. 총탄은 갖고 있죠?"

　"물론이지."

　"난 준비가 다 됐어요." 매코머 부인이 말했다.

　"저 소동을 멈추도록 해야죠. 선생은 앞쪽에
타십시오. 난 부인과 함께 뒤에 타겠습니다." 윌슨이
말했다.

　그들은 자동차에 올라타 희뿌연 아침 햇살을 받으며
나무들을 지나 강 상류로 향했다. 매코머는 개머리판을
열고 클립 속에 든 탄환을 확인한 뒤 노리쇠를 닫아
안전장치를 했다. 그는 손이 와들와들 떨리는 걸 깨달았다.
그래서 주머니 속에 손을 집어넣어 탄약통이 더 들어
있는지 만져 보고는 또 손가락을 움직여 웃옷 앞쪽
혁대 고리에 걸린 탄약통도 더듬었다. 그런 다음 뒤쪽을
돌아보니 문이 없는 상자 모양의 자동차 뒷자리에는
윌슨이 아내와 나란히 앉아 있었고 두 사람 모두 흥분하여
싱글벙글 웃고 있었다. 윌슨이 앞쪽으로 몸을 기울이고
귓속말을 했다.

　"자, 보십시오, 새들이 내려앉고 있죠. 그놈이 먹이로
잡은 짐승을 내버리고 갔다는 뜻입니다."

개울 건너편 둑 근처 나무 위를 독수리들이 원을 그리며 빙빙 돌다가 수직으로 내려오는 것이 매코머의 눈에 띄었다.

"모르긴 몰라도 놈이 아마 물을 마시러 이 근처에 올 겁니다. 보금자리로 돌아가기 전에 말이죠. 잘 감시하십시오." 윌슨이 속삭였다.

그들은 옥석이 깔린 밑바닥까지 깊이 파여 있는 개울의 높은 둑을 따라 천천히 자동차를 몰았다. 차는 큰 나무 사이를 굽이굽이 돌면서 달려갔다. 매코머가 건너편 강둑을 지켜보고 있을 때 윌슨이 그의 팔을 꽉 잡았다. 차가 갑자기 멈춰 섰다.

"저기 있군요. 오른쪽 앞쪽에 말입니다. 어서 차에서 내려서 쏘십시오. 굉장히 멋진 놈입니다." 그의 귓가에 윌슨이 속삭이는 소리가 들렸다.

그제야 매코머의 눈에도 사자가 보였다. 사자는 옆구리를 거의 다 드러낸 채 큼직한 머리통을 쳐들고 서서 그들이 있는 쪽을 돌아보고 있었다. 그들 쪽을 향해 불어오는 이른 아침의 미풍에 사자의 검은 갈기가 보기 좋게 일어나 있었다. 잿빛 아침 햇살을 받으며 묵직한 두 어깨와 미끈하고 굵직한 동체를 드러내고 높은 강둑에 실루엣을 그리며 서 있는 사자는 엄청나게 커 보였다.

"거리는 얼마나 되지?" 총을 쳐들면서 매코머가

물었다.

"70미터 조금 넘습니다. 어서 차에서 내려 쏘십시오."

"여기서 쏘면 안 되는가?"

"차에서 쏘면 안 돼요. 어서 빨리 내리십시오. 놈이 온종일 그곳에 서 있진 않을 테니까요." 윌슨이 그의 귀에 대고 속삭이는 소리가 들렸다.

매코머는 앞자리 옆에 달린 굽은 출구의 디딤대를 밟고 땅에 뛰어내렸다. 사자는 어마어마한 물소처럼 대단한 몸집으로 버티고 서서 아직도 당당하고 냉담한 눈초리로, 그의 눈에는 다만 그림자로밖에 보이지 않을 이쪽의 대상을 물끄러미 바라보고 있었다. 사람 냄새는 그쪽까지 풍기지 않았다. 사자는 이쪽의 물체를 유심히 바라보면서 큼직한 머리통을 좌우로 천천히 흔들었다. 그러고 나서 두려워서가 아니라 무언가가 자기 앞에 맞서 있으니까 물을 마시러 강둑 아래로 내려가기를 망설이면서 대상을 지켜보았다. 그렇게 지켜보면서 사자는 자기 눈에 사람 같은 것이 그 물체에서 떨어져 나오는 것을 보자 그 묵직한 머리를 돌려 나무숲 아래로 숨을 곳을 찾아 몸을 돌렸다. 바로 그 순간 탕 하는 소리가 나더니 220그레인[10] 엽총의 .30-06 스프링필드 탄환이

---

10 야드파운드법에 의한 무게 단위로, 1그레인은 0.064그램.

사자의 옆구리에 맞고 갑자기 뜨겁고 통렬한 구토증을
일으키면서 창자를 꿰뚫고 지나갔다. 사자는 상처 입은
큼직한 배때기를 흔들며 큼직하고도 무거운 네발을 질질
끌고 숲을 빠져나가 키 큰 풀덤불을 향해 빠른 걸음으로
달아났다. 그 순간 다시 공기를 가르는 듯한 요란한 소리를
내며 또 한 방이 그의 옆으로 지나갔다. 그러고 나서 또
한 방이 날아왔고, 이번에는 늑골의 아랫부분을 뚫고
들어갔다. 사자의 입안에 갑자기 뜨거운 피가 거품과 함께
솟구쳐 일었다. 사자는 키 큰 풀밭으로 달려 들어갔다.
그곳에서 몸을 숨기고 웅크려 앉아 있다가 요란한 소리를
내는 물건을 아주 가까이까지 유인한 뒤 덥석 덤벼들어 그
물건을 쥐고 있는 사람에게 덮칠 생각이었다.

　　자동차에서 내렸을 때 매코머는 사자의 기분이
어떤지에 대해서는 조금도 생각하지 않았다. 다만 그는
자신의 두 손이 와들와들 떨리고 자동차에서 걸어
나갈 때 거의 발을 뗄 수가 없다는 사실만을 깨달았다.
넓적다리가 뻣뻣했지만 근육이 꿈틀거리는 게 느껴졌다.
그는 엽총을 들고 사자의 머리와 두 어깨가 만나는 지점을
겨누어 방아쇠를 당겼다. 손가락이 부러질 것처럼 힘껏
당겼지만 아무 일도 일어나지 않았다. 그제야 안전장치를
풀지 않았다는 사실을 알아차렸다. 그는 총을 내려서
안전장치를 풀고 얼어붙은 발을 떼어 간신히 앞쪽으로 한

걸음 내디뎠다. 그때 사자는 그의 그림자가 자동차에서
떨어져 나간 것을 보고 휙 돌아서 재빨리 도망치기
시작했다. 매코머가 총을 쏘자 총탄이 쿡 하고 정통으로
들어맞는 소리가 들렸는데도 사자는 계속해서 달렸다.
매코머는 또 쏘았지만 탄환이 빠른 걸음으로 달아나는
사자를 넘어 땅에 먼지를 일으키는 것이 모든 사람의 눈에
보였다. 그는 좀 더 낮은 데를 겨눠야 한다고 생각하면서
또 한 발 쏘았다. 모두들 명중하는 소리를 들었고, 사자는
전속력으로 달려 그가 노리쇠를 앞으로 밀기도 전에 숲
속으로 뛰어들어 숨어 버리고 말았다.

　　매코머는 배 속에 메스꺼움을 느끼며 그곳에 우뚝
서 있었다. 공이치기를 잡아당긴 채 스프링필드 엽총을
아직도 쥐고 있는 두 손이 부들부들 떨렸고, 그의 곁에는
아내와 로버트 윌슨이 서 있었다. 또 엽총을 운반하는
원주민 두 명도 와캄바[11] 말로 뭐라고 지껄이며 그 옆에 서
있었다.

　　"맞혔어. 두 번이나 맞혔다고." 매코머가 말했다.

　　"맞히기는 맞혔지만 약간 앞쪽을 맞힌 것 같습니다."
윌슨이 신통치 않다는 듯이 말했다. 엽총을 운반하는
원주민들은 몹시 침울한 표정을 짓고 있었다. 누구 할 것

11　동아프리카에 살고 있는 부족.

없이 모두들 잠자코 있었다.

"혹시 죽었는지도 모르죠. 그래도 좀 더 기다렸다가 가 보는 게 좋을 겁니다." 윌슨이 말을 이었다.

"그게 무슨 말이지?"

"그놈이 죽은 뒤에 쫓아가자는 거죠."

"아!" 매코머가 대꾸했다.

"참으로 멋진 사자였습니다. 그런데 고약한 곳에 틀어박혔어요." 윌슨이 쾌활하게 말했다.

"고약하다니?"

"그놈하고 마주칠 때까지는 도대체 어디 숨어 있는지를 통 알 수 없단 말이죠."

"아, 그렇군." 매코머가 말했다.

"자, 그럼 이제 가 볼까요? 부인께선 자동차에 그대로 계시는 게 좋겠습니다. 우린 핏자국을 쫓아가야 하니 말입니다."

"여기 남아 있어, 마것." 매코머가 아내에게 말했다. 그의 입안은 너무 바싹 말라서 말하기조차 어려웠다.

"왜요?" 여자가 물었다.

"윌슨이 그러라는군."

"잠깐 보고 올 겁니다. 부인께선 여기 그대로 계십시오. 이곳에 있는 게 오히려 더 잘 보일 겁니다." 윌슨이 말했다.

"그러죠."

윌슨은 스와힐리어로 운전기사에게 뭐라고 말했다.
그러자 그는 고개를 끄덕이면서 "네, 알겠습니다,
브와나."[12]라고 대답했다.

그들은 가파른 강둑을 내려가 개울을 건넌 뒤 옥석을
기어오르고 돌아서 강둑에 뻗어 나온 나무뿌리에 매달려
반대편 강둑으로 올라갔다. 개울을 따라 걸어가 마침내
매코머가 쏜 첫 발을 맞고 사자가 달아난 곳에 다다랐다.
운반인들이 풀 줄기로 가리키는 쪽을 보니 짤막한 풀밭에
시꺼먼 피가 묻어 있고 그 핏줄기는 개울 기슭 나무숲
속으로 나 있었다.

"어떻게 할 참이오?" 매코머가 물었다.

"별 도리가 없죠. 차를 몰고 들어갈 수는 없습니다.
강둑이 너무 가파르니까요. 놈이 좀 더 뻣뻣하게 굳은 뒤
저하고 같이 안으로 들어가 찾아보죠." 윌슨이 대답했다.

"풀밭에 불을 지르면 안 될까?" 매코머가 물었다.

"그러기엔 풀이 아직 너무 파랗습니다."

"그럼 몰이꾼을 집어넣을 순 없을까?"

윌슨은 상대편을 살피듯이 찬찬히 뜯어보았다. "물론
그럴 수야 있죠. 하지만 그건 살인 행위에 가깝습니다.
아시다시피 사자는 부상을 입었어요. 다치지 않은

---

12 '나리' 또는 '주인님'을 뜻하는 스와힐리어.

사자라면 그냥 몰아낼 수도 있어요. 시끄러운 소리만
들어도 달아나니까요. 하지만 부상당한 놈은 이쪽으로
덤벼들거든요. 갑자기 딱 마주칠 때까지는 도저히 찾아낼
도리가 없습니다. 토끼 한 마리 숨지 못할 곳에 놈은 바짝
엎드려 있어요. 그런 곳에 차마 아이들을 몰아넣을 순
없죠. 어느 녀석이든 틀림없이 상처를 입고 말 테니까요."
그가 설명했다.

"그럼 엽총 운반인들은 어떨까?"

"아, 그 사람들은 우리와 같이 가야죠. 그게 그
사람들의 샤우리[13]니까요. 그러기로 계약한 겁니다. 그들도
표정이 별로 좋아 보이지 않죠?"

"난 그 안에 들어가고 싶지 않군." 매코머가 말했다.
미처 생각도 하기 전에 그만 입 밖으로 튀어나온 말이었다.

"그건 나도 마찬가지입니다. 하지만 달리 선택의
여지가 없습니다." 윌슨이 아주 쾌활하게 말했다. 그러고
나서 다시 생각난 듯이 매코머를 힐끗 쳐다보았는데
그때 그는 갑자기 몸을 벌벌 떨면서 비참한 표정을 짓고
있었다.

"물론 당신이 들어갈 필요는 없습니다. 내가 고용된
건 그런 일 때문이니까요. 내가 그렇게 비싼 고용료를 받는

---

13 '임무'라는 뜻의 스와힐리어.

것도 그 때문이죠." 그가 말했다.

"그럼 당신 혼자 들어가겠단 말이오? 그놈을 그냥 내버려 두면 안 되나?"

로버트 윌슨은 그때까지 사자와 사자 때문에 야기된 문제에만 온 정신이 쏠려 있었기 때문에 매코머에 대해서는 조금 겁을 먹고 있구나 하는 정도밖에는 생각하지 않았다. 그런데 이 말을 듣는 순간 갑자기 마치 호텔에서 실수로 남의 방문을 열고 못 볼 것을 본 것 같은 느낌이 들었다.

"그게 무슨 말입니까?"

"그냥 내버려 두자고."

"그럼 사자가 총에 맞지 않은 척하자는 겁니까?"

"그게 아니오. 그냥 내버려 두자는 거지."

"그럴 순 없습니다."

"이유가 뭔가?"

"첫째, 놈은 지금 틀림없이 고통스러워할 겁니다. 또 다른 이유는, 누군가가 우연히 그놈과 마주칠지도 모릅니다."

"그래, 알겠어."

"하지만 선생은 그놈을 상관하지 않아도 괜찮습니다."

"상관하고 싶어. 다만 좀 겁이 날 뿐이지." 그가 대꾸했다.

　"저 안에 들어갈 땐 내가 앞장서겠습니다. 콩고니를
시켜 발자국을 따라가게 하고요. 그러니 선생은 내 뒤
한쪽에 조금 비켜서서 따라오십시오. 모르긴 몰라도
놈의 으르렁대는 소리가 들릴 겁니다. 놈이 보이기만 하면
우리 둘이서 총을 쏘는 거죠. 걱정할 건 아무것도 없어요.
내가 책임지고 돌봐 드리겠습니다. 하지만 어쩌면 당신은
따라오지 않는 게 좋을지도 모르겠군요. 그 편이 훨씬
나을 것 같아요. 제가 처리해 버리는 동안 부인한테 가서
같이 있는 게 어떻겠습니까?" 월슨이 제안했다.

　"아니, 나도 가고 싶어."

　"그럼 좋습니다. 하지만 마음이 내키지 않으면
그만두십시오. 아시다시피 이건 내 샤우리니까요." 월슨이
말했다.

　"나도 같이 가고 싶다고." 매코머가 말했다.

　그들은 나무 아래에 앉아 담배를 피웠다.

　"우리가 기다리는 동안 잠깐 돌아가 부인께 말을
전하고 오겠습니까?"

　"아니."

　"그럼 내가 가서 좀 더 기다리라고 말하고 오죠."

　"좋아." 매코머가 말했다. 겨드랑이에서 줄줄 땀이
흐르고, 입안은 바싹 마르고, 배 속은 텅 빈 것처럼
느끼면서 그는 월슨에게 혼자 가서 사자를 해치우라고

말할 배짱이 있으면 좋겠다고 생각하며 앉아 있었다.
그는 자신이 방금 전 어떤 상태에 있었는지 알아차리지
못했기 때문에 윌슨이 화가 나서 자기 아내를 돌려보내려
했다는 사실을 미처 깨닫지 못했다. 그가 앉아 있는 동안
윌슨이 다가왔다. "선생의 큰 엽총을 가져왔습니다. 이걸
들고 있으십시오. 이제 놈에게는 시간을 줄 만큼 준 것
같습니다. 자, 그럼 이제 가죠." 그가 말했다.

　　매코머가 큰 엽총을 손에 들자 윌슨이 말했다.

　　"5미터쯤 오른쪽으로 비켜서서 내 뒤를 따라오십시오.
그리고 뭐든지 내가 시키는 대로 하십시오." 그런 다음
그는 자못 우울한 표정을 짓고 있는 원주민 운반인 두
명에게 스와힐리어로 뭐라고 말했다.

　　"어서 가죠." 그가 재촉했다.

　　"물 한 모금만 마실 수 있을까?" 매코머가 말했다.
윌슨이 혁대에 물병을 찬 나이 먹은 원주민에게 뭐라고
말하자 원주민이 물병을 풀어 마개를 빼서는 매코머에게
건네주었다. 매코머가 물병을 받아 손에 쥐고 보니
무거웠고 펠트 커버도 털이 많고 조잡했다. 물을 마시려고
물병을 입에 갖다 대면서 그는 앞쪽으로 높이 자란 풀과 그
뒤쪽으로 끝이 평평한 나무들을 볼 수 있었다. 산들바람이
그쪽으로 불어와 풀밭이 가볍게 물결치고 있었다. 그가 그
엽총 운반인을 쳐다보니 그 역시 공포에 사로잡혀 있었다.

풀밭 속으로 35미터쯤 들어간 곳 바닥에 큼직한
사자가 납작 엎드려 있었다. 두 귀를 뒤로 젖힌 채 길쭉하고
검고 토실토실한 꼬리를 위아래로 조금 흔들 뿐 조금도
꼼짝하지 않았다. 사자는 이 은폐 장소에 이르자마자
그야말로 궁지에 몰리고 말았다. 큼직한 배때기에
관통상을 입어 통증이 몹시 심했고, 폐를 관통한 상처
때문에 점점 기운이 빠지고 있었다. 폐에 입은 상처 때문에
숨을 쉴 때마다 입에서는 거품 같은 불그스름한 피가
가늘게 흘러나오고 있었다. 양쪽 옆구리는 피에 축축이
젖어 따끔하게 뜨거웠고, 단단한 총탄이 황갈색 가죽에
뚫어 놓은 조그마한 구멍에는 파리들이 달라붙었다.
증오로 불타는 큼직하고 누런 두 눈을 가늘게 뜨고 정면을
노려보면서 숨을 쉬며 고통을 느낄 때마다 깜박거릴
뿐이었다. 날카로운 발톱은 햇볕에 익은 부드러운 흙을
박박 긁어 댔다. 고통도 상처도 증오도, 그리고 자기에게
남아 있는 온갖 힘도 오로지 돌진이라는 한 점으로 모으고
있었다. 사자의 귓가에 인간들의 말소리가 들려왔다.
인간들이 풀밭 속으로 들어오자마자 덤벼들려고 전력을
다해 만반의 준비를 하고 있었다. 사람들의 목소리가
들리자 사자는 꼬리를 빳빳이 하여 아래위로 푸들푸들
흔들어 댔다. 사람들이 풀밭 가장자리에 이르자 사자는
기침 비슷한 신음 소리를 내며 앞으로 돌진해 왔다.

　나이 먹은 원주민 운반인 콩고니는 핏자국을
쫓으면서 앞장섰고, 윌슨은 큰 엽총을 겨누어 들고 풀밭이
조금이라도 움직이지 않나 살폈으며, 또 다른 운반인은
귀를 기울이며 앞을 응시했고, 매코머는 총을 겨눠 들고
윌슨 곁에 붙어 섰다. 이렇게 그들 일행이 풀숲으로 막
들어서려는 바로 그 순간, 매코머는 피 때문에 목구멍이
메어 기침 비슷한 신음 소리를 내며 휙 하고 풀밭에서
뛰어나오는 사자를 보았다. 다음 순간 그는 공포에
사로잡힌 나머지 미친 듯이 달려 개울 쪽을 향해 줄행랑을
쳤다.

　윌슨의 큰 엽총이 꽈꽝! 하고 요란한 소리를 내더니
잠시 후 또다시 꽝! 하고 울리는 소리가 들렸다. 매코머가
뒤를 돌아보니 머리통이 절반쯤 날아간 사자가 높이 자란
풀밭 가장자리에 있는 윌슨을 향해 무서운 모습으로
슬슬 기어 나오고 있었다. 그러는 동안 얼굴이 붉은
사내가 흉측하게 생긴 짧은 엽총 위에 달린 노리쇠를
당기자 총구에서는 또다시 꽝! 하는 소리와 함께 불이
뿜어 나왔고, 기어 나오던 사자는 묵직한 누런 몸뚱이가
뻣뻣해지면서 찢어진 큼직한 머리통을 앞쪽으로 푹
박았다. 흑인 두 명과 백인 한 명이 경멸에 찬 시선으로
자신을 돌아보는 동안, 매코머는 도망쳐 나온 빈터에서
탄환을 장전한 총을 아직도 손에 든 채 우두커니 홀로

서서 사자가 죽은 것을 확인했다. 키가 큰 그가 온몸에 노골적인 비난을 받으며 윌슨에게로 다가가자, 윌슨이 그를 쳐다보고 물었다.

"사진을 찍겠습니까?"

"아니." 그가 대답했다.

자동차에 도착할 때까지 그들이 나눈 말은 그 한마디뿐이었다. 그러고 나서 윌슨이 말했다.

"참으로 멋진 사자입니다. 아이들이 껍질을 벗길 겁니다. 우린 이곳 그늘에 머물러 있는 게 좋겠습니다."

매코머의 아내는 그를 쳐다보지도 않았고, 그 또한 아내를 쳐다보지 않았다. 그는 아내와 함께 뒷좌석에 앉았고 윌슨은 앞좌석에 앉았다. 한번은 아내를 쳐다보지도 않고 옆으로 손을 뻗어 그녀의 손을 잡으려고 했지만 아내는 슬그머니 손을 떼어 냈다. 개울 저편에서 엽총 운반인들이 사자의 껍질을 벗기는 모습을 바라보며 그는 아내가 처음부터 끝까지 그 장면을 보았다는 것을 알아차렸다. 그들이 그곳에 앉아 있는 동안 그의 아내는 앞쪽으로 몸을 내밀어 윌슨의 어깨에 손을 얹었다. 그가 뒤돌아보자 그녀는 나지막한 좌석 너머로 몸을 굽히더니 그의 입에 키스했다.

"아, 이거야 참!" 윌슨은 햇볕에 탄 여느 때의 얼굴빛보다 더욱 얼굴을 붉히며 말했다.

"로버트 윌슨 씨. 붉은 얼굴의 미남, 로버트 윌슨 씨."
그녀가 말했다.

그러고 나서 그녀는 다시 매코머 곁에 앉아 개울
건너편으로 사자가 앞다리를 쳐들고 누운 곳을
바라보았다. 그곳에 있는 흑인들이 껍질을 벗기니 하얀
근육에 힘줄 자국이 나 있는 앙상한 앞다리와 함께 하얗게
부풀어 오른 큼직한 배때기가 드러났다. 드디어 엽총
운반인들이 축축하고 무거운 껍질을 가져와서는 둘둘
말아 그것을 들고 자동차 뒤에 올라타자 차가 출발했다.
캠프에 돌아올 때까지 입을 여는 사람은 아무도 없었다.

이것이 그 사자를 둘러싼 이야기였다. 매코머는
사자가 맹렬히 돌진해 오기 전에 사자가 도대체 무엇을
느꼈는지, 또 공격해 오는 동안 입에 포구초속(砲口初速)[14]이
2톤이라는 0.505구경 총의 믿을 수 없는 강타를 받았을
때 어떤 느낌을 받았는지, 그 뒤 뒷발에 두 번째로 무서운
총격을 받고도 도대체 왜 자신을 파멸로 이끄는 무섭게
불을 내뿜는 총을 향해 기어 나왔는지 도무지 알 수가
없었다. 윌슨은 그런 것에 대해 조금은 알고 있었지만 그저
"굉장히 훌륭한 사자로군요."라는 말만 내뱉었을 뿐이다.
그러나 매코머는 윌슨이 그런 일에 대해 어떻게 느끼고

14 포탄이 주포의 포구를 떠나는 찰나의 속도.

있는지 도무지 알 수 없었다. 아내와 이제 끝났다는 사실을
제외하고는 그녀가 어떻게 느끼는지도 알지 못했다.

물론 그의 아내가 그에게 실망을 느낀 것은 이번이
처음이 아니었지만 실망이 오래 계속되는 일은 없었다.
매코머는 엄청난 부자였고 앞으로는 더욱더 큰 부자가
될 팔자였다. 그래서 아내가 절대로 자기를 차 버리지
않으리라는 것을 잘 알았다. 그 사실은 그가 정말로
아는 몇 가지 중 하나였다. 그 사실에 관해, 오토바이에
관해(그것이 맨 첫 번째 경우였다.), 자동차에 관해, 오리
사냥에 관해, 송어나 연어 또는 바다의 큰 물고기를 잡는
낚시질에 관해, 지나치다 싶을 만큼 여러 책에 쓰여 있는
성(性)에 관해, 코트에서 하는 모든 구기(球技)에 관해,
개들에 관해, 말(馬)에 관해 약간, 돈을 유지하는 방법에
관해, 그가 살고 있는 세계와 관련 있는 그 밖의 다른
여러 가지 일에 관해, 그리고 아내가 자기를 차 버리지
않으리라는 사실에 관해 그는 잘 알았던 것이다. 그의
아내는 한창때는 굉장한 미인이었고, 지금도 아프리카에서
보면 굉장한 미인이었다. 그러나 본국에서는 그를 차
버리고 더 잘나갈 수 있을 만큼의 미인은 아니었다. 그녀도
그 사실을 잘 알았고, 그도 그 사실을 잘 알았다. 그녀는
그에게서 떠날 기회를 놓쳐 버리고 말았고, 그는 그 사실도
잘 알고 있었다. 만약 그의 여자 다루는 솜씨가 좀 더

노련했더라면 그녀는 아마 그가 다른 아름다운 여자를
새로 아내로 삼지 않을까 걱정했을 것이다. 그러나 그녀는
그에 대해 구석구석까지 너무나 잘 알았기 때문에 그런
것에 대해 걱정하지 않았다. 게다가 그는 언제나 아주
관대했는데, 그 관대함에 그처럼 흉측한 점만 없었더라면
그의 성격 중 가장 훌륭한 장점으로 보였을 것이다.

대체로 그들은 비교적 행복한 부부로 알려져
있었다. 헤어지리라는 소문이 가끔 돌기는 했지만
실제로는 절대 그러지 않는 부부 말이다. 사교란(社交欄)
담당 칼럼니스트의 표현을 빌리자면, 그들은 아프리카
오지에서 사파리 수렵을 함으로써 뭇사람의 선망을
받았고, 남한테서 부러움을 사는 영구적인 그들의
로맨스에 모험의 정취 이상의 것을 한껏 덧보태고 있었다.
마틴 존슨 부부[15]가 사자 '심바', 물소, 코끼리 '템보' 등을
쫓아다니며 수없이 은막을 통해 소개하고 또한 박물관의
표본을 수집하기 전까지는 '가장 검은 대륙'[16]으로 알려져
있었던 이곳에서 말이다. 이 칼럼니스트는 그들 부부가
과거에 적어도 세 번은 헤어질 뻔했다고 보도한 적이

---

15 마틴 존슨(Martin Johnson, 1884~1937)과 오사 존슨(Osa
　Johnson, 1894~1953). 미국의 수렵가이자 영화 제작자로
　아프리카 사파리를 영화로 만들었다.
16 존슨 부부가 주로 수렵 여행을 한 케냐를 가리킨다.

있는데 그들이 그런 상황에 있었던 것은 사실이다. 그러나
두 사람은 언제나 그런 위기를 잘 헤쳐 나갔다. 서로
결합할 수밖에 없는 강한 기반을 가지고 있었기 때문이다.
마거릿은 매코머가 이혼하기에는 너무도 아름다웠고,
매코머는 마거릿이 영영 차 버리기에는 너무도 돈이
많았던 것이다.

　새벽 3시쯤 프랜시스 매코머는 사자 생각을 물리치고
난 뒤 잠깐 잠들었다 깨어 다시 잠들었지만 피투성이가 된
머리통을 한 사자가 그의 가슴을 억누르는 악몽에 깜짝
놀라 또다시 잠을 깨고 말았다. 그리고 심장이 마구 뛰는
소리에 귀를 기울이고 있다가 텐트 안 다른 침대에 아내가
없다는 사실을 깨닫게 되었다. 그 사실을 깨닫고 그는 두
시간 동안이나 눈을 뜬 채 누워 있었다.

　두 시간쯤 지나서야 아내는 텐트로 되돌아와
모기장을 쳐들고 기분 좋은 듯이 침대로 기어 들어갔다.

　"어디 갔다 오는 거야?" 매코머가 어둠 속에서 물었다.

　"여보, 깨어 있었어요?" 그녀가 말했다.

　"어디 갔다 오냐고?"

　"잠깐 밖에서 바람 좀 쐬고 왔어요."

　"행여나 그랬겠군."

　"무슨 말을 듣고 싶은 거예요, 여보?"

　"어디 갔다 왔느냔 말이야?"

"바람 쐬러 갔다 왔다니까요."

"요즘에는 그렇게 부르는 모양이군. 이 암캐 같은 년."

"흥, 내가 암캐면 당신은 겁쟁이겠죠."

"좋아. 그래서 어떻단 말이야?" 그가 대꾸했다.

"나한테는 아무 상관없는 일이에요. 하지만 제발 말하지 말아요, 여보. 지금은 몹시 졸려 죽을 지경이니까."

"그래, 무슨 짓이건 내가 받아들일 줄 아는 거야?"

"그럴 줄 알았죠, 여보."

"천만에, 어림 반 푼도 없지."

"제발 부탁이에요, 여보. 말하지 말자고요, 너무 졸려요."

"그런 짓은 하지 않기로 했잖아. 안 하겠다고 약속했잖아."

"하지만 지금은 사정이 다르죠." 그녀가 부드럽게 말했다.

"이번 여행에서는 그따위 짓은 하지 않겠다고 했다고. 약속했잖아."

"그래요, 약속했죠, 여보. 나도 처음에는 그러려고 했어요. 하지만 어제 일로 이번 여행은 엉망이 됐어요. 그러니 그 얘기는 할 필요가 없지 않나요?"

"당신은 자기한테 유리할 땐 오래 기다리는 법이 없군, 안 그래?"

"제발 부탁이에요. 그만둡시다. 졸려 죽겠다니까요, 여보."

"아냐, 말해야겠어."

"그럼 혼자서 떠들어요. 난 잘 테니까요." 그리고 그녀는 잠들고 말았다.

해 뜨기 전 그들 세 사람은 함께 식탁에 앉아 아침 식사를 했다. 그때 프랜시스 매코머는 지금까지 싫은 사내가 많았지만 로버트 윌슨만큼 끔찍이 싫은 사내는 없었다는 사실을 깨달았다.

"잘 주무셨습니까?" 윌슨이 파이프에 담배를 채우면서 목이 쉰 듯한 소리로 물었다.

"당신은 잘 잤소?"

"더할 나위 없이 푹 잤습니다." 백인 사냥꾼 윌슨이 대답했다.

이 후레자식 같으니! 이 버릇없는 후레자식 같으니! 하고 매코머는 생각했다.

그러고 보니 여자가 침대로 돌아갔을 때 이 사람을 깨운 모양이로군, 하고 윌슨은 무표정하고 냉정한 눈초리로 두 사람을 쳐다보면서 생각했다. 그렇다면 자기 여편네 좀 잘 간수할 것이지. 도대체 나를 뭐로 생각하는 거야? 돌부처로 생각하는 모양이지? 남편이라면 제 여편네는 붙잡아 둘 줄 알아야지. 이게 다 제 탓이지 누구

탓이야.

　"물소를 찾을 수 있을까요?" 마거릿이 살구가 담긴 접시를 밀어내면서 물었다.

　"그럴 가능성은 있죠. 하지만 부인께선 캠프에 남아 있는 게 어떻겠습니까?" 윌슨이 이렇게 말하고는 그녀를 향해 미소를 지었다.

　"절대로 그럴 순 없어요." 그녀가 그에게 대답했다.

　"부인께 캠프에 남아 있도록 명령하시죠." 윌슨이 매코머에게 말했다.

　"당신이 명령하지그래." 매코머가 쌀쌀맞게 말했다.

　"명령이니 뭐니 하는 그런 바보 같은 말은 하지 마요, 프랜시스." 마거릿이 매코머를 향해 자못 유쾌한 듯이 말했다.

　"출발 준비는 다 됐나?" 매코머가 물었다.

　"언제든지 출발할 수 있습니다. 멤사힙께서도 같이 가길 원하십니까?" 윌슨이 물었다.

　"내가 원하고 안 원하고가 중요해?"

　제기랄! 하고 로버트 윌슨은 생각했다. 빌어먹을! 그래, 일이 이렇게 되어 가는군. 결국 이렇게 되어 가는 거야.

　"그야 별로 중요하지 않죠." 그가 대꾸했다.

　"설마 당신은 내 아내와 함께 캠프에 남아 있고 나 혼자 나가서 물소를 잡아 오기를 바라는 건 아니겠지?"

매코머가 물었다.

"그럴 수야 없죠. 내가 선생이라면 그런 잠꼬대 같은 소리는 하지 않을 겁니다." 윌슨이 대꾸했다.

"잠꼬대가 아냐. 역겨워서 그래."

"역겹다니, 듣기 민망한 말이군요."

"프랜시스, 좀 더 분별 있게 말할 수 없나요?" 그의 아내가 말했다.

"지나칠 정도로 분별 있게 말하고 있는 거야. 그래, 이렇게 더러운 음식 먹어 본 적 있나?" 매코머가 물었다.

"음식이 뭐 잘못됐나요?" 윌슨이 조용히 물었다.

"다른 일도 다 마찬가지지."

"나 같으면 마음을 좀 가라앉히겠습니다, 겁쟁이 선생. 식탁 시중을 드는 아이 하나는 영어를 조금 알아들으니 말입니다." 윌슨이 아주 조용하게 말했다.

"그까짓 아이가 무슨 상관이야."

윌슨은 자리에서 일어나 파이프를 빨면서 걸어가 그를 기다리고 서 있는 원주민 운반인 한 사람에게 천천히 스와힐리어로 뭐라고 말했다. 매코머와 그의 아내는 식탁에 앉아 있었다. 그는 커피 잔을 물끄러미 바라보고 있었다.

"만약 당신이 소동을 일으킨다면 난 당신하고 헤어지고 말 거예요, 여보." 마거릿이 조용히 말했다.

"아니, 그러지 못할걸."

"안 그러는지 어디 한번 두고 봐요."

"차마 나한테서 떠나진 못할걸."

"그래요. 떠나지 않을 테니 당신도 처신 잘해요."

"처신 잘하라고? 그런 말버릇이 어디 있어. 처신을 잘하라니."

"그래요. 처신 좀 잘하라 이 말이에요."

"그럼 당신은 왜 처신을 잘하지 않는 거지?"

"오랫동안 잘하려고 노력해 왔어요. 정말 오랫동안요."

"난 저 붉은 낯짝을 한 돼지 자식이 싫어. 보기만 해도 구역질이 난단 말이야." 매코머가 말했다.

"저 사람은 정말 훌륭한 사람이에요."

"아, 입 닥쳐!" 매코머는 거의 소리를 지르다시피 했다. 바로 그때 자동차가 와서 식당 텐트 앞에 멈춰 섰고, 운전기사와 원주민 엽총 운반인 둘이 차에서 내렸다. 윌슨이 걸어와 식탁에 앉아 있는 그들 부부를 쳐다보았다.

"사냥 나갈 겁니까?" 그가 물었다.

"암, 그래야지. 갑시다." 매코머가 자리에서 일어서면서 말했다.

"털 스웨터를 갖고 가는 게 좋을 겁니다. 차 안은 추우니까요." 윌슨이 말했다.

"난 가죽 재킷을 갖고 가겠어요." 마거릿이 말했다.

"그건 아이가 갖고 있습니다." 윌슨이 그녀에게 말했다. 그는 운전기사와 함께 앞좌석에 올라타고 프랜시스 매코머와 그의 아내는 한마디 말도 없이 뒷좌석에 앉았다.

이 거지 같은 자식이 내 뒤통수를 날려 버릴 생각을 하지 않았으면 좋겠는데, 하고 윌슨은 생각했다. 여자란 원정 수렵에는 귀찮은 존재야.

잿빛 아침 햇살을 받으며 자동차는 아래쪽으로 내려가 조약돌이 깔린 얕은 여울에서 강을 건넌 뒤 가파른 강둑을 비스듬히 기어 올라갔다. 그곳은 전날 윌슨이 삽으로 길을 만들도록 일러 두었던 곳으로, 그들은 지금 공원처럼 나무가 우거지고 기복이 있는 건너편까지 차를 몰고 갈 수 있었다.

상쾌한 아침이라고 윌슨은 생각했다. 이슬이 무겁게 내려앉았고 바퀴가 풀숲과 낮은 덤불을 헤치고 지나갈 때 납작하게 깔린 엽상 식물의 향기로운 냄새가 풍겼다. 꼭 마편초 냄새 같았다. 자동차가 길 없는 공원 같은 곳을 지나갈 때 풍기는 이른 아침의 이슬 냄새며, 바퀴에 짓밟힌 고사리 냄새, 그리고 이른 새벽안개 속에 검실검실 보이는 나무줄기의 모습이 좋았다. 지금 그는 뒷좌석에 앉아 있는 두 사람에 대해서는 잊고 오직 물소만을 생각했다. 뒤쫓으려는 물소는 낮에는 초목이 우거진 깊은 늪에 숨어 있어서 도저히 총을 쏠 수 없지만 밤이 되면 먹이를 찾아

넓은 초원으로 나온다. 그래서 만약 자동차로 놈들과
놈들이 있는 늪 사이에 들어갈 수만 있다면 매코머는
넓은 초원에서 놈들을 사냥할 기회를 얻을지 모른다.
우거진 덤불 속에 들어가서 매코머와 함께 물소를
사냥하고 싶지는 않았다. 매코머하고는 물소건 무엇이건
같이 사냥하고 싶은 생각이 조금도 없었지만, 그는 직업
수렵가로 한창때는 보기 드물게 괴팍한 친구들과 함께
사냥한 일도 있었다. 만약 오늘 물소를 잡게 된다면 다음
목표는 코뿔소가 될 것이다. 이 가련한 사내도 위험천만한
원정 수렵을 경험하고 나면 사정이 좀 나아질 것이다.
자신은 저 여자와 이제 더 아무 관계도 없을 것이고,
매코머도 그 일을 극복하게 될 것이다. 꼴을 보아 하니
이 친구는 전에도 이런 일을 여러 번 겪은 모양이었다.
이 불쌍한 거지 같은 친구. 틀림없이 나름대로 그런 일을
극복하는 방법이 있을 거야. 어쨌든 이렇게 된 것은 저
가련한 녀석이 저지른 실수 때문이 아니던가.

　　로버트 윌슨은 뜻밖의 행운이 갑자기 굴러들어올
때를 대비하여 원정 수렵을 할 때는 늘 더블 사이즈의
간이침대를 갖고 다녔다. 전에도 여러 나라 사람들이
뒤섞인 방탕하고 스포츠를 좋아하는 단골손님들을 위해
사냥을 나간 일이 있었다. 그런데 그 일행의 여자들은 이
백인 수렵인과 침대를 같이하지 않으면 지불한 돈에 대해

보람을 느끼지 못했다. 그 무렵 그중에는 꽤 마음에 드는 여자들도 있었지만 헤어지고 나면 그들을 경멸했다. 그러나 그는 그런 사람들 때문에 생계를 이어 왔고, 그들에게 고용된 동안은 그들의 기준에 따라 행동해야 했다.

사격을 제외한 모든 일에서 윌슨은 그들의 기준을 따라야 했다. 그러나 수렵할 때는 자신만의 기준이 있었고, 그래서 그들은 그의 표준에 따라 행동하든지 그렇지 않으면 다른 안내인을 고용하는 수밖에 없었다. 그 점 때문에 그들이 모두 자신을 존경한다는 것을 그는 잘 알았다. 그런데 이 매코머라는 인간은 기이한 친구였다. 제기랄, 정말 기이하지 않다면 내 성(姓)을 갈겠어. 지금 놈의 아내가 있거든. 아내가 있어. 그렇지, 아내 말이야. 흠, 그녀는 그놈의 아내란 말이지. 어쨌든 그따위 것은 이제 모두 잊어버렸어. 윌슨은 고개를 돌려 그들 쪽을 바라보았다. 매코머는 험상궂고 화가 난 표정으로 앉아 있었고, 마거릿은 그에게 미소를 보내고 있었다. 오늘 그녀는 다른 날보다 더 젊고 청순해 보였지만 직업여성처럼 아름답지는 않았다. 이 여자가 머릿속으로 무슨 생각을 하고 있는지 도무지 알 도리가 있어야지, 하고 윌슨은 생각했다. 간밤에 그녀는 별로 말이 없었어. 어쨌든 얼굴만 쳐다봐도 자못 기분이 좋군.

자동차는 천천히 나지막한 오르막을 기어올라 숲

사이를 달린 다음 풀이 우거진 대초원 같은 공지로 나와 들판의 가장자리 그늘진 곳을 따라 계속 달려갔다. 운전기사는 속도를 늦추었고 월슨은 초원을 가로질러 또 건너편 너머 일대를 조심스럽게 살펴보았다. 그는 차를 멈추게 하고 쌍안경으로 들판을 샅샅이 살펴보았다. 그러고 나서 운전기사에게 앞으로 계속 나아가도록 손짓을 하자 자동차는 흑멧돼지 구멍을 피하고 개미가 만들어 놓은 진흙 집을 비켜 가며 천천히 굴러갔다. 바로 그때 공지를 건너다보고 있던 월슨이 갑자기 고개를 돌리며 소리를 질렀다.

"맙소사, 놈들이 저기 있어요!"

자동차는 앞쪽으로 튀어 나가고 월슨이 운전기사에게 스와힐리어로 재빨리 뭐라고 말하는 동안 월슨이 손가락질하는 곳을 바라보니 거대한 검은 짐승 세 마리가 매코머의 눈에 들어왔다. 길쭉하고 육중한 몸뚱이가 마치 원통처럼 보이는 짐승들이 검고 큼직한 유조차(油槽車)마냥 탁 트인 초원의 반대쪽 끝을 가로질러 질주하고 있었다. 짐승들은 목을 빳빳이 쳐들고 몸뚱이를 쑥 내민 채 달리고 있었는데, 번쩍 치켜들고 달리는 머리통 끝에는 검은 뿔이 위쪽으로 넓게 뻗어 있었다. 머리통은 움직이는 것 같지 않았다.

"세 마리 모두 늙은 물소입니다. 습지에 닿기 전에

놈들의 길을 막아 버립시다.” 윌슨이 말했다.

자동차는 시속 70킬로미터가 넘는 속도로 텅 빈 들판을 달리고 있었다. 매코머가 지켜보니 물소가 점점 크게 보이다가 드디어 털 없이 우툴두툴한 거대한 잿빛 물소 한 마리가 눈에 들어왔다. 어깨와 어깨 사이에 목덜미가 푹 파묻혀 있었고 줄지어 꾸준히 달리고 있는 다른 두 마리 조금 뒤쪽을 달릴 때는 뿔이 까맣게 번쩍였다. 그리고 그때 자동차는 길을 뛰어넘기라도 하듯이 크게 흔들리면서 일행은 물소 가까이에 다가와 있었다. 앞으로 넘어질 듯이 돌진하는 물소의 거대한 몸집이며, 털이 성긴 먼지투성이 피부며, 널찍하게 솟은 뿔이며, 콧구멍이 널찍하고 길게 늘어진 주둥이가 그의 눈에 들어왔다. 그가 총을 들고 쏠 자세를 취하려 하자 윌슨이 “차에서 쏴선 안 돼요, 이 바보 같은 양반아!” 하고 외쳤다. 그 순간 매코머는 윌슨에 대한 증오심을 느꼈을 뿐 공포 같은 건 전혀 느끼지 않았다. 브레이크가 걸리더니 자동차가 옆으로 미끄러지며 가까스로 멈춰 섰다. 윌슨이 한쪽에서 내리고 그는 다른 쪽에서 내렸는데, 차가 미처 멈추기 전이라 발이 땅바닥에 부딪쳐 비틀거렸다. 그러고 나서 매코머는 총을 치켜들어 달아나는 물소를 겨눠 쏘았다. 총알이 한 발 두 발 탕탕 하고 물소 몸에 맞는 소리가 들렸다. 마침내 앞쪽 어깨와 어깨 사이에 퍼부어야 한다는 생각이 들자 그는 꾸준히 달리고 있는 물소를 향해 총알을 있는 대로 계속 쏘아 댔다. 다시 총알을 장전하려고 더듬거리는데 물소가 쓰러지는 모습이 보였다. 물소는 무릎을 꿇고 큼직한 머리통을 앞쪽으로 내젓고 있었다. 그는 나머지 다른 두 마리가 달리는 것을 보고 이번에는 앞장선 놈을 쏘아 명중시켰다. 또 한 발 쏘았지만 이번에는 맞지 않았다. 꽝! 하고 울리는 윌슨의 총소리가 들리더니 선두에 선 물소가 코를 박고 앞으로 고꾸라졌다.

　"저기 나머지 놈을 쏴요. 지금 쏘고 있는 놈 말이오." 윌슨이 소리쳤다.

　그러나 물소는 같은 속도를 꾸준히 유지하며 달아났다. 매코머가 쏜 총알은 맞지 않고 먼지만 푹 일으켰으며, 윌슨의 총알도 빗나가 먼지가 구름처럼 자욱이 일어났다. 그러자 윌슨이 "자, 갑시다. 거리가 너무 멀어요!" 하고 소리 지르며 그의 팔을 붙잡았다. 매코머와 윌슨은 다시 자동차에 올라타 차의 양쪽에 한 사람씩 매달린 채 우툴두툴한 지면 위를 흔들거리며 돌진하여, 꾸준한 속력으로 넘어질 듯 곧장 달려가는 목이 묵직한 물소를 뒤쫓아 갔다.

　그들은 물소 뒤로 다가섰고, 매코머가 총알을 장전하다 땅바닥에 떨어뜨린 탄환을 주워서 억지로 총에 쑤셔 넣다 막히고, 막힌 것을 뚫고 하는 동안 그들은 물소와 거의 닿을 정도로 가까워졌다. 그때 윌슨이 "스톱!"
하고 고함을 치자 자동차는 뒤로 미끄러져 자빠질 뻔했고,
매코머는 앞으로 뛰어내려 노리쇠를 앞으로 젖히고는 될
수 있는 대로 앞쪽으로 질주하는 검고 둥근 등을 겨누고
쏘았다. 겨누고 쏘고 또다시 겨누고 쏘고를 반복했지만
총알은 모두 명중해도 물소는 꿈쩍하지 않았다. 그때 귀가
멍멍할 정도로 윌슨이 총을 쏘는 소리가 들리더니 물소가
비틀거리기 시작했다. 매코머가 조심스럽게 겨누어 한 발
다시 쏘자 물소가 무릎을 꿇고 픽 쓰러지고 말았다.

"잘했어요. 훌륭한 솜씨요. 세 마리 다 잡았습니다."
윌슨이 말했다.

매코머는 희열에 도취되었다.

"당신은 몇 번이나 쏘았나?" 그가 물었다.

"꼭 세 발 쏘았습니다. 처음 물소는 선생이 잡았죠.
제일 큰 놈 말입니다. 나머지 두 마리도 선생이 잡는 걸
나는 돕기만 했죠. 놈들이 늪 속에 숨어 버리지나 않을까
걱정했거든요. 모두 선생이 잡은 겁니다. 난 그저 손을
조금 빌려 드렸을 뿐이에요. 선생의 사격 솜씨는 아주
굉장했어요." 윌슨이 말했다.

"자동차 있는 곳으로 돌아가지. 한잔하고 싶군."
매코머가 말했다.

"그전에 저놈을 먼저 처치해 버리죠." 윌슨이 말했다.

물소는 무릎을 꿇고 있었다. 두 사람이 다가가자 물소는 머리를 사납게 쑥 흔들어 대면서 돼지 눈깔같이 가느다란 눈에 노기를 띠고 무섭게 으르렁댔다.

"놈이 일어나지 않도록 조심하십시오. 조금 옆으로 돌아가서 귀 바로 뒤쪽 목덜미를 보기 좋게 한 방 쏘시죠." 윌슨이 말했다.

매코머는 성이 나서 사납게 휘둘러 대는 큼직한 목덜미 한복판을 조심조심 겨누어 쏘았다. 그제야 물소는 목을 앞쪽으로 푹 떨어뜨렸다.

"이제 됐어요. 척추에 맞았습니다. 참 흉측하게 생긴 놈들이죠?" 윌슨이 물었다.

"자, 한잔하지." 매코머가 말했다. 지금까지 살면서 이렇게 신바람이 난 적은 일찍이 없었다.

자동차 안에는 매코머의 아내가 새파랗게 질린 얼굴로 앉아 있었다. "대단했어요, 여보." 그녀가 매코머에게 말했다. "자동차 길은 또 얼마나 험했고요."

"차를 너무 거칠게 몰았던가요?" 윌슨이 물었다.

"정말 혼났어요. 이제껏 이렇게 무서웠던 적은 없었어요."

"다 같이 한잔하지." 매코머가 제안했다.

"당연히 그래야죠. 우선 부인께 먼저." 윌슨이 말했다. 그녀는 휴대용 술병에서 위스키를 들이마시면서 술이

목구멍을 넘어갈 때 조금 몸을 떨었다. 그런 뒤 매코머에게 술병을 건네주었고, 매코머가 이번에는 월슨에게 건네주었다.

"정말 손에 땀을 쥐게 했어요. 그 바람에 머리까지 몹시 아프던걸요. 그런데 자동차를 타고 쏴도 되는 줄은 몰랐네요." 그녀가 말했다.

"차에선 아무도 쏘지 않았습니다." 월슨이 쌀쌀맞게 대꾸했다.

"내 말은 놈들을 자동차로 뒤쫓았다는 말이에요."

"보통은 그렇게 하지 않죠. 하지만 그렇게 하는 동안은 아주 재미있습니다. 걷는 것보다는 웅덩이나 그 밖의 이런저런 장애물이 있는 초원을 그처럼 자동차로 쫓으면 놈들을 잡을 기회가 훨씬 많지요. 물소라는 놈은 마음만 먹으면 우리가 총을 쏠 때 번번이 덤벼들 수 있거든요. 놈에게 모든 기회를 준 셈이죠. 하지만 나 같으면 이 말은 어느 누구에게도 발설하지 않을 겁니다. 부인께서 말한 게 그런 뜻이라면 이건 위법 행위니까요."

"나한테는 몹시 부당하게 보였어요. 저렇게 크고 무력한 짐승을 자동차로 쫓는 게 말이에요." 마거릿이 말했다.

"그랬던가요?" 월슨이 물었다.

"나이로비에서 이 말을 들으면 어떻게 될까요?"

"우선 나는 면허증을 뺏길 겁니다. 그 밖에도 여러 불쾌한 일이 일어날 수 있죠." 윌슨은 술병을 들어 한 모금 마시면서 말했다. "일자리를 잃게 되는 거죠."

"정말로요?"

"네, 정말로요."

"그렇다면 당신은 내 아내한테 약점을 잡힌 셈이군." 매코머가 그날 처음으로 웃음을 띠며 말했다.

"여보, 당신 말하는 솜씨가 정말 멋진데요." 마거릿 매코머가 말했다. 그러자 윌슨이 두 사람을 쳐다보았다. 그는 마음속으로 이렇게 생각했다. 만약 여자를 무지하게 밝히는 남자가 남자를 더 밝히는 여자와 결혼한다면 도대체 어떤 애들이 태어날까? 그러나 그가 막상 입 밖으로 내뱉은 말은 "엽총 운반인 한 명이 안 보이는군요. 알고 있었습니까?"였다.

"저런, 전혀 몰랐는데." 매코머가 말했다.

"아, 저기 오는군요. 아무렇지도 않습니다. 우리가 첫 번째 물소가 있는 곳에서 떠날 때 차에서 떨어졌던 게 틀림없어요."

그들을 향해 가까이 다가오고 있는 사람은 중년의 엽총 운반인으로, 그는 그물처럼 뜬 모자를 쓰고 카키색 윗도리와 짧은 바지에 고무신을 신고 우울하고 괴로운 표정으로 다리를 절름거리며 걸어오고 있었다. 가까이

다가온 그는 월슨에게 스와힐리어로 뭐라고 지껄였고, 그러자 모두들 백인 수렵인의 얼굴빛이 갑자기 변하는 것을 볼 수 있었다.

"지금 뭐라고 말하는 건가요?" 마거릿이 물었다.

"첫 번째 물소가 일어나 덤불 속으로 도망쳤답니다." 월슨이 아무런 감정이 섞이지 않은 목소리로 대답했다.

"아, 저런!" 매코머가 멍청하게 말했다.

"그럼 꼭 그 사자 꼴이 되겠네요." 마거릿이 예상하고 있었다는 듯이 말했다.

"사자하고는 조금도 같지 않을 겁니다." 월슨이 대답했다. "매코머 씨, 한잔 더 하시겠습니까?"

"그러지, 고맙소." 그는 사자에 대해 느꼈던 감정이 되살아나리라 생각했지만 그렇지는 않았다. 태어나서 처음으로 그는 전혀 공포를 느끼지 않았다. 공포 대신에 오히려 희열을 맛보고 있었다.

"두 번째 물소를 보러 가시죠. 운전사에게 그늘 아래에 자동차를 두도록 이르겠습니다." 월슨이 말했다.

"뭘 하시려고요?" 마거릿 매코머가 물었다.

"잠깐 물소를 보고 오려고요." 월슨이 대답했다.

"나도 가겠어요."

"그럼 따라오십시오."

세 사람은 걸어서 두 번째 물소가 머리를 앞쪽으로

숙이고 큼직한 뿔을 양쪽으로 널따랗게 뻗은 채
거무스름하게 누워 있는 텅 빈 들판으로 나아갔다.

"아주 근사한 머리통입니다. 너비가 1미터
20센티미터는 넘겠는걸요." 윌슨이 말했다.

매코머는 기쁜 표정으로 땅바닥에 쓰러져 있는 물소를
내려다보았다.

"보기만 해도 흉측해요. 그늘에 들어가 있을 순
없나요?" 마거릿이 물었다.

"물론이죠." 윌슨이 대답했다. 그는 이번에는 매코머
쪽을 향해 말하며 손가락으로 가리켰다. "보십시오. 저기
저 덤불 자락이 보이죠?"

"그래, 보이는군."

"첫 번째 물소가 들어간 곳이 바로 저기예요. 운반인
말로는, 그 사람이 자동차에서 떨어졌을 때 물소도
쓰러졌답니다. 그리고 우리가 차를 몰아가고 물소 두
마리가 뛰어 달아나는 걸 지켜보고 있었다는 겁니다.
그 사람이 고개를 들어 보니 첫 번째 물소가 일어나서
그를 노려보고 있더라나요. 그래서 그 사람은 죽어라고
도망쳤고, 물소는 유유히 저 덤불 속으로 사라져
버렸다는군요."

"지금 당장 뒤쫓아 들어갈 순 없을까?" 매코머가 애가
탄다는 듯이 물었다.

　　월슨은 살피는 듯한 눈초리로 그를 쳐다보았다. 정말 이상한 인간이군, 하고 그는 생각했다. 어제는 겁에 질려 죽을상이더니 오늘은 기세가 팔팔해서 혈기가 넘치다니.

　　"아니, 놈에게 좀 더 시간을 줘야 합니다."

　　"제발 그늘 밑으로 들어가요." 마거릿이 사정했다. 그녀는 얼굴이 창백했고 몸이 불편해 보였다.

　　그들 셋은 나뭇가지가 사방으로 퍼진 나무 아래 자동차가 서 있는 곳으로 걸어가 차에 올라탔다.

　　"모르긴 몰라도 놈은 저 속에서 죽어 있을지도 모릅니다. 잠깐 있다 보러 가죠." 월슨이 말했다.

　　매코머는 도무지 설명이 안 되는 이상한 행복감에 젖어 있었다. 지금껏 살면서 한 번도 느껴 보지 못한 감정이었다.

　　"아, 이거야말로 진짜 사냥이었어. 이런 기분은 처음이야. 마거릿, 당신도 신나지 않았어?" 그가 물었다.

　　"난 끔찍이 싫었어요."

　　"왜?"

　　"싫었어요. 혐오스러웠다고요." 그녀가 불쾌한 표정으로 내뱉었다.

　　"이제는 두 번 다시 아무것도 두려워하지 않을 것 같은 기분이 드는군. 처음 물소를 보고 쫓아가기 시작했을 때부터 내겐 뭔가 변화가 일어났어. 마치 댐이 무너져

내렸다고나 할까. 순수한 흥분이었지.” 매코머가 윌슨에게
말했다.

“겁쟁이 마음을 깨끗이 씻어 버린 모양이죠.
사람들에겐 참으로 묘한 일들이 일어나는 법이거든요.”
윌슨이 말했다.

매코머의 얼굴이 반짝반짝 빛나고 있었다. “분명히
뭔가 변화가 일어나긴 일어난 모양이야. 완전히 다른
인간이 된 것 같은 기분이니까.” 그가 대꾸했다.

그의 아내는 아무 말 없이 이상스럽다는 듯 그를
쳐다보고 있었다. 그녀는 뒷자리에 몸을 깊숙이 묻고 앉아
있었고, 매코머는 앞쪽으로 다가앉아 몸을 비스듬히 돌려
뒤쪽을 향해 말하고 있는 윌슨에게 말을 걸었다.

“한 번만 더 그놈의 사자와 마주치면 좋겠군. 이제
사자쯤은 조금도 무섭지 않아. 결국 놈들이 무슨 짓을 할
수 있겠어?” 매코머가 말했다.

“바로 그겁니다. 최악의 경우 기껏해야 상대를
죽이기밖에 더 하겠습니까.” 윌슨이 맞장구쳤다.
“그다음이 어떻게 되던가요? 셰익스피어가 한 말
있잖아요. 참으로 멋진 말인데요. 잘 기억하고 있나 한번
보십시오. 아, 참 좋은 구절이었죠. 한때는 곧잘 인용하곤
했습니다만. 가만 있자. ‘결코 걱정하지 않을 테다. 인간이
죽는 건 오직 한 번뿐. 죽음은 하느님이 주신 것이니 될

대로 내버려 둘 일이다. 올해 죽는 놈이 내년에 다시 죽지는 않는 법.'[17] 참으로 근사한 말이잖습니까?"

자신의 생활신조인 이 말을 꺼내고 나니 윌슨은 어쩐지 쑥스러웠다. 그러나 이전에도 그는 사람들이 어른이 되는 것을 보아 왔고, 그럴 때마다 언제나 감동을 받곤 했다. 어른이 된다는 것은 스물한 번째 생일을 맞는 것과는 또 다른 것이었다.

이런 변화가 매코머에게 일어난 것은 이것저것 생각할 것 없이 불시에 행동으로 돌입해야 했기 때문에, 즉 사냥이라는 이 기묘한 우연을 만났기 때문이었다. 그러나 그 변화가 어떻게 일어났는가와 상관없이 변화가 일어난 것만은 틀림없는 사실이었다. 저 거지 같은 녀석 꼴 좀 보게나, 하고 윌슨은 생각했다. 녀석들 중에는 오랫동안 어린애로 남아 있는 놈도 있지, 하고 윌슨은 생각했다. 때로는 죽을 때까지 평생 어린애 티를 벗지 못하는 놈도 있거든. 나이 오십이 되었는데도 어른 가면을 쓴 채 여전히 어린애로 남아 있는 사람들 말이야. 저 위대한 미국의 애늙은이들. 참말로 묘한 족속들이야. 그러나 지금 이 매코머라는 사내는 마음에 드는 것 같군. 정말 이상한 친구야. 어쩌면 이제 여편네의 서방질도 끝이 나겠어.

17   윌리엄 셰익스피어, 『헨리 4세』 2부, 3막 2장에 나오는 구절.

그래, 그래야지. 하여튼 정말 잘된 일이야. 정말 잘된
일이라고. 저 거지 같은 녀석은 평생 겁을 먹고 살아왔을
거야. 어쩌다 그렇게 됐는지는 알 수 없지. 하지만 이제
모두 끝났군. 물소를 상대로는 겁을 먹을 여유도 없었던
거야. 게다가 또 화가 나 있었고. 자동차도 한몫 거들었지.
자동차가 있었기에 쉽게 할 수 있었던 거야. 지금은 아주
기세가 대단하군. 똑같은 광경을 전쟁 영화에서 보았을
테지. 처녀성을 상실하는 것보다 더 큰 변화였어. 마치
수술한 것처럼 공포가 사라져 버렸거든. 대신 그 자리에
뭔가 다른 것이 들어섰어. 사내라면 가져야 할 중요한
뭔가가 말이야. 사내답게 해 주는 것 말이지. 여자들도
이런 것쯤은 알고 있어. 겁을 먹지 않았다는 것 말이야.

　　좌석의 한쪽 귀퉁이에서 마거릿 매코머는 두 사내를
바라보았다. 윌슨은 변한 게 없었다. 그 전날 그녀가 그의
위대한 재능이 어떤 것인지 처음 알았을 때와 전혀 다르지
않았다. 그러나 지금 프랜시스 매코머는 변한 게 보였다.

　　"앞으로 일어날 일을 생각하면 행복감 같은 게
느껴지지 않나?" 매코머가 새로 획득한 자산을 아직도
탐색하면서 물었다.

　　"선생이 그런 말을 하면 안 되죠. 오히려 두렵다고
하는 게 훨씬 더 어울릴 것 같은데요. 보십시오. 앞으로도
겁먹을 일은 얼마든지 있을 테니 말입니다." 윌슨이

상대편의 얼굴을 쳐다보면서 말했다.

"어쨌든 다음에 할 행동에 대해 행복을 느끼나?"

"그럼요. 하지만 그뿐입니다." 윌슨이 대답했다. "이런 일에 대해선 너무 말을 많이 하지 않는 게 좋습니다. 말이 많으면 모두 망쳐 버리거든요. 뭐든지 너무 많이 지껄이고 나면 재미가 사라지는 법입니다."

"두 분 모두 쓸데없는 소리만 하네요. 불쌍한 짐승 몇 마리를 자동차로 몰고 나서는 마치 영웅이나 된 것처럼 말한다고요." 마거릿이 대꾸했다.

"미안합니다. 허풍이 좀 지나쳤던 것 같군요." 윌슨이 사과했다. 이 여자는 그 일에 대해 벌써 걱정하고 있구나, 하고 그는 생각했다.

"우리 얘기가 이해 안 되면 좀 빠져 주시지." 매코머가 자기 아내에게 말했다.

"당신은 굉장히 용감해졌어요. 그것도 굉장히 갑작스럽게." 그의 아내는 경멸하듯이 말했지만 그 태도에는 자신감이 없었다. 뭔가 몹시 두려워하고 있었다.

매코머는 껄껄 웃었다. 마음속에서 우러나온 아주 자연스러운 웃음이었다. "그런 느낌이 들었어. 정말 그런 느낌이 들었다고." 그가 말했다.

"좀 늦은 거 아닌가요?" 그녀가 따끔하게 말했다. 그녀는 지난 긴 세월 동안 할 수 있는 한 최선을 다해 왔고,

지금 그들이 이렇게 되어 버린 것도 어느 한 사람의 잘못은 아니었기 때문이다.

"나한테는 늦지 않았지." 매코머가 대답했다.

마거릿은 아무런 대꾸도 하지 않고 좌석 한구석에 몸을 깊숙이 기대고 앉았다.

"이 정도면 놈에게 시간을 충분히 준 거 아닐까?" 매코머가 쾌활하게 윌슨에게 말했다.

"그럼 이제 보러 가죠. 총알은 아직 남아 있죠?" 윌슨이 물었다.

"엽총 운반인이 좀 갖고 있어."

윌슨이 스와힐리어로 원주민을 부르자 물소의 머리통을 벗기고 있던 나이 먹은 원주민이 일어나더니 주머니에서 탄환 상자를 꺼내 매코머에게 건네주었다. 매코머는 탄환을 탄창에 넣고 나머지 탄환을 주머니에 집어넣었다.

"선생은 스프링필드 엽총으로 쏘는 게 좋을 겁니다. 그 총이 손에 익었을 테니 말이죠. 만리처[18] 엽총은 차 안에 있는 부인께 맡겨 두고 가십시오. 선생의 무거운 총은 엽총 운반인이 가져갈 겁니다. 난 이 대포 같은 총을 들고 가겠습니다. 자, 그럼 다음은 그 물소 말인데요." 윌슨이

18   독일에서 생산하는 고급 엽총.

말했다. 그는 매코머가 걱정하지 않도록 이 말을 마지막
순간까지 꺼내지 않고 있었다. "물소는 덤벼들 때 머리를
높이 쳐들고 똑바로 돌진해 옵니다. 쑥 내민 뿔이 머리를
향해 쏘는 총알을 막아 주죠. 가장 좋은 방법은 코에다
대고 똑바로 쏘는 겁니다. 그다음에는 가슴팍을 겨누든지,
모로 서 있으면 목덜미나 어깨를 쏘아야 합니다. 일단 한 번
맞으면 놈들은 거칠게 몸부림을 칠 겁니다. 그러니 절대로
무리한 짓을 해서는 안 됩니다. 그 자리에서 가장 편안하게
사격하십시오. 저 사람들이 껍질을 다 벗긴 모양이군요.
자, 그럼 출발할까요?"

월슨이 엽총 운반인들을 부르자 그들은 손을 닦으면서
다가왔고, 나이 든 원주민이 차 뒤쪽에 올라탔다.

"콩고니만 데리고 가겠습니다. 다른 아이는 새들을
쫓도록 하죠." 월슨이 말했다.

자동차가 넓은 늪지를 가로지르는 메마른 수로를 따라
풀잎이 혀 모양으로 뻗어 있는 덤불숲을 향해 빈 들판을
천천히 달리는 동안, 매코머는 가슴이 두근거리고 입이
다시 바싹 말랐지만, 그것은 흥분 때문이었지 공포 때문은
아니었다.

"여기가 놈이 기어 들어간 곳이죠." 월슨이 말했다.
그러고 나서 그는 엽총 운반인에게 스와힐리어로
"핏자국을 따라서 가." 하고 말했다.

자동차는 덤불 더미와 평행으로 세워 놓았다. 매코머, 윌슨, 그다음은 엽총 운반인의 순서로 차에서 내렸다. 매코머가 뒤돌아보니 아내는 총을 곁에 놓고 그를 쳐다보고 있었다. 아내를 향해 손을 흔들었지만 그녀는 응답하지 않았다.

덤불은 앞으로 들어갈수록 무성했고 땅은 메말라 있었다. 중년의 엽총 운반인은 몹시 땀을 흘리고 있었고, 윌슨은 모자를 깊숙이 눌러쓰고 있어서 붉은 목덜미만이 매코머 바로 눈앞에 보였다. 갑자기 엽총 운반인이 윌슨에게 스와힐리어로 뭐라고 중얼거리더니 앞으로 달려 나갔다.

"놈이 저기 뻗어 있군요. 멋지게 해치웠습니다." 윌슨이 말했다. 그러고 나서 뒤돌아 매코머의 손을 잡았다. 서로 히죽 웃으며 악수를 나누고 있을 때 엽총 운반인이 비명을 지르며 덤불 속에서 게처럼 옆 걸음으로 튀어나오는 것이 보였다. 그의 뒤에는 물소가 코를 번쩍 쳐들고 입을 꽉 다물고 피를 질질 흘리면서 큼직한 머리통을 앞으로 내민 채 핏발이 잔뜩 선 조그마한 돼지 눈깔 같은 눈으로 그들을 노려보며 돌진해 오고 있었다. 앞에 서 있던 윌슨이 무릎을 꿇으면서 쏘았고, 매코머도 쏘았지만 그의 총성은 윌슨이 쏜 총성 때문에 들리지 않았다. 다만 큼직한 뿔 끝에서 슬레이트 같은 파편이 퉁기는 것만 보였다. 물소가

머리통을 흔들어 대자 그는 널찍한 콧구멍을 겨누어 또
한 발 쏘았지만 뿔이 다시 흔들리면서 파편이 날렸다.
그때 이미 윌슨의 모습은 보이지 않았다. 조심스럽게
겨누며 그가 다시 한번 쏘자 물소의 큼직한 몸뚱이가
그에게 덮치다시피 다가왔고, 그의 총은 코를 내밀고
덤벼드는 물소의 머리통과 거의 수평을 이루었다. 사악해
보이는 물소의 작은 두 눈이 보이는가 싶더니 머리통이
아래쪽으로 기울어지기 시작했다. 순간 그는 갑자기 눈을
멀게 하는 백열의 섬광이 머릿속에서 터지는 느낌 외에는
아무것도 느낄 수 없었다.

　　윌슨은 어깨 위에 총을 놓고 쏘려고 한쪽 옆으로 몸을
숙였다. 매코머는 똑바로 선 채 코를 겨누어 쏘고 있었다.
그러나 겨냥이 조금 높아 총알은 번번이 묵직한 뿔에 맞은
뒤 슬레이트 지붕에 맞은 듯 파편만을 날려 보냈다. 남편이
물소의 뿔에 찔릴 것 같았기 때문에 차 안에 있던 매코머
부인은 6.5밀리미터 만리처 엽총으로 물소를 향해 쏘았고,
탄환은 남편의 두개골 한쪽 밑에서 5센티미터가량 위쪽에
맞고 말았다.

　　프랜시스 매코머는 물소가 모로 넘어져 있는 곳에서
2미터도 안 되는 곳에 얼굴을 밑으로 하고 땅바닥에
쓰러졌다. 아내는 남편의 시체 옆에 꿇어앉고 윌슨은 그
곁에 서 있었다.

"나 같으면 몸을 뒤집지 않겠습니다." 윌슨이 말했다.

여자는 발작적으로 울고 있었다.

"난 차 있는 데로 돌아가겠습니다. 엽총은 어디
있습니까?" 윌슨이 물었다.

그녀는 얼굴이 일그러진 채 머리를 절레절레 흔들었다.
엽총 운반인이 총을 집어 올렸다.

"그 자리에 그대로 둬." 윌슨이 소리 질렀다. 그러고
나서는 이렇게 명령했다. "어서 가서 압둘라를 불러와.
사건이 어떻게 일어났는지 증인이 되어 줘야 하니까."
그는 무릎을 꿇고 주머니에서 손수건을 꺼내 프랜시스
매코머의 짧게 깎은 머리 위에 펴 놓았다. 피는 바싹 마른
땅속으로 스며들었다.

윌슨은 일어나서 사지를 쭉 뻗고 모로 넘어져
있는 물소를 쳐다보았다. 듬성듬성 털이 난 배때기에는
진드기가 기어 다녔다. "참으로 멋진 물소로군." 그의
머리는 기계적으로 이런 계산을 했다. "1미터 하고도
20센티미터나, 그 이상이겠는걸. 그보다 더 될지도 몰라."
그는 운전사를 불러서 시체 위에 담요를 덮고 그 옆에
서 있으라고 명령했다. 그러고 나서 그는 여자가 좌석
한구석에 앉아 울고 있는 자동차로 다가갔다.

"멋지게 해치웠어요. 그 양반도 당신하고 헤어지고
싶었을 테지만." 윌슨이 억양 없는 말투로 말했다.

"그만해요." 그녀가 말했다.

"물론 우발적 사고였죠. 난 그렇게 알고 있습니다." 그가 말했다.

"그만하라고요." 그녀가 말했다.

"걱정할 건 없습니다. 불쾌한 일이야 다소 있겠지만요. 사체를 조사할 때 도움이 되도록 사진을 좀 찍어 둬야겠습니다. 게다가 엽총 운반인들과 운전기사도 증언을 해 줄 거요. 그러니 조금도 걱정할 필요는 없어요." 그가 말했다.

"그만해요." 그녀가 말했다.

"이제부터 해야 할 일이 태산이군요. 호수까지 자동차를 보내 무전을 쳐야 해요. 우리 세 사람을 나이로비에 데려갈 수 있도록 비행기를 부탁해야 하니까요. 왜 독약을 쓰지 않았나요? 영국에서는 그런 방법을 쓰는데." 그가 말했다.

"그만해요! 그만해요! 그만하라니까요!" 여자가 울부짖었다.

윌슨은 무표정한 푸른 눈으로 그녀를 쳐다보았다.

"나도 이제 끝났습니다. 약간 화가 나 있었거든요. 당신 남편이 좋아지던 참이었는데." 윌슨이 말했다.

"아, 제발 그만해요. 제발 그만하라고요." 그녀가 외쳤다.

"그게 낫군요. '제발'이란 말을 붙이는 편이 훨씬 나아요. 자, 그럼 이제 그만하죠." 윌슨이 말했다.

킬리만자로의 눈

해발 5895미터. 아프리카에서 가장 높은 킬리만자로 정상 근처에
표범의 사체가 놓여 있다. 다리를 다친 해리가 야전침대에 누워
킬리만자로를 바라본다. 표범은 그 높은 곳에서 무엇을 찾고
있었나. 해리는 삶을 바라보는가, 죽음을 바라보는가. 생과 사에
대한 깊은 통찰이 담긴 작품으로 1936년에 발표.

킬리만자로의 눈

킬리만자로는 해발 6000미터의 눈 덮인 산으로 아프리카 대륙에서 가장 높은 산이라고 한다. 서쪽 정상은 마사이어[1]로 '응가예 응가이', 즉 신(神)의 집이라고 부른다. 이 서쪽 봉우리 가까이에는 바짝 말라 얼어붙은 표범의 시체가 하나 있다. 그 높은 곳에서 표범이 도대체 무엇을 찾고 있었는지 설명해 주는 사람은 지금껏 아무도 없다.

"고통이 사라지다니 참으로 신기한 노릇이야. 그래서 사람들은 그것이 다가올 때를 아는 모양이지." 사나이가 말했다.

"정말이에요?"

"그럼 정말이고말고. 그런데 이렇게 고약한 냄새를

---

1   케냐와 탕가니카 지방에 사는 마사이족이 사용하는 언어.

피워서 정말 미안하군. 당신도 아마 견디기 어려울 거야."

"제발! 제발 그런 말 하지 마요!"

"저것들 좀 봐. 저것들이 저렇게 모여드는 건 내 꼴을 보았기 때문일까, 아니면 냄새를 맡았기 때문일까?" 그가 말했다.

그가 누워 있는 침상은 미모사 나무의 넓은 그늘 속에 놓여 있었다. 그늘 건너편 눈이 부시게 반짝거리는 들판을 바라보니 큼직한 새 세 마리가 흉측하게 웅크리고 있는 한편 하늘에도 열서너 마리가 더 날면서 지나갈 때마다 재빠르게 움직이는 그림자를 땅에 드리웠다.

"저놈들은 트럭이 고장 난 날부터 줄곧 저기에 있었어. 땅에 내려앉은 건 오늘이 처음이야. 어느 때고 저놈들을 단편 소설에 써 보고 싶은 날이 올 것 같아서 처음에는 날아다니는 모양을 무척 유심히 관찰했거든. 생각해 보니 우습군." 그가 말했다.

"그렇게 생각하지 마요." 그녀가 말했다.

"그냥 지껄여 본 것뿐이야. 지껄이고 있으면 한결 편해지니까. 하지만 당신을 성가시게 하고 싶진 않아." 그가 대꾸했다.

"성가실 리가 있나요." 그녀가 말했다. "아무 일도 할 수 없다는 게 무척 안타까울 뿐이에요. 비행기가 올 때까지 사태를 최대한 편하게 할 수 있을 거예요." 그녀가 말했다.

"아니면 비행기가 오지 않을 때까지거나."

"내가 할 일이나 좀 일러 줘요. 분명 내가 할 수 있는 일이 있을 테니까요."

"내 다리를 잘라 줘. 그러면 고통이 사라질지도 모르니. 그것도 장담은 못 하지만. 아니면 총으로 나를 쏴 죽이든지. 이젠 당신도 사격에 능숙하니까. 내가 당신에게 총 쏘는 법을 가르쳐 주지 않았나?"

"제발 그런 식으로 말하지 마요. 책 읽어 줄까요?"

"무슨 책을 읽으려고?"

"책가방 속에서 뭐든지 읽지 않은 걸로요."

"책 읽는 걸 듣고 있을 수가 없어. 지껄이는 게 제일 편해. 입씨름이라도 하고 있으면 시간이 지나갈 테니까." 그가 말했다.

"입씨름은 안 할래요. 입씨름하고 싶은 생각은 추호도 없어요. 그러니 이제 그 얘기는 그만둬요. 아무리 화가 나더라도 말이에요. 오늘쯤 아마 사람들이 다른 트럭을 갖고 돌아올 거예요. 어쩌면 비행기도 도착할지 모르죠."

"난 꼼짝도 하기 싫어. 당신을 좀 더 편하게 해 주기 위해서라면 몰라도 이젠 움직이는 것 자체가 쓸데없는 짓이야." 그가 대꾸했다.

"비겁해요."

"공연히 험담하지 않고 마음 편히 죽게 나 좀 내버려
둘 순 없나? 나한테 욕을 해 봐야 무슨 소용이겠어?"

"당신은 안 죽어요."

"어리석은 소리 마. 난 지금 죽어 가고 있어. 저
빌어먹을 놈들에게 물어봐." 그는 고약하게 생긴 큼직한
새들이 둥글게 구부린 털 속에 벌거숭이 대가리를 파묻고
앉아 있는 쪽을 바라보았다. 네 번째 새가 미끄러지듯
땅으로 내려와 앉아 잽싸게 발을 놀려 달린 뒤 다른
새들이 있는 곳으로 뒤뚱거리며 천천히 걸어갔다.

"저 새들은 어느 캠프 주위에서나 볼 수 있어요. 다만
당신 눈에 띄지 않았을 뿐이죠. 삶을 포기하지 않는 한,
인간은 죽지 않는 법이에요."

"그런 건 어디서 읽었지? 정말 형편없는 바보로군."

"다른 사람들에 대해 생각해 봐요."

"빌어먹을. 그건 내 직업이었다고." 그가 대꾸했다.

그러고 나서 그는 드러누워 얼마 동안 조용히
있더니 열기에 아지랑이가 이는 벌판 건너편 잡목 숲을
바라보았다. 노란 벌판을 배경으로 산양 몇 마리가 작고
하얗게 보였으며, 더 멀리 저쪽에는 푸른 숲을 배경으로
얼룩말이 떼 지어 있는 모습이 보였다. 이곳은 언덕을
등지고 큰 나무 그늘 밑에 자리 잡은 훌륭한 캠프장으로
물이 좋고 바로 곁에는 물이 말라 버리다시피 한 샘물이

있어 아침이면 사막 뇌조들이 날아다니곤 했다.

"책이라도 읽어 줄까요?" 여자가 물었다. 여자는 그의 침상 옆 캔버스 의자에 앉아 있었다. "산들바람이 불어요."

"아니, 읽을 필요 없어."

"아마 트럭이 올 거예요."

"빌어먹을, 트럭 같은 건 아무래도 좋아."

"난 그렇지 않아요."

"당신은 참 많은 일에 관심이 있군. 나는 신경도 안 쓰는 일에."

"그렇게 많은 일은 아니죠, 해리."

"술 한잔은 어떨까?"

"당신에겐 해로울 거예요. 블랙[2]의 책에도 알코올 성분은 모두 피하라고 쓰여 있어요. 그러니 마셔선 안 돼요."

"몰로!" 그가 큰 소리로 불렀다.

"네, 브와나."

"위스키소다를 가져와."

"네, 브와나."

"그러면 안 돼요. 아까 말했던 삶을 포기한다는 게 바로 그런 거예요. 책에도 술이 나쁘다고 적혀 있어요.

2   A & C 블랙 출판사가 1906년에 출간한 『가정 의학서』를 가리킨다.

당신에게 해롭다는 건 저도 잘 알고요." 여자가 말했다.

"아냐. 술은 나한테 이로워." 그가 우겼다.

이제 모든 게 끝났어, 하고 그는 생각했다. 이제 그에겐
그것을 끝맺을 기회가 영영 없을 것이다. 술 한잔 마시는
것을 두고 시비를 하다 이렇게 끝나 버릴 것이었다. 오른쪽
다리에 괴저(壞疽)가 발생한 뒤로 고통은 전혀 느껴지지
않았고, 고통과 더불어 공포감까지도 사라져, 지금 느끼는
것이라곤 오직 격심한 피로감과 이렇게 끝나는 것에 대한
분노뿐이었다. 지금 다가오고 있는 이 죽음이라는 것에
대해 그는 호기심을 느껴 본 적이 거의 없었다. 지난 몇
해 동안 죽음은 강박관념처럼 그의 마음속에서 떠나지
않았지만 이제는 그것 자체가 아무런 의미가 없었다. 심한
피로감이 죽음을 이렇게 쉬운 것으로 만들다니 참으로
이상한 일이었다.

그는 확실히 파악한 뒤 훌륭하게 쓰고 싶은 생각에
안 쓰고 아껴 두었던 작품들을 이제는 영원히 쓰지 못할
것이다. 그렇다면 써 보려다가 실패하는 일도 없겠지.
어쩌면 이제는 그 작품들을 끝내 못 쓸지도 모른다.
그러기에 차일피일 미루기만 하고 미처 시작하지도 못한
것이다. 아무튼 지금에 와서는 도무지 알 수 없는 일이었다.

"차라리 이곳에 오지 않는 게 좋을 뻔했어요." 여자가
말했다. 그녀는 손에 술잔을 들고 입술을 깨물며 그를

바라보고 있었다. "파리에 그냥 머물렀더라면 이런 일은
당하지 않았을 거 아니에요. 당신은 늘 파리가 좋다고
했죠. 파리에 그냥 머물 수도 있었고, 또 어디든 다른
곳에 갈 수도 있었어요. 난 어디든지 갔을 거예요. 당신이
원하는 곳이라면 어디든지 가겠다고 말했잖아요. 만약
당신이 사냥을 원한다면 헝가리에 가서 사냥을 했을 테고,
그랬더라면 편했을 거예요."

"당신의 그 빌어먹을 돈으로 말이지." 그가 내뱉었다.

"그건 옳은 말이 아녜요. 돈은 언제나 내 것인 동시에
당신 것이기도 했어요. 난 모든 걸 버리고 당신이 가자는
대로 어디나 따라갔고, 또 원하는 일이라면 뭐든 해
왔어요. 하지만 이곳만은 오지 말았어야 했어요." 그녀가
말했다.

"당신도 이곳이 좋다고 했잖아."

"그건 당신 몸이 성할 때 얘기죠. 하지만 지금은
끔찍이 싫어요. 어쩌다 당신 다리가 이 모양이 됐는지
모르겠어요. 우리가 이런 변을 당하다니, 우리가 뭘
잘못했나요?"

"처음 살갗이 긁혔을 때 소독약 바르는 걸 잊었던
탓이겠지. 난 한 번도 병독에 감염된 적이 없어서 전혀
주의를 하지 않았던 거야. 나중에 상처가 악화됐을
때는 다른 방부제가 떨어져서 약한 석탄산액(石炭酸液)을

사용했고. 그래서 모세혈관이 마비돼 괴저가 발생한 거야." 그는 그녀를 쳐다보았다. "그것 말고 무슨 까닭이 있겠어?"

"내 말뜻은 그게 아니에요."

"그 어설픈 키쿠유족[3] 운전기사 대신에 훌륭한 운전기사를 고용했더라면 엔진 오일 상태를 점검했을 거고, 또 트럭의 베어링을 태우는 일도 없었을 테지."

"내 말은 그런 뜻이 아니라니까요."

"당신이 당신 가족이랑 그 빌어먹을 올드 웨스트버리,[4] 새러토가,[5] 팜비치[6] 패거리들과 헤어져 나를 따라오지만 않았어도……."

"어머, 그건 다 당신을 사랑했기 때문에 한 일이죠. 그런 말은 공평하지 않아요. 지금도 난 당신을 사랑해요. 그리고 언제까지나 당신을 사랑할 거예요. 당신은 날 사랑하지 않나요?"

"그래. 당신을 사랑한다는 생각이 들지 않아. 한 번도 사랑해 본 적이 없어." 사내가 대답했다.

"해리, 지금 무슨 말을 하고 있는 거예요? 당신, 머리가

---

3   케냐에 사는 부족.
4   뉴욕시 북쪽에 위치한 소도시로 부유한 사람들이 산다.
5   뉴욕주 북쪽에 있는 휴양 도시.
6   플로리다주 동남부 해안의 피한지.

돌았나 봐요.”

"아냐. 돌고 싶어도 돌 머리가 없어.”

"그걸 마시면 안 돼요. 여보, 제발 좀 마시지 마요.
우리가 할 수 있는 일은 다 해 봐야 해요.” 그녀가 말했다.

"당신이나 해. 난 지금 피곤해.” 그가 내뱉었다.

지금 그는 마음속에서 카라가치[7] 역을 바라보고 있었다.
손에 짐을 들고 서 있었는데, 지금 어둠을 뚫고 들어오는 것은
심플론 오리엔트 호(號) 열차에서 비치는 헤드라이트였다.
퇴각한 뒤 그는 트라키아[8]를 막 떠나던 참이었다. 이것은 그가
뒷날 작품으로 쓰려고 간직해 두었던 소재 중 하나였다. 그날
아침 식사 때 창밖을 바라보다가 불가리아의 산에 눈이 쌓인
것을 바라보던 일 말이다. 또 난센[9]의 비서가 노인에게 저것이
눈이냐고 묻자 노인은 창밖을 바라보면서 아냐, 저건 눈이 아냐,
눈이 내리기엔 아직 일러, 하고 대답하던 일 말이다. 그러자
비서는 다른 아가씨들에게 이것 좀 봐, 눈이 아니래, 하고
되풀이한다. 그러면 아가씨들은 일제히 저건 눈이 아녜요, 우리가

7   터키의 소도시.
8   발칸 반도 동부, 오늘날의 그리스 동부와 터키 서부 지방.
9   프리드쇼프 난센(Fridtjof Nansen, 1861~1930). 노르웨이
      출신의 탐험가 및 정치가. 이 무렵 그는 국제 연맹의 난민 교환에
      종사했다.

잘못 봤어요, 하고 말한다. 하지만 그것은 틀림없이 눈이었고,
주민 교환 계획을 전개할 때 그는 그들을 눈 속으로 보냈다.
그들은 눈 속을 헤매고 다녔고, 결국 그해 겨울 사망했다.

그해 크리스마스 주일 동안에도 가데르탈[10] 고지대에는
계속 눈이 퍼부었다. 그해 그들은 크고 네모난 사기 난로가
방 절반을 차지하는 벌목꾼 집에 살면서 밤나무 잎사귀를
잔뜩 넣은 매트리스를 깔고 잤는데, 그때 발이 피투성이가
된 탈영병 한 사람이 눈 속에서 나타났다. 탈영병은 헌병이
자기를 뒤쫓고 있다고 말했다. 그들은 그에게 털양말을 주어
달아나게 해 놓고 그 발자국이 눈으로 뒤덮일 때까지 헌병을
붙들고 이야기를 늘어놓았다.

슈룬츠[11]에서는 크리스마스 날 눈이 너무 환하게
반짝였기 때문에 술집에서 밖을 내다보면 눈이 시릴
정도였고, 사람들이 교회에서 집으로 돌아오는 모습이
보였다. 그들은 가파른 소나무 언덕으로 둘러싸인 강기슭을
따라 썰매로 다져 미끈해지고 말 오줌으로 노랗게 물든
눈길을 어깨에 무거운 스키를 짊어지고 올라갔다. 그리고
그때 마들레너 하우스 산장 위쪽 빙하 아래로 멋지게 이어진
슬로프를 단숨에 내려 달리면 눈은 케이크에 입힌 설탕처럼

---

10   오스트리아 산악 지방에 있는 마을.
11   오스트리아 산악 지방으로 스키로 유명하다.

부드럽고 흰 가루처럼 가벼웠다. 또 스피드를 내어 소리
없이 전속력으로 달려 내려오다 보면 마치 새처럼 아래로
미끄러지던 기억이 났다.

그때 눈보라가 닥쳐 사람들은 모두 일주일 동안
마들레너 하우스 산장에서 오도 가도 못하고 갇혀 자욱한
담배 연기 속에 초롱불을 밝히고 트럼프 놀이만 했다.
그런데 렌트 씨는 게임에서 지면 질수록 더 많은 돈을 걸더니
결국 돈을 몽땅 잃고 말았다. 갖고 있던 모든 것을 말이다.
스키 교습료로 받은 돈이며, 시즌에서 얻은 이익금이며,
밑천까지도 모두 말이다. 코가 길쭉한 그 사내가 카드를 집어
들고는 "상 부아르."[12]라고 말하며 열어 보던 모습이 눈에
선하다. 그때는 자나깨나 늘 노름을 했다. 눈이 오지 않아도
노름을 했고, 눈이 너무 내려도 노름을 했다. 그는 자신이
여태까지 노름으로 낭비한 모든 시간을 생각했다.

그러나 그는 그것에 대해서는 글 한 줄 써 본 일이
없었다. 또 바커가 비행기를 몰고 산맥이 뚜렷이 보이는
평원을 가로질러 전선을 넘어가서는 휴가를 받아 돌아가는
오스트리아 장교들이 탄 열차를 포격한 것, 뿔뿔이 흩어져
도망치는 병사들을 기관총으로 쏘아 대던 그 춥고 맑게

---

12 체스 게임의 한 방식으로 체스가 놓인 위치를 보거나 만지지 않고
    승부를 겨룬다. 여기에서는 카드 게임에 이 방식을 적용하겠다는
    뜻이다.

갠 크리스마스 날에 대해서도 아직 써 본 일이 없다.
그 뒤에 바커가 식당에 들어와서 그 이야기를 늘어놓기
시작하던 때의 얼굴이 생각났다. 그때 모두들 조용히 듣고만
있었는데, 마침내 어느 누군가가 이렇게 말했다. "에이, 이
무지막지한 살인마 같으니!"

그러나 그 뒤 그와 같이 스키를 타던 사람들은 당시
그들이 죽인 같은 오스트리아인이었다. 아니, 똑같은
사람들은 아니었다. 겨우내 같이 스키를 탔던 한스는 카이저
경보 부대 소속이었다. 제재소 위쪽 협곡으로 같이 토끼
사냥을 갔을 때 두 사람은 파수비오 전투와 페르티카라와
아살로네[13] 공격에 대해 얘기를 나누었다. 그렇지만 그것에
대해서도 그는 아직 글 한 줄 쓰지 못했다. 몬테코로나[14]며,
세테 코무니[15]며 아르시에로[16]에 대해서 역시 한 줄도 못
썼다.

몇 해 겨울을 포어아를베르크와 아를베르크[17]에서
살았던가? 네 겨울을 그곳에서 보냈다. 그들이 걸어서
선물을 사러 블루덴츠[18]에 갔을 때 여우를 팔러 온 사나이를

---

13 파수비오, 페르티카라, 아살로네는 이탈리아 북부에 위치한 도시들.
14 이탈리아 중동부 페루기아에 위치한 산.
15 이탈리아 비첸차 북서부 고원에 위치한 일곱 자치구.
16 바첸차에 위치한 도시.
17 둘 다 오스트리아 티롤 지방에 위치한 겨울 휴양지.
18 포어아를베르크에 있는 마을.

만났던 일이 머리에 떠올랐다. 또 버찌 씨 맛이 나던
키르슈[19]의 맛이 기억났다. 그리고 딱딱하게 얼어붙은 땅
위에 쌓인 가루눈을 휘날리면서 미끄러지며 "히호! 롤리는
부르짖었네!" 하고 노래 부르면서 가파른 골짜기로 마지막
코스를 달려가다 다시 길을 바로잡고 과수원을 세 번 돌아
빠져나와 도랑을 넘어서 숙소 뒤 빙판 길로 나오던 일도
생각났다. 동여맨 끈을 툭툭 쳐서 늦추고 스키를 집어던지듯
벗어서 숙소 판자벽에 기대 놓으면 창문에서는 램프 불빛이
흘러나오고, 안에서는 담배 연기와 새 포도주 냄새가 풍기는
따뜻한 분위기 속에서 사람들이 아코디언을 연주했다.

　"파리에선 어디서 머물렀지?" 지금은 아프리카에서
자기 옆 캔버스 의자에 앉아 있는 여자에게 그가 물었다.
　"크리용[20]에요. 당신도 알잖아요."
　"내가 어떻게 안단 말이야?"
　"우린 언제나 그곳에 머물렀으니까요."
　"아냐, 언제나 머무른 건 아니었어."
　"그곳하고, 생제르맹 거리에 있는 앙리 4세관(館) 두
군데였죠. 당신은 그곳이 좋다고 말했는걸요."

19　버찌를 증류한 과일 브랜디.
20　유럽에서 가장 큰 호텔 중 하나.

"사랑은 똥 더미야. 난 그 똥 더미 위에 올라앉아서 우는 수탉이지."[21] 해리가 말했다.

"당신이 가야 한다고 해서 당신 뒤에 남는 것들까지 죄다 때려 부술 필요 있나요? 내 말은요, 그러니까 모든 걸 갖고 가야만 하는 거냐고요? 당신이 타던 말도 아내도 다 죽이고, 안장도 갑옷도 다 불살라 버려야 하는 거예요?" 그녀가 따졌다.

"그래 맞아. 당신의 그 빌어먹을 돈이 바로 내 갑옷이었어. 내 스위프트[22]며 내 아머[23]였지." 그가 대꾸했다.

"그만둬요."

"좋아, 그만두지. 더는 당신을 괴롭히고 싶지 않으니까."

"이제는 좀 늦었어요."

"그렇다면 좋아. 좀 더 괴롭혀 줄까. 그게 더

---

21 "자기 똥 더미 위에 올라서면 모든 수탉은 소리 내어 운다."라는 서양 속담을 염두에 두고 한 말이다.

22 구스타부스 프랭클린 스위프트(Gustavus Franklin Swift, 1839~1903). 육류 포장업으로 돈을 많이 번 시카고의 대부호.

23 필립 댄포스 아머(Phillip Danforth Armour, 1832~1901). 육류 포장업으로 막대한 돈을 번 미국의 사업가. '아머(Armour)'라는 이름과 앞에 나온 갑옷을 뜻하는 '아머(armour)'가 동음이의어인 점을 살린 말장난이다.

재미있는데. 당신과 정말로 좋아서 하던 그 한 가지마저도
이제는 못 하게 됐어.”

"아녜요. 그건 사실이 아녜요. 당신은 여러 가지
일을 좋아했고, 당신이 하고 싶은 일이라면 전 뭐든지
했는걸요.”

"아, 제발 자기 자랑은 그만두는 게 어때?”

그는 여자를 쳐다보았고, 여자는 울고 있었다.

"이봐, 당신은 내가 장난으로 이런 말을 하고 있다고
생각하는 거야?” 그가 말했다. "나도 내가 왜 이러는지
모르겠어. 자기 삶을 유지하려고 남을 해치는 건 괴로운
일이야. 얘기를 시작할 적엔 나도 괜찮았어. 이런 식으로
시작할 의도는 아니었는데 이제는 완전히 돌아 버렸어.
그래서 당신에게 최대한 잔인하게 굴고 있는 거야. 그러니
내가 무슨 말을 하든 조금도 신경 쓰지 마. 정말 당신을
사랑해. 여태껏 당신을 사랑한 것만큼 다른 누구를
사랑해 본 적이 없어.”

그는 자기도 모르는 사이에 식은 죽 먹듯 입버릇처럼
해 오던 거짓말을 하기 시작했다.

"당신은 내게 참 다정해요.”

"요 암캐 같은 년! 이 돈 많은 암캐 년! 이건 시(詩)야. 내
머릿속엔 지금 시가 가득해. 헛소리와 시가. 헛소리 같은
시라고나 할까.” 그가 말했다.

"그만둬요. 해리, 어째서 당신은 자꾸만 악마로 변해 가는 거죠?"

"난 뭐든 남겨 두고 가긴 싫어. 그 무엇도 남기고 가기 싫다고." 그가 내뱉었다.

* * *

어느덧 저녁이 되었고 그는 이제 잠이 들었다. 태양이 언덕 너머로 지면서 벌판을 가로질러 그늘이 뒤덮였고, 조그마한 짐승들이 캠프 근처에서 먹이를 먹고 있었다. 그는 짐승들이 머리를 재빨리 떨어뜨리고 꼬리를 휘휘 저으면서 이제는 수풀에서 꽤 먼 이곳까지 와 있는 것을 지켜보았다. 새들은 더 이상 땅 위에 있지 않았다. 모두가 나무 위에 육중한 모습으로 올라가 앉아 있었다. 전보다 숫자가 훨씬 불어나 있었다. 몸시중을 드는 소년이 그의 옆에 앉아 있었다.

"멤사힙은 사냥 가셨어요. 브와나, 뭘 도와드릴까요?" 소년이 물었다.

"아니, 도와줄 거 없어."

여자는 식사거리로 짐승을 잡으러 갔다. 그가 사냥 구경을 좋아하는 건 잘 알았지만 그가 바라볼 수 있는 이 수풀 속의 작은 골짜기 같은 지역을 소란스럽게 하지 않으려고 먼 곳으로 갔던 것이다. 언제나 생각이 깊은 여자지, 하고 그는 생각했다. 알고 있는 것이며, 책에서 읽은 것이며, 또 들은 것에 대해 무엇이든 사려 깊은 여자였다.

그가 그녀에게 접근했을 때 작가로서의 생명이 이미 끝나 있었던 것은 그녀의 책임이 아니었다. 남자가 마음에도 없는 소리를 늘어놓고 있다는 것을 여자가 어떻게 알았겠는가? 그저 입버릇처럼 말하고 편안하려고 지껄인다는 것을 여자가 어떻게 알 수 있었겠는가? 그가 마음에도 없는 소리를 지껄인 뒤부터 그의 거짓말은 오히려 진실을 얘기할 때보다 여자들에게 더 효력을 발휘했다.

거짓말을 한 것이 아니라 그에겐 얘기할 만한 진실이 별로 없었다. 그는 마음껏 삶을 즐겼고 이제는 그것도 끝나 버렸다. 그러고 나서 그는 다른 종류의 사람들과 더 많은 돈, 같은 장소라도 최상의 사람들, 그리고 새로운 사람들과 어울려 다시금 삶을 계속했던 것이다.

정말 신통하게도 그는 생각하기를 단념했다. 내면이 단단하다 보면 대부분의 사람처럼 정신적으로 파산에 빠지는 일은 없었다. 이제 더 할 수도 없게 되었으니 지금까지 해 오던 일에 대해서는 조금도 흥미가 없는 듯한 태도를 취했다. 그러면서도 내심으로는 언젠가 이 사람들,

엄청난 부자들에 대한 얘기를 써 보리라고 중얼거렸다.
너는 실제로 그들에 속한 사람이 아니고 다만 그들
사회의 스파이에 지나지 않는다고, 그렇기에 그 사회를
떠나 그것에 대해 작품을 써 보리라고 말이다. 언제든
한번은 자신의 소재를 잘 알고 있는 누군가가 그것에
대해 쓰게 되리라고 그는 생각했다. 그러면서도 그는 결코
쓸 생각을 하지 않았다. 아무것도 쓰지 않고 안일만을
추구하며 자신이 경멸해 마지않는 그런 인간이 되어 보낸
하루하루의 생활은 그의 재능을 우둔하게 만들었고
집필에 대한 의욕마저 약화시켰다. 그래서 결국 그는
아무것도 쓰지 못하게 되고 말았던 것이다. 그가 지금 알고
지내는 사람들은 하나같이 글을 쓰지 않을 때 훨씬 편하게
만날 수 있는 인물들이다. 아프리카는 그가 잘나가던 시절
좀 더 행복하게 지내던 곳이어서 이곳에서 새 출발을 하기
위해 그는 이곳으로 왔다. 그래서 이번 사파리 여행에서는
안락을 최소한으로 줄였다. 고생스러운 일은 없었지만
호화스러운 사치도 없었다. 이렇게 함으로써 그는 다시
단련된 생활로 돌아갈 수 있으리라고 생각했다. 이런
식으로 그는 마치 권투 선수가 자기 육체의 지방을 없애기
위해 산중으로 들어가 노동하고 훈련하듯이 자신도
영혼에 붙은 비곗살을 제거할 수 있으리라고 생각했던
것이다.

여자도 그런 생활을 좋아했다. 자극적이고 장면이
바뀌는 일이라면 무엇이든, 또 새로운 사람들을 만나게
되고 재미있는 일이 있으면 무엇이든 좋아한다고 말했다.
그래서 그는 창작 의지가 되살아나는 것 같은 착각에 빠져
있었다. 그러나 지금 이런 식으로 삶을 마쳐야 한다 해도(그
자신도 그 사실을 잘 알고 있었다.) 제 등뼈가 부러졌다고 하여
제 몸뚱이를 물어뜯는 뱀처럼 자기 자신에게 맞서서는
안 될 일이었다. 이 여자에게는 잘못이 없었다. 이 여자가
아니었더라면 다른 여자가 문제의 발단이 되었을 것이다.
거짓말로 이어 왔으니 죽을 때도 거짓말을 해야 할 것
아닌가. 그때 언덕 저 너머에서 총성이 한 발 들려왔다.

여자는 사격을 아주 잘했다. 이 착하고 돈 많은 암캐,
그의 재능을 친절하게 관리해 주는 사람이자 파괴자. 이
무슨 허튼소리란 말인가! 그의 재능은 그 자신이 파괴하지
않았던가. 너를 잘 보살펴 주었다는 이유로 왜 그 여자가
비난을 받아야 한단 말인가? 그가 자신의 재능을 망치고
만 것은 그 재능을 활용하지 않았기 때문이고, 자신을
배신하고 자신이 믿는 바를 배신했기 때문이며, 지각의
칼날이 무디어질 정도로 술을 과하게 마셨기 때문이고,
나태와 안일과 속물근성 때문이고, 교만과 편견과 그
밖의 여러 방법 때문이 아닌가? 도대체 이건 뭐란 말인가?
고서(古書)의 목록인가? 도대체 그의 재능이란 어떤 것인가?

그것은 하나의 재능임에 틀림없었지만, 그는 그것을
활용하는 대신 악용했던 것이다. 그의 재능이란 그가 한
번도 실제로 성취한 것이 아니라 언제든지 하면 할 수
있다는 잠재적 가능성이었다. 그리고 그가 생활하기 위해
선택한 것은 펜이나 연필이 아니고 다른 그 무엇이었다.
그가 새로 사랑하게 되는 여자가 지난번 여자보다 으레
돈이 많은 사람이었다는 것은 이상한 일 아닌가? 그러나
그녀는 누구보다도 가장 돈이 많고, 모든 돈을 갖고
있었으며, 과거에는 남편과 자식들이 있었고 애인들도
있었지만 그들에게 만족하지 못했으며, 지금 그를 한
작가로서, 한 남성으로서, 한 친구로서, 또는 자랑스러운
하나의 소유물로 극진히 사랑하고 있었다. 그 여자를 전혀
사랑하지도 않고 오직 거짓말만 일삼고 있는 바로 지금,
그가 진실로 사랑하던 때보다도 그 여자의 돈의 대가로
그녀에게 더 많은 것을 줄 수 있다니 참으로 불가사의한
일이었다.

우리는 모두 우리가 하는 일에 맞게 태어나야 하는
거야, 하고 그는 생각했다. 어떤 방식으로 생계를 이어
가든 거기에는 각자의 재능이 있는 거지. 그는 지금까지
살면서 이런저런 형태로 자신의 생명력을 팔아 왔다.
애정에 너무 깊이 빠지지 않아야 금전을 제대로 평가하는
법이다. 그는 그 사실을 알아차렸지만 지금 역시 그것에

대해 작품을 쓸 수는 없었다. 쓸 만한 가치가 아무리
충분하다 해도 쓰고 싶지 않았다.

바로 그때 그녀의 모습이 시야에 들어왔다. 빈터를
가로질러 캠프 쪽으로 걸어오고 있었다. 그녀는 승마용
바지를 입고 엽총을 들고 있었다. 소년 둘이 숫양 한 마리를
어깨에 걸메고 여자 뒤를 따라왔다. 아직 얼굴이 예쁘고
몸매도 아름답군, 하고 그는 생각했다. 잠자리에서도
훌륭한 기술과 감수성을 발휘하지. 미인은 아니지만 그는
그녀의 얼굴이 마음에 들었다. 상당한 독서가인 데다
승마와 사냥을 좋아했고 누가 봐도 지나치게 술을 마셨다.
여자의 남편은 그녀가 비교적 젊었을 때 세상을 떠났으며,
그녀는 한동안 이제 막 자라는 두 아이들에게만 몰두했다.
하지만 애들은 어머니를 필요로 하지 않았고 그녀가 옆에
있는 것을 귀찮아했다. 그래서 그녀는 승마와 독서와
술에 빠져 지냈다. 저녁 식사 전 오후에는 독서를 즐겼고,
책을 읽으며 위스키소다를 마셨다. 식사 때까지는 상당히
취하게 되었고 식사 때 포도주 한 병을 더 마시고 나면
보통 만취해서 잠들곤 했다.

그것은 애인들이 생기기 전의 일이었다. 애인들이 생긴
뒤로는 과음까지는 하지 않는데 굳이 술에 취해서 잠들
필요가 없었기 때문이다. 그러나 애인들은 이 여자를 싫증
나게 했다. 결혼했던 예전 남자는 한 번도 그녀를 싫증

나게 한 적이 없었는데 이 사람들은 정말 그녀를 싫증 나게
했다.

그때 두 아이 중 하나가 비행기 추락 사고로 사망했다.
그 일이 있은 뒤로는 애인을 갖고 싶지 않은 데다 술도
마취제가 되지 않았기 때문에 그녀는 다른 삶을 살아야
했다. 갑자기 자신이 고독하다는 것을 느끼고 그녀는
소스라치게 놀랐다. 그녀에게는 이제 존경을 바칠 남자가
필요했다.

일은 지극히 단순하게 시작되었다. 그녀는 그의
작품을 좋아했고, 그가 영위하는 삶을 늘 부러워했다.
그야말로 자기가 원하는 일을 하고 있다고 생각했다.
그녀가 그를 손에 넣은 절차와 마침내 그와 사랑에 빠지게
된 경위는, 그녀로서는 자신을 위해 새로운 삶을 이룩하고,
또 그로서는 자신의 옛날 삶 중에서 잔재를 팔아 버린
통상적인 과정의 일부에 지나지 않았다.

그가 그것을 판 것은 생활의 안정과 안락을 얻기
위해서였다. 그것은 부인할 수 없는 일이었다. 그 밖에
달리 무엇이 있을 수 있단 말인가? 자신도 알 수 없는
일이었다. 그녀는 그가 원하는 것이라면 뭐든지 사 주었을
것이다. 그도 그것을 잘 알고 있었다. 게다가 그녀는
대단히 멋진 여자였다. 그는 다른 어느 누구보다 그 여자와
잠자리를 함께하고 싶었다. 다른 여자보다 그녀 쪽을

택하고 싶었던 것은 그녀가 누구보다 돈이 많은 데다 아주
유쾌하며 감수성이 풍부했고, 추태를 벌이는 일도 없었기
때문이었다. 그런데 이 여자가 다시 만들어 놓은 이 삶이
지금 종말을 향해 치닫고 있었다. 이 주 전 영양(羚羊) 떼가
머리를 치켜들고 콧구멍을 벌름거리면서 귀를 쭉 뻗고는
무슨 소리만 나면 숲속으로 도망쳐 들어갈 태세로 서 있는
모습을 찍으려고 앞으로 나아가다가 그만 무릎이 가시에
긁혔을 때 소독약을 바르지 않았기 때문이었다. 미처
사진을 찍기도 전에 영양들은 갑작스럽게 달아나 버리고
말았다.

그때 여자가 가까이 다가왔다.

그는 간이침대 위에서 머리를 돌려 여자 쪽을
바라다보았다. "여보!" 그가 불렀다.

"숫양 한 마리를 잡았어요. 당신에게 좋은 수프거리가
될 거예요. 아이들에게 클림[24]과 함께 감자를 으깨도록
시킬게요. 한데 기분은 어때요?"

"훨씬 좋아졌어."

"그러니까 얼마나 좋아요? 나도 좋아질 거라고
생각했어요. 내가 사냥 나갈 때 당신은 자고 있더군요."

"한잠 잘 잤어. 멀리 갔었나?"

24   미국산 분말 우유 상표.

"아뇨. 저 언덕 뒤쪽으로 돌아갔다만 왔어요. 양을 한 방에 멋지게 맞혔어요."

"사격 솜씨가 정말 대단해."

"내가 사냥을 좋아하잖아요. 그래서 아프리카가 좋아요. 정말이에요. 당신 몸만 성하면 사냥이야말로 이 세상에서 제일 재미있을 텐데. 당신과 함께 사냥 떠나는 게 얼마나 재미있었는지 당신은 모를 거예요. 난 이 지방이 좋아졌어요."

"나도 좋아."

"여보, 당신 기분이 좋아진 걸 보니 얼마나 기쁜지 몰라요. 당신이 아까 같은 기분이라면 정말 견딜 수 없을 것 같아요. 다시는 내게 그런 식으로 말하지 않을 거죠? 약속해 주는 거죠?"

"그래, 약속해. 내가 무슨 말을 했는지 기억이 안 나." 그가 대답했다.

"나를 짓밟을 필요는 없잖아요. 안 그래요? 난 당신을 사랑하고 또 당신이 원하는 것을 해 주고 싶은 중년 여자일 뿐이에요. 그런데도 당신은 벌써 두세 번이나 나를 짓밟았어요. 그러니 다시는 짓밟지 않을 거죠?"

"당신을 잠자리에서 두서너 번 늘씬하게 짓밟아 주고 싶군." 그가 말했다.

"그렇게 해요. 그거야말로 기분 좋게 짓밟히는 것이죠.

우린 그렇게 짓밟히도록 만들어져 있는걸요. 내일은
비행기가 도착할 거예요."

"그걸 어떻게 알지?"

"확실해요. 오기로 돼 있으니까요. 아이들은 벌써
나무를 베고 연막을 피워 올릴 풀을 준비해 놨어요.
오늘도 아래쪽에 내려가 보고 왔는걸요. 비행기가 착륙할
땅도 충분하고, 양쪽 끝에 연막을 피워 올릴 준비도 해
놓았어요."

"왜 비행기가 내일 온다고 생각하는 거지?"

"꼭 올 거예요. 이미 예정된 날짜가 지났잖아요.
그러면 읍내에 가서 당신 다리를 치료하고, 그러고 나선
우리 둘이서 멋지게 서로를 짓밟기로 해요. 전처럼 끔찍한
말은 하지 말고요."

"같이 술이나 한잔할까? 해도 저물었으니."

"꼭 한잔해야겠어요?"

"이미 한잔했는걸."

"그럼 한 잔씩 같이 해요. 몰로, 레티 두이
위스키소다!"[25] 그녀가 소리를 질렀다.

"모기 물리지 않게 장화를 신는 게 좋을걸." 그가
그녀에게 말했다.

---

25 "위스키소다 두 잔을 가져와!" 영어를 섞어 사용한 아프리카어.

"기다리고 있다가 목욕한 뒤에……."

어둠이 점점 짙어 가는 동안 두 사람은 술을 마셨다. 아주 캄캄해지기 직전, 이미 총을 쏠 수 없을 만큼 햇빛이 없을 때 하이에나 한 마리가 들판을 가로질러 언덕을 돌아 제 길을 갔다.

"저 빌어먹을 놈은 매일 밤 저기를 가로질러 가는군." 사내가 말했다. "두 주일 동안 매일 밤 말이야."

"밤에 소리를 지르는 게 저놈이로군요. 난 상관하지 않아요. 하지만 징그러운 짐승이에요."

함께 술을 마시면서 같은 자리에 누워 있는 게 불편하다는 것을 제외하고는 아무런 고통도 느끼지 않은 채, 또 소년들이 불을 피우자 그림자가 텐트 위에서 너울너울 춤을 추는 가운데, 그는 이승의 모든 것을 유쾌하게 묵묵히 체념하고 싶은 기분이 되살아나는 것을 느꼈다. 그녀는 정말로 그에게 친절하게 대해 주었다. 그런데 오늘 오후 그는 부당하고 잔인하게 굴었던 것이다. 그녀는 멋지고, 정말로 훌륭한 여자였다. 그러나 바로 그때 자신이 죽을 것이라는 생각이 갑자기 그의 머리를 스쳐 갔다.

그 생각은 갑자기 떠올랐다. 물이 세차게 흐르거나 바람이 불어닥치듯 그렇게 온 것이 아니라, 느닷없이 고약한 냄새를 풍기는 공허감처럼 갑자기 내습한 것이다.

그런데 이상야릇하게도 하이에나가 그 공허감의 한 끝자락을 따라 미끄러지듯이 가볍게 스쳐 가는 게 아닌가.

"왜 그래요, 해리?" 그녀가 그에게 물었다.

"아무것도 아냐. 당신은 반대쪽으로 자리를 옮기는 게 좋겠어. 바람이 불어오는 쪽으로 말이야." 그가 말했다.

"몰로가 붕대를 갈아 줬나요?"

"응. 지금은 붕산만 쓰고 있어."

"기분은 좀 어때요?"

"조금 어지러워."

"목욕을 해야겠어요. 곧 올게요. 같이 식사하고 침상을 안으로 들여놓기로 해요." 그녀가 말했다.

입씨름을 그만둔 건 참 잘한 일이야, 하고 사내는 혼잣말로 중얼거렸다. 이 여자와는 그다지 싸움을 하지 않았다. 그가 사랑했던 다른 여자들과는 싸움이 너무 잦아서 부식 작용처럼 언제나 그들이 서로 공유하고 있던 것까지 갉아먹곤 했다. 그는 너무 많이 사랑했고, 너무 많은 것을 요구했고, 그래서 그 모든 것을 마모시켜 버렸던 것이다.

그는 파리에서 싸움을 한 뒤에 콘스탄티노플로 혼자 갔던 때의 일을 떠올렸다. 그곳에 있는 동안 그는 줄곧 창녀들과 지냈고, 그 짓도 지치자 마음의 고독이

억제되기는커녕 더욱더 심해졌다. 그러자 그는 첫 번째
여자, 자기를 버리고 달아난 그 여자에게 도저히 쓸쓸한
마음을 억제할 수 없다고 편지를 써 보냈다……. 언젠가
한번은 레장스[26] 밖에서 그녀를 본 것 같은 생각이 들어
깜짝 놀라서 기절할 것만 같았다든지, 속이 울렁거렸다든지,
어딘지 모르게 그녀와 비슷한 여자를 불바르[27]에서 만나
뒤따라가 보려고도 했지만 혹시 그녀가 아니면 어쩌나 하는
생각이 들고 기분을 망칠까 봐 두려웠다든지 하고 말이다.
어떤 여자를 데리고 자도 그녀가 더욱 그리워지기만 할
뿐이라고도 했다. 그녀를 사랑하는 마음을 도저히 버릴 수
없다는 사실을 알게 된 이후 지금까지 지난날 그녀의 처사는
조금도 문제가 되지 않는다고도 했다. 그는 아주 말짱한
기분으로 클럽에서 이 편지를 써서 뉴욕으로 부치면서
답장은 파리의 자기 사무소로 보내 달라고 부탁했다. 그러는
편이 안전할 것 같았다. 그리고 그날 밤은 그녀가 너무
그리워 공허할 정도로 마음이 울렁거려 막심[28] 레스토랑
위쪽을 배회하다 여자 하나를 꾀어 같이 저녁 식사를 하려고
데리고 갔다. 식사를 마친 뒤에 춤을 추러 갔지만 여자의
춤이 서툴러서 기분이 나지 않아 정열적인 아르메니아

---

26 파리에 있는 고급 호텔.
27 파리 샹젤리제 대로.
28 파리 루아얄가(街)에 있는 레스토랑 겸 카페.

창녀로 상대를 바꾸었는데, 그녀가 어찌나 배를 비벼 대는지
불이 날 지경이었다. 그녀는 영국 포병대 장교와 싸운 끝에
빼앗은 여자였다. 장교는 그에게 밖으로 나가자고 했고,
두 사람은 컴컴한 어둠 속 자갈길 위에서 격투를 벌였다.
그가 포병대 장교의 턱 옆쪽을 두 번이나 세게 갈겼는데도
그놈이 나가떨어지지 않자 그는 본격적으로 싸움이
시작된 것을 알았다. 상대는 그의 몸통을 갈기고 이어
눈언저리를 때렸다. 그는 다시 왼손을 치켜들어 장교를 한
대 갈겼다. 그러자 장교는 그의 위에 엎어지며 그의 윗도리를
움켜쥐더니 소매를 잡아 찢었다. 그는 포병 장교의 뒤통수를
두 번 갈기고 이어 그를 떼밀면서 후려갈기자 장교는 머리를
땅에 부딪히며 나자빠졌다. 그때 헌병들이 달려오는 소리가
들렸기 때문에 그는 여자를 데리고 달아났다. 택시를
잡아타고 보스포루스 해협[29]을 따라 루멜리 히사르[30]를
향해 달렸다. 그리고 그곳을 한 바퀴 돌고는 시원한
밤공기를 마시며 되돌아와 잠자리에 들었다. 그 여자는
겉모습만큼이나 너무 무르익은 감이 있었지만 부드럽고 장미
꽃잎 같고 시럽처럼 끈적끈적하고 반들반들한 배에 젖통이
크고 엉덩이에 베개를 벨 필요가 없었다. 아침 첫 햇살에

---

29   아시아와 유럽을 가르는 해협으로 낭만주의 시인들이 이 해협을
     헤엄쳐 횡단하려 했던 것으로 유명하다.
30   이스탄불의 요새.

정말 망측한 모습으로 여자가 눈을 뜨기 전에 그는 그곳을
나와 버렸다. 그는 눈자위에 검은 멍이 든 채 페라팔리스
호텔에 나타났다. 한쪽 소매가 없었기 때문에 윗도리는 손에
들고 있었다.

　같은 날 밤 그는 아나톨리아[31]를 향해 출발했다. 그
여행이 끝날 무렵 아편을 얻으려고 재배하는 양귀비 밭을
온종일 말을 타고 달렸던 일이 생각났다. 그러자 점차 이상한
느낌이 들더니 마침내 거리 감각이 엉망이 되고 말았다.
이곳은 적들이 새로 도착한 콘스탄틴의 장교들[32]과 합세하여
공격을 해 온 장소였다. 그 장교들은 전쟁에 대해서는
아무것도 모르는 그야말로 신참 병사였다. 포병대는
그 부대에 포격을 가하고 있었고, 영국의 관측 장교는
어린애처럼 고래고래 소리를 지르고 있었다.

　그는 그날 흰 발레 스커트 같은 것을 입고 장식 술이
달린 장화를 신은 전사자들을 처음 보았다. 터키 군대가 쉴
새 없이 떼를 지어 왔고, 스커트 입은 병사들이 도망치자
장교들은 그들을 향해 권총을 쏘아 대고 이어 장교들 자신도
도망치는 것이 보였다. 그도 관측 장교와 함께 도망을
쳤는데 마침내 숨이 차고 입안은 마치 동전을 씹은 것 같은

31　흑해와 지중해 사이의 평원 지대.
32　콘스탄틴은 당시 그리스 왕의 이름으로, 그리스 장교들을 뜻한다.

냄새로 가득 차는 듯했다. 그들이 바위 뒤에 숨어도 터키
병사들은 여전히 떼를 지어 쳐들어왔다. 그 뒤 그는 상상할
수도 없을 만큼 끔찍한 광경을 보았고, 좀 더 뒤에는 이보다
훨씬 끔찍한 광경을 보고 말았다. 그래서 파리에 돌아왔을
때 그런 이야기는 누구에게도 말하지 않았고, 누가 말하는
것을 듣는 것조차 참지 못했다. 그가 지나가는 길에 보니
카페에는 커피 잔을 앞에 놓고 감자 모양의 얼굴에 멍청한
표정을 짓고 있는 미국인 시인 한 사람이 있었다. 그는
이름이 트리스탕 차라[33]라고 하는 어떤 루마니아 사람과
다다이즘 운동에 관해 얘기하고 있었다. 언제나 외알 안경을
쓰고 있는 그 루마니아인은 늘 두통에 시달렸다. 그는
아내가 있는 아파트로 돌아갔다. 아내를 다시 사랑하기
시작했다. 싸움도 깨끗이 끝나고 미친 듯한 광기도
사라지고 이제는 안락한 가정에 있는 것이 좋았다. 그리고
사무소에서도 우편물을 아파트로 회송했다. 그런데 어느
날 아침 그가 편지를 보낸 그 여자한테서 온 답장이 쟁반에
놓여서 왔다. 필적을 본 그는 가슴이 철렁하여 서둘러 편지를
다른 편지 밑에 쑤셔 넣으려고 했다. 그러나 아내가 말했다.
"여보, 그 편지 누구한테서 온 거예요?" 이 일로 새로운

---

33 Tristan Tzara(1896~1963). 루마니아 출신의 시인으로 전위예술
운동인 다다이즘을 일으켰다.

생활의 시작은 끝장나고 말았다.

그는 모든 여자와 함께 지낸 즐거운 시절과 싸움을 했던 일도 회상했다. 그들은 언제나 싸움하기에 알맞은 장소를 택하곤 했다. 그런데 기분이 제일 좋은 때 언제나 싸움이 벌어진 것은 도대체 무슨 까닭일까? 그 싸움에 관해서도 그는 아직 작품을 쓴 적이 없다. 첫째는 그 대상이 누구든지 남을 중상하기 싫어서였고, 다음으로는 그것 말고도 얼마든지 쓸 거리가 있을 것 같았기 때문이다. 그러나 언젠가는 꼭 쓸 때가 오리라고 생각했다. 작품으로 쓸 것은 참으로 많았다. 그는 이 세상이 변하는 모습을 보아 왔다. 그것은 단순한 사건이 아니었다. 사건도 많이 보고 사람들도 관찰해 왔지만, 그것보다는 세상의 미묘한 변화를 읽었던 것이다. 그는 시대의 변화에 따라 사람이 어떻게 달라지는지 기억할 수 있었다. 바로 그 현장에 있었고 그것을 관찰해 왔기 때문에 그것에 대해 쓰는 것은 그의 의무였다. 하지만 이제는 그것에 대해 영원히 쓰지 못할 것이다.

"기분은 좀 어때요?" 그녀가 물었다. 목욕을 마치고 텐트에서 나오는 참이었다.

"좋아."

"그럼 식사할까요?" 그녀 뒤에는 몰로가 접는 식탁을 들고 있었고, 다른 소년이 수프가 담긴 접시를 들고 서 있었다.

"글을 쓰고 싶군." 그가 말했다.

"수프라도 좀 들고 기운을 차려야 해요."

"난 오늘 밤 죽을 거야. 그러니 기운 차릴 필요는 없어." 그가 대꾸했다.

"해리, 제발 과장 좀 하지 마요."

"당신 코는 도대체 어디에 쓸 작정이야. 내 넓적다리는 이제 반쯤 썩어 문드러졌다고. 빌어먹을, 수프 따위를 뭣 때문에 먹어야 하지? 몰로, 위스키소다를 가져와."

"제발 수프를 들어요." 그녀가 상냥하게 말했다.

"그래, 먹지."

수프는 뜨거웠다. 먹기 좋을 만큼 식을 때까지 컵을 손에 들고 있어야 했다. 그러고 나서 그는 군소리 없이 수프를 삼켜 넘겼다.

"당신은 훌륭한 여자야. 나한테 신경 쓰지 마." 그가 말했다.

그녀는 《스퍼》나 《타운 앤드 컨트리》[34] 같은 잡지에서 볼 수 있었던, 친근하고 호감을 주는 표정으로 그를 쳐다보았다. 과음과 지나친 잠자리 때문에 얼굴이 조금 상하기는 했지만, 《타운 앤드 컨트리》 같은 잡지에서도

---

34   20세기 중엽 상류사회 독자를 위한 고급 잡지.

그런 탐스러운 젖가슴이며, 쓸모 있는 넓적다리며, 등허리
부분을 부드럽게 애무하는 가벼운 손은 볼 수 없었다.
그녀를 바라보면서 그녀의 친근하고 아름다운 미소를 보는
순간 그는 다시 죽음이 다가오는 것을 느꼈다. 이번에는
갑자기 닥친 것이 아니었다. 촛불을 사르르 흔들어 불꽃을
가늘고 길게 피어나게 하는 바람처럼 불어왔다.

"나중에 아이들더러 모기장을 가져오라 해서
나뭇가지에 매달도록 하고 불을 피워 줘. 오늘 밤은 텐트에
들어가지 않겠어. 움직여 봤자 별수 없으니까. 오늘 밤은
날씨가 맑아. 그러니 비가 내릴 리도 없고."

이처럼 사람들은 귀에 잘 들리지 않는 속삭임 속에서
죽어 가는 것이다. 그렇다, 이제는 더 이상 싸우지도 않을
것이다. 그것만은 약속할 수 있다. 이제까지 겪어 보지
못한 이 한 가지를 그는 엉망으로 만들고 싶지 않았다.
하지만 어쩌면 이것마저 엉망으로 만들어 버릴지도
모른다. 넌 모든 것을 엉망으로 만들어 버렸잖아. 하지만
어쩌면 그는 그렇게 엉망으로 만들어 버리지 않을지도
모른다.

"당신 받아쓰기는 못 하겠지?"

"한 번도 해 본 적 없어요." 그녀가 대답했다.

"그럼 좋아."

물론 망원경의 초점을 맞춰 넓은 시야를 압축하듯이,

올바로 다룰 수만 있다면 모든 것을 한 단락 속에 압축할
수 있을 것도 같았지만 이제는 그럴 만한 시간이 없었다.

호수 위 언덕에, 갈라진 틈을 흰 모르타르로 바른
통나무 오두막집이 한 채 있었다. 문 옆에 서 있는 장대에는
식사 시간을 알리는 종이 매달려 있었다. 집 뒤에는 들판이
있고 그 들판 뒤에는 숲이 있었다. 롬바르디아 종(種)
미루나무가 집에서부터 호숫가 선창에 이르기까지 한 줄로
죽 늘어서 있었다. 다른 미루나무들은 곶을 따라 늘어서
있었다. 한 줄기 길이 숲 가장자리를 따라 언덕 위로 뻗어
있고 그는 이 길을 따라 걸으며 블랙베리를 따곤 했다. 뒤에
그 통나무 오두막집은 불에 타 버렸고, 사슴 발로 만든
총걸이에 걸려 있던 난로 위의 총들도 타 버리고 말았다.
나중에 보니 탄창의 탄환은 녹아 내렸고 개머리판도 타서
총신이 잿더미 위에 나뒹굴고 있었다. 그 잿더미는 큼직한
세탁용 무쇠 솥에서 쓸 잿물을 만드는 데 사용되었다. 타다
남은 총신을 갖고 놀아도 괜찮으냐고 물으면 할아버지는
안 된다고 했다. 타 버리기는 했어도 역시 자기 총이라고
했고, 그 뒤로도 할아버지는 다시는 총을 사지 않았다.
이번에는 같은 장소에 판자로 다시 집을 짓고 하얗게 칠을
했다. 현관에서는 미루나무와 건너편 호수가 보였다. 그러나
이제 더 이상 총들은 없었다. 통나무 오두막집 벽 사슴 발

총걸이에 걸려 있던 총신은 지금은 잿더미 위에 구르고
있었지만 누구 하나 손대는 사람이 없었다.

전쟁 뒤 우리는 슈바르츠발트[35]에서 송어 낚시터를 빌린
적이 있는데 그곳에 가는 길은 두 가지였다. 그중 한 길은
트리베르크에서 골짜기로 내려가 하얀 도로 옆에 자라는
나무 그늘 골짜기 길을 돌아 언덕으로 뻗은 샛길로 올라가서
슈바르츠발트풍의 큰 집들이 있는 조그마한 농장을 몇 개
지나면 마침내 그 길이 개울을 가로질렀다. 그곳이 바로
우리가 낚시질을 시작하던 곳이다.

또 다른 길은 숲 변두리까지 험한 언덕길을 올라가
소나무 숲을 뚫고 언덕 꼭대기를 넘어서 초원 언저리로 나와
다시 이 초원을 가로질러 다리 쪽으로 내려가는 길이다.
그리 크지 않고 좁아서 물이 맑고 물살이 빠른 개울을 따라
자작나무가 자랐다. 자작나무 뿌리 밑, 물결에 파인 곳은
연못을 이루었다. 트리베르크의 호텔 주인에게는 경기가
좋은 계절이었다. 매우 쾌적한 곳이라 모두들 친구처럼
잘 지냈다. 그 이듬해 인플레이션이 닥쳤고, 지난해에 번
돈으로는 호텔을 여는 데 필요한 물자를 사들일 수가 없게
되자 주인은 목을 매 자살했다.

이 일은 받아쓰게 할 수 있지만 콩트르스카르프 광장에

---

35 독일 서남부의 삼림 지대로 흔히 '흑림'이라고 한다.

대한 일은 받아쓰게 할 수 없을 것이다. 그곳에서는 꽃
장수들이 길에서 꽃에 물감을 들였고, 버스가 출발하는
부근의 포장도로 위에는 그 물감 물이 흘렀으며, 노인들과
여자들은 포도주와 싸구려 마르크[36]를 마시고 언제나
얼큰하게 취해 있었다. 또 아이들은 추워서 콧물을 질질
흘렸다. 카페 데 아마퇴르에서는 더러운 땀 냄새와 가난과
주정뱅이의 냄새가 풍겨 나왔고, 발뮈제트[37] 위층에는
창녀들이 살고 있었다. 문지기 여자는 프랑스 공화국 국회
경비 의장대의 병사를 자기 집에서 접대하고 있었고, 말총
깃을 꽂은 그의 헬멧이 의자 위에 놓여 있었다. 복도 맞은편
방에 세 들어 사는 여자는 남편이 경륜 선수인데, 그날 아침
우유 가게에서 《로토》를 펴들고 남편이 처음 출전한 파리와
투르 간의 경주에서 3등을 한 기사를 읽으면서 기쁜 표정을
짓고 있었다. 여자는 얼굴을 붉히고 낄낄 웃어 대며 노란색
스포츠 신문을 들고 뭐라고 떠들면서 2층으로 올라갔다.
발뮈제트 주인 여자의 남편은 택시 운전기사로, 해리가
일찍이 첫 비행기로 떠나야 했던 날 아침, 운전기사가 문을
흔들어 그를 깨워 준 적이 있다. 그들은 출발하기 전 술집의
함석 바에서 백포도주를 한 잔씩 마셨다. 그때 그는 부근에

36 포도즙을 짜고 난 찌꺼기로 만든 값싼 술.
37 대중적인 댄스홀.

살고 있는 이웃 사람들을 잘 알고 있었는데 그것은 그들이
모두 가난했기 때문이었다.

　　그 광장 주위에는 두 부류의 인간, 즉 주정뱅이와
스포츠 애호가가 살고 있었다. 주정뱅이는 술에 취해
자신들의 가난을 잊었고, 스포츠 애호가는 운동에
정신이 팔려 자신들의 가난을 잊었다. 파리 코뮌 당원의
자손이었지만 그들이 정치적 문제를 이해하는 데는 전혀
어려움이 없었다. 그들은 자기들의 부모 형제 그리고 친척과
친구를 누가 사살했는지 잘 알고 있었다. 그때는 베르사유
군대가 쳐들어와 코뮌 정부의 뒤를 이어 파리를 점령한 뒤에
손이 거친 사람, 모자를 쓴 사람, 그 밖에 노동자라는 표시가
있는 사람이라면 닥치는 대로 잡아 처형해 버렸다. 그래서
그런 궁핍 속에서, 그리고 말고기 푸줏간과 포도주 협동조합
앞길 건너편 숙소에서 그는 자기가 쓰려던 모든 작품의 첫
부분을 썼다. 파리에서 그곳만큼 마음에 드는 곳도 없었다.
가지가 쭉 뻗은 나무들이며, 아래쪽은 갈색으로 칠하고
하얀 회반죽을 한 낡은 집들이며, 둥근 광장에 서 있는
초록빛의 긴 승합차들이며, 포장도로 위에 흐르는 자줏빛
꽃 물감이며, 카르디날 르무안 거리의 언덕에서 센강으로
가파르게 내려가는 비탈길이며, 무프타르 거리의 비좁고
혼잡한 곳을 통하는 또 다른 길 말이다. 팡테옹 쪽으로
올라가는 거리와 그가 늘 자전거로 다니던 또 다른 거리로,

그 구역에서는 단 하나밖에 없는 아스팔트 길에서 자전거 타이어가 매끄럽게 굴러갔다. 또 그곳에는 높고 좁은 집들이 늘어서 있고 폴 베를렌[38]이 숨을 거둔 곳이라는 싸구려 고층 호텔도 있다. 그들이 살던 아파트에는 방이 둘뿐이었고, 그는 맨 위층 방 하나를 월 60프랑에 세내어 그곳에서 글을 썼다. 그곳에서는 파리의 지붕과 굴뚝 위의 통풍관과 언덕이 모두 보였다.

아파트에서 보이는 것은 장작과 석탄 가게뿐이었다. 그곳에서는 질이 나쁜 술을 팔았다. 말고기 푸줏간 바깥에는 황금빛 말 머리가 걸려 있었고, 열린 창문에는 누런빛을 띤 붉은 말고기가 걸려 있었다. 술맛도 좋고 값도 싼 포도주를 사던, 녹색 칠을 한 협동조합도 보였다. 그 나머지는 이웃집의 벽토를 칠한 벽과 창뿐이었다. 밤에 누군가가 술에 취해 길거리에 나자빠져 전형적인 프랑스식으로 술주정을 하며 신음 소리를 내고 끙끙거리면 이웃 사람들은 창문을 열고 뭐라고 지껄였다. 실제로는 그런 술주정이 존재하지 않는다고 귀가 따갑게 들어 왔던 것이다.

"경찰은 어디 있는 거야? 필요 없을 때는 잘도 나타나면서. 자식, 어느 문지기 여편네하고 자고 있겠지.

---

38 Paul-Marie Verlaine(1844~1896). 19세기 후반에 활약한 프랑스의 상징주의 시인.

순경 불러와!" 그리고 마침내 누군가가 창을 열고 물 한 통을 퍼부으면, 그 신음 소리가 그친다. "이건 또 뭐야? 물이로군. 아, 이건 제법 똑똑한 방법인데." 그러고 나면 창문은 닫힌다. 그가 데리고 있던 가정부 마리는 하루 여덟 시간 노동제에 항의했다. "남편이 6시까지 일하게 되면 집으로 돌아오는 길에 간단히 한잔 걸칠 테니 돈도 과히 낭비되지 않을 거예요. 하지만 5시에 일이 끝나면 매일 밤 취하게 되니 돈이 남아나질 않아요. 노동 시간이 단축되어 골탕 먹는 건 노동자의 아내들뿐이라고요."

"수프 좀 더 들겠어요?" 그때 여자가 물었다.

"아니. 어쨌든 고마워. 맛이 참 좋았어."

"조금 더 들어 봐요."

"위스키소다를 마시겠어."

"그건 당신한테 좋지 않아요."

"그래. 내겐 좋지 않지. 콜 포터[39]가 그런 가사를 쓰고 작곡까지 했지. 당신이 나를 미친 듯이 좋아할 거라는 걸 이렇게 알고 있었던 모양이야."

"알겠지만 나도 당신에게 술을 주고 싶어요."

---

39 Cole Albert Porter(1891~1964). 미국의 대중가요 작곡가 및
     작사가.

"아, 물론 그럴 테지. 내 몸에 나쁘다는 게 문제지만."

이 여자가 가 버리면, 원하는 만큼 마음껏 마시리라, 하고 그는 생각했다. 원하는 만큼까지는 몰라도 적어도 여기 있는 술은 다 마셔 버려야지. 그런데 아, 그는 피곤했다. 무척이나 피곤했다. 그래서 잠을 좀 자려고 했다. 그는 가만히 누웠다. 죽음은 그곳에 없었다. 틀림없이 다른 거리로 돌아서 가 버린 모양이었다. 죽음은 쌍쌍으로 짝을 지어 나란히 자전거를 타고 포도(鋪道) 위를 정말로 소리 없이 달리고 있었다.

그렇다, 그는 아직 파리에 대해 한 번도 써 본 적이 없었다. 그가 그렇게도 좋아하는 파리에 대해서 말이다. 하지만 아직 한 번도 써 본 적 없는 다른 것들은 어떻게 할 것인가?

그 목장이며, 은회색 쑥이며, 관개용 도랑에서 빠르게 흐르던 맑은 물이며, 짙은 초록빛 자주개자리 등은 어떻게 할 것인가? 오솔길은 언덕 위쪽으로 넘어가고, 여름철 소들은 사슴처럼 수줍어했다. 가을이 되어 산에서 끌어내릴 때면 큰 소리로 울부짖고, 끊임없이 시끄러운 소리를 내면서, 먼지를 일으키며 천천히 움직이던 소 떼. 그리고 저녁 햇살에 산 너머 봉우리가 뚜렷이 윤곽을 드러내던 일이며, 달빛에 비친 오솔길을 말 타고 내려올 때 건너편 골짜기까지 밝게 비치던

일. 어둠 속에서 앞이 보이지 않아 말 꼬리를 붙잡고 나무숲 사이를 내려오던 일, 그 밖에 그가 쓰려고 마음먹었던 모든 이야기가 떠올랐다.

그 무렵 아무도 건초를 가져가지 못하게 목장에 남아서 지키고 있던 얼뜨기 일꾼 소년, 그리고 사료를 조금 얻어 가려고 들른 포크 집안의 심술궂은 늙은이도 말이다. 예전에 소년을 부릴 때 곧잘 두들겨 패던 늙은이였다. 소년이 안 된다고 거절하자 늙은이는 또 때리겠다고 위협했다. 소년은 부엌에서 엽총을 들고 나와 늙은이가 헛간에 들어가려고 할 때 쏘았다. 사람들이 목장으로 돌아왔을 때 늙은이는 이미 죽은 지 일주일이나 지난 뒤였고, 시체는 가축우리 속에서 꽁꽁 얼어붙어 있었는데, 일부는 개들한테 뜯어 먹힌 상태였다. 그러나 시체의 남은 부분을 담요에 싸서 썰매 위에 싣고 밧줄로 동여맨 뒤 소년이 거들어서 그것을 끌고 내려갔다. 이래서 그는 소년과 함께 스키를 타고 고개를 넘어 도로 위로 나와 100킬로미터 가까이 떨어진 마을로 내려와서는 소년을 경찰에 넘겼다. 소년은 자기가 체포되리라고는 생각도 못 하고 있었다. 자기는 의무를 다했을 뿐이며, 그를 자신의 친한 친구라고 굳게 믿고 있었으니 체포는커녕 무슨 보상이라도 받을 줄 알았던 것이다. 그는 노인의 시체를 운반하는 일을 도와주었다. 그러니 노인이 얼마나 나쁜 사람이었는지, 어떻게 자기

것도 아닌 사료를 훔치려고 했는지 다들 알고 있으리라고
생각했다. 그러므로 경찰관이 쇠고랑을 채울 때 소년은 그
사실을 믿을 수 없어 했다. 결국 소년은 엉엉 울기 시작했다.
이것은 그가 작품으로 쓰려고 남겨 둔 이야기 중 하나였다.
그 지방을 소재로 적어도 단편 소설 스무 편쯤은 쓸 수
있다는 것을 그는 잘 알았다. 그러나 그는 이제껏 한 편도 쓴
일이 없었다. 무슨 까닭이었을까?

　　"무슨 까닭인지 좀 말해 줘." 그가 말했다.
　　"뭐가 무슨 까닭이라는 거죠?"
　　"아냐, 아무것도 아냐."
　　그를 손에 넣은 뒤부터 그녀는 술을 많이 마시지
않았다. 그러나 다행히 자신이 살아남는다 해도 이 여자에
대해서만은 작품을 쓰지 않으리라는 것을 그는 지금 잘
알았다. 다른 여자들에 대해서도 쓰지 않을 것이다. 돈
많은 사람들은 대개 재미가 없는 데다 술을 지나치게
많이 마시거나 주사위 노름만 지나치게 할 뿐이다.
그들은 단조롭고 반복적이어서 지루하다. 그는 가련한
줄리언[40]이 생각났다. 줄리언은 부자들에 대해 로맨틱한

────────────

40　F. 스콧 피츠제럴드(F. Scott Fitzgerald, 1896~1940)를 염두에
　　둔 인물로 이 작품을 처음 발표할 당시에는 '줄리언'이 아니라
　　'스콧'이라고 썼다.

경외심을 품고 있어서 언젠가 한번은 "아주 돈이 많은 부자들은 당신이나 나 같은 사람들과는 다르다."[41]라는 구절로 시작하는 소설을 쓴 적이 있었다. 그때 어떤 사람이 줄리언에게 "그래, 당연히 그들은 우리보다 돈이 많지."라고 말했다. 그러나 줄리언에게는 그 말이 유머로 들리지 않았다. 부자란 특수한 매력을 지닌 족속이라고 생각해 왔는데, 실제로는 그렇지 않다는 사실을 깨달았을 때 그는 다른 어떤 것 못지않게 그 때문에 망가졌던 것이다.

그는 망가진 사람들을 경멸했다. 이해는 했지만 좋아하고 싶진 않았다. 그는 극복할 수 없는 일은 없다고 생각했다. 무슨 일이든 자기만 개의치 않으면 그것 때문에 고통받을 일은 없다고 믿었기 때문이다.

좋아! 이제 그는 죽음에 대해서도 걱정하지 않기로 했다. 언제나 두려워했던 것은 단 한 가지, 고통뿐이다. 고통이 너무 오래 계속되어 그를 나가떨어지게 하기 전까지는 누구 못지않게 고통을 이겨 낼 수 있을 것이다. 그런데 지금 이곳에서 무엇인가가 몹시 고통을 주고 있었고, 그것 때문에 자신이 무너지리라고 느낀 바로 그 순간 고통이 갑자기 멎어 버렸다.

41   F. 스콧 피츠제럴드의 단편 소설 「부잣집 아이」(1926)의 앞부분.

　오래전 척탄병 장교인 윌리엄슨이 철조망을 뚫고 가다가 독일군 순찰병이 던진 수류탄에 맞았던 어느 밤이 기억났다. 그는 비명을 지르면서 누구든 제발 자기를 죽여 달라고 애원했다. 약간 허풍 치는 버릇이 있었지만 그는 뚱뚱한 몸에 대단히 용감하고 훌륭한 장교였다. 그러나 그날 밤 철조망에 걸리자 그는 적의 탐조등에 비쳐졌고, 오장육부가 튀어나와 철조망에 걸렸다. 그래서 전우들이 목숨이 붙어 있는 그를 끌어당길 때는 칼로 오장을 잘라 내야만 했다. 나를 쏴 줘, 해리. 제발 부탁이야, 나를 쏴 줘. 언제가 한번은 주님이 우리에게 견딜 수 없는 고통을 주시지 않는다는 문제로 토론을 벌인 적이 있었다. 누군가가 적당한 시기가 오면 고통 때문에 인간은 자동으로 기절한다는 이론을 폈다. 그러나 그는 언제나 그날 밤 윌리엄슨 일을 잊을 수 없었다. 그가 자신이 사용하려고 간직해 둔 모르핀 정제를 윌리엄슨에게 모두 먹일 때까지 고통은 그에게서 좀처럼 사라지지 않았다. 사실 모르핀조차 금방 효과가 나타나지 않았던 것이다.

　현재 그가 겪고 있는 이 정도의 고통은 아무것도 아니었다. 이런 상태가 계속되더라도 그 이상 악화되지만 않는다면 조금도 걱정할 필요가 없었다. 다만 더 좋은 상대와 같이 있고자 하는 마음 말고는 말이다.
　그는 같이 있고 싶은 상대에 대해 잠시 생각해 보았다.

아냐, 온갖 일을 해 온 데다 너무 오래 끌었고 이미 때가 늦은 지금, 아직도 상대가 있으리라고 기대하는 건 무리야, 하고 그는 생각했다. 사람들은 이제 다 가 버렸어. 파티는 끝나고 남아 있는 사람은 너와 여주인뿐이거든.

다른 모든 게 귀찮은 것과 마찬가지로 죽음도 귀찮아지는군, 하고 그는 생각했다.

"귀찮은 일이야." 그가 소리 내어 크게 말했다.

"여보, 뭐가요?"

"무엇이든 너무 오래 하면 그렇다는 말이야."

그는 자신과 모닥불 사이에 있는 그녀의 얼굴을 쳐다보았다. 여자는 의자에 기대앉아 있었는데, 불빛이 보기 좋게 주름 잡힌 그녀의 얼굴을 비추고 있었다. 그녀가 졸린 얼굴을 하고 있는 것을 알 수 있었다. 모닥불이 닿는 범위 바로 밖에서 하이에나 우는 소리가 들렸다.

"소설을 쓰고 있었어. 하지만 따분해졌어." 그가 말했다.

"잠을 잘 수 있을 것 같아요?"

"물론이지. 당신은 왜 잠자리에 들지 않는 거야?"

"당신과 함께 여기 앉아서 자고 싶어요."

"좀 이상한 느낌이 들지 않아?" 그가 물었다.

"아뇨. 조금 졸릴 뿐이에요."

"이상야릇한 느낌이 드는군." 그가 말했다.

그는 죽음이 다시 가까이 접근해 오는 것을 느꼈다.

"지금까지 내가 한 번도 잃지 않았던 건 호기심뿐이야." 그가 그녀에게 말했다.

"당신은 아무것도 잃은 게 없어요. 내가 아는 한 가장 완벽한 사람인걸요."

"천만에. 여자란 어쩌면 그렇게도 모를까. 그게 뭐야? 당신의 직감인가?" 그가 물었다.

바로 그때 죽음이 다가와 침대 발치에 머리를 기대는 바람에 그는 죽음의 입김을 맡을 수 있었다.

"사신(死神)이 큰 낫과 해골바가지[42]를 갖고 있다고 믿지 마. 자전거를 타고 오는 순경 두 사람이 될 수도 있고, 새가 될 수도 있어. 아니면 하이에나처럼 큼직한 주둥이가 있는 놈일 수도 있지." 그가 그녀에게 말했다.

바야흐로 죽음이 그에게로 다가오고 있었지만 이제 더 이상은 아무런 형체도 없었다. 다만 공간을 차지하고 있을 뿐이었다.

"놈더러 저리 가라고 해."

죽음은 물러가지 않고 조금 더 가까이 다가왔다.

"넌 입김이 지독하구나. 이 고약한 냄새를 피우는 후레자식 놈아." 그가 죽음에게 말했다.

---

42 서양에서 큰 낫과 해골바가지는 사신(死神)이나 죽음을 상징한다.

그것은 여전히 그에게 좀 더 가까이 다가왔고, 이제는 그것에게 말을 걸 수도 없었다. 말을 못하는 것을 알자 죽음은 조금 더 가까이 다가왔다. 그는 이제 말도 하지 않고 그것을 물리치려고 했지만, 그것은 그에게로 바짝 조이며 다가와 몸무게로 그 가슴을 짓눌렀다. 그것이 그곳에 웅크리고 있어 그가 움직이지도 못하고 말하지도 못하는 동안 여자의 말소리가 들렸다. "브와나는 지금 잠드셨어. 그러니 침상을 아주 가만히 들어다 텐트 안으로 모셔라."

그는 그것을 쫓아 달라고 그녀에게 말할 수 없었고, 아까보다도 더 무겁게 웅크리고 있어 이제는 제대로 숨도 쉴 수 없었다. 바로 그때 소년들이 침대를 쳐들고 있는 동안 갑자기 상태가 정상으로 돌아오면서 가슴에서 중압감이 사라졌다.

* * *

아침이었다. 날이 밝고도 벌써 얼마의 시간이 지났고, 그는 비행기 소리를 들었다. 비행기는 처음에는 아주 조그맣게 보이더니 점점 널찍한 원을 그렸다. 소년들이 뛰어나가 등유로 불을 지르고 그 위에 마른 풀을 쌓아 올리자 평평한 들판 양쪽에서 큼직한 연기가 두 줄기 솟아

올랐다. 아침 산들바람에 연기는 캠프 쪽으로 불어왔다.
비행기는 이번에는 저공으로 두 번 더 원을 그리고
내려오더니 수평을 유지하면서 사뿐히 내려앉았다. 그를
향해 걸어오고 있는 사람은 옛 친구인 콤프턴이었다. 그는
느슨한 양복바지에 트위드 재킷을 입고 갈색 펠트 모자를
쓰고 있었다.

"이보게 친구, 어찌 된 일인가?" 콤프턴이 물었다.

"다리를 다쳤어." 그가 그에게 대답했다. "아침 먹을
텐가?"

"고맙네. 차나 좀 마시지. 자네도 알겠지만, 이
비행기는 퍼스 모스[43]야. 멤사힙은 모시고 갈 수 없네.
자리가 하나밖에 없거든. 자네 트럭이 지금 이곳으로 오고
있는 중이네."

헬렌은 콤프턴을 옆으로 불러내어 그에게 말을 하고
있었다. 콤프턴이 아까보다 밝은 표정으로 돌아왔다.

"지금 당장 비행기에 태우지. 멤사힙은 다시 와서
데리고 가겠네. 아루샤[44]에 들러 급유를 해야 할 것 같아.
그러니 어서 출발하는 게 좋겠어." 그가 말했다.

"차(茶)는 어떻게 하고?"

43　소형 경비행기 이름. '퍼스 모스'란 본디 유럽산 나방을 가리킨다.
44　탄자니아의 도시로 탕가니카 북동부와 동아프리카 고원 지대에
　　위치한다.

"차 같은 건 정말 생각 없네."

소년들은 침대를 메고 녹색 천막을 돌아 바위를 따라 내려가 평지로 나서 밝게 타고 있는 모닥불 옆을 지나(쌓인 건초는 모두 타 버리고 모닥불은 바람에 한창 타오르고 있었다.) 소형 비행기가 있는 곳에 이르렀다. 비행기에 타기는 어려웠지만 일단 안에 들어간 뒤 그는 가죽 좌석에 몸을 기대고 다리를 콤프턴의 좌석 한쪽 옆으로 쭉 폈다. 콤프턴이 올라타더니 시동을 걸었다. 그는 헬렌과 소년들에게 손을 흔들었다. 부릉부릉하는 소리가 귀에 익은 엔진 소리로 바뀌자 기체는 한 바퀴 빙 돌았고, 콤프턴은 멧돼지 구멍들이 없나 하고 두리번거렸다. 기체는 요란한 소리를 내며 흔들리더니 모닥불 두 개 사이의 평탄한 들판을 달리다 마지막으로 덜거덕하는 소리를 내며 공중으로 떠올랐다. 밑에 남아 있는 사람들이 손을 흔드는 모습이 보였고, 언덕 옆 캠프가 이제 납작하게 보였으며, 저쪽 멀리 펼쳐져 있는 평원이며 나무가 울창한 숲이며 덤불도 평평해 보였다. 한편 사냥 길이 메마른 물웅덩이까지 반들반들하게 통해 있었고, 지금까지 그가 한 번도 본 적 없는 개울 하나가 보였다. 이제 얼룩말은 등만 조그맣게 보였고, 긴 손가락처럼 벌판을 질주하는 작은 영양들의 큼직한 머리도 마치 점이 공중으로 솟아오르는 것처럼 보일 뿐이었다. 비행기의 그림자가 그들에게 접근하자 사방으로 흩어져 조그맣게 보이는 것이 달리는 것 같지도 않았다. 지금 밖으로 보이는 평원도 이제는 잿빛이 도는 누런색으로만 보였으며, 바로 눈앞에는 옛 친구 콤프턴의 트위드 재킷의 등과 갈색 펠트 모자가 보일 뿐이었다. 그러고 난 뒤 그들은 첫 번째 언덕 위를 지나갔는데, 작은 영양들도 그의 뒤를 따라 달렸다. 갑자기 짙은 녹색 숲이 솟아 있는 산 위를 넘고 대나무가 무성한 비탈진 산 위를 난 뒤 다시 산봉우리와 골짜기로 조각품처럼 굴곡진 울창한 산림을 지나가니 마침내 언덕이 비스듬히 낮아지면서 평원이 또 하나 나타났다. 이제 날씨는 덥고 평원은 보랏빛을 띤 갈색으로 보였으며 열기 때문에 비행기가 심하게 흔들렸다. 콤프턴은 해리가 잘 있는지 살피려고 뒤를 돌아보았다. 그때 거무스름한 다른 산맥이 눈앞에 나타났다.

그런 뒤 비행기는 아루샤를 향해 날지 않고 왼쪽으로 방향을 돌렸는데 그것으로 보아 콤프턴은 틀림없이 연료가 충분하다고 판단한 모양이었다. 아래쪽을 내려다보니 마치 체로 친 듯한 핑크 빛 엷은 구름이 땅에서 가까운 공중에 떠돌고 있었다. 그것은 어디서 왔는지 모르는 눈보라의 첫눈과도 같았는데, 남쪽에서 날아온 메뚜기 떼라는 것을 알 수 있었다. 비행기는 상승하기 시작했고 동쪽을 향해 날고 있는 것 같았다. 잠시 뒤 비행기의 주위가 어두워지더니 폭풍우 속으로 들어갔는데, 비가 굉장히 많이 쏟아져 마치 폭포 속을 뚫고 지나가는 것만 같았다.
마침내 그곳을 빠져나오자 콤프턴은 뒤를 돌아보면서
싱긋 웃고는 손가락으로 가리켰다. 앞쪽에 보이는
것은 전 세계처럼 폭이 넓은 데다 거대하고 높이 솟아
있으며 햇빛을 받아 믿을 수 없을 만큼 하얗게 반짝이는
킬리만자로의 네모난 꼭대기였다. 그 순간 그는 자신이
지금 가는 곳이 바로 그곳이라는 것을 깨달았다.

　　바로 그때 하이에나가 밤이면 내던 그 컹컹거리는
울음소리를 그치고 인간이 우는 듯한 이상야릇한 소리를
내기 시작했다. 그녀는 그 울음소리를 듣고 불안한 마음에
몸서리를 쳤다. 그녀는 잠에서 깨지 않았다. 꿈속에서
그녀는 롱아일랜드[45]에 있는 자기 집에 가 있었다. 그녀의
딸이 사교계에 데뷔하기 전날 밤이었다. 어찌 된 셈인지
그녀의 아버지도 그곳에 나타나 몹시 거들먹거렸다. 바로
그때 하이에나가 너무 큰 소리를 내어 우는 바람에 그녀는
번쩍 눈을 떴고, 잠깐 동안 자신이 어디에 와 있는지 감을
잡지 못하고 몹시 두려워했다. 그래서 회중전등을 손에
들고 해리가 잠든 뒤에 들여놓은 또 다른 침대를 비춰
보았다. 모기장 아래 그의 몸뚱이를 볼 수 있었지만 어찌

[45] 뉴욕시 맨해튼 동부에 있는 섬으로 부호들의 휴양지가 많다.

된 셈인지 다리는 모기장 바깥으로 나와 침대 옆을 따라
아래쪽으로 축 늘어져 있었다. 붕대가 모두 풀려 있어
그녀는 차마 그것을 쳐다볼 수 없었다.

"몰로! 몰로! 몰로!" 여자가 큰 소리로 불렀다.

그러고 나서 그녀는 "해리! 해리!" 하고 불렀다. 이어서
그녀의 음성은 점차 높아졌다. "해리! 제발. 오, 해리!"

그러나 아무 대답도 없었고 숨을 쉬는 소리도 들리지
않았다.

텐트 밖에서는 하이에나가 그녀의 잠을 깨울 때와
똑같이 괴상한 소리를 내고 있었다. 그러나 가슴이
고동치는 소리 때문에 그녀의 귀에는 그 소리가 들리지
않았다.

노인과 바다

망망대해 위에서 산티아고는 홀로 이틀 밤낮 청새치와 사투를
벌인다. 저 멀리 상어 떼가 다가오고, 노인은 지쳤다. 그러나
인간은 파멸할지언정 패배하지 않는다. 스페인 내전을 다룬
서사시적 장편 소설인 『누구를 위하여 종은 울리나』(1940년)로
문단과 대중의 찬사를 받은 헤밍웨이가 십여 년의 공백을 깨끄
1952년에 출간한 문제작.

노인과 바다

그는 멕시코 해류[1]에서 조각배를 타고 홀로
고기잡이하는 노인이었다. 여든 날하고도 나흘이
지나도록 고기 한 마리 낚지 못했다. 처음 사십 일 동안은
소년이 함께 있었다. 그러나 사십 일이 지나도록 고기 한
마리 잡지 못하자 소년의 부모는 그에게 이제 노인이 누가
뭐래도 틀림없이 '살라오'가 되었다고 말했다. '살라오'란
스페인 말로 '가장 운이 없는 사람'이라는 뜻이다. 소년은
부모가 시키는 대로 다른 배로 옮겨 타게 되었는데, 그
배는 첫 주에 큼직한 고기를 세 마리나 잡았다. 소년은
날마다 노인이 빈 배로 돌아오는 것을 보고 가슴이 아팠다.
그래서 늘 노인을 마중 나가 노인이 사려 놓은 낚싯줄이며

1 　멕시코만에서 미국 연안을 북상한 뒤 동북으로 나아가 영국 제도
　　방면에 이르는 난류.

갈고리며 작살이며 돛대에 둘둘 말아 놓은 돛 따위를
나르는 일을 도와주었다. 돛은 여기저기 밀가루 부대로
기워져 있었고, 접어 놓으면 마치 영원한 패배를 상징하는
깃발처럼 보였다.

　노인은 깡마르고 여윈 데다 목덜미에는 주름이 깊게
잡혀 있었다. 열대 지방의 바다가 반사하는 햇볕 때문에
그의 두 뺨에는 양성 피부암의 갈색 반점들이 나 있었다.
이 반점들은 얼굴 양쪽 훨씬 아래까지 번져 있었다.
두 손에는 큰 고기를 잡으면서 밧줄을 다루다가 생긴
상처가 깊게 파여 있었다. 어느 것 하나 새로 생긴 상처는
아니었다. 고기가 살지 않는 사막의 침식 지대만큼이나
오랜 세월을 지낸 상처들이었다.

　두 눈을 제외하면 노인의 것은 하나같이 노쇠해
있었다. 오직 두 눈만은 바다와 똑같은 빛깔을 띠었으며
기운차고 지칠 줄 몰랐다.

　"산티아고 할아버지." 소년은 조각배를 끌어올려 놓은
둑으로 올라가면서 노인에게 말했다. "이제 할아버지랑
다시 고기잡이를 할 수 있어요. 우린 돈을 좀 벌었거든요."

　노인은 소년에게 고기 잡는 법을 가르쳐 주었고,
그래서 소년은 그를 무척이나 따랐다.

　"그건 안 돼. 네가 타는 배는 운이 좋은 배야. 그러니 그
사람들하고 그냥 있어라." 노인이 말했다.

"할아버지는 여든 이레 동안이나 고기 한 마리 잡지
못하셨지만, 우린 삼 주 동안 하루도 빼놓지 않고 큰
고기를 잡은 걸 기억하시죠?"

"물론 기억하고말고. 네가 나한테서 떠난 게 내
솜씨를 의심해서가 아니라는 것도 잘 알고 있단다." 노인이
대답했다.

"할아버지 곁을 떠나라고 한 건 아버지였어요. 전 아직
나이가 어리니까 아버지 말을 따라야 해요."

"암, 그렇고말고. 당연히 그래야지." 노인이 말했다.

"그런데 아버지한테는 그다지 신념이라는 게 없어요."

"그래, 그건 그렇다. 하지만 우리한테는 신념이 있지. 안
그러냐?" 노인이 대꾸했다.

"물론이죠. 제가 '테라스'[2]에서 맥주 한 잔 사 드릴
테니 드시고 나서 어구를 나르도록 하죠." 소년이 말했다.

"그렇게 하자꾸나. 우린 어부들이니까." 노인이
대답했다.

노인과 소년이 '테라스'에 들어가 앉자 많은 어부들이
노인을 놀려 댔지만 노인은 조금도 화를 내지 않았다.
그중에서 나이가 지긋한 어부들은 걱정스러운 얼굴로
노인을 바라보았다. 그러나 그런 기색은 조금도 내보이지

---

2   여기에서는 테라스가 딸린 가게를 가리킨다.

않은 채 해류며, 얼마나 깊이 낚싯줄을 내렸는지며,
계속되고 있는 좋은 날씨며, 고기잡이 중 보았던 것들을
화제 삼아 다정하게 이야기를 주고받았다. 그날 고기를
많이 잡은 어부들은 일찌감치 항구에 돌아와서 잡아 온
청새치를 칼질해 널빤지 두 장에 길게 늘어놓고 두 사람이
널빤지 양쪽에 붙어 비틀거리며 고기 저장고로 운반해
갔다. 그곳에서 그들은 아바나³의 시장으로 생선을 싣고
갈 냉동 트럭이 오기를 기다렸다. 상어를 잡은 어부들도
벌써 후미 맞은편에 있는 상어 공장으로 잡은 고기를
운반했다. 그곳에서 도르래와 밧줄로 상어를 들어 올려
내장을 빼내고 지느러미를 자르고 껍질을 벗겨 낸 뒤 살은
토막을 쳐서 소금에 절이는 것이다.

　바람이 동쪽에서 불어오면 상어 공장에서 나는
냄새가 항구를 가로질러 이곳까지 풍겨 왔다. 그러나
오늘은 바람이 북쪽으로 방향을 돌렸다가 금방
잠잠해졌기 때문에 냄새가 어렴풋하게밖에는 풍겨 오지
않았으며, '테라스'에는 밝게 햇살이 비쳐 아늑했다.

　"산티아고 할아버지." 소년이 노인을 불렀다.

　"왜 그러느냐." 노인이 대답했다. 그는 맥주잔을 든 채
먼 옛날의 일을 회상하고 있었다.

3　쿠바 공화국의 수도. 서인도 제도에서 가장 큰 도시.

"제가 나가서 내일 쓰실 정어리를 좀 구해다
드릴까요?"

"아냐, 괜찮아. 가서 야구나 하고 놀렴. 나는 아직 노를
저을 수 있고, 로헬리오가 그물을 던져 줄 테니까."

"그래도 구해다 드리고 싶은걸요. 할아버지와 함께
고기잡이를 하지 못한다면, 다른 거라도 도와드리고
싶어요."

"넌 내게 맥주를 사 주지 않았니. 너도 이젠 어른이 다
됐구나." 노인이 말했다.

"맨 처음 할아버지가 배에 태워 주셨을 때 제가 몇
살이었죠?"

"다섯 살이었지. 그때 내가 어찌나 팔팔한 고기를
잡아 올렸던지 넌 하마터면 죽을 뻔했어. 그놈은 조각배를
산산조각 내 버리다시피 했지. 기억나니?"

"네, 기억나요. 그놈의 고기가 어찌나 꼬리를
무섭게 흔들어 댔던지 배의 노 젓는 자리가 다 부서지고,
할아버지가 그놈을 마구 몽둥이로 두들겨 패던 게
생각나요. 할아버지가 저를 번쩍 들어 젖은 낚싯줄을 사려
놓은 뱃머리 쪽으로 던지다시피 내려놓은 것도 생각나요.
또 배 전체가 몹시 흔들리던 느낌이랑, 할아버지가 마치
나무를 패듯 몽둥이로 고기를 두들기던 소리랑, 제 몸에서
온통 달콤한 피 냄새가 풍기던 것이랑 모두 생각나요."

"그런 일이 정말로 생각나는 거냐? 아니면 내가 네게 말해 준 거냐?"

"할아버지와 함께 처음 바다로 나갔을 때부터 겪은 일을 모조리 기억하고 있어요."

노인은 햇볕에 그을린 눈빛으로 믿음직스럽고 다정하게 소년을 바라보았다.

"네가 내 친아들이라면 너를 데리고 멀리 나가 한번 모험을 해 보고 싶구나. 하지만 네겐 아버지와 또 어머니가 계시니. 게다가 지금 넌 운 좋은 배를 타고 있고." 그가 말했다.

"정어리를 잡아 올까요? 미끼를 네 마리라도 구해 올 수 있는 곳을 알고 있어요."

"오늘 것도 쓰고 아직 남았어. 소금을 뿌려 상자에 넣어 두었거든."

"싱싱한 걸로 네 마리 구해다 드릴게요."

"한 마리면 충분해." 노인은 아직 희망과 자신감을 잃지 않고 있었다. 그리고 미풍이 불어올 때처럼 희망과 자신감이 새롭게 솟구치고 있었다.

"그럼 두 마리 가져올게요." 소년이 말했다.

"좋아, 그럼 두 마리다." 노인은 하는 수 없이 소년의 말에 따랐다. "설마 훔친 건 아니겠지?"

"훔칠 수도 있었지만 이건 돈 주고 산 거예요." 소년이 대답했다.

"고맙구나." 노인이 말했다. 그는 너무 단순한
사람이어서 자신이 언제 겸손함을 배웠는지조차 생각해
본 적이 없었다. 그러나 지금은 자신이 겸손해졌다는
것을 알고 있었으며, 그것이 부끄러운 일도 아니고 참다운
자부심이 덜해지는 일도 아니라는 것을 잘 알고 있었다.

"해류가 이대로만 계속된다면 내일도 틀림없이 날씨가
좋겠구나." 노인이 말했다.

"어디로 나가실 생각인가요?" 소년이 물었다.

"멀리 나갔다가 바람이 바뀌면 돌아올 생각이다. 동이
트기 전에 나가고 싶구나."

"그럼 제 주인아저씨한테도 멀리 나가자고 해 볼게요.
그렇게 하면 할아버지가 정말 큰 놈을 낚아 올릴 때 우리가
가서 도와드릴 수도 있잖아요." 소년이 말했다.

"그 사람은 멀리 나가는 걸 좋아하지 않는걸."

"그건 그래요. 하지만 전 새가 고기를 찾는 것 같은,
주인아저씨 눈에 보이지 않는 뭔가를 볼 수 있어요. 그렇게
해서 만새기를 쫓아 멀리 나가도록 해 볼래요." 소년이
대답했다.

"그 사람 눈이 그렇게도 나쁘단 말이냐?"

"거의 장님이나 다름없는걸요."

"참 이상한 일이구나. 그 사람은 바다거북을 잡으러

나간 일도 없는데 말이다. 바다거북을 잡다 보면 눈을
망치게 되거든." 노인이 말했다.

"하지만 할아버지는 머스키토 해안[4]에서 지난 몇 해
동안이나 바다거북잡이를 하셨어도 눈이 멀쩡하잖아요."

"나야 별난 늙은이니까."

"진짜 큰 고기가 잡혀도 감당할 수 있을 만큼 아직
기운이 있으세요?"

"아마 그럴 게야. 게다가 온갖 요령도 알고 있잖니."

"자, 그럼 어구를 집으로 운반하시죠. 그래야 제가
투망을 갖고 정어리를 잡으러 갈 수 있거든요." 소년이
말했다.

노인과 소년은 배에서 어구를 집어 들었다. 노인은
돛대를 어깨에 메고, 소년은 단단히 꼰 갈색 낚싯줄을
둘둘 감아 넣은 나무 상자와 갈고리와 창이 꽂힌 작살을
날랐다. 미끼가 들어 있는 상자는 큰 고기를 배 옆으로
끌어들일 때 고기가 날뛰지 못하게 하는 데 쓰는 몽둥이와
함께 조각배의 고물 밑에 넣어 두었다. 아무도 노인의
물건을 훔쳐 가지는 않겠지만, 돛과 굵은 밧줄은 밤이슬을
맞으면 좋지 않으므로 집으로 가져가는 편이 나았다.

---

4   미국 플로리다주 남단 온두라스와 니카라과에 위치해 있는 카리브
     해안.

비록 노인은 이 마을 사람들이 자기 물건에 손대리라고는
생각하지 않았지만, 갈고리와 작살을 배 안에 그냥
놔두는 것은 공연히 사람들의 마음을 유혹하는 짓이라고
생각했다.

　　두 사람은 함께 노인이 사는 오두막집 쪽으로 걸어
올라가 열어 놓은 문을 통해 안으로 들어갔다. 노인은
돛으로 둘둘 감은 돛대를 벽에 기대어 놓았고, 소년은
상자와 다른 어구를 그 옆에 내려놓았다. 돛대는 거의
오두막집 방 길이만큼이나 길었다. 이 오두막집은
'구아노'라는 대왕야자수[5]의 튼튼한 껍질로 지었는데
방 안에는 침대, 식탁, 의자가 하나씩 있었고, 흙바닥에는
숯불을 피워 음식을 만드는 자리가 있었다. 섬유가 질긴
구아노를 납작하게 여러 겹 포개어 만든 갈색 벽에는
컬러 물감으로 그린 예수 그리스도의 성심상(聖心像)[6]과
코브레의 성모 마리아[7] 그림이 걸려 있었다. 두 장 모두
죽은 아내의 유품이었다. 한때 그 벽에는 색조를 넣은

5　키가 크고 우아한 이 야자나무는 미국 플로리다주 남부 지방과
　　쿠바에서 주로 자란다.

6　성심은 골고다 언덕에서 창에 찔린 예수 그리스도의 심장. 인류에
　　대한 사랑의 상징으로 로마가톨릭교회에서는 아주 중요하게
　　생각한다.

7　쿠바의 남서쪽 산티아고 외곽에 있는 광산촌 엘 코브레에 모신 성모
　　마리아상. 쿠바에서 가장 존경받는 마리아상이다.

아내의 사진이 걸려 있었지만 그것을 떼어 버렸다. 사진을
바라볼 때마다 너무 울적한 기분이 들어 지금은 방구석에
있는 선반의 깨끗한 셔츠 밑에 넣어 두었다.

"드실 만한 게 있나요?" 소년이 물었다.

"노란 쌀밥 한 그릇이랑 생선이 있어. 너도 좀 먹을래?"

"아뇨. 전 집에 가서 먹을게요. 불을 피워 드릴까요?"

"괜찮아. 나중에 내가 피우마. 아니면 그냥 찬밥을
먹어도 되고."

"투망을 가져가도 될까요?"

"암, 되고말고."

투망 같은 것이 있을 리 없었고, 소년은 노인이 투망을
언제 팔아 치웠는지도 기억하고 있었다. 그러나 두 사람은
이런 꾸며 낸 말을 날마다 되풀이했다. 노란 쌀밥도 생선도
있을 리 없었고, 이 또한 소년은 잘 알고 있었다.

"85는 재수 좋은 숫자란다. 내가 말이다, 내장을
빼고도 450킬로그램이 넘는 큰 고기를 잡아 가지고
돌아오는 걸 보고 싶지 않니?" 노인이 말했다.

"전 투망을 갖고 정어리를 잡으러 갈게요. 할아버지는
문간에서 볕이라도 쬐며 앉아 계세요."

"오냐, 그렇게 하마. 어제 신문이 있으니 야구 기사나
읽어야겠구나."

소년은 어제 신문이라는 것도 지어낸 이야기가 아닌지

의심스러워웠다. 그러나 노인은 침대 밑에서 신문을 꺼냈다.

"보데가[8]에서 페리코가 주더구나." 그가 설명했다.

"정어리를 잡아 가지고 올게요. 할아버지 거랑 제 거랑 함께 얼음에 재워 뒀다가 내일 아침에 나누기로 해요. 제가 돌아오거든 야구 이야기 좀 해 주세요."

"양키스 팀이 이길 게 불을 보듯 뻔하지."

"하지만 전 클리블랜드의 인디언스 팀이 승산 있다고 생각하는데요."

"얘야, 양키스 팀을 믿어야지. 그 훌륭한 디마지오[9] 선수가 있잖니."

"전 디트로이트의 타이거스 팀과 클리블랜드의 인디언스 팀도 만만치 않다고 생각하는걸요."

"조심해라. 그러다간 신시내티의 레드스 팀이나 시카고의 화이트삭스 팀까지 승산이 있다고 생각하겠구나."

"신문을 잘 읽어 두셨다가 제가 돌아오거든 꼭 얘기해 주셔야 해요."

---

8 '식료품 가게'를 뜻하는 스페인어로 값싸게 간이식사를 할 수 있는 곳.
9 조지프 폴 디마지오(Joseph Paul Dimaggio, 1914~1999). 1936부터 1951년까지 뉴욕 양키스 팀에서 외야수로 활약한 프로야구 선수로 미국 야구 역사에서 가장 명성이 높다.

"우리 끝자리가 85인 복권 한 장을 사 두면 어떻겠니? 내일이면 바로 팔십오 일째가 되는 날이거든."

"그것도 괜찮겠네요. 하지만 할아버지의 멋진 기록인 87이 어떨까요?" 소년이 대답했다.

"아마 그런 일은 두 번 다시 일어날 수 없을 거야. 어디 끝자리가 85인 복권을 살 수 있겠니?"

"한 장 주문하면 되죠."

"한 장만 사도록 하자꾸나. 2달러 50센트야. 한데 누구한테 그 돈을 꾸지?"

"그건 문제없어요. 2달러 50센트 정도야 저도 언제든지 빌릴 수 있거든요."

"아마 나도 빌릴 순 있을 거야. 하지만 난 될 수 있으면 돈을 빌리지 않고 싶구나. 처음엔 돈을 빌리지. 그러다 나중엔 구걸하게 되는 법이거든."

"할아버지, 몸을 따뜻하게 하고 계세요. 9월이라는 걸 잊지 마시고요."

"큰 고기를 잡을 수 있는 계절이야. 5월이라면 누구든 어부 행세를 할 수 있지만 말이다."

"그럼 가서 정어리를 잡아 오겠어요."

소년이 돌아와 보니 노인은 의자에 앉은 채 잠이 들어 있었고, 해는 이미 떨어져 있었다. 소년은 침대에서 낡은 군용 담요를 가져와 의자 뒤쪽에서 펴서 노인의

어깨를 덮어 주었다. 비록 나이가 들었어도 그의 어깨에는
아직도 이상하리만큼 힘이 흘러넘쳤다. 목에도 여전히
힘이 있었고 고개를 앞쪽으로 떨어뜨리고 잠을 자고 있을
때면 주름살도 별로 눈에 띄지 않았다. 셔츠는 하도 여러
번 기워서 마치 돛과 같았고, 기운 조각들이 햇볕에 여러
색깔로 바래 있었다. 노인의 머리도 몹시 늙은 모습이어서
두 눈을 감은 얼굴에서는 생기라곤 전혀 찾아볼 수
없었다. 무릎 위에 신문이 펼쳐져 있었지만 팔의 무게에
눌려 저녁의 미풍에도 떨어지지 않고 그곳에 그대로 놓여
있었다. 신발을 신지 않은 맨발이었다.

소년은 노인을 그냥 내버려 두었고, 그가 다시
돌아왔을 때도 노인은 여전히 잠을 자고 있었다.

"할아버지, 이제 그만 일어나세요." 소년은 이렇게
말하고는 노인의 한쪽 무릎에 손을 얹었다.

그러자 노인은 두 눈을 떴고, 한순간 멀리 길을
떠났다가 다시 돌아온 듯한 표정을 지었다. 그러고 나서
노인은 빙그레 미소를 지었다.

"뭘 갖고 온 게냐?" 그가 물었다.

"저녁 식사예요. 같이 먹으려고요." 소년이 대답했다.

"난 별로 배고프지 않은데."

"자, 어서 잡수세요. 잡수시지 않고선 고기잡이를
하실 수 없어요."

"먹지 않고 고기를 잡은 적도 있었지." 노인은 이렇게 말하고 자리에서 일어나 신문을 들어 접었다. 그러고 나서 담요를 개기 시작했다.

"담요는 그냥 덮고 계세요. 제가 살아 있는 동안은 할아버지가 굶은 채 고기잡이를 하시게 내버려 두지 않을 거예요." 소년이 말했다.

"그럼, 오래오래 살고 몸조심하려무나. 한데 뭐 먹을 게 있는 거냐?" 노인이 물었다.

"검정콩 밥이랑 바나나 튀김이랑 스튜가 조금 있어요."

소년은 테라스에서 두 단으로 된 양은그릇에 음식을 담아 가지고 왔다. 그의 주머니 속에는 냅킨에 싼 나이프와 포크 그리고 숟가락이 두 벌 들어 있었다.

"누가 준 거야?"

"마르틴 아저씨가요. 주인아저씨 말이에요."

"그 사람한테 고맙다고 인사해야겠구나."

"인사는 벌써 제가 했는걸요. 그러니까 할아버지가 따로 인사하실 필요는 없어요." 소년이 말했다.

"큰 고기를 잡으면 그 사람에게 뱃살을 줘야겠다. 이렇게 음식을 준 게 이번이 처음이 아니잖니?" 노인이 말했다.

"아마 그럴걸요."

"그렇다면 뱃살보다 훨씬 더 좋은 부위를 줘야겠는걸.

그 사람은 우리에게 퍽 마음을 써 주는구나.”

“맥주도 두 병 주셨어요.”

“난 캔 맥주가 제일 좋더라.”

“잘 알고 있어요. 하지만 이건 병맥주인걸요. 아투에이 맥주[10]예요. 병은 돌려줘야 해요.”

“넌 참 친절하기도 하구나. 자, 그럼 어디 먹어 볼까?” 노인이 말했다.

“아까부터 드시라고 했잖아요. 할아버지가 드실 준비를 다 하실 때까지 뚜껑을 열고 싶지 않았어요.” 소년이 다정스럽게 말했다.

“이제 준비됐다. 손 씻을 시간이 필요했을 뿐이야.” 노인이 말했다.

어디서 손을 씻었다는 걸까? 하고 소년은 생각했다. 이 마을에서 물을 공급해 주는 곳은 아래쪽으로 두 블록 내려가야만 있었다. 할아버지에게 물을 길어다 줘야 했는데 그랬구나, 하고 소년은 생각했다. 비누와 수건도 가져와야 했는데 말이야. 나는 왜 이다지도 생각이 모자랄까? 할아버지에게 셔츠도 한 장 더 준비해 드려야 하고, 겨울 재킷과 신발, 그리고 담요도 한 장 더

---

10 쿠바에서 생산되는 맥주의 하나. 본디 ‘아투에이’는 아이티 출신의 인디언 추장으로 스페인의 학정에 맞서 싸운 영웅이었다.

갖다드려야 되겠는걸.

"스튜가 정말 맛있구나." 노인이 말했다.

"야구 이야기 해 주세요." 소년이 그에게 부탁했다.

"아메리칸리그[11]에선 역시 내가 말한 대로 양키스 팀이었어." 노인은 행복한 표정으로 말했다.

"오늘은 양키스가 졌잖아요." 소년이 그에게 말했다.

"그 정도는 새 발의 피지. 그 훌륭한 디마지오가 다시 실력을 발휘할 거니까."

"그 팀에는 다른 선수들도 있잖아요."

"물론이지. 하지만 디마지오는 달라. 다른 리그에서는 브루클린과 필라델피아 두 팀이라면 난 브루클린 편을 들지. 그러고 보니 딕 시슬러[12]가 생각나고, 또 옛 구장에서 그가 날린 그 굉장한 안타가 생각나는구나."

"역시 그런 안타는 좀처럼 드물죠. 그 선수처럼 그렇게 멀리 공을 날리는 사람은 아직 보지 못했거든요."

"그 선수가 전에 '테라스'에 찾아오곤 했던 일이

---

11 내셔널리그와 함께 미국의 양대 리그의 하나. 1900년에 설립되었고 여덟 개 팀으로 구성되어 있다. 앞에서 산티아고와 마놀린이 언급한 팀은 모두 아메리칸리그 소속이다.

12 1948년부터 1951년까지 필라델피아 팀에서 경기를 한 프로야구 선수. 카디널스, 레드스, 양키스 팀에서 선수 및 코치로 명성을 날렸다. 그의 아버지 조지 시슬러는 세인트루이스 팀과 보스턴 팀에서 활약했다.

기억나니? 나는 그를 데리고 함께 낚시를 하고 싶었지만, 워낙 소심해 나서 차마 부탁할 수 없었어. 그래서 네게 부탁해 보라고 했는데 너도 소심했지."

"알고 있어요. 큰 실수였죠. 부탁했더라면 어쩌면 우리와 함께 낚시하러 가 줬을지도 모르는데 말이에요. 그랬더라면 평생을 두고 자랑거리가 되었을 텐데요."

"난 저 훌륭한 디마지오를 한번 고기잡이에 데려가고 싶어. 소문에 따르면 그의 아버지도 어부였다지. 아마 그도 우리처럼 가난했을 테니 어쩌면 우리를 잘 이해해 줄지도 몰라." 노인이 말했다.

"그 훌륭한 시슬러의 아버지는 한 번도 가난한 적이 없었대요. 그리고 그 사람은…… 그 아버지 말이에요…… 제 나이 때 벌써 메이저리그[13]에서 경기를 하고 있었대요."

"내가 네 나이였을 때는 아프리카를 항해하는, 가로돛을 단 범선에서 선원 노릇을 했지. 저녁 무렵이면 해안을 따라 어슬렁거리는 사자들을 보곤 했어."

"알아요. 언젠가 얘기해 주셨잖아요."

"우리 아프리카 이야기를 할까, 아니면 야구 이야기를 할까?"

---

13 미국 프로야구의 최상위 경기로 아메리칸리그와 내셔널리그가 있다. 흔히 '빅리그'라고도 한다.

"야구 이야기가 좋겠어요." 소년이 대답했다. "그 훌륭한 존 호타 맥그로[14] 선수 이야기를 해 주세요." 소년은 'J'를 '호타'[15]로 발음했다.

"그 친구도 전에 이따금씩 '테라스'에 오곤 했지. 하지만 술이 들어가면 난폭해지고 입이 거칠어져서 다루기 힘든 친구였어. 그 사람은 야구만큼이나 경마에도 관심이 있었어. 어쨌든 호주머니 속에 언제나 말 이름을 적은 목록을 갖고 다니면서 전화할 때 자주 말 이름을 언급하더구나."

"그 사람은 뛰어난 감독이었잖아요. 우리 아버지 말로는 가장 훌륭한 감독이었대요." 소년이 말했다.

"그건 말이다, 그 사람이 이곳에 꽤 자주 내려왔기 때문이란다. 만약 듀로서[16]가 해마다 이곳에 내려왔다면, 네 아버지는 아마 그 사람을 가장 훌륭한 감독이라고 생각했을걸." 노인이 말했다.

"그럼 정말로 누가 가장 훌륭한 감독이죠?

---

14   존 J. 맥그로(John Joseph McGrow, 1873~1934). 1900년대 초부터 1932년까지 뉴욕 자이언츠 팀의 매니저로 활약했다.

15   영어 알파벳 'J'는 스페인어로 '호타'라고 발음한다.

16   리오 어니스트 듀로서(Leo Ernest Durocher, 1905~1991). 1940년대에는 브루클린 다저스 팀의 매니저로, 1948년부터 1955년까지는 뉴욕 자이언츠 팀의 매니저로 활약했다.

루케[17]인가요, 곤살레스[18]인가요?"

"내 생각으로는 두 사람 다 고만고만해."

"그리고 가장 훌륭한 어부는 할아버지이시고요."

"아니다. 난 나보다 뛰어난 어부를 알고 있어."

"케바.[19] 고기를 잘 잡는 어부는 많이 있고, 또 아주 뛰어난 어부도 더러 있죠. 하지만 할아버지에 비길 만한 사람은 없어요." 소년이 말했다.

"고맙구나. 넌 나를 기쁘게 해 주는구나. 너무 큰 고기가 걸려서 우리 생각이 틀리다는 게 입증되지 않았으면 좋겠어."

"할아버지 말씀대로 전처럼 여전히 힘이 세시다면, 그렇게 대단한 고기가 어디 있겠어요."

"생각만큼 그렇게 힘이 세지 않을지도 몰라. 하지만 난 요령을 많이 알고 있는 데다 배짱도 있지." 노인이 말했다.

"내일 아침 기운이 나도록 이제 그만 주무시도록 하세요. 전 가져온 그릇을 '테라스'에 돌려주겠어요."

"그럼 잘 가거라. 내일 아침에 깨우러 가마."

---

17 아돌프 루케(Adolfo Luque, 1890~1957). 쿠바의 아바나에서 태어나 1935년까지 보스턴, 신시내티, 브루클린, 뉴욕 자이언츠 팀에서 매니저로 활약했다.

18 마이크 곤살레스(Mike González, 1890~1977). 쿠바 출신의 투수로 1938년과 1940년에 세인트루이스 카디널스의 매니저로 활약했다.

19 Qué va. '천만에요, 그럴 리가' 등의 뜻을 가진 스페인어 감탄사.

“할아버지는 제게 자명종 같아요.” 소년이 말했다.

“내 나이가 자명종인 거지. 한데 늙은이는 왜 그렇게 일찍 잠에서 깨는 걸까? 하루를 좀 더 길게 보내고 싶어서일까?” 노인이 대꾸했다.

“잘 모르겠어요. 제가 알고 있는 건, 나이 어린 애들은 늦도록 곤하게 잠을 잔다는 것뿐이에요.” 소년이 대답했다.

“나도 그랬던 것 같아. 시간에 늦지 않도록 깨워 줄게.” 노인이 말했다.

“전 주인아저씨가 깨워 주는 게 싫어요. 제가 그 사람보다 못난 것 같은 생각이 들거든요.”

“네 기분을 알다마다.”

“할아버지, 그럼 안녕히 주무세요.”

소년은 밖으로 나갔다. 두 사람은 식탁 위에 불을 켜지도 않고 식사를 했고, 그래서 노인은 어둠 속에서 바지를 벗고 잠자리에 들어갔다. 바지 속에 신문을 넣고 둘둘 말아 그것을 베개로 삼았다. 담요를 몸에 둘둘 감고 침대 스프링을 덮고 있던 또 다른 헌 신문지 위에서 잠을 잤다.

노인은 곧 잠이 들었고, 아직 소년이었을 시절에 본 아프리카에 대한 꿈을 꾸었다. 황금빛으로 빛나는 긴 해변과 눈이 부시도록 새하얀 해안선, 그리고 드높은 갑(岬)과 우뚝 솟은 커다란 갈색 산들이 꿈에 나타났다.

요즈음 들어 그는 매일 밤마다 꿈속에서 이 해안가를 따라 살았고, 꿈속에서 파도가 으르렁거리는 소리를 들었으며, 파도를 헤치며 다가오는 원주민의 배들을 보았다. 그는 잠을 자면서도 갑판의 타르 냄새와 뱃밥 냄새를 코끝으로 맡았으며, 아침이면 육지 미풍이 싣고 오는 아프리카 대륙의 냄새를 맡았다.

여느 때 같으면 노인은 뭍에서 불어오는 미풍 냄새를 맡으면 잠에서 깨어나 옷을 입고 소년을 깨우러 갔다. 그러나 오늘 밤에는 뭍에서 불어오는 미풍 냄새가 너무 일찍 풍겨 왔고, 그래서 그는 꿈속에서도 너무 이르다는 것을 깨닫고 다시 계속 꿈을 꾸었다. 그 꿈속에서 섬들의 하얀 봉우리들이 바다 위에 우뚝 솟아 있는 모습이 보이더니 카나리아 군도[20]의 여러 항구와 정박지가 나타났다.

노인의 꿈에는 이제 폭풍우도, 여자도, 큰 사건도, 큰 고기도, 싸움도, 힘겨루기도, 그리고 죽은 아내의 모습도 나타나지 않았다. 다만 그는 여러 지역과 해안에 나타나는 사자들 꿈만 꿀 뿐이었다. 사자들은 황혼 속에서 마치 새끼 고양이처럼 뛰어놀았고, 그는 소년을 사랑하듯 이 사자들을 사랑했다. 그는 한 번도 소년의 꿈을 꾸어 본

20 아프리카 북서부 대서양에 있는 스페인령 제도.

적이 없었다. 노인은 문득 눈이 뜨이자 열린 창으로 달을
바라보고는 말아 놓은 바지를 풀어 입었다. 오두막집
밖에서 소변을 본 뒤 소년을 깨우려고 길을 따라 올라갔다.
새벽 한기에 몸이 오들오들 떨렸다. 그러나 그는 이렇게
몸을 떨다 보면 조금씩 몸이 따뜻해지고 곧 바다에서 노를
젓게 되리란 것을 잘 알고 있었다.

소년이 살고 있는 집은 문을 잠가 놓지 않아서 노인은
문을 열고 맨발로 조용히 안으로 들어갔다. 소년은 첫 번째
방에 있는 간이침대에서 잠을 자고 있었고, 점차 기울어
가는 달빛 속에서 소년의 모습이 똑똑히 보였다. 노인은
소년이 눈을 뜨고 얼굴을 돌려 자기를 바라볼 때까지
소년의 한쪽 발을 살며시 잡고 있었다. 노인이 고개를
끄덕이자 소년은 침대 옆 의자에서 바지를 집어 들고
침대에 앉아서 입었다.

노인이 문밖으로 나가자 소년도 그의 뒤를 따랐다.
소년은 아직도 졸렸고, 그래서 노인은 한 팔로 소년의
어깨를 감싸며 말했다. "미안하구나."

"케바! 사내라면 그만한 일쯤이야 해야죠." 소년이
말했다.

두 사람은 노인이 사는 오두막집으로 내려갔다.
어누컴컴한 길을 따라 어부들이 돛대들 어깨에 메고
맨발로 걸어가고 있었다.

노인의 오두막집에 도착하자 소년은 둘둘 말아
바구니에 넣어 둔 낚싯줄과 갈고리와 작살을 집어 들었고,
노인은 돛을 감아 놓은 돛대를 어깨에 메었다.

"커피 드시겠어요?" 소년이 물었다.

"어구들을 배에 싣고 나서 마시자꾸나."

두 사람은 이른 아침 어부들을 상대로 음식을 파는
가게로 가서 연유 깡통으로 커피를 마셨다.

"할아버지, 어젯밤에 편안히 주무셨어요?" 소년이
물었다. 소년은 아직 완전히 졸음을 떨쳐 버리기
어려웠지만 조금씩 정신이 들기 시작했다.

"그래, 잘 잤다, 마놀린. 오늘은 자신감이 생기는구나."
노인이 대답했다.

"저도 그래요. 그럼 할아버지의 정어리랑 제 정어리,
그리고 할아버지의 싱싱한 미끼를 가져와야겠어요. 제
주인 아저씨는 어구를 직접 날라요. 절대 다른 사람에게
맡기지 않아요." 소년이 말했다.

"우리는 다르지. 난 네가 다섯 살 때부터 나르게
했으니까." 노인이 말했다.

"잘 알고 있어요. 곧 돌아올게요. 커피를 한 잔 더
들고 계세요. 이 집에선 외상을 그을 수 있거든요." 소년은
말했다.

소년은 산호 자갈길을 맨발로 걸어서 미끼를 보관해 둔

얼음 창고로 갔다.

　노인은 천천히 커피를 마셨다. 고작 이것이 그가 하루
동안 입에 대는 유일한 음식이었고, 그래서 마셔 둬야
한다는 사실을 잘 알고 있었다. 벌써 오래전부터 먹는
것이 귀찮아져서 점심을 싸 가는 법이 없었다. 조각배의
뱃머리에 두는 물병 하나만 있으면 충분히 하루를 견딜 수
있었다.

　소년이 정어리와 신문지에 싼 미끼 두 뭉치를 가지고
돌아왔다. 두 사람은 발밑으로 자갈 섞인 모래의 감촉을
느끼면서 오솔길을 따라 조각배가 있는 곳으로 내려가서는
조각배를 들어서 바닷물에 밀어 넣었다.

　"할아버지, 행운을 빌어요."

　"너도 마찬가지야." 노인이 대답했다. 그는 노를
잡아맨 밧줄을 놋좆에다 동여매고 물속에서 노를 밀치는
힘에 거슬러 몸을 앞쪽으로 구부리고 어둠 속에서 항구
밖으로 배를 저어 나가기 시작했다. 다른 해안에서 온 배
몇 척이 이미 바다를 향해서 노를 저어 가고 있었다. 달이
벌써 언덕 너머로 져서 배들의 모습은 보이지 않았지만 노
젓는 소리가 귓가에 들려왔다.

　이따금씩 누군가의 말소리가 들려올 때도 있었다.
그러나 대부분의 배에서는 노 젓는 소리만 들릴 뿐
조용했다. 항구 어귀를 벗어나자 배들은 모두 뿔뿔이

흩어져서 제각기 고기를 잡으려는 방향으로 나아갔다.
노인은 오늘은 멀리 나갈 생각이어서 뭍 냄새를 뒤로하고
싱그러운 새벽 냄새가 풍기는 대양으로 노를 저어 나갔다.
어부들이 '큰 우물'이라고 부르는 근처까지 저어 갔을 때,
노인은 갑자기 물속에서 모자반류(類) 해초[21]가 인광을
내뿜는 것을 보았다. 어부들이 이곳을 '큰 우물'이라고
부르는 까닭은 물 깊이가 갑자기 700패덤[22]이나 되기
때문인데, 이곳의 해류는 바다 밑바닥의 가파른 경사면에
부딪쳐 소용돌이를 이루기 때문에 온갖 종류의 고기가
떼를 지어 모여들었다. 작은 새우와 미끼 고기가 떼를 지어
모여 있는가 하면, 어떤 때는 가장 깊숙한 구멍에 오징어
떼도 모여 있었다. 그것들은 밤이 되면 수면 가까이 떠올라
오가는 모든 물고기의 먹잇감이 되었다.

  어둠 속에서도 노인은 아침이 다가오는 것을 느낄 수
있었다. 노를 저으면서도 날치가 수면에서 날아오를 때
내는 부르르 떠는 소리라든가, 그 빳빳이 세운 날개가 어둠
속을 날아갈 때 내는 쉿쉿 소리를 들을 수 있었다. 그는
날치를 무척이나 좋아하여 날치를 바다에서는 가장 친한
친구로 생각했다. 그러나 새들은 가엾다고 생각했는데,

---

21 멕시코만에서 주로 자라는 해초.
22 수심을 측정하는 단위로 1패덤은 약 1.83미터에 해당한다.
    700패덤은 약 1280미터.

그중에서도 언제나 날아다니면서 먹이를 찾지만 얻는
것이라곤 거의 없는 조그마하고 연약한 제비갈매기를
특히 가엾게 생각했다. 새들은 우리 인간보다 더 고달픈
삶을 사는구나, 하고 그는 생각했다. 물론 강도 새라든가
힘센 새들은 빼놓고 말이지만. 바다가 이렇게 잔혹할
수도 있는데 왜 제비갈매기처럼 연약하고 가냘픈 새를
만들어 냈을까? 바다는 다정스럽고 아름답긴 하지. 하지만
몹시 잔인해질 수도 있는 데다 갑자기 그렇게 되기도
해. 가냘프고 구슬픈 소리로 울며 날아가다가 수면에
주둥이를 살짝 담그고 먹이를 찾는 저 새들은 바다에서
살아가기에는 너무 연약하게 만들어졌단 말이야.

　　노인은 바다를 늘 '라 마르'[23]라고 생각했는데, 이는
이곳 사람들이 애정을 가지고 바다를 부를 때 사용하는
스페인 말이었다. 물론 바다를 사랑하는 사람들도
바다를 나쁘게 말할 때가 있지만, 그럴 때조차 바다를
언제나 여자인 것처럼 불렀다. 젊은 어부들 가운데 몇몇,
낚싯줄에 찌 대신 부표를 사용하고 상어 간을 팔아
번 큰돈으로 모터보트를 사들인 부류들은 바다를 '엘
마르'라고 남성형으로 부르기도 했다. 그들은 바다를 두고

23　무생물에도 성의 구별을 두는 스페인어에서는 바다를 여성형으로
　　'라 마르(la mar)', 남성형으로 '엘 마르(el mar)'라고 부른다.

경쟁자, 일터, 심지어 적대자인 것처럼 불렀다. 그러나 노인은 늘 바다를 여성으로 생각했으며, 큰 은혜를 베풀어 주기도 하고 빼앗기도 하는 무엇이라고 말했다. 설령 바다가 무섭게 굴거나 재앙을 끼치는 일이 있어도 그것은 바다로서도 어쩔 수 없는 일이려니 생각했다. 달이 여자에게 영향을 미치는 것처럼 바다에도 영향을 미치지, 하고 노인은 생각했다.

노인은 쉬지 않고 꾸준히 노를 저어 나갔고, 속도를 잘 유지한 데다 이따금씩 해류가 소용돌이치는 곳을 제외하고는 수면이 잔잔했기 때문에 별로 힘들지 않았다. 그는 노 젓는 일의 3분의 1가량을 해류에 떠맡기고 있었다. 차츰 날이 밝아 오기 시작하자 이 시간에 저어 나오려고 했던 거리보다 훨씬 더 멀리까지 나와 있다는 것을 깨달았다.

나는 일주일 동안이나 이곳 깊은 우물을 헤맸지만 한 마리도 잡지 못했어, 하고 그는 생각했다. 오늘은 가다랑어나 날개다랑어 떼가 몰려 있는 곳에 가서 줄을 내리면 어쩌면 그것들과 함께 큰 놈이 있을지도 몰라.

날이 완전히 밝기도 전에 노인은 벌써 미끼를 드리우고 해류가 흐르는 대로 배가 떠가도록 내버려 두었다. 첫 번째 미끼는 70미터 되는 곳에 내렸다. 두 번째 것은 140미터 되는 곳에, 그리고 세 번째와 네 번째는 각각

180미터와 230미터나 되는 푸른 물속에 내렸다. 미끼마다 고기 대가리를 아래쪽으로 두고 거꾸로 꿰어 단단히 묶어 놓고 낚시의 꼬부라진 부분과 끝 부분 등의 갈고리는 싱싱한 정어리로 감싸 매어 놓았다. 정어리마다 두 눈알을 낚싯바늘로 꿰뚫어 놓아 마치 돌출한 강철 막대기 위에 받쳐 놓은 반달 모양의 화환처럼 보였다. 낚싯바늘의 어느 곳 하나 큰 고기에게 먹음직스럽게 구수한 냄새가 나지 않고 좋은 맛이 나지 않을 부분이 없었다.

소년은 노인에게 싱싱하고 조그마한 다랑어, 즉 날개다랑어 두 마리를 주었고, 노인은 가장 깊이 드리운 낚싯줄 두 개에 이 고기를 추처럼 매달아 놓았고, 또 다른 낚싯줄에는 전에 썼던 큼직한 푸른 전갱이 한 마리와 갈전갱이 한 마리를 매달아 놓았다. 전에 한 번 썼다고는 하지만 아직도 쓸 만한 상태였으며 이것들과 함께 고기들을 유혹할 만큼 싱싱한 정어리도 매달아 놓았다. 커다란 연필만큼 굵은 낚싯줄은 각각 초록색 칠을 한 막대기에 묶어 놓았기 때문에 고기가 미끼를 잡아당기거나 건드리기만 하면 막대기가 물속으로 잠기게 되어 있었다. 어느 낚싯줄이나 70미터짜리 사리로 된 낚싯줄이 두 개씩 달려 있고, 이것을 다른 여분의 밧줄과 단단히 연결할 수도 있어서 필요하다면 고기에게 550미터 넘게 줄을 풀어 줄 수 있었다.

이제 노인은 뱃전 너머로 막대기 세 개가 기우는 것을 지켜보며 낚싯줄이 적당한 수심에서 위아래로 팽팽하게 드리워지도록 가만히 노를 저었다. 이제 날이 제법 밝아져 금방이라도 해가 솟아오를 것만 같았다.

해가 바다 위로 어렴풋이 떠오르자 노인은 다른 고깃배들이 해안 쪽에서 해류를 가로질러 수면에 바짝 붙은 채 한가로이 흩어져 있는 것을 볼 수 있었다. 해가 점점 더 밝아지면서 바다 위에 찬란한 빛을 쏟아 놓았다. 마침내 해가 완전히 모습을 드러내자 평평한 바다가 빛을 반사하여 그의 두 눈을 부시게 했기 때문에 그는 해를 쳐다보지 않은 채 노를 저었다. 물속을 내려다보며 어두운 물속에 곧게 드리운 낚싯줄을 유심히 지켜보았다. 그는 어떤 어부보다도 낚싯줄을 똑바로 드리울 수 있었다. 그렇게 해야만 어두운 해류의 층마다 정확히 그가 바라는 수심에다 미끼를 놓고 그곳을 헤엄쳐 가는 고기를 기다릴 수 있었다. 다른 어부들은 해류가 흐르는 대로 미끼를 내맡겼고, 또 어떤 어부들은 때로 180미터가 되리라고 생각하지만 실제로는 110미터밖에 되지 않는 곳에 미끼를 놓아두는 경우도 있었다.

하지만 난 정확하게 미끼를 드리울 수 있지, 하고 노인은 생각했다. 단지 내게 운이 따르지 않을 뿐이야. 하지만 누가 알겠어? 어쩌면 오늘 운이 닥쳐올는지.

하루하루가 새로운 날이 아닌가. 물론 운이 따른다면
더 좋겠지. 하지만 나로서는 그보다는 오히려 빈틈없이
해내고 싶어. 그래야 운이 찾아올 때 그걸 받아들일 만반의
준비를 갖추고 있게 되거든.

해가 떠오른 지 벌써 두 시간이 지나서 이제는 동쪽을
바라보아도 그다지 눈이 아프지 않았다. 배가 세 척밖에
눈에 띄지 않았고, 그 배들마저도 저 멀리 해안선 쪽에
나지막하게 떠 있었다.

평생 동안 이른 아침 햇살에 눈이 상했지, 하고 노인은
생각했다. 하지만 내 눈은 아직도 멀쩡해. 저녁 해를
똑바로 바라보아도 눈앞이 캄캄해지지 않으니까. 저녁
햇살이 지금 햇살보다 훨씬 강한 빛을 내뿜는데도 말이야.
하지만 아침 햇살에는 눈이 따가워.

바로 그때 군함새[24] 한 마리가 검고 길쭉한 날개를
활짝 펴고 그의 앞쪽 상공을 맴돌고 있는 것이 보였다.
새는 날개를 뒤로 쭉 젖히고 비스듬하게 수면에 급강하해
내려왔다가 다시 맴돌며 휙 하고 하늘로 솟구쳐 올라
선회했다.

---

24   사다새목(pelecaniformes) 군함새과(fregatidae)에 속하는
      5종의 큰 해양성 조류. 군함새류는 칼새류를 제외하면 모든 조류
      중에서 가장 오래 공중에 떠 있는 조류로서 잠을 자거나 둥지를 돌볼
      때만 땅에 내려앉는다.

"저놈이 뭘 찾아낸 모양이로구나. 그냥 먹이를 찾고 있는 게 아냐." 노인은 큰 소리로 말했다.

노인은 새가 빙빙 맴돌고 있는 곳을 향해 천천히 그리고 침착하게 노를 저어 나갔다. 조금도 서두르지 않고 낚싯줄이 위아래로 곧추 드리워 있도록 했다. 그러나 여전히 고기를 제대로 낚아 올릴 수 있도록 해류 속으로 배를 밀어 넣었다. 물론 새를 이용하지 않고 고기를 낚아 올릴 때보다 속도가 빠르긴 했지만 말이다.

새는 다시 공중으로 더 높이 솟아올라 날개를 움직이지 않고 다시 한번 빙빙 맴돌았다. 그러고 나서 갑자기 수면으로 급강하했는데 그때 노인은 물 위로 날치가 불쑥 튀어 올라 필사적으로 수면을 미끄러지는 것을 보았다.

"만새기다!" 노인은 큰 소리로 외쳤다. "큰 만새기야!"

노인은 놋좆에 노를 걸어 놓고 뱃머리 아래에서 작은 낚싯줄 하나를 꺼냈다. 철사 목줄과 중간 크기의 낚싯바늘이 달려 있는 이 낚싯줄에 정어리 한 마리를 미끼로 매달았다. 그는 뱃전 너머로 낚싯줄을 던지고는 고물에 있는 고리 달린 볼트에 단단히 동여맸다. 그러고 나서 다른 낚싯줄에도 미끼를 달아 줄을 둘둘 사려 이물 쪽 구석에 놓아두었다. 그는 다시 노를 젓기 시작하면서 날개가 길쭉한 검은 군함새가 수면 위로 나지막하게 날면서 열심히 먹이를 찾는 모습을 지켜보았다.

　　노인이 지켜보고 있자니 새는 날치의 뒤를 쫓으면서 날개를 비스듬히 기울이고 쓸데없이 사납게 날개를 퍼덕거리다가 또다시 급강하했다. 그 순간 노인은 커다란 만새기가 달아나는 날치 떼를 쫓고 있어서 수면이 조금 부풀어 오르는 것을 볼 수 있었다. 만새기들은 날치 떼가 날고 있는 아래쪽에서 물을 가르면서 물속에 기다리고 있다가 날치가 수면에 떨어지면 전속력으로 달려들곤 했다. 굉장한 만새기 떼로구나, 하고 그는 생각했다. 만새기 떼가 아주 넓게 흩어져 있어서 날치들이 도망칠 기회가 별로 없겠는걸. 군함새도 먹이를 차지할 가망이 전혀 없고. 군함새한테는 날치가 너무 큰 먹잇감인 데다 너무 빨리 도망치거든.

　　노인은 날치 떼가 몇 번이나 거듭하여 수면에서 튀어 오르고 군함새가 헛된 동작을 되풀이하는 것을 지켜보았다. 저 만새기 떼는 내게서 멀어졌군, 하고 그는 생각했다. 놈들은 너무 빨리, 너무 멀리 달아나고 있단 말이야. 하지만 어쩌면 무리에서 뒤처진 놈 하나쯤은 낚을 수 있겠지. 게다가 내가 노리는 큰 고기가 만새기 떼 주위에 있을지도 몰라. 내가 찾는 큰 고기는 그 근처 어디에 틀림없이 있을 거야.

　　뭍 위에서는 구름이 산더미처럼 뭉게뭉게 피어오르고

해안은 회색빛이 도는 푸른 언덕을 배경으로 한 가닥
초록색 선으로 보일 뿐이었다. 바닷물은 이제 거의
보랏빛에 가까울 정도로 검푸른 빛을 띠고 있었다. 어두운
물속을 들여다보니 체로 쳐낸 듯한 붉은 플랑크톤이 둥둥
떠 있고, 햇빛에 반사되어 이상야릇한 빛깔로 보였다.
노인은 보이지 않는 물속으로 낚싯줄이 똑바로 드리워졌나
눈여겨보았고, 플랑크톤이 많은 곳에 고기가 많이 몰리기
때문에 기분이 좋았다. 해가 좀 더 높이 떠올랐는데도
물속에 이상한 빛이 만들어지는 것을 보면 날씨가 좋을
징조였다. 뭍의 구름 모양을 보아도 알 수 있었다. 그러나
이제 군함새는 거의 자취를 감추었고, 바다 위에서는
아무것도 보이지 않았다. 햇살을 받아 노랗게 바랜
모자반류 해초 몇 조각, 고깔해파리의 젤라틴 모양을
한 끈적끈적한 보랏빛 기포가 무지개 빛깔로 반짝이며
조각배 바로 옆에 둥둥 떠 있을 뿐이었다. 고깔해파리는
옆으로 누워 있다 다시 곧추섰다 했다. 물속으로 1미터가
조금 안 되는 치명적인 자주색 사상체(絲狀體)를 길게
늘어뜨린 채 물거품처럼 유유히 둥실둥실 떠다니고
있었다.

　"아구아 말라[25]로구나. 갈보 년 같으니." 노인이

25　'해파리'를 가리키는 스페인어로 본디 '해로운 물'이라는 뜻이다.

내뱉었다.

　노인이 노에 기댄 채 가볍게 흔들거리고 있는 곳에서 물속을 들여다보았더니, 길게 꼬리를 늘어뜨린 사상체 같은 색깔의 조그마한 고기들이 그 사이로 헤엄쳐 다니기도 하고 떠다니는 거품이 만드는 조그마한 그늘 밑으로 다니기도 하는 것이 보였다. 이런 고기들은 고깔해파리의 독에 면역이 되어 있다. 그러나 사람은 그렇지 못해서 사상체 일부가 낚싯줄에 붙어서 보랏빛으로 끈적끈적하게 남아 있다가 고기를 낚아 올릴 때 그것을 만지게 되면 마치 독담쟁이덩굴이나 옻나무처럼 손이나 팔에 부푼 자국이나 물집이 생기곤 한다. 아구아말라의 독은 훨씬 빨리 번지는 데다 채찍을 맞은 자국처럼 부풀어 오른다.

　무지갯빛 거품은 아름다웠다. 그러나 그 거품은 바다에서도 가장 허황하기 짝이 없는 것이라 노인은 커다란 바다거북이 해파리들을 먹어 치우는 것을 보면 기분이 좋았다. 바다거북들은 해파리를 보면 정면으로 다가가 눈을 딱 감은 채 몸을 완전히 등껍질 속에 숨기고 사상체니 뭐니 모조리 먹어 치우곤 했다. 노인은 바다거북이 그것들을 먹어 치우는 모습을 바라보는 것이 좋았다. 또한 폭풍우가 지나가고 난 뒤 해안으로 떠밀려 온 고깔해파리들 위를 걷는 것을 좋아했고, 뿔처럼 딱딱하게 굳은 발뒤꿈치로 그것들을 밟을 때 퍽퍽 하고 나는 소리를 듣는 것도 좋아했다.

노인은 우아한 데다 동작이 빠르고 아주 값이 나가는 녹색 바다거북과 대모거북을 좋아했다. 그러나 몸집만 크고 우둔한 붉은바다거북에 대해서는 친밀함을 느끼면서도 또한 경멸감을 느꼈다. 누런 껍데기를 뒤집어쓰고 있는 그놈들은 교미하는 것도 유별나고 눈을 지그시 감은 채 자못 만족스러운 듯 고깔해파리를 잡아먹는다.

노인은 지금까지 여러 해 동안 바다거북잡이 배를 탄 적이 있었지만 바다거북에 대해서는 왠지 아무런 신비감도 느껴 보지 못했다. 오히려 가엾게만 느껴졌다. 길이가 지금 탄 조각배만 하고 무게도 1톤쯤 나가는 등이 큼직한 장수거북도 가엾다는 생각이 들었다. 대부분의 사람들이 바다거북에 대해 무자비한 것은, 바다거북을 칼로 난도질해서 완전히 토막을 낸 뒤에도 심장이 몇 시간 동안이나 살아 있을 때처럼 고동치기 때문이다. 하지만 내 심장도 바다거북의 것과 비슷하고, 또 내 손발도 바다거북의 것과 다를 바 없지 않은가, 하고 노인은 생각했다. 노인은 기력을 돋우려고 바다거북의 흰 알을 먹었다. 9월과 10월에 힘을 길러 진짜 큰 고기를 많이 낚을 수 있도록 5월 내내 바다거북의 알을 먹어 두었던 것이다.

또한 노인은 어부들이 어구를 맡겨 두는 오두막집의 커다란 드럼통에 들어 있는 상어의 간유도 날마다 한 잔씩 마셨다. 누구든지 마시고 싶은 사람은 마실 수 있도록 그곳에 놓아둔 것이었다. 그러나 대부분의 어부들은 그 맛을 끔찍이도 싫어했다. 싫은 것으로 말하자면 매일 아침 일찍 일어나야 하는 것보다 더한 게 있을까. 상어의 간유는 온갖 감기와 독감에도 아주 효력이 있고 눈에도 좋았다.

노인이 문득 눈을 들어 보니 군함새가 또다시 공중에서 빙빙 맴돌고 있었다.

"저놈이 고기를 찾았구나." 노인은 큰 소리로 말했다. 이제는 해수면을 박차고 날아오르는 날치도 보이지 않고, 먹잇감 고기들이 흩어지는 모습도 보이지 않았다. 그러나 노인이 지켜보는 동안 조그마한 다랑어 한 마리가 공중으로 뛰어올라 빙글빙글 돌다가 대가리부터 처박으며 물속으로 떨어졌다. 다랑어는 햇빛을 받아 은색으로 빛났다. 그놈이 물속으로 떨어지자 다른 놈들도 잇달아 뛰어올라 사방으로 곤두박질하고 물을 휘젓고 먹잇감을 향해 멀리 껑충 뛰어올랐다. 다랑어들은 먹잇감 주변에 둥글게 원을 그리며 그것을 쫓아가고 있었다.

저놈들이 저렇게 빨리 달리지만 않는다면 그놈들 속에 들어갈 수 있을 텐데, 하고 노인은 생각했다. 그는 하얗게 물거품을 일으키고 있는 다랑어 떼와 겁에 질려

어쩔 수 없이 수면 위로 쫓겨 나온 먹잇감 고기를 향해
군함새가 그 순간 물속에 주둥이를 첨벙 내리 덮치는
모습을 지켜보았다.

"군함새가 큰 도움이 된단 말이야." 노인이 말했다.
바로 그때 한 바퀴 감아서 발로 누르고 있던 고물의
낚싯줄이 팽팽하게 당겨졌다. 그는 노를 내려놓고
낚싯줄을 단단히 잡아 끌어당기는 동안 부르르 몸을
떨며 줄에 매달려 있는 조그마한 다랑어의 무게를 느낄
수 있었다. 낚싯줄을 잡아당길수록 진동이 더욱 커지더니
뱃전 너머 배 안으로 끌어들이기 전, 물속에서 고기의
푸른 등과 황금빛 옆구리가 보였다. 몸집이 탱탱하고
탄알처럼 생긴 그놈은 햇볕을 받으면서 고물 쪽에 벌렁
드러누웠다. 큼직하고 멍청한 두 눈알을 동그랗게
부릅뜨고, 쭉 뻗은 날렵한 꼬리로 배 바닥 널빤지를
잽싸게 내리치며 스스로 목숨을 재촉하고 있었다. 노인은
친절하게 그놈의 대가리를 두들기고는 아직도 몸을 떨고
있는 놈을 고물 구석 아래쪽으로 걷어차 버렸다.

"날개다랑어군. 훌륭한 미끼가 되겠는걸. 족히
4킬로그램 반은 나갈 것 같은데." 노인이 큰 소리로 말했다.

노인은 혼자 있을 때 도대체 언제부터 이렇게 큰
소리를 내어 혼잣말을 하기 시작했는지 잘 기억이 나지
않는다. 예전에 혼자 있을 때는 곧잘 노래를 불렀고,

한밤중에 스맥선[26]이나 바다거북잡이 배를 타고 혼자
당번을 서며 키를 잡을 때도 가끔 노래를 부르곤 했다.
이렇게 큰 소리로 혼잣말을 하기 시작한 것은 아마 소년이
배에서 떠나고 혼자서 고기잡이를 하면서부터인 것
같았다. 그러나 확실한 기억은 나지 않았다. 소년과 함께
고기잡이를 할 때도 꼭 필요한 경우가 아니면 서로 말을
하지 않았다. 한밤중이거나 날씨가 사나워 폭풍우에
갇혀 있을 때 두 사람은 이야기를 나누었다. 바다에서는
쓸데없이 말을 지껄이지 않는 것을 미덕으로 여겼으며,
노인은 언제나 그렇게 생각하고 그대로 지켰다. 그러나
지금은 귀찮아할 사람이 아무도 없기 때문에 자신의
생각을 입 밖에 내서 큰 소리로 몇 번이나 지껄여 댔다.

　"만약 남들이 내가 큰 소리로 혼자 지껄이는 것을
들으면 아마 나더러 미쳤다고 하겠지. 하지만 나는 미치지
않았으니 상관없어. 돈 있는 어부들은 배 안까지 라디오를
가지고 와서 이야기도 듣고 또 야구 중계도 듣지." 그가 큰
소리로 말했다.

　지금은 야구 생각을 할 때가 아니지, 하고 그는
생각했다. 지금은 한 가지 일만 생각할 때야. 그 일을 위해
내가 태어나지 않았던가. 저 다랑어 떼 주변에 어쩌면 큰

26　고기를 산 채로 넣어 두는 통발을 갖춘 어선.

놈이 하나 있을지 몰라, 하고 그는 생각했다. 나는 다만
먹이를 먹다 무리에서 뒤처진 낙오자 한 놈만 낚아 올렸을
따름이지. 하지만 저놈들은 저렇게 멀리 그리고 저렇게
빠르게 가고 있군. 오늘 수면에 나타나는 것들은 하나같이
북동쪽 방향으로 무섭게 빨리 달리고 있어. 이건 하루 중
그런 시간대기 때문인 걸까? 아니면 내가 알지 못하는 어떤
날씨의 조짐일까?

　　노인의 눈에는 이제 더 해안의 초록빛 선은 보이지
않았고 다만 푸른 언덕이 마치 눈에 덮인 것처럼 하얀
모습을 드러내고 있었으며, 다시 그 위로 우뚝 솟은 눈
산처럼 흰 구름이 뭉게뭉게 피어올라 있을 뿐이었다.
바다는 아주 어두운 빛을 띠고 있었고, 햇빛이 물속에서
프리즘을 만들어 내고 있었다. 수없이 많은 플랑크톤
떼가 하늘 높이 떠 있는 해 때문에 이제 완전히 사라지고
말았다. 이제 노인의 눈에 보이는 것이라곤 푸른 물속 깊이
비치는 짙은 프리즘과 함께 1킬로미터 반쯤 되는 물속으로
똑바로 드리워진 낚싯줄뿐이었다.

　　다랑어는 다시 물속에 잠겨 버렸다. 어부들은 이런
종류의 고기들을 모두 다랑어라고 불렀고, 고기를 팔거나
미끼와 바꿀 때만 구별해서 고유한 이름으로 불렀다.
이제 해가 뜨겁게 내리쬐어 노인은 목덜미에 뜨거운
햇살을 느꼈고, 노를 젓는 그의 등골을 타고 땀이 줄줄

흘러내렸다.

이제 배가 떠내려가도록 내버려 두고 한숨 잘 수 있겠군, 하고 노인은 생각했다. 낚싯줄로 고리를 만들어 발가락 주위에 걸어 놓고 자면 바로 깰 수 있을 거야. 하지만 오늘로 벌써 여든 날하고도 닷새째이니 무슨 일이 있어도 큰 놈을 낚아 올려야 할 텐데.

바로 그때 낚싯줄을 지켜보던 노인의 눈에 물 위로 솟아 있던 초록색 막대기가 갑자기 물속으로 푹 잠기는 것이 보였다.

"옳거니! 옳거니!" 그가 말했다. 배에 세게 부딪치지 않도록 하면서 그는 노를 노받이에 가만히 올려놓았다. 그리고 오른팔을 뻗어 엄지손가락과 집게손가락으로 살며시 낚싯줄을 잡았다. 잡아당기는 힘도 무게도 느껴지지 않아서 그냥 낚싯줄을 가볍게 붙잡고 있었다. 이윽고 또다시 잡아당기는 것이 느껴졌다. 이번에는 시험 삼아 건드려 보는 입질인지 강도도 무게도 별로 느껴지지 않았다. 그는 모든 상황을 손바닥 들여다보듯 훤히 알고 있었다. 180미터나 되는 바다 밑에서 지금 청새치 한 마리가 낚싯바늘의 뾰족한 끝과 중간 부분을 덮고 있는 정어리들을 뜯어 먹고 있는 것이다. 그리고 그 속에는 노인이 직접 손으로 만든 낚싯바늘이 작은 다랑어 대가리로부터 불쑥 나와 있었다.

노인은 정교하게 낚싯줄을 잡고 왼손으로 살그머니 그것을 낚싯대에서 풀어 놓았다. 이제는 고기에게 아무런 저항도 느끼게 하지 않고서도 낚싯줄을 손가락 사이에서 얼마든지 풀어 줄 수 있었다.

이렇게 먼 바다까지 나온 걸 보면 이번 달에 걸릴 고기로는 아주 큰 놈인 게 틀림없어, 하고 그는 생각했다. 자, 어서 잡수시지, 고기 양반. 마음껏 잡수시라고. 제발 마음껏 드시라니까 그러네. 그 얼마나 싱싱한 미끼더냐. 그리고 넌 180미터가 넘는 그 차갑고 어두운 물속에 들어가 있잖니. 어둠 속을 다시 한 바퀴 돌고 와서 먹으려무나.

가볍고 조심스럽게 줄이 당겨지는 것이 느껴졌고, 곧이어 낚싯바늘에서 정어리 대가리를 빼어 내기가 힘든지 이번에는 좀 더 센 입질이 느껴졌다. 그러고 나서는 아무 반응이 없이 다시 조용해졌다.

"자! 한 바퀴 더 돌고 와. 어디 냄새를 한번 맡아 보시지. 냄새가 참 구수하지? 자, 이제 잡숴 보시지. 다랑어도 있잖아. 얼마나 탱탱하고 차고 맛있는데. 체면 차릴 것 없어, 고기 양반. 자, 어서 잡수시라고." 노인이 큰 소리로 말했다.

노인은 엄지손가락과 집게손가락으로 낚싯줄을 쥔 채 고기가 위아래로 헤엄칠 경우를 대비해 동시에 다른

낚싯줄도 지켜보며 기다리고 있었다. 바로 그때 조금
전처럼 가볍게 입질하는 것이 느껴졌다.

"이번에는 미끼를 물 테지. 하느님, 그놈이 제발 먹게
해 주십시오!" 노인이 큰 소리로 말했다.

그러나 고기는 이번에도 물지 않았다. 달아나
버렸는지 노인은 아무런 반응도 느낄 수 없었다.

"저놈이 도망갈 리가 없는데. 절대로 도망갈 리가 없어.
그냥 한 바퀴 돌고 있는 걸 거야. 어쩌면 전에 낚시에 걸린
적이 있어서 그때 일을 기억하고 있는 건지도 모르지."

그때 낚싯줄에 가벼운 반응이 오자 노인은 흐뭇했다.

"역시 한 바퀴 돌고 왔을 뿐이야. 이젠 틀림없이
먹겠지."

노인은 가볍게 끌리는 느낌에 기분이 좋았고, 다음
순간 뭔가 거세고 도저히 믿어지지 않을 만큼 육중한
것이 느껴졌다. 그것은 틀림없이 고기의 무게였다. 그는
여분으로 준비해 놓은 두 개의 예비 낚싯줄 중 하나를
아래로 아래로 계속 풀어 주었다. 그의 손가락 사이에서
낚싯줄이 가볍게 풀려 내려가는 동안 비록 엄지손가락과
집게손가락에는 아무런 저항도 느껴지지 않았지만 여전히
육중한 무게감을 느낄 수 있었다.

"굉장한 놈이로군. 미끼를 비스듬히 입에 물고
도망치고 있어." 노인이 말했다.

한 바퀴 돌고는 미끼를 삼켜 버릴 테지, 하고 그는 생각했다. 그러나 그런 생각을 입 밖에 내서 말하지는 않았다. 뭔가 좋은 일은 입 밖에 내면 일어나지 않을지도 모른다는 것을 잘 알고 있었기 때문이다. 그는 굉장히 큰 고기라는 것을 알고 있었고, 다랑어를 비스듬히 입에 물고 어두운 바닷속으로 도망치고 있는 그놈의 모습을 머릿속으로 상상해 보았다. 바로 그 순간 고기가 갑자기 동작을 멈추는 것이 느껴졌지만 중량감은 그대로 남아 있었다. 이윽고 중량감이 더욱 늘어나자 그는 낚싯줄을 더 풀어 주었다. 잠시 엄지손가락과 집게손가락의 압력을 높이자 점점 무거워지면서 줄은 곧장 아래쪽으로 내려갔다.

"이놈이 미끼를 삼켜 버렸군. 잘 집어삼키도록 해 줘야지." 그가 말했다.

노인은 손가락 사이로 낚싯줄이 풀려 내려가는 것을 지켜보면서 마침내 왼손을 뻗어 여분 낚싯줄 두 개의 끄트머리를 다른 예비 낚싯줄 두 개에 단단히 붙들어 맸다. 이제 만반의 준비가 끝난 셈이다. 지금 사용하고 있는 낚싯줄 말고도 70미터짜리 낚싯줄을 여분으로 세 개나 더 갖게 되었기 때문이다.

"좀 더 삼키시지. 아주 꿀꺽 삼키란 말이다." 그가 말했다.

낚싯바늘 끝이 네 심장 깊숙이 박혀 숨통이 끊어질 때까지 꿀꺽 삼켜 버려, 하고 그는 생각했다. 자, 이제 순순히 물 위로 떠올라 오시지. 작살로 푹 찌를 수 있도록. 옳지. 각오는 되었겠지? 이젠 그만하면 실컷 잡수셨겠지?

"자!" 그는 큰 소리로 외치면서 손뼉을 세게 치고 1미터쯤 낚싯줄을 잡아당기고 나서, 또다시 여러 번 손뼉을 치면서 두 팔의 힘과 온몸의 무게를 실어 팔을 번갈아 내밀면서 낚싯줄을 힘껏 당기고 또 당겼다.

그러나 아무 반응도 없었다. 고기는 그냥 천천히 달아나 버릴 뿐 노인은 조금도 끌어올릴 수 없었다. 그의 낚싯줄은 본디 큰 고기를 잡기 위해 만든 것이라서 튼튼했다. 줄에서 물방울이 튈 정도로 그는 등에다 줄을 대고 팽팽하게 잡아당겼다. 이어 줄은 물속에서 천천히 쉿쉿 하는 소리를 내기 시작했고, 그는 배의 가름대에 앉아 끌어당기는 힘에 맞서 몸을 뒤로 버틴 채 여전히 줄을 잡고 있었다. 조각배는 북서쪽을 향해 천천히 움직이기 시작했다.

고기는 한결같은 속도로 움직였고, 배와 고기는 잔잔한 바다 위를 한가로이 헤쳐 나갔다. 다른 미끼들은 아직 물속에 있었지만 달리 손쓸 도리가 없었다.

"옆에 그 애가 있으면 좋을 텐데." 노인이 큰 소리로 말했다. "나는 지금 고기한테 끌려가고 있고, 내 몸은 밧줄 걸이가 된 셈이야. 이 줄을 어딘가에 단단히 잡아맬 수도 있어. 하지만 그렇게 했다가는 고기 놈이 줄을 끊어 버릴지도 몰라. 어떻게 해서든지 붙잡고 있다가 고기가 끌고 갈 때에는 줄을 더 풀어 줘야 해. 이놈이 물속으로 들어가지 않고 이렇게 옆으로 움직여 주는 것만도 천만다행이지 뭐야."

하지만 만약 이놈이 물속으로 내려갈 생각을 하면 어떻게 한담? 또 이놈이 물 밑으로 곤두박질쳐 죽기라도 하면 어떻게 하지? 모르겠는걸. 하지만 무슨 수를 써 봐야지. 내게도 방법은 많으니까.

노인은 여전히 등에 낚싯줄을 걸친 채 줄이 물속에 비스듬히 꽂힌 채 조각배가 꾸준히 북서쪽 방향으로 끌려가는 것을 지켜보았다.

이러다가 죽을 테지, 하고 노인은 생각했다. 언제까지고 이렇게 버티고만 있을 수는 없을 테니. 그러나 네 시간이 지나도록 고기는 여전히 배를 끌면서 먼 바다로 헤엄쳐 가고 있었고, 노인은 여전히 낚싯줄을 등에 걸친 채 꿋꿋이 버티고 있었다.

"저놈이 낚시에 걸려든 게 정오 무렵이었지. 그런데 아직 녀석의 낯짝도 보지 못했단 말이야."

노인은 고기가 낚시에 걸리기 전부터 밀짚모자를 깊숙이 눌러쓰고 있던 탓에 이마가 쓰리고 아팠다. 또한

갈증이 나서 두 무릎을 꿇고 낚싯줄이 갑자기 당겨지지
않도록 조심하면서 될 수 있는 대로 뱃머리 쪽으로 가까이
기어가서는 한 손을 뻗어 물병을 집어 들었다. 그는 뚜껑을
열고 물을 조금 마셨다. 그러고 나서 뱃머리에 몸을
기대고 쉬었다. 돛대 받침에서 뽑아 놓은 돛대와 돛 위에
앉아 휴식을 취하면서 아무 생각도 하지 않고 오직 참고
견디려고 할 뿐이었다.

그러고 나서 문득 뒤를 돌아보니 뭍이 보이지 않았다.
뭍이 보이지 않아서 어떻단 말인가, 하고 그는 생각했다.
난 언제든지 아바나 쪽에서 비치는 밝은 빛을 보고 항구로
돌아갈 수 있거든. 해가 지려면 아직 두 시간이나 남았고,
어쩌면 그때까지는 고기 놈이 올라와 줄지 모르지. 만약
그때까지 올라와 주지 않는다면 달이 떠오를 때까지는
올라와 주겠지. 또 그때까지도 올라오지 않는다면 내일
아침 해가 뜰 때는 올라와 주겠지. 지금 내 몸엔 쥐도 나지
않고 기운이 팔팔 흘러넘치고 있어. 입에 낚싯바늘이 걸려
있는 건 저놈이야. 하지만 저렇게 끌어 대다니 대단한
놈이로군. 철사 목줄에 주둥아리가 단단히 걸린 게
틀림없어. 저놈 낯짝을 한번 봤으면 좋겠는데. 내 상대가
어떤 놈인지 알기 위해서라도 꼭 한 번만이라도 보면
좋으련만.

노인이 별을 보고 판단한 결과에 따르면, 고기는 그날

밤새도록 진로나 방향을 조금도 바꾸지 않았다. 해가
떨어진 뒤부터는 날씨가 추워져서 노인의 등과 두 팔과
노쇠한 다리에 흘렀던 땀이 마르자 한기가 느껴졌다.
미끼 상자를 덮어 두었던 부대를 벗겨 낮 동안 햇볕에
말려 놓았었다. 해가 떨어지자 그는 등이 덮이게 그것을
목 주위에 감고는 어깨에 가로질러 있는 낚싯줄 밑으로
조심스럽게 밀어 넣었다. 부대가 낚싯줄의 쿠션 역할을 해
주었고, 뱃머리에 기대어 몸을 앞쪽으로 기울이고 앉는
방법을 찾아냈기 때문에 제법 편안한 자세가 되었다.
실제로는 견딜 수 없는 자세를 겨우 면한 것에 지나지
않았지만, 그래도 퍽 편안해졌다고 생각했던 것이다.

　　나도 저놈을 어떻게 할 도리가 없고 저놈도 나를
어떻게 할 도리가 없겠지, 하고 그는 생각했다. 저놈이
지금처럼 계속 버티고 있는 한에는 말이야.

　　한번은 일어나서 뱃전 너머로 오줌을 누고 별을
올려다보면서 진로를 확인했다. 그의 어깨에서 곧장
뻗어 나간 낚싯줄이 물속에서 마치 한 줄기 인광처럼
보였다. 이제 배와 고기는 아까보다 느린 속도로 움직이고
있었으며, 아바나 쪽 하늘이 그렇게 밝지 않은 것으로
보아 해류에 동쪽으로 밀려가고 있음에 틀림없었다. 만약
아바나의 불빛이 보이지 않는다면 우리는 좀 더 동쪽으로
가고 있는 게 틀림없어, 하고 그는 생각했다. 만약 이놈의

고기가 가고 있는 진로가 옳다면, 난 벌써 몇 시간 전에
불빛을 보았을 테니 말이야. 오늘 메이저리그 경기는
어떻게 되었을까, 하고 그는 생각했다. 라디오로 야구
중계를 들을 수 있다면 얼마나 멋질까. 계속해서 그 고기
놈만 생각해야지, 하고 그는 곧 다짐했다. 네가 지금 하고
있는 일만 생각하란 말이야. 어리석은 짓을 해서는 절대로
안 돼.

그러고 나서 노인은 큰 소리로 말했다. "그 애가 옆에
있다면 얼마나 좋을까. 나를 도와줄 수도 있고, 이걸
구경할 수도 있을 텐데."

늙어서는 어느 누구도 혼자 있어서는 안 돼, 하고
그는 생각했다. 하지만 어쩔 도리가 없는걸. 잊지 말고 저
다랑어가 상하기 전에 먹고 기운을 차려야지. 아무리 먹기
싫더라도 아침에는 꼭 먹어야 해. 절대로 잊어서는 안 돼,
하고 그는 스스로를 타일렀다.

밤중에 돌고래 두 마리가 조각배 주위에 다가와
이리저리 뒹굴며 물을 내뿜는 소리가 들렸다. 노인은
수컷이 물을 내뿜는 소리와 암컷이 한숨을 쉬듯 물을
내뿜는 소리를 분간할 수 있었다.

"착한 놈들이지. 놈들은 함께 놀고 장난도 치고
사랑도 하지. 저 돌고래늘도 날치와 마찬가지로 우리의
형제들이지." 그가 말했다.

그러고 나서 노인은 자신의 낚시에 걸린 큰 고기가
불쌍하다는 생각이 들기 시작했다. 멋지고 별난 놈이야.
도대체 나이를 얼마나 먹은 놈일까, 하고 그는 생각했다.
이렇게 힘센 놈, 또 이렇게 별나게 구는 놈은 머리털 나고
지금이 처음이지 뭐야. 날뛰지 않는 것을 보니 여간 똑똑한
놈이 아닌걸. 이놈이 날뛰거나 마구 요동치는 날에는
꼼짝없이 내가 끝장나고 말 텐데. 하지만 아마 전에도
여러 번 낚시에 걸린 경험이 있어서 이럴 때는 지금처럼
싸워야 한다고 생각하고 있는 모양이야. 자신의 상대가
오직 한 사람뿐이며 게다가 나이 든 늙은이라는 사실은
까맣게 모르고 있을 거야. 아무튼 굉장한 놈이야. 고기
살이 좋다면 시장에서 값이 많이 나가겠지. 미끼를 먹는
것도, 낚싯줄을 끌고 가는 것도 꼭 사내답게 하는군. 싸울
때 조금도 당황하는 빛이 없단 말이야. 저놈에게 무슨
계획이라도 있는 것일까, 아니면 나와 마찬가지로 그저
필사적인 상태에 놓여 있는 것일까?

노인은 언젠가 청새치 한 쌍 중에서 한 마리를 낚았던
일이 기억났다. 먹이를 발견하면 수놈은 언제나 암컷에게
먼저 먹게 한다. 그때 낚시에 걸려든 놈은 암놈이었는데
겁에 질려 사방으로 마구 날뛰면서 필사적으로
투쟁하다가 곧 기진맥진해 버렸고, 그러는 동안 수놈은
계속 암컷 옆에 붙어서 낚싯줄을 넘어 다니기도 하고

암컷과 함께 둥그렇게 원을 그리며 수면을 맴돌기도
했다. 수놈이 너무 암놈 가까이 따라다녔기 때문에 큰
낫처럼 날카롭고 모양이나 크기도 큰 낫 같은 꼬리로
낚싯줄을 끊어 버리지나 않을까 걱정되었다. 노인은
암놈을 갈고리로 끌어올리고 몽둥이로 후려갈겼는데
가장자리가 사포처럼 거칠고 쌍날칼같이 뾰족한 주둥이를
잡고 몽둥이로 골통을 마구 후려치자 마침내 고기 색깔이
거울 뒷면의 색깔처럼 변해 버렸다. 그러고 나서 소년의
도움으로 그놈을 배 안으로 끌어올렸을 때까지도 수놈은
한시도 뱃전에서 떠나지 않고 있었다. 그런 뒤 노인이
낚싯줄을 풀고 작살을 준비하는 동안 수놈은 암놈이
있는 곳을 보려고 뱃전 옆에서 공중 높이 뛰어올랐다가
날개처럼 생긴 자주색 가슴지느러미를 활짝 펴고 널찍한
자주색 줄무늬를 드러내 보이더니 물속 깊이 자취를 감춰
버렸다. 참으로 아름다운 놈이었지, 하고 노인은 그때의
추억을 되새겼다. 마지막까지 머물러 있더니만.

　　청새치를 잡으면서 목격한 일 중에서 가장 슬픈
사건이었어, 하고 노인은 생각했다. 그 애도 슬퍼했고,
우리는 암놈에게 용서를 빌고는 즉시 칼질을 해 버렸지.

　　"그 애가 지금 내 옆에 있다면 얼마나 좋을까." 노인은
큰 소리로 말하고 나서 둥그스름한 이물 널빤지에 몸을
기댔다. 그러자 어깨에 가로질러 걸친 낚싯줄을 통해

자신이 선택한 진로를 향해 꾸준히 나아가는 큰 고기의
힘이 느껴졌다.

　일단 내 계책에 걸려든 이상 어느 편이든 선택하지
않고는 못 배길 거야, 하고 노인은 생각했다.

　그런데 이놈이 선택한 방법이란 온갖 올가미나 덫이나
계책이 미치지 못하는 먼 바다의 깊고 어두운 물속에
잠겨 있자는 것이지. 내가 선택한 방법이란 모든 사람이
다다르지 못하는 그곳까지 쫓아가서 그놈을 찾아내는
것이고. 이 세상의 모든 사람이 가지 못하는 그곳까지
말이야. 그래서 우리는 지금 함께 있는 것이고, 정오부터
줄곧 이렇게 함께 있었던 거야. 더구나 우리를 도와주는
사람 하나 없이.

　차라리 어부가 되지 말걸 그랬나 보다, 하고 노인은
생각했다. 그렇지만 어부가 되는 게 내 타고난 운명이
아닌가. 날이 밝는 대로 잊지 말고 꼭 다랑어를 먹어야지.

　먼동이 트기 얼마 전, 그의 뒤쪽에 내려 둔 미끼
하나에 뭔가가 걸려들었다. 막대기가 부러지면서 낚싯줄이
뱃전 밖으로 갑자기 풀려 나가는 소리가 들리기 시작했다.
그는 어둠 속에서 칼집에 든 칼을 꺼내 뱃전에 기대고 있던
왼쪽 어깨로 고기의 모든 중량을 받으면서 뱃전 나무에
대고 낚싯줄을 끊어 버렸다. 그러고 나서 가장 가까이 있는
다른 줄도 끊어 버리고, 어둠 속에서 예비 낚싯줄의 풀어진

끝과 끝을 단단히 동여맸다. 노인은 한 손으로 이 일을 능란하게 해치웠으며, 매듭을 단단히 동여매는 동안에는 감아 놓은 낚싯줄을 한쪽 발로 꽉 누르고 있었다. 이제 예비 낚싯줄은 모두 여섯 개가 생긴 셈이다. 방금 끊어 버린 미끼를 매달았던 것에서 각각 두 개, 지금 고기가 물고 있는 낚싯줄에서 또 두 개로 그것들은 모두 서로 연결되어 있었다.

날이 밝으면 어떻게 해서든지 70미터짜리 낚싯줄이 있는 데로 가서 그것마저 끊어 버리고 예비 줄에다 연결해 둬야겠는걸, 하고 그는 생각했다. 결국 400미터 가까이 되는 카탈로니아[27]산(産) 좋은 낚싯줄이랑 낚시랑 목줄을 잃어버리는 셈이구나. 그거야 또 장만하면 되지. 하지만 다른 고기를 잡으려다가 이 큰 놈이 달아나기라도 하면 누가 그걸 보상해 준담? 지금 막 미끼를 문 놈이 어떤 고기인지 나는 몰라. 청새치나 황새치, 아니면 상어였겠지. 무슨 고기가 걸렸는지 제대로 느껴 보지도 못했으니까. 너무 급하게 놓아 줘야 했거든.

"그 애가 옆에 있다면 정말 좋으련만." 노인이 큰 소리로 말했다.

하지만 소년은 지금 자네 곁에 없잖아, 하고 그는

27 　스페인 동북부 지방으로 질긴 밧줄이 생산되는 곳으로 유명하다.

생각했다. 지금은 자네 혼자뿐이니 어둡건 말건 아무튼 마지막 줄이 있는 곳으로 가서 그것을 끊어 버리고 예비 줄 두 개를 연결해 두는 게 좋겠어.

그래서 노인은 그렇게 했다. 어둠 속이라 일하기 어려웠고, 한번은 고기 놈이 갑자기 움직이는 바람에 앞으로 고꾸라져 얼굴 아래가 찢어졌다. 피가 뺨을 타고 조금 흘러내렸다. 그러나 턱까지 흘러내리기도 전에 엉겨 말라 버렸으며, 그는 간신히 이물 쪽으로 돌아가 판자에 몸을 기대고 쉬었다. 부대의 위치를 바로잡은 뒤 조심스럽게 낚싯줄을 움직여 다른 쪽 어깨 위에 걸쳐지도록 했다. 그리고 어깨의 힘으로 줄을 고정시키면서 고기가 끌어당기는 힘을 주의 깊게 가늠해 보고 나서 한 손을 물에 담가 나아가는 조각배의 속도를 헤아려 보았다.

저놈이 뭣 때문에 그렇게 몸부림쳤을까, 하고 노인은 생각했다. 목줄의 철사가 놈의 언덕같이 큼직한 등을 긁은 게 틀림없어. 그래도 놈의 등은 분명 내 등만큼 아프지는 않을 거야. 하지만 제놈이 아무리 등치가 커도 이 배를 영원히 끌고 살 순 없겠지. 문제 될 만한 일은 모조리 해치웠겠다, 예비 줄도 충분히 있겠다, 이제 더 바랄 게 없어.

"고기야!" 노인은 크지만 부드러운 목소리로 말을

걸었다. "난 죽을 때까지 너랑 같이 있을 테다."

아마 저놈도 나하고 끝까지 같이 있으려고 하겠지, 하고 노인은 생각하고는 어서 날이 밝기를 기다렸다. 날이 밝기 전 이 시각에는 추웠고, 그래서 몸을 따뜻하게 하려고 뱃전에 몸을 밀착시켰다. 저놈이 버티는 한 나도 버틸 수 있지, 하고 그는 생각했다. 날이 밝기 시작하자 낚싯줄이 물속으로 풀려 내려갔다. 조각배는 한결같이 움직이고 있었고, 아침 해가 수평선 위에 첫 모습을 드러내자 노인의 오른쪽 어깨에 햇살이 비쳤다.

"놈은 북쪽으로 향하고 있구나." 노인이 말했다. 하지만 해류 때문에 우리는 멀리 동쪽으로 밀려나게 될 거야, 하고 그는 생각했다. 고기 놈이 해류를 타고 방향을 바꿔 주면 좋으련만. 그건 놈이 지쳤다는 증거인데 말이야.

해가 좀 더 높이 떠올랐지만 노인은 고기가 조금도 지치지 않았다는 사실을 깨달았다. 다만 한 가지 유리한 징조가 보였다. 낚싯줄이 기운 각도로 보아 고기가 아까보다 위쪽으로 떠올라 헤엄치고 있다는 것을 알 수 있었다. 그렇다고 고기 놈이 뛰어오르리라고 장담할 수는 없는 노릇이었다. 물론 그럴 가능성이 전혀 없지도 않지만 말이다.

"하느님, 제발 저놈이 뛰어오르게 해 주세요. 저놈을 다룰 낚싯줄은 충분히 갖고 있습니다." 노인이 말했다.

내가 조금만 더 팽팽하게 줄을 잡아당기면 어쩌면
저놈은 아파서 뛰어오를지도 몰라, 하고 그는 생각했다.
이제 날도 밝았으니 저 녀석을 뛰어오르게 해야겠는걸.
그래서 등뼈를 따라 붙어 있는 부레에 공기가 가득 차서
깊은 물속으로 들어가 죽는 일이 없도록 해야지.

노인은 줄을 좀 더 팽팽하게 당겨 보려고 했지만,
고기가 걸렸을 때부터 지금까지 줄은 금방이라도 끊어질
듯 팽팽하게 당겨져 있는 상태였다. 몸을 뒤로 젖히고
줄을 당기자 저항이 느껴져 이제 더 세게 잡아당겨서는
안 된다는 것을 알 수 있었다. 절대로 잡아당겨서는 안
되겠는걸, 하고 그는 생각했다. 세게 잡아당길 때마다
낚시가 걸린 상처가 넓어질 것이고, 그렇게 되면 고기가
뛰어오를 때 낚시가 벗겨져 버릴지도 몰라. 어쨌든 해가
떠오르니 한결 기분이 좋구나. 이번만은 해를 정면으로
바라보지 않아도 되고.

낚싯줄에는 누런 해초가 달려 있었지만 노인은 해초의
무게가 오히려 고기에게는 짐이 될 뿐이라는 사실을
알고 기분이 흐뭇했다. 밤이 되면 그렇게도 많이 인광을
번쩍이는 누런 모자반류의 해초였다.

"고기야, 나는 너를 끔찍이도 좋아하고 존경한단다.
하지만 오늘이 가기 전에 난 너를 죽이고 말 테다." 노인이
말했다.

그렇게 되기를 빌자, 하고 노인은 생각했다.

그때 조그마한 새 한 마리가 북쪽에서 조각배를 향해 날아왔다. 휘파람새는 수면 가까이 아주 나지막하게 날고 있었다. 노인은 새가 몹시 지쳐 있다는 것을 알 수 있었다.

새는 배의 고물에 가서 지친 날개를 쉬었다. 그러고 나서 노인의 머리 위를 맴돌다가 이번에는 좀 더 편안한 낚싯줄 위에 가서 앉았다.

"너 몇 살이냐? 이번 여행이 첫 나들이인 거야?" 노인이 새에게 물었다.

노인이 말을 걸자 새는 노인을 바라보았다. 새는 너무 기진맥진한 상태여서 제대로 낚싯줄을 살펴볼 겨를도 없어 보였다. 가냘픈 발가락으로 낚싯줄을 꽉 움켜잡고 있는 동안 아래위로 흔들거렸다.

"줄은 튼튼해. 아주 단단하다고. 간밤에는 바람 한 점 없었는데 그렇게 지쳐서야 되겠니." 노인이 새에게 말했다. "새들은 앞으로 도대체 어떻게 되는 걸까?"

저 새들을 노리고 바다까지 날아오는 매들이 있지, 하고 노인은 생각했다. 그러나 그는 이것에 대해 새에게 아무 말도 하지 않았다. 말해 봤자 알아듣지도 못할 것이고, 머지않아 매들에 대해 알게 될 테니 말이다.

"실컷 푹 쉬어라, 작은 새야. 그러곤 뭍으로 날아가 인간이나 다른 새나 고기처럼 네 행운을 잡으려무나." 그가 말했다.

밤 동안에 등이 뻣뻣했고 지금은 심한 통증까지
있었는데, 새에게 말을 걸고 나니 노인은 힘이 솟았다.

"새야, 네가 좋다면 우리 집에 머물러도 좋아. 지금
미풍이 불고 있는데 돛을 올리고 너를 뭍까지 데려다주지
못해 미안해. 하지만 나는 지금 친구와 함께 있단다."
노인이 말했다.

바로 그때 고기가 갑자기 요동치는 바람에 노인은
이물 쪽으로 그만 고꾸라지고 말았다. 몸을 버티면서
줄을 조금 풀어 주지 않았더라면 하마터면 물속으로 끌려
들어갈 뻔했다.

갑자기 낚싯줄이 당겨지는 바람에 새가 하늘로
날아가 버렸지만, 노인은 새가 날아가는 것도 보지 못했다.
오른손으로 조심스럽게 낚싯줄을 만져 보다가 손에서
피가 흐르는 것을 알아챘다.

"뭔가가 저놈의 고기를 아프게 했던 모양이로군."
노인은 큰 소리로 말하고 나서 고기의 방향을 바꿀
수 있는지 알아보려고 낚싯줄을 당겼다. 그러나 줄은
당장이라도 끊어질 것처럼 팽팽하게 당겨졌고 그는 그대로
줄을 꽉 걸머쥔 채 뒤로 버텼다.

"고기야, 너도 그걸 느끼고 있구나. 정말이지 나 역시
그렇단다." 그가 말했다.

새와 벗 삼을 수 있을 거라고 생각했기 때문에 노인은 그제야 사방을 둘러보면서 새를 찾았다. 그러나 새는 온데간데없었다.

오래 쉬지도 못하고 그만 가 버렸구나, 하고 노인은 생각했다. 하지만 해안가에 도착할 때까지는 더욱 어려운 고비를 겪게 될 게야. 고기가 한 차례 홱 잡아당긴다고 손에 상처가 나다니 도대체 어떻게 된 거람? 내가 아주 멍청해진 게 틀림없어. 아니면 작은 새 한 마리에 정신이 팔려 있었던 건지도 몰라. 이제는 내 일에만 집중해야겠군. 기운을 잃지 않도록 다랑어도 먹어 둬야지.

"지금 그 애가 내 곁에 있고, 또 소금이 조금 있으면 좋으련만." 그는 큰 소리로 말했다.

노인은 낚싯줄의 무게를 왼쪽 어깨로 옮기고 조심스럽게 무릎을 꿇고 바닷물에 한 손을 씻었다. 일 분 넘게 바닷물에 손을 담근 채 피가 실처럼 꼬리를 남기며 흘러가는 모습을, 배가 움직이는 동안 손에 끊임없이 부딪쳐 오는 물살을 지켜보았다.

"저놈도 이젠 속도를 꽤 늦췄군." 그가 말했다.

노인은 좀 더 오랫동안 바닷물에 손을 담그고 싶었지만 언제 또 고기가 날뛸지 모르기 때문에 몸을 일으켜 발로 버티고는 해를 향해 손을 들어 보았다. 낚싯줄이 갑자기 풀려 나갈 때 껍질이 조금 벗겨졌을 뿐이었다. 그러나 그곳은 손 중에서도 많이 사용하는 부분이었다. 이 일이 끝날 때까지는 손이 필요하다는 것을 잘 알고 있었기 때문에 일을 미처 시작하기도 전에 손을 다쳐서는 안 될 일이었다.

"자, 그럼 저 다랑어 새끼를 먹어야겠군. 갈고리대로 끌어다가 여기서 편안하게 먹어야지." 손이 마르자 그가 말했다.

노인은 무릎을 꿇고 갈고리대로 고물 쪽에서 다랑어를 찾아 사려 놓은 낚싯줄을 피해 가며 자기 앞으로 끌어당겼다. 줄을 다시 왼쪽 어깨에 고쳐 메고 왼쪽 팔과 손으로 버티면서 고리에서 다랑어를 빼낸 뒤 갈고리대를 제자리에 놓아두었다. 그는 한쪽 무릎으로 고기를 누르고 검붉은 살을 대가리 뒤쪽에서 꼬리까지 길게 잘라 냈다. 그러자 쐐기 모양으로 토막이 몇 개 났다. 노인은 그 토막을 등뼈에서 배때기 가장자리까지 죽 잘라 냈다. 여섯 조각으로 자른 뒤 이물 쪽 판자 위에 펼쳐 놓고 칼에 묻은 피를 바지에 닦고 나서 뼈만 남은 다랑어 시체를 꽁지를 집어 뱃전 너머로 내던져 버렸다.

"하나도 통째로 다 먹을 수 있을 것 같지 않군." 그는 이렇게 말하고 토막 낸 고기 하나를 칼로 잘랐다. 바로 그때 낚싯줄이 지속적으로 세차게 당겨지는 것을 느낄 수 있었고, 왼손에 쥐가 났다. 무거운 줄을 꽉 쥐고 있는

손이 뻣뻣하게 오그라들자 그는 혐오스러운 듯 그 손을
바라보았다.

"도대체 어떻게 된 놈의 손이람. 쥐가 날 테면 나라지.
매 발톱처럼 어디 오그라들어 봐. 그래 봐야 아무 소용도
없을 테니까." 그가 말했다.

어디, 자, 하고 생각하면서 노인은 어두운 물속으로
비스듬하게 드리워져 있는 낚싯줄을 내려다보았다. 자,
다랑어를 먹어야 손에 힘이 날 거야. 하지만 그건 손의
잘못이 아니잖아. 넌 벌써 여러 시간 동안 고기 놈과 싸워
왔으니 말이야. 하지만 넌 언제까지라도 영원히 저놈과
싸울 수가 있어. 자, 지금 다랑어를 먹어 두자.

노인은 살 조각 하나를 집어서 입에 넣고 천천히
씹었다. 맛은 그다지 나쁘지 않았다.

꼭꼭 잘 씹어야지, 하고 그는 생각했다. 그래서
영양분을 모조리 섭취해야지. 라임이나 레몬, 아니면
소금과 함께 먹으면 먹을 만할 텐데.

"이 손 친구야, 이제 좀 어떠냐?" 경련이 나서 시체처럼
뻣뻣하게 굳어 버린 손에게 그가 물었다. "너를 위해 조금
더 먹어야겠구나."

그는 나머지 조각을 먹었다. 그리고 천천히 씹고 난 뒤
껍질을 뱉어 냈다.

"어디 좀 효험이 있는 것 같으니, 손 친구야? 아니면

아직은 너무 일러서 잘 모르겠니?"

노인은 다른 토막 하나를 통째로 집어서 씹어 먹었다.

다랑어란 힘이 세고 정력적인 고기야, 하고 그는
생각했다. 만새기 대신에 이 고기가 걸린 게 다행이었어.
만새기는 맛이 너무 달거든. 이놈은 전혀 달다고 할 수
없는 데다 팔팔한 기운이 아직도 넘친단 말이야.

실질적인 것이 아니고서는 아무런 의미가 없어,
하고 그는 생각했다. 소금이라도 좀 있으면 좋으련만.
햇볕 때문에 남아 있는 생선이 상하거나 말라 버릴지도
모르겠군. 그러니 배가 고프지 않더라도 모조리 먹어 두는
게 좋겠어. 물속의 고기 놈은 얌전하고 침착하게 버티고
있군. 나도 마저 먹어 치우고 준비를 갖춰야지.

"조금만 참아, 이 손 친구야. 너를 위해서 먹는 거니까."
그가 말했다.

물속의 고기 놈한테도 먹을 것을 좀 줬으면 좋겠는데,
하고 그는 생각했다. 저놈하고 난 형제 사이니까. 하지만
나는 저놈을 꼭 죽여야 하고, 그러기 위해서는 힘이 빠져선
안 돼. 천천히 그리고 열심히 그는 쐐기 모양의 생선 조각을
모두 먹어 치웠다.

다 먹고 나서 노인은 허리를 쭉 펴고 바지에 손을
문질러 닦았다.

"자, 이 손 친구야, 자넨 이제 줄을 놔도 되겠어." 그가

말했다. "자네가 그 바보 같은 짓을 그만둘 때까지 난 오른손만으로도 저놈의 고기와 싸울 수 있으니까." 노인은 왼손으로 잡고 있던 무거운 낚싯줄을 왼쪽 발로 밟고는 등으로 죄어 오는 압력을 몸을 뒤로 젖혀 버텼다.

"하느님, 제발 쥐가 풀리도록 해 주세요. 저 고기 놈이 무슨 짓을 할지 도무지 알 수 없으니 말입니다." 그가 말했다.

하지만 고기 놈은 얌전하게 제 계획에 따라 착착 움직이는 것 같군, 하고 그는 생각했다. 그런데 저놈의 계획이란 게 도대체 뭘까, 하고 그는 생각했다. 그렇다면 내 계획은 어떻게 짜야 하나? 엄청나게 큰 놈이니까 저놈 계획에 따라 임기응변으로 대처할 수밖에. 만약 저놈이 물 위로 뛰어오르기만 하면 죽일 수 있을 텐데. 그런데 저놈은 언제까지나 계속 물속에서 버텨 대고 있군. 그렇다면 나도 이대로 언제까지나 저놈과 함께 버틸 수밖에 없지.

노인은 쥐가 난 손을 바지에 대고 문지르면서 손가락을 부드럽게 풀어 보려고 애썼다. 그러나 손은 도무지 펴지지가 않았다. 해가 떠오르면 펴지겠지, 하고 그는 생각했다. 아까 날로 먹은 싱싱한 다랑어가 배 속에서 소화되면 아마 펴질 거야. 만약 이 손을 꼭 써야 할 때가 온다면, 무슨 수를 써서라도 펴야지. 하지만 지금 억지로 펼 생각은 없어. 저절로 펴져서 원래 상태로 돌아가도록 내버려 둬야지. 따지고 보면 간밤에 얽힌 밧줄을 매고 풀고 하면서 이 손을 너무 부려 먹었어.

노인은 바다 저편을 바라보며 자신이 얼마나 홀로 고독하게 있는지 새삼스럽게 깨달았다. 그러나 깊고 어두컴컴한 물속에서 프리즘이 보였고, 앞쪽으로 곧바로 뻗어 나간 낚싯줄이며 잔잔한 바다의 이상야릇한 파동이 보였다. 이제 무역풍이 불어오려는 듯 구름이 뭉게뭉게 피어오르기 시작했다. 문득 앞쪽을 바라보니 물오리 떼가 바다 위 하늘에 새겨 놓은 듯 뚜렷하게 모습을 드러냈다가 흩어지고 다시 나타나면서 바다 위를 날아가고 있었다. 그래서 그는 어느 누구도 바다에서는 결코 외롭지 않다는 사실을 깨달았다.

노인은 사람들이 조그마한 조각배를 타고 뭍이 보이지 않는 먼 곳까지 나오면 얼마나 무서워할까 하고 생각하면서, 갑자기 날씨가 바뀌는 계절이라면 그러는 것도 무리가 아니겠다고 생각했다. 그러나 지금은 허리케인이 부는 계절이고, 허리케인이 몰려오지 않는다면 이때가 일 년 중 고기잡이하기에 가장 좋은 철인 것이다.

바다에 나가 있노라면, 허리케인이 불어올 때는 며칠 전부터 하늘에 그 조짐이 나타난다. 뭍에 있는 사람들이 그것을 좀처럼 알아차리지 못하는 까닭은 허리케인의 조짐을 볼 수 없기 때문이야, 하고 노인은 생각했다. 물론 뭍에서도 구름의 모양이 평소와 다르기는 하지. 어쨌든 지금은 허리케인이 불어올 징조는 없어.

그가 하늘을 올려다보자 아이스크림 덩어리 같은 하얀 뭉게구름이 보였고, 그보다 더 높은 곳에는 9월의 하늘을 배경으로 엷은 새털구름이 떠 있었다.

"'브리사'[28]가 가볍게 불고 있구나. 고기야, 너보다는 내게 더 유리한 날씨로구나." 그가 말했다.

왼손은 여전히 쥐가 난 상태였지만 그는 천천히 쥐를 풀려고 하고 있었다.

쥐가 나는 건 딱 질색이야, 하고 노인은 생각했다. 그건 자신의 몸한테 배신을 당하는 꼴이거든. 사람들 앞에서 프토마인[29] 중독을 일으켜 설사를 한다든지, 그 때문에 구토를 한다든지 하는 것도 창피한 일이지. 하지만 쥐가 난다는 건 특히 혼자 있을 때 그야말로 창피한 노릇이야. 그는 쥐라는 말을 '칼람브레'[30]로 생각하고 있었다.

만약 그 애가 옆에 있다면 손을 주물러서 팔뚝 아래부터 쥐를 풀어 줄 수도 있을 텐데, 하고 그는

---

28 '미풍'이나 '산들바람'을 뜻하는 스페인어. 무역풍 계절 동안
   남아메리카 해안에 부는 북동풍 바람이나 푸에르토리코에 부는
   동풍.

29 시체독(屍體毒). 단백질의 부패로 생기는 유독물.

30 '경련'을 뜻하는 스페인어.

생각했다. 하지만 곧 풀리겠지.

바로 그때 노인은 오른손에 잡은 줄이 끌려가던 힘이 달라진 것을 느꼈고, 곧이어 물속으로 뻗은 낚싯줄의 경사가 달라지는 것을 보았다. 노인은 낚싯줄의 힘을 몸으로 버티면서 왼손을 허벅지에 세게 내리쳤고 그러자 줄이 비스듬하게 천천히 수면으로 떠오르는 것이 보였다.

"저놈이 이제 올라오고 있구나. 자, 손 친구야. 자, 제발 어서 정신을 차려." 그가 말했다.

낚싯줄은 서서히 올라오더니 배 앞쪽 수면이 부풀어 오르면서 마침내 고기가 모습을 드러냈다. 쉬지 않고 계속 올라오자 고기 주위에서 물이 쏟아져 내렸다. 햇볕을 받은 고기는 번쩍번쩍 빛이 났고, 짙은 자줏빛의 머리와 등, 옆구리의 연보랏빛 넓은 줄무늬가 햇살에 드러났다. 주둥이는 야구 방망이만큼 길쭉하고 결투용 쌍날칼처럼 끝으로 갈수록 뾰족해졌다. 고기는 다이빙 선수처럼 온몸을 물 위에 드러냈다가 유연하게 다시 물속으로 가라앉아 버렸다. 노인은 커다란 낫처럼 생긴 꼬리가 물속으로 사라지는 것을 보았고, 낚싯줄이 빠른 속도로 다시 풀려 나가기 시작했다.

"이 배보다 60센티미터도 넘게 길겠는걸." 노인이 말했다. 낚싯줄이 아주 빠른 속도이기는 하지만 일정하게 풀려 나가는 것으로 보아 고기는 조금도 당황하고 있는 것 같지 않았다. 노인은 두 손으로 줄이 끊어지지 않을 정도로 힘껏 잡아당기려고 애쓰고 있었다. 만약 계속 잡아당기면서 고기의 속도를 늦추지 못하면 고기는 줄을 있는 대로 끌고 가서 결국에는 끊어 버리게 되는지도 모른다는 것을 노인은 잘 알고 있었다.

꽤 큰 놈이니 본때를 보여 줘야겠는걸, 하고 노인은 생각했다. 저놈이 힘이 세다는 것도, 저놈이 도망치기만 하면 무슨 짓이든 할 수 있다는 것도 알게 해서는 안 돼. 만약 내가 저놈이라면 있는 힘을 다해 뭔가 끊어질 때까지 계속 내달릴 텐데. 하지만 다행스럽게도 저놈들은 저희들을 죽이는 우리 인간들보다는 똑똑하지가 않단 말이야. 비록 저놈들이 우리 인간들보다 더 기품이 있고 힘이 세지만 말이지.

이제까지 노인은 큰 고기들을 많이 보아 왔다. 450킬로그램이 넘는 큰 고기도 여러 번 보았고, 물론 혼자 잡은 것은 아니었지만 지금까지 그만한 크기의 고기를 잡은 적도 두 번이나 있었다. 그런데 지금은 혼자인 데다 뭍도 보이지 않는 곳에서 이제까지 본 중에서 가장 크고, 지금껏 들어 본 것보다 더 큰 고기와 꼼짝없이 맞붙어 있었다. 더구나 왼손은 여전히 매 발톱처럼 굳게 오그라든 채 있었던 것이다.

하지만 쥐는 곧 풀릴 테지, 하고 그는 생각했다.

틀림없이 풀려서 오른손을 도와줄 거야. 나와 형제 사이인 게 세 가지가 있지. 고기하고 내 두 손. 그러니 쥐는 꼭 풀릴 거야. 쥐가 나다니 손으로서 부끄럽기 짝이 없는 일이지.

고기는 다시 속력을 늦추어 평상 속도로 나아가고 있었다.

조금 전에 고기가 왜 뛰어올랐을까, 하고 노인은 생각했다. 마치 자기가 얼마나 큰지 자랑이라도 하려고 솟아오른 것 같아. 어쨌든 그 덕분에 얼마나 큰 놈인지 알게 되었지, 하고 그는 생각했다. 그렇다면 나도 내가 어떤 인간인지를 그놈한테 보여 주고 싶군. 하지만 그렇게 하면 저놈은 쥐가 난 손도 보게 되겠지. 녀석에게 내가 실제보다 힘이 센 인간이라는 생각이 들게 해야지. 어쨌든 그렇게 될 테니까. 저 고기 놈이 되어 보고 싶구나, 하고 그는 생각했다. 오직 내 의지, 내 지혜에 맞서 모든 걸 갖고 싸우고 있는 저놈 말이야.

노인은 뱃전에 몸을 기댄 편안한 자세로 엄습해 오는 고통을 견뎌 냈다. 고기는 조금도 흐트러지지 않고 한결같은 모습으로 헤엄쳐 나갔고, 배는 검은 물살을 헤치며 천천히 움직였다. 동쪽에서 바람이 불어오기 시작하자 파도가 조금 일었고, 정오가 되어서야 비로소 노인의 왼손에 난 경련이 풀렸다.

"이보게, 고기 양반, 자네에겐 반갑지 않은 소식이네."
그는 이렇게 말하면서 어깨에 두르고 있던 부대 위로

낚싯줄을 옮겼다.

노인의 자세는 편안했지만 고통스러웠다. 다만 그 고통을 인정하려 들지 않을 뿐이었다.

"저에게는 신앙심이 없습니다. 하지만 이 고기를 잡게 해 주신다면 주기도문과 성모송을 열 번씩이라도 외겠습니다. 만약 고기를 잡을 수만 있다면 코브레의 성모 마리아님[31]을 참배하기로 약속드리죠. 정말로 약속합니다." 그가 다시 입을 열었다.

노인은 기계적으로 기도문을 외우기 시작했다. 너무 피곤해서 가끔 기도문이 떠오르지 않을 때도 있었다. 그럴 때면 자동적으로 다음 문구가 나오도록 빨리 외워 대곤 했다. 주기도문보다는 성모송이 외우기 쉽구나, 하고 그는 생각했다.

"은총이 가득하신 마리아님, 기뻐하소서! 주님께서 함께 계시니 여인 중에 복되시며 태중의 아들 예수님 또한 복되시나이다. 천주의 성모 마리아님, 이제와 저희 죽을 때 저희 죄인을 위하여 빌어 주소서. 아멘." 그러고 나서 그는 이렇게 덧붙였다. "거룩하신 성모 마리아여, 이

---

31 전설에 따르면 1606년에 세 어부가 쿠바 북동쪽 니페만(灣)에서 물 위에 떠 있는 목조 마리아상을 발견해 동(銅) 광산 마을인 엘 코브레에 가지고 와 지성소를 지었다. 현재의 지성소는 1927년에 지은 것이다.

고기의 죽음을 위해서도 기도해 주소서. 참으로 훌륭한
놈이옵니다."

기도를 마치고 나니 기분이 훨씬 좋아진 듯했지만
고통은 여전했고, 어쩌면 전보다 더 심한 것 같았다. 그는
이물의 판자에 등을 기댄 채 기계적으로 왼손가락들을
놀리기 시작했다.

미풍이 부드럽게 일고 있었지만 햇볕은 따가웠다.

"고물 쪽에 드리워 놓은 짧은 낚싯줄에 미끼를 다시
갈아 끼워 두는 게 좋겠어." 그가 말했다. "고기 놈이
하룻밤 더 버티기로 마음먹는다면 나도 다시 배를 채워야
할 테니. 병의 물도 이젠 얼마 남지 않았어. 이곳에서는
만새기밖에는 잡히지 않을 것 같군. 하지만 만새기라도
아주 싱싱할 때 먹으면 그다지 나쁘지 않지. 오늘 밤에는
날치가 배 위로 날아와 주면 좋으련만. 하지만 날치를
끌어들일 불빛이 없어. 날치란 놈은 날로 먹으면 맛이
그만인 데다 칼질을 해 토막 낼 필요도 없고. 이제 내가
갖고 있는 힘을 모두 비축해 둬야겠어. 제기랄, 고기 놈이
저렇게 큰 줄은 미처 몰랐는걸."

"하지만 난 저놈을 꼭 죽이고 말 테야. 아무리 크고
아무리 멋진 놈이라도 말이지." 그가 다시 말했다.

하긴 그건 옳지 않은 일이긴 해, 하고 노인은 생각했다.
하지만 난 녀석에게 인간이 어떤 일을 할 수 있는지, 또

얼마나 참고 견뎌 낼 수 있는지 보여 줘야겠어.

"나는 그 아이한테 내가 별난 늙은이라고 말했지. 지금이야말로 그 말을 입증해 보일 때야." 그가 말했다.

지금까지 그는 그런 입증을 수천 번이나 해 보였지만 결국 아무런 의미도 없었다. 지금 또다시 그것을 입증해 보이려고 하고 있었다. 매 순간이 새로운 순간이었고, 그것을 입증할 때 그는 과거에 대해서는 조금도 생각하지 않았다.

저놈이 제발 잠을 자 주면 좋으련만, 하고 그는 생각했다. 그래야 나도 잠을 잘 수 있고, 또 사자 꿈도 꿀 수 있을 텐데. 도대체 왜 사자들만 머릿속에 남아 있는 것일까? 이 늙은이야, 생각일랑 그만하시지, 하고 노인은 자신을 타일렀다. 뱃전에 편하게 기대어 아무 생각도 하지 말게나. 저 고기 놈은 지금도 움직이고 있지 않은가. 그러니까 자넨 될 수 있는 대로 움직이지 않는 게 좋아.

벌써 오후로 접어들고 있었고, 여전히 배는 천천히 그리고 조금도 흐트러지지 않고 움직이고 있었다. 그러나 이번에는 동쪽에서 미풍이 불어와 약간의 저항이 느껴졌으며, 노인은 잔잔한 물결을 헤치며 미끄러지듯 조용히 나아갔다. 등을 가로지른 밧줄이 주는 아픔도 이제 한결 가볍고 부드러워졌다.

오후로 접어들자 다시 한번 낚싯줄이 올라오기

시작했다. 그러나 고기는 전보다 조금 더 올라온 상태에서
계속 헤엄치고 있을 뿐이었다. 햇볕이 노인의 왼팔과
어깨와 등에 내리쬐였다. 그래서 고기가 북동쪽으로
진로를 바꿨다는 것을 알 수 있었다.

　노인은 고기의 모습을 한 번 봤기 때문에 자줏빛
가슴지느러미를 날개처럼 활짝 펴고 커다랗고 꼿꼿한
꼬리를 꼿꼿이 세운 채 어두운 물속을 자르듯 헤엄쳐
나가고 있는 모습을 눈앞에 그려 볼 수 있었다. 저렇게
깊은 물속에서 저놈은 눈이 얼마나 잘 보일까, 하고
노인은 생각했다. 그러고 보니 고기의 눈은 무척 크고,
말[馬]은 그보다 훨씬 눈이 작지만 어두운 곳에서도 잘
볼 수 있거든. 나도 옛날에는 어두운 곳에서도 꽤 잘 볼
수 있었지. 물론 아주 캄캄한 곳에서는 볼 수 없었지만.
어쨌든 고양이만큼 눈이 밝았었어.

　햇볕이 따뜻한 데다 손가락을 쉬지 않고 움직인 탓에
그의 왼손은 이제 쥐가 완전히 풀렸다. 그래서 왼손으로
좀 더 힘을 옮기기 시작했으며, 등의 근육을 움직이면서
낚싯줄이 닿아서 난 상처의 아픔을 조금이나마 덜어
보려고 했다.

　"고기야, 네가 아직도 지치지 않았다면, 너는 틀림없이
별난 놈이로구나." 그가 큰 소리로 말했다.

　노인은 이제 지칠 대로 지쳤으며, 이제 곧 밤이

다가오리라는 것을 잘 알고 있었다. 그래서 다른 일을 생각해 보려고 애썼다. 노인은 메이저리그를 생각했다. 노인에게는 '그란 리가스'라는 스페인 말이 훨씬 더 친근하게 느껴졌다. 뉴욕의 양키스 팀이 디트로이트의 타이거스 팀과 시합을 벌이고 있다는 것을 그는 알고 있었다.

'후에고'[32]의 결과를 모르게 된 지도 오늘로 꼭 이틀이 지났구나, 하고 그는 생각했다. 하지만 자신을 가져야 해. 발뒤꿈치에 뼈돌기[33]가 박혀 있으면서도 그것을 참고 최후까지 멋지게 승부를 겨루는 저 훌륭한 디마지오 못지않은 사람이 되어야지. 뼈돌기란 과연 어떤 것일까, 하고 그는 스스로에게 물어보았다. 스페인 말로는 '운 에스푸엘라 데 후에소'라고 하지. 우리한테는 그런 말이 있지 않아. 하지만 그것은 싸움닭의 쇠발톱[34]이 발뒤꿈치에 박혀 있는 것만큼 아플까? 아마 나라면 그걸 참아 내지 못할 거야. 싸움닭처럼 한쪽 눈이나 심지어 양쪽 눈이 다 빠지면서까지 계속 싸우지는 못할 거야. 이런 대단한 새나 짐승과 비교해 보면 인간이란 그리 대단한 게 못 돼. 난 차라리 저 캄캄한 바다 속에 사는 저런 놈이 되고 싶구나.

32 '시합'이나 '경기'를 뜻하는 스페인어.
33 발꿈치에 잘 생기는 돌기.
34 투계에서 며느리발톱에 끼우는 쇠붙이.

"상어만 오지 않는다면 말이지만. 만약 상어가 나타난다면 저놈이나 나나 가엾은 꼴이 되고 말 거야." 그가 큰 소리로 말했다.

저 위대한 디마지오 선수는 지금의 나만큼 이렇게 오랫동안 고기하고 맞서 버텨 낼 수 있을까, 하고 그는 생각했다. 나보다 젊고 기운이 세니까 틀림없이 그 이상을 해낼 수 있을 거야. 그 친구의 아버지도 어부였다지. 하지만 발뒤꿈치에 뼈돌기가 있으면 그도 몹시 아프겠지?

"내가 알 턱이 있나. 난 발뒤꿈치에 뼈돌기가 나 본 적이 없으니까." 그가 큰 소리로 말했다.

해가 떨어질 무렵 노인은 좀 더 용기를 얻으려고 카사블랑카[35]의 술집에서 시엔푸에고스[36] 출신의 몸집이 큰 검둥이와 팔씨름을 하던 때를 기억했다. 그자는 부두에서도 가장 힘이 세다는 검둥이였다. 테이블에 백묵으로 그어 놓은 선 위에 팔꿈치를 곧게 올린 채 손을 꽉 마주 움켜잡고 하루 낮하고도 하룻밤을 꼬박 지새웠다. 우리는 서로 상대방의 손을 테이블 위에 꺾어 넘어뜨리려고 안간힘을 썼다. 사람들이 꽤 많은 돈을 걸었고, 등유 램프 불빛 아래에서 구경꾼들이

---

35 쿠바의 아바나시 동쪽에 있는 도시. 아바나만 근처에 있다.
36 쿠바섬 남쪽에 있는 도시로 카리브해에 인접해 있다.

들락날락했다. 그는 검둥이의 팔과 손 그리고 얼굴에서
눈을 떼지 않았다. 처음 여덟 시간이 지나자 심판이 잠을
자기 위해 네 시간마다 교대를 했다. 그의 손에서도,
검둥이의 손톱 밑에서도 피가 배어 나왔고, 두 사람은
상대방의 눈빛을 살피면서 손과 팔뚝에서 눈을 떼지
않았다. 돈을 건 사람들은 방 안을 들락날락하기도 하고,
벽 옆의 높다란 의자에 걸터앉아서 승부를 지켜보기도
했다. 판자로 된 벽은 밝은 파란색 페인트칠이 되어
있었는데, 램프 불빛이 벽에 그들의 그림자를 비추고
있었다. 검둥이의 그림자는 큼직했고, 미풍에 램프 불꽃이
흔들거릴 때마다 벽에서 움직였다.

　　하룻밤이 지났는데도 엎치락뒤치락하며 승부가
나지 않자 사람들은 검둥이에게 럼주를 가져다주고
담뱃불을 붙여 주었다. 검둥이는 럼주를 한 잔 들이켜고
난 뒤에 맹렬한 힘으로 덤벼들어 한번은 노인을, 아니,
그때는 노인이 아니라 '엘 캄페온'[37]이던 산티아고의 팔을
8센티미터 가까이 기울어지게 했다. 그러나 노인은 또다시
손을 원래 위치로 똑바로 돌려놓았다. 그때 그는 훌륭한
친구인 데다 크고 대단한 운동선수였던 검둥이를 이겨
낼 수 있다고 확신할 수 있었다. 새벽녘이 되어 돈을 건

37　'선수권자', '으뜸 선수'를 뜻하는 스페인어.

사람들이 무승부로 하면 어떻겠냐고 제안하고 심판이
고개를 가로저을 때, 그는 있는 힘을 다해 마침내 검둥이의
손을 밀어 테이블에 눕히고 말았다. 일요일 아침에 시작된
시합이 월요일 아침에서야 끝장이 났다. 돈을 건 사람들이
무승부를 제안했던 것은 대부분 선창에 나가서 설탕
부대의 하역 작업을 하거나 아바나 석탄 회사에 일하러
나가야 했기 때문이었다. 그렇지 않았다면 누구나 시합을
끝까지 마치기를 원했을 것이다. 어쨌든 그는 모든 사람이
일하러 갈 시간이 되기 전에 끝장을 내 주었던 것이다.

그 뒤 오랫동안 모든 사람이 그를 '챔피언'이라고
불렀고, 봄에는 복수전이 있었다. 그러나 이번에는
많은 돈을 거는 사람이 없었으며, 첫 번째 시합에서
시엔푸에고스 출신 검둥이의 기를 꺾어 버렸기 때문에
이번에는 아주 쉽게 이길 수 있었다. 그 뒤에도 두세 번 더
승부를 겨루었지만 더 이상은 하지 않았다. 그는 마음만
먹으면 어떤 사람이라도 이길 자신이 있다고 생각했다.
또한 고기잡이를 해야 하는 오른손에는 팔씨름이
해롭다고 판단했다. 그래서 왼손으로 시험 삼아 두세 번
승부를 겨루어 본 일이 있었다. 그러나 왼손은 언제나 그를
배반했고, 마음먹은 대로 잘 들어주지 않아 그 뒤부터
그는 왼손을 믿지 않았다.

해가 손을 따뜻하게 녹여 주겠지, 하고 노인은

생각했다. 밤이 되어 날씨가 너무 추워지지만 않는다면 두 번 다시 쥐가 나지는 않을 거야. 한데 오늘 밤에는 도대체 무슨 일이 일어날까.

마이애미[38]행 비행기 한 대가 그의 머리 위로 지나갔고, 그는 날치 떼가 비행기 그림자에 놀라 수면으로 뛰어오르는 것을 지켜보았다.

"저렇게 날치 떼가 많은 걸 보니 만새기가 있겠는걸." 그는 이렇게 말하고는 고기가 물고 있는 낚싯줄을 잡아당길 수 있는지 보려고 등에 걸친 줄을 잡고 버텨 보았다. 그러나 줄은 당겨 올라오기는커녕 오히려 금방이라도 끊어져 버릴 듯 팽팽해지면서 물방울이 튀길 뿐이었다. 배는 천천히 앞으로 나아가고 있었고, 그는 비행기가 더 이상 보이지 않을 때까지 눈으로 그 뒤를 좇았다.

비행기에 타고 있으면 기분이 참 이상야릇할 거야, 하고 그는 생각했다. 저렇게 높은 곳에서 내려다보면 바다가 어떻게 보일까? 너무 높이 날지만 않는다면 고기가 잘 보일지도 몰라. 한 200패덤쯤 되는 높이에서 아주 천천히 날아가면서 고기를 내려다보고 싶구나. 언젠가 바다거북잡이 배에 탔을 때 돛대 꼭대기의 가름대에

---

38   미국 플로리다주 동남부 해안 도시로 쿠바와 가깝다.

올라가 본 적이 있었는데, 그 정도의 높이에서도 보이는
것이 많았다. 그곳에서 내려다보니 만새기는 더욱 짙은
초록색으로 보였고, 줄무늬와 자줏빛 반점까지 보였으며,
고기가 떼를 지어 헤엄쳐 가는 것도 보였다. 그런데 어두운
해류에서 재빠르게 돌아다니는 고기들은 왜 하나같이
자줏빛 등에다 흔히 자줏빛 줄무늬나 반점이 있을까?
물론 만새기는 실제로 황금빛이기 때문에 초록빛으로
보이는 걸 거야. 하지만 정말 배가 고파서 먹이를 쫓을 때는
청새치처럼 양쪽 옆구리에 자줏빛 줄무늬가 생기거든.
그런 무늬가 생기는 건 화가 났기 때문일까, 아니면 너무
빨리 헤엄치기 때문일까?

　　날이 저물기 직전에 배는 커다란 섬처럼 떠 있는
모자반류 해초 옆을 지나가고 있었다. 해초가 잔잔한
파도에 너울거리며 흔들거리는 모습은 마치 바다가 누런
담요 아래에서 뭔가와 사랑의 행위를 하고 있는 것 같았다.
바로 그때 짧은 낚싯줄에 만새기 한 마리가 물렸다. 갑자기
공중에 뛰어올라 석양빛을 받아 진짜 황금색을 드러내며
몸을 구부리고 뒤틀며 사납게 마구 날뛸 때 그는 비로소
그 모습을 처음 보았다. 만새기는 놀라서 계속해서 몇
번이고 곡예를 부리며 뛰어올랐다. 노인은 고물 쪽으로
돌아가 웅크리고 앉아 큰 낚싯줄을 오른손과 팔로 잡고는
왼손으로 만새기가 걸린 다른 쪽 줄을 잡아당기며 줄을

맨발로 눌러 밟았다. 만새기가 필사적으로 이리저리
뒤척이면서 고물 가까이 다가왔을 때, 노인은 고물 너머로
몸을 내밀어 자줏빛 반점에 황금빛으로 번쩍거리는
고기를 배 안으로 끌어들였다. 고기는 이빨로 낚시를
끊으려는 듯이 주둥이를 빠르게 발작적으로 움직였다.
길쭉하고 납작한 몸뚱이와 대가리와 꼬리로 배 바닥을
마구 두들겨 댔고, 노인이 황금빛으로 빛나는 대가리를
몽둥이로 여러 차례 내리치자 비로소 바르르 몸을 떨더니
잠잠해졌다.

노인은 고기 주둥이에서 낚시를 빼고 또 다른
정어리를 다시 미끼로 달아서 바닷물 속에 던졌다. 그러고
나서 천천히 이물 쪽으로 돌아갔다. 왼손을 물에 씻고
바지에 닦았다. 그러고는 오른손의 큰 줄을 왼손으로
옮겨 쥐고 이번에는 오른손을 바닷물에 씻으면서 해가
바닷속으로 가라앉는 것과 큰 낚싯줄이 비스듬히 경사져
있는 모습을 지켜보았다.

"저놈은 조금도 달라지지 않았군." 그가 말했다.
그러나 손에 닿는 물살을 살펴보니 고기의 속도가 눈에 띌
정도로 떨어진 것을 알 수 있었다.

"고물에 노를 두 개 다 매달아 둬야겠는걸. 그러면
밤사이에 저놈의 속력이 느려질 거야." 그가 말했다.
"저놈은 오늘 밤에도 끄떡없을 테고, 그건 나도

마찬가지지."

만새기의 살 속에 피를 간직하려면 조금 뒤에 배를 갈라 내장을 빼내는 게 좋을 거야, 하고 그는 생각했다. 조금 있다가 그 일을 하고, 동시에 노를 비끄러매어 방해물을 만들도록 하자. 지금은 해 질 무렵이니 저놈을 조용히 내버려 둔 채 건드리지 않는 게 좋아. 고기란 놈은 하나같이 해 질 무렵이면 다루기 힘들어지는 법이거든.

노인은 바람을 쐬어 손을 말리고 나서 낚싯줄을 잡고 되도록 편안한 자세로 뱃전에 몸을 기댄 채 고기가 끄는 대로 몸을 내맡겼다. 그렇게 하면 그가 힘쓰는 것만큼, 아니, 그 이상을 배가 떠맡아 주었다.

이제 조금씩 요령이 생기기 시작하는군, 하고 노인은 생각했다. 어쨌든 이 부분에서는 말이야. 그런 데다가 저놈은 미끼를 문 뒤로는 아직 아무것도 먹지 않았단 말이야. 덩치가 커서 여간 많이 먹어 대지 않을 텐데. 나는 다랑어 한 마리를 통째로 먹어 치우지 않았던가. 내일은 만새기를 먹을 거고 말이야. 그는 그것을 '도라도'[39]라고 불렀다. 어쩌면 이놈의 내장을 뺄 때 조금 먹어 둬야겠어. 다랑어보다는 먹기가 거북할 테지. 그렇게 따지면 이 세상에 쉬운 일이 어디 있을까.

---

39 '금색의', '황금색의'라는 뜻의 스페인어로 '만새기'를 가리킨다.

"여보게, 고기 양반, 그래 지금 기분이 어떠신가?" 그는 큰 소리로 물었다. "나는 기분이 좋다네. 왼손도 많이 좋아졌어. 오늘 밤과 내일 낮 동안의 식량도 갖추고 있지. 자, 친구, 어디 배나 끌어 보시지."

실제로 노인은 정말로 기분이 좋은 상태가 아니었다. 낚싯줄을 멘 등이 통증의 수준을 넘어 거의 무감각 상태가 아닌가 의구심이 들 정도였기 때문이다. 하지만 나는 이보다 더 심한 일도 겪었는걸, 하고 그는 생각했다. 내 오른손은 조금 긁힌 정도에 지나지 않고, 이제 왼손의 쥐도 풀렸어. 두 다리도 끄떡없고. 더구나 식량 문제라면 저놈보다는 내가 훨씬 유리한 입장이고 말이야.

9월이면 늘 그렇듯이 해가 떨어지자마자 바다는 금세 어두워져 캄캄했다. 노인은 이물의 낡은 판자에 몸을 기댄 채 될 수 있는 한 실컷 휴식을 취했다. 첫 별들이 나타났다. 그는 '리겔'[40]성이라는 이름은 알지 못했지만 그 별을 보고 곧 뭇 별들이 떠오르리란 것을 알고 있었다. 그렇게 되면 먼 곳의 친구들을 모두 만나게 되리라.

"하기야 저 고기도 내 친구이긴 하지." 그가 큰 소리로 말했다. "저런 고기는 여태껏 본 적도, 들은 적도 없어.

---

40 오리온자리에서 둘째로 밝은 별. '리겔'은 '발'을 뜻하는 아랍어로 오리온자리의 왼쪽 발 위치에 있기 때문에 그렇게 부른다.

하지만 나는 저놈을 죽여야만 해. 하지만 별들은 죽이지
않아도 되니 다행이지 뭐야."

날마다 사람이 달을 죽이려 해야 한다고 상상해 봐,
하고 노인은 생각했다. 아마 달은 달아나 버리고 말 거야.
하지만 인간이 날마다 해를 죽이려 해야 한다고 상상해 봐.
우리는 운 좋게 태어난 거야, 그는 생각했다.

그렇게 생각하니 노인은 아무것도 먹지 못한 큰
고기가 왠지 불쌍하다는 생각이 들었다. 그러나 비록
연민의 정을 느낄지라도 고기를 죽이겠다는 결심은 조금도
줄어들지 않았다. 저놈을 잡으면 얼마나 많은 사람의 배를
채울 수 있겠는가, 하고 그는 생각했다. 하지만 그들이 저
고기를 먹을 만한 자격이 있을까? 아냐, 그럴 자격이 없어.
저렇게도 당당한 거동, 저런 위엄을 보면 저놈을 먹을
자격이 있는 인간이란 단 한 사람도 없어.

난 이런 일들에 대해선 잘 몰라, 하고 노인은 생각했다.
하지만 해나 달이나 별을 죽이려고 할 필요가 없다는 건
정말로 다행스러운 일이야. 바닷가에서 살아가면서 우리의
진정한 형제들을 죽이는 것만으로 충분해.

자, 이제는 항력(抗力)에 대해 생각해야 돼, 하고 그는
생각했다. 물론 거기엔 위험도 따르지만 좋은 점도 있지.
만약 저놈이 안간힘을 쓰고 노를 묶어 만든 항력이 제대로
작동해 배가 가벼움을 잃는다면, 나는 줄을 너무 풀어

줘야 해서 저놈을 놓치게 될지도 몰라. 또 배가 가벼워지면
저놈이나 나나 고통을 연장하는 꼴이 되고 말 거야.
하지만 저놈이 전에 없이 굉장한 속력을 내고 있는 이상,
나로서는 오히려 안전한 셈이지. 어떤 일이 생기든지 간에
만새기가 상하지 않도록 내장을 빼내고 조금 먹고 기운을
돋워야겠는걸.

한 시간쯤 더 휴식을 취하고 저놈이 그때까지도
지치지 않았으면 고물 쪽으로 돌아가 그 일을 하면서
결심하도록 하자. 그러는 동안 고기 놈이 어떻게 나올지,
어떻게 변할지 알 수 있을 게야. 노를 배에다 잡아매어 둔
것은 좋은 계략이었어. 하지만 이제는 무엇보다 안전을
먼저 생각할 때야. 어쨌든 저놈은 여전히 팔팔한 데다
주둥이 한쪽 구석에 낚싯바늘이 꽂혀 있는데도 입을 꽉
다물고 있는 걸 내 눈으로 봤으니까. 낚싯바늘에 걸리는
건 고통치고는 아무것도 아니지. 중요한 건 배가 고프다는
것, 또 저놈이 자신도 알 수 없는 그 뭣과 싸우고 있다는
사실이지. 여보게, 늙은이, 지금은 좀 푹 쉬어 두게나.
그리고 다음 일거리가 생길 때까지는 저놈을 그냥 내버려
두게나.

노인은 족히 두 시간은 휴식을 취했다. 늦도록 달이
떠오르지 않아서 시간을 알아낼 방법이 없었다. 더구나
다른 때와 비교하여 푹 쉬었다는 것이지 완전히 휴식을

취한 것도 아니었다. 노인은 고기가 끌고 가는 힘을 여전히 어깨로 지탱하고 있었지만 왼손으로 이물의 뱃전을 잡고 고기의 무게를 조금씩 배 자체에 맡기려고 애썼다.

만약 낚싯줄을 고정시킬 수만 있다면 참으로 일이 간단할 텐데, 하고 그는 생각했다. 하지만 그랬다간 저놈이 갑자기 조금이라도 몸부림칠 경우 줄이 끊어질 수도 있지. 줄을 잡아당기는 힘을 내 몸으로 지탱하면서 언제든지 두 손으로 줄을 풀어 줄 수 있도록 준비하고 있어야 해.

"하지만 이 늙은이야, 자네는 아직껏 한숨도 눈을 붙이지 않았잖은가." 그가 큰 소리로 말했다. "반나절과 하룻밤, 또 하루가 지났는데도 잠 한숨 못 잤잖아. 고기 놈이 얌전하게 있는 동안 어떻게 해서든지 조금이라도 눈을 붙일 궁리를 해야겠는걸. 잠을 자지 않으면 머리가 흐리멍덩해질지도 몰라."[41]

머릿속은 충분히 맑아, 하고 노인은 생각했다. 너무나 맑아서 탈이지. 나와 형제 사이인 별처럼 맑아. 하지만 잠은 역시 자야 해. 별도 잠을 자고 달과 해도 잠을 자지 않는가. 심지어는 해류가 없는 아주 조용한 날이면 드넓은

---

41 이 장면에서 작가는 '잠'이나 '잠을 자다'라는 말을 의도적으로 되풀이해 사용하고 있다. 헤밍웨이는 특수한 효과를 자아내기 위해 동일한 어휘나 어구를 반복하는 것에 대해 거트루드 스타인과 이야기를 나누곤 했다.

바다도 가끔 잠들 때가 있지.

　그러니까 잠을 자는 걸 잊어선 안 돼, 하고 그는
생각했다. 억지로라도 잠을 자고, 낚싯줄에 대해서는
단순하고도 확실한 방법을 강구해 두기로 하자. 자, 이제
고물 쪽으로 돌아가서 만새기나 처리하자. 만약 잠을 잔다
해도 노를 고물에다 붙들어 매어 장애물로 사용하는 건
너무 위험한 짓이야.

　난 잠을 자지 않고서도 견딜 수 있어, 하고 그는
혼잣말을 했다. 하지만 그건 너무 위험천만한 짓이야.

　노인은 고기에게 갑작스러운 충격을 주지 않으려고
손과 무릎으로 조심스럽게 살금살금 기어서 고물 쪽으로
되돌아갔다. 어쩌면 저 고기 놈도 선잠을 자고 있는지도
모르지, 하고 그는 생각했다. 하지만 저놈이 잠을 자게
해서는 안 돼. 죽을 때까지 배를 끌게 해야 해.

　고물 쪽으로 되돌아간 노인은 몸을 돌려 왼손으로
어깨를 옥죄고 있는 낚싯줄을 잡고는 오른손으로
칼집에서 칼을 뽑았다. 벌써 하늘에는 별이 총총 떠 있어
만새기가 똑똑히 보였다. 그는 만새기의 대가리에 칼을
찔러 고물 밑에서 끌어냈다. 한쪽 발로 고기를 누르고
항문에서 아래턱 끄트머리까지 단칼에 죽 갈랐다. 그러고
나서 칼을 내려놓고 오른손으로 내장을 뽑아내고 속을
깨끗이 긁어내고 아가미까지 떼어 냈다. 그놈의 밥통을

손에 드니 묵직하고 미끈거렸다. 배를 갈라 보니 날치
두 마리가 들어 있었다. 아직 싱싱하고 살이 단단한
날치를 옆에 나란히 치워 놓고 만새기의 내장과 아가미를
고물 너머로 던져 버렸다. 이것들은 인광을 발하면서
길게 꼬리를 늘어뜨리고 바닷물 깊숙이 가라앉았다.
이제 차가워진 만새기는 별빛 아래서 문둥병 환자처럼
희끄무레하게 보였다. 노인은 오른발로 고기의 대가리를
누르고 한쪽 옆구리의 껍질을 벗겼다. 그러고 나서 고기를
뒤집어 반대쪽 껍질을 벗기고는 대가리에서 꽁지까지 칼로
양쪽을 잘라 냈다.

노인은 만새기 잔해를 뱃전 너머로 슬쩍 미끄러뜨려
떨어뜨리고 물속에서 소용돌이가 일어나는지 지켜보았다.
그러나 빛을 내면서 천천히 가라앉을 뿐이었다. 그는
몸을 돌려 두 쪽의 고기 조각 사이에 날치 두 마리를 끼워
두고 칼집에 칼을 집어넣은 뒤 천천히 뱃머리 쪽으로
되돌아갔다. 어깨를 가로지른 낚싯줄의 무게 때문에 그의
등은 꾸부정하게 굽어 있었고, 오른손에는 고기가 들려
있었다.

이물로 돌아온 노인은 만새기의 고기 조각 두 개를
나무판자 위에 가지런히 놓고 그 옆에 날치를 놓았다.
그러고 나서 어깨에 메고 있는 낚싯줄의 위치를 바꾸고,
뱃전에 얹어 놓고 있던 왼손으로 그 줄을 다시 꽉

움켜잡았다. 그런 뒤 그는 뱃전 너머로 몸을 기울이고
날치를 씻으면서 손에 느껴지는 물의 속도를 주의 깊게
헤아려 보았다. 만새기의 껍질을 벗긴 손은 인광을 내뿜고
있었고, 그는 손에 와 닿는 물의 흐름을 지켜보았다.
물살은 아까보다 약해졌고, 뱃전 바깥에 손 옆쪽을
문지르자 인광이 떨어져 고물 쪽으로 천천히 흘러갔다.

　"저놈도 아마 지쳤거나, 아니면 쉬고 있을 거야. 자,
그럼 나도 이 만새기나 먹고 좀 쉬고 잠이나 한숨 청해
볼까." 노인이 혼자 중얼거렸다.

　별이 총총한 하늘 아래서 점점 추워지는 밤의 냉기를
느끼며 그는 만새기의 고깃점 절반을 먹고, 날치 한 마리를
내장을 빼고 대가리를 잘라 버리고서 먹었다.

　"만새기는 제대로 요리해서 먹으면 정말 맛있는
생선이지. 하지만 날로 먹으니 정말 맛대가리가 없군.
이다음에 배를 탈 때는 꼭 소금이나 라임을 갖고
타야겠는걸." 그가 말했다.

　조금만 머리를 써서 이물 쪽 널빤지에 바닷물을 뿌려
두었더라면 그것이 말라 소금이 될 수도 있었을 텐데,
하고 노인은 생각했다. 하지만 만새기를 낚아 올린 것은
거의 해가 기울 무렵이었어. 그렇기는 해도 역시 준비
부족이라고 할 수밖에 없지 뭐야. 어쨌든 고기를 꼭꼭 잘
씹어 먹었더니 구역질이 나지 않는군.

동쪽 하늘로 점점 구름이 몰려오면서 그가 알고 있는 별이 하나둘 사라져 버렸다. 그는 마치 거대한 구름의 골짜기 속으로 들어가는 것 같았고, 바람은 이제 완전히 멎어 있었다.

"사나흘 지나면 날씨가 나빠지겠는걸. 하지만 오늘 밤과 내일은 괜찮을 거야. 자, 늙은이, 고기가 조용하고 얌전히 있는 동안 잠잘 준비나 하시지." 그가 말했다.

노인은 오른손으로 낚싯줄을 꽉 잡고 그 위를 허벅다리로 힘껏 누르고는 온몸의 무게를 이물의 널빤지에다 맡겼다. 그러고 나서 어깨 위의 줄을 조금 아래쪽으로 낮추고 왼손으로 그것을 버팀대처럼 떠받쳤다.

낚싯줄이 팽팽하게 죄여 있는 동안에는 오른손으로 줄을 잡을 수 있겠지, 하고 그는 생각했다. 만약 잠을 자는 동안 줄이 느슨해지면 줄이 풀려 나가면서 왼손이 나를 깨워 줄 거야. 오른손으로서는 힘이 드는 일이겠지만. 하지만 오른손은 힘든 일에 익숙해졌어. 이삼십 분만 눈을 붙여도 좋을 텐데. 그는 몸 전체를 낚싯줄에 기대고 앞으로 웅크린 자세로 오른손에 온몸의 무게를 맡긴 채 잠이 들었다.

노인은 사자 꿈을 꾸지는 않았으나 그 대신 13킬로미터에서 16킬로미터가량 퍼져 큰 무리를 이룬 돌고래 꿈을 꾸었다. 마침 교미기라 돌고래들은 공중으로

높이 뛰어올랐다가는 뛰어오를 때 수면에 만들어 놓은
구멍 속으로 다시 떨어지곤 했다.

　　그러고 나서 노인은 마을의 자기 침대에 누워 있는
꿈을 꾸었다. 북풍이 불어닥쳐서 몹시 추웠고, 꿈속에서는
베개 대신 오른팔을 베고 자고 있었기 때문에 오른팔이
저렸다.

　　그런 다음 노인은 길게 뻗은 노란 해변이 나오는
꿈을 꾸기 시작했는데 처음에 사자 한 마리가 이른 새벽
어두컴컴한 바닷가로 내려오더니, 이어 다른 사자들도
뒤따라 나타나기 시작했다. 그가 탄 배가 뭍에서 불어오는
저녁 미풍을 받으며 닻을 내리고 있었고, 그는 이물의
널빤지에 턱을 괴고 있었다. 더 많은 사자가 나타나지는
않는지 보려고 기다리는 동안 그는 기분이 자못 흐뭇했다.

　　달이 뜬 지 이미 오래되었는데도 노인은 여전히 잠을
자고 있었다. 고기는 계속 유유히 낚싯줄을 끌고 헤엄치고
있었고, 배는 구름의 터널 속으로 미끄러져 들어가고
있었다.

　　노인은 오른 주먹이 홱 얼굴을 치고 오른 손바닥이
화끈할 정도로 줄이 풀려 나가는 바람에 갑자기 잠에서
깨었다. 왼손에는 아무런 감각이 없었지만 그는 오른손에
온 힘을 집중하여 줄을 멈추려고 했다. 그러나 줄은 무서운
속도로 풀려 나갔다. 마침내 왼손도 줄을 찾아서 잡았고,

그는 몸을 뒤로 젖혀 등의 힘으로 줄을 멈추려고 했지만, 등과 왼손이 달아오르는 것처럼 뜨거웠고, 온 힘을 다해 줄을 잡는 바람에 왼손에 심하게 상처가 났다. 그는 몸을 돌려 감아 놓은 예비 줄을 보았는데 그 줄도 술술 풀려 나가고 있었다. 바로 그때 고기가 요란한 소리를 내며 물 위로 뛰어올랐다가 첨벙 하는 소리를 내며 다시 물속으로 떨어졌다. 그러더니 고기는 몇 번이나 뛰어올랐으며, 줄이 계속 풀려 나가고 있는데도 배는 여전히 무서운 힘으로 달리고 있었다. 노인은 줄이 끊어지려는 순간까지 몇 번이나 되풀이해서 줄을 팽팽하게 잡아당겼다. 그는 뱃머리 쪽으로 바싹 끌려가 만새기의 고깃점 위로 넘어졌고 얼굴이 파묻힌 채 꼼짝달싹할 수 없었다.

이렇게 되기를 기다렸던 거야, 하고 노인은 생각했다. 그러니 이제 당당하게 사태를 받아들여야지.

저놈에게 낚싯줄 값을 치르게 해야겠구나, 하고 그는 생각했다. 꼭 그 값을 치르게 해야 하고말고.

노인한테는 고기가 뛰어오르는 모습은 보이지 않고 다만 바다가 갈라지는 소리와 고기가 물속으로 떨어지며 첨벙 하고 내는 소리만 들릴 뿐이었다. 낚싯줄이 풀려 나가는 속도 때문에 손에 큰 상처가 났지만 이런 일이 일어나리란 것은 진작부터 각오하고 있었다. 그는 손의 못이 박인 부분에만 줄이 닿도록 하면서 더 이상 줄이 손바닥을 파고들거나 손가락을 베지 않도록 했다.

만약 그 애가 옆에 있었더라면 감아 둔 낚싯줄에 물을
축여 줄 텐데, 하고 그는 생각했다. 암, 그렇고말고. 그
애가 옆에 있어 주었더라면. 만약 그 애가 옆에 있었더라면
말이야.

줄은 잇따라 풀려 나가고 있었지만 이제 속도는
점점 떨어지고 있었고, 노인은 고기가 한 치라도 더 줄을
끌고 나가는 데 힘이 들도록 만들고 있었다. 이제 그는
판자로부터, 뺨 밑에 눌려 있던 만새기 고깃점으로부터
머리를 쳐들었다. 그러고 나서 무릎을 꿇고 천천히
일어섰다. 여전히 줄을 풀어 주고 있었지만 속도는
조금씩 늦추고 있었다. 그는 눈에 보이지 않는 낚싯줄을
발로 더듬을 수 있는 곳으로 되돌아갔다. 아직도 줄은
넉넉했고, 이제 고기는 물속으로 새로 풀려 나간 줄의
무게까지 감당하며 끌어야만 했다.

그렇지, 하고 노인은 생각했다. 저놈은 이제 열두세
번 넘게 물 위로 뛰어오르면서 등줄기를 따라 있는 부레
속에 공기를 가득 채웠단 말이야. 그러니 이제 저놈은 내가
끌어올릴 수 없는 깊은 바닷속으로 가라앉아 죽지는 않을
거야. 저놈은 이제 곧 빙글빙글 원을 그리며 돌기 시작할
테니까, 그때 내가 손을 써야지. 그런데 뭣 때문에 저놈이
그렇게 날뛰었을까? 배가 고파서 발작한 것일까, 아니면

어둠 속에서 뭔가를 보고 겁을 집어먹은 것일까? 어쩌면 갑자기 겁을 집어먹었기 때문일지 몰라. 하지만 그렇게도 침착하고 힘센 고기였는데. 공포 따위는 느낄 리가 없고, 또 꽤나 자신만만한 놈 같았는데 말이야. 참으로 이상한 일이로군.

"이보게, 늙은이, 자네나 두려워하지 말고 자신감을 갖도록 하시지. 자네가 고기를 또다시 장악하고 있긴 하지만, 줄을 잡아당기지는 못하고 있잖아. 하지만 녀석은 이제 곧 빙글빙글 원을 그리며 돌기 시작할 거야." 그가 말했다.

노인은 왼손과 어깨로 고기를 제어하면서 몸을 엎드려 오른손으로 물을 떠다가 얼굴에 달라붙은 만새기의 고깃점을 씻어 냈다. 그대로 놔두었다가는 구역질이 나서 기력을 잃을까 걱정되었기 때문이다. 얼굴을 씻고 난 뒤에는 오른손을 뱃전 너머로 늘어뜨려 헹구고는 짜디짠 바닷물 속에 손을 그대로 담근 채 해가 뜨기 전 희뿌옇게 동이 터 오는 동쪽 하늘을 지켜보았다. 고기 놈은 이제 거의 동쪽을 향해 가고 있군, 하고 그는 생각했다. 그건 놈이 지쳐 해류를 타고 떠내려가고 있다는 증거야. 이제 저놈이 곧 빙글빙글 돌기 시작할 테지. 바로 그때부터 우리의 진짜 싸움이 시작되는 거지.

오른손을 아주 오랫동안 충분히 물속에 담가

두었다고 판단하자 그는 손을 꺼내 살펴보았다.

"별것 아니군. 사나이에게 이깟 고통이 무슨 대수란 말인가." 그가 말했다.

노인은 새로 난 상처에 낚싯줄이 닿지 않도록 조심해서 줄을 쥐고 몸의 중심을 옮긴 다음 이번에는 반대쪽 뱃전 너머로 왼손을 바닷물 속에 담갔다.

"쓸모없는 짓을 하려고 그렇게 형편없이 행동한 건 아니군. 하지만 너를 불러낼 수 없었던 순간도 있었지." 그가 왼손에게 말했다.

왜 나는 두 손을 다 잘 쓰는 양손잡이로 태어나지 못했을까, 하고 노인은 생각했다. 한 손을 제대로 훈련시키지 못한 건 내 잘못일지도 몰라. 배울 기회가 얼마든지 있었다는 건 하느님도 아시지. 하지만 간밤에는 그리 서투르지도 않았고 쥐도 한 번밖에 나지 않았어. 만약 또 쥐가 난다면 낚싯줄에 손이 잘리도록 그냥 내버려 둘 테야.

그런 생각을 하면서도 노인은 자신의 머릿속이 그다지 맑지 않다는 것을 깨닫고 만새기라도 좀 더 씹어 먹어야겠다고 생각했다. 하지만 저건 못 먹겠군, 하고 그는 혼잣말을 했다. 구역질을 해서 기운을 잃어버리는 것보다는 차라리 머릿속이 흐리멍덩해지는 쪽이 그래도 나아. 또 저 고깃점에다 얼굴을 처박고 있었으니 먹어 봤자

토해 낼 게 뻔해. 상하기 전까지 비상용으로 간직해 두기로
하자. 어쨌든 이제 영양분을 섭취해서 기운을 돋우기에는
너무 늦었어. 넌 좀 멍청해, 하고 그는 혼잣말로 지껄였다.
한 마리 남은 날치라도 먹으면 될 게 아냐.

날치는 언제라도 먹을 수 있도록 깨끗하게 준비되어
있었다. 그래서 그는 왼손으로 날치를 집어 입에 넣고는
조심스럽게 뼈를 꼭꼭 씹어 가며 꼬리 있는 데까지 모조리
먹어 치웠다.

날치란 놈은 어떤 고기보다도 영양분이 많지, 하고
노인은 생각했다. 적어도 내게 필요한 자양분 정도는
주거든. 이제 내가 할 수 있는 일은 다 한 셈이군, 하고
그는 또 생각했다. 그럼 이제 고기 놈이 빙글빙글 돌도록
만들어서 싸움을 시작하도록 하자.

노인이 바다에 나온 이후로 해가 세 번째로
솟아오르고 있을 때 고기가 빙글빙글 돌기 시작했다.

노인은 낚싯줄의 경사도만 봐서는 고기가 빙글빙글
돌고 있는지 아닌지 알 수 없었다. 그러기에는 너무 일렀다.
그러나 그는 어렴풋이 줄의 힘이 느슨해진 것을 느끼고
오른손으로 천천히 잡아당기기 시작했다. 줄은 여전히
팽팽했지만 금방이라도 끊어질 듯한 지점에 이르자 갑자기
당겨 오기 시작했다. 그는 어깨와 머리에서 줄을 벗기고는
꾸준하게 그리고 가만가만 잡아당기기 시작했다. 스윙

동작으로 두 손을 사용해 될 수 있는 대로 몸과 다리로
줄을 끌어당기려고 했다. 늙어서 힘이 빠진 두 다리와
어깨가 스윙을 하거나 잡아당기는 동작의 회전축 구실을
했다.

　"엄청나게 큰 원이로구나. 저놈이 지금 회전하는 중인
거야." 그가 말했다.

　마침내 낚싯줄은 더 이상 당겨지지 않았고, 노인은
꽉 움켜잡고 있는 줄에서 물방울이 튕겨 나가면서 아침
햇살을 받아 반짝이는 것을 보았다. 바로 그 순간 갑자기
다시 줄이 풀려 나가기 시작했고, 노인은 무릎을 꿇고
아쉬운 듯 바라보면서 어두운 물속으로 줄이 끌려가도록
그냥 내버려 두었다.

　"놈은 지금 회전하는 원의 가장 먼 쪽을 돌고 있는
거야." 노인이 말했다. 그러니 힘이 닿는 한 줄을 꽉
잡아당기고 있어야 해, 하고 그는 생각했다. 내가 세게
잡아당길 때마다 저놈이 돌고 있는 원이 작아지겠지.
어쩌면 한 시간 안에 저놈의 모습을 볼 수 있을지도 몰라.
이젠 본때를 보여 주고 숨통을 끊어 버려야 해.

　그러나 고기는 계속해서 천천히 선회하고 있었으며,
두 시간 뒤 노인의 온몸은 땀에 흠뻑 젖었고 피로가
뼛속까지 스며들었다. 하지만 고기가 그리는 원은 훨씬
더 작아졌고, 낚싯줄의 경사로 보아 고기가 헤엄치면서

꾸준히 수면으로 올라오고 있다는 사실을 알 수 있었다.

한 시간 전부터 노인의 눈앞에 검은 반점이 어른거렸고, 흐르는 땀 때문에 두 눈이 따가웠으며, 또 눈 위와 이마의 상처가 쓰라렸다. 그는 검은 반점에 대해서는 별로 두려워하지 않았다. 줄을 힘껏 잡아당길 때면 으레 일어나는 현상이었기 때문이다. 그러나 두 번씩이나 눈앞이 아찔해 오면서 현기증을 느끼자 걱정이 되었다.

"이따위 고기하고 맞서다가 죽을 순 없지. 저토록 멋지게 저놈이 다가오고 있으니, 하느님, 제발 버틸 수 있는 힘을 주소서. 주기도문을 100번 외우고, 성모송을 100번이라도 외겠습니다. 물론 지금은 욀 수가 없지만요." 그가 말했다.

그럼 지금은 왼 것으로 해 두자, 하고 그는 생각했다. 나중에 꼭 욀 테니까.

바로 그때 그는 두 손으로 꽉 움켜잡고 있던 낚싯줄이 느닷없이 왈칵 당겨지는 것을 느꼈다. 그 힘은 날카롭고 맹렬했으며 묵직했다.

저놈이 창 같은 주둥이로 철사 목줄을 들이박고 있구나, 하고 그는 생각했다. 그렇게 나올 줄 알았지. 그렇게 하지 않을 수가 없었을 테지. 하지만 그 때문에 뛰어오르게 되는지도 모르겠는걸. 지금으로서는 그대로 빙글빙글 돌기나 해 줬으면 좋겠는데. 공기를 들이마시려면 녀석은 뛰어올라야겠지. 하지만 지금부터는 자꾸 뛰어오를 때마다 낚싯바늘이 박힌 상처가 점점 크게 벌어져 녀석한테서 낚시가 빠져 버릴지도 몰라.

"뛰어오르지 마라, 고기야. 제발 뛰지 마." 노인이 말했다.

고기는 그 뒤에도 몇 차례나 목줄을 더 들이받았고, 고기가 대가리를 흔들 적마다 노인은 줄을 조금씩 풀어 주었다.

저 녀석의 고통을 지금 정도로 유지시켜 줘야 하는데, 하고 노인은 생각했다. 내 고통 같은 건 문제가 아니야. 난 참을 수 있으니까. 하지만 저 녀석은 고통 때문에 미쳐 버릴지도 몰라.

한참 뒤 고기는 더 이상 목줄을 들이받지 않고 또다시 천천히 원을 그리며 맴돌기 시작했다. 이제 노인은 꾸준히 줄을 끌어들이고 있었다. 그러나 또다시 현기증이 나면서 정신이 아찔해졌다. 그는 왼손으로 바닷물을 떠서 머리에 끼얹었다. 그러고 나서 물을 더 떠서 목덜미를 문질렀다.

"이제 쥐가 나지 않는군. 저 녀석은 곧 물 위로 떠오를 테고, 나도 마지막까지 버틸 수 있을 거야. 끝까지 꼭 버텨야 하고말고. 그건 두말하면 잔소리지." 그가 말했다.

노인은 이물에 기대어 무릎을 꿇고 잠깐 동안 다시

등 위로 줄을 슬쩍 젖혔다. 저 녀석이 멀리서 선회하고
있는 지금은 잠시 쉬기로 하자. 그러다가 가까이 다가오면
일어나 싸우기로 하자, 하고 그는 결심했다.

이물 쪽에서 휴식을 취하면서 줄을 감아 들이지 않고
고기가 제멋대로 한 바퀴 돌도록 내버려 두고 싶은 생각이
간절했다. 그러나 줄이 팽팽한 정도로 미루어 보아 고기가
방향을 돌려 배를 향해 다가오고 있는 것을 알 수 있었고
그러자 노인은 자리에서 벌떡 일어나서 자신의 몸을
회전축으로 삼아 돌면서 베를 짜는 듯한 동작으로 고기가
끌고 간 줄을 모두 감아 들이기 시작했다.

아까보다도 훨씬 더 피곤하군, 하고 그는 생각했다.
이제 무역풍이 불어오는구나. 한데 이 바람은 고기를 끌고
가기에는 안성맞춤일 거야. 몹시 기다리던 바람이렸다.

"저 녀석이 또다시 멀리서 선회할 때 쉬어야겠구나.
기분도 훨씬 좋아졌어. 앞으로 저 녀석이 두세 바퀴만 더
돌아 주면 잡을 수 있겠는걸." 그가 말했다.

노인의 밀짚모자는 뒤통수까지 젖혀져 있었다. 고기가
방향을 바꾸는 것이 느껴졌을 때 그는 줄에 끌려 그만
이물 쪽에 털썩 주저앉고 말았다.

고기 양반, 여전히 일을 계속하고 계시군, 하고 그는
생각했다. 자네가 되돌아오면 잡아 버릴 테야.

파도가 꽤 높게 일고 있었다. 그러나 좋은 날씨에만

부는 미풍으로 그가 항구로 돌아가려면 꼭 필요한
바람이었다.

　"배를 남서쪽으로 돌려야겠군. 사람은 바다에선 길을
잃는 일이 없지. 게다가 이곳은 길쭉한 섬이니까 말이야."
그가 말했다.

　노인이 맨 처음 고기의 모습을 본 것은 고기가 세
번째로 선회할 때였다.

　처음 보았을 때는 마치 시커먼 그림자 같았는데, 배
밑을 통과하는 데 시간이 너무 한참 걸리는 바람에 그
길이를 도저히 믿을 수 없을 정도였다.

　"아냐. 녀석이 이렇게까지 클 리가 없어." 그가 말했다.

　그러나 고기는 실제로 그렇게 컸다. 고기는 한 바퀴
다 돌고 난 뒤 배에서 2미터 반이 넘게 떨어진 수면 위에
모습을 드러냈고, 노인은 물 위로 솟아올라 온 그놈의
꼬리를 보았다. 꼬리는 큼직한 낫보다도 훨씬 컸으며,
검푸른 물 위에서 엷은 보랏빛을 띠고 있었다. 꼬리는
약간 뒤쪽으로 비스듬히 기울어 있었는데, 고기가 수면
바로 밑을 헤엄쳐 갈 때 거대한 몸뚱이와 띠를 두른 것
같은 자줏빛 줄무늬가 보였다. 등지느러미는 아래쪽으로
늘어져 있었고, 큼직한 가슴지느러미는 양쪽으로 활짝
펼쳐져 있었다.

　이번에 회전할 때 노인은 고기의 눈구멍을 똑똑히

바라볼 수 있었고, 또 잿빛 빨판상어 두 마리가 그 주위에
바짝 붙어 헤엄치고 있는 것을 볼 수 있었다. 이 상어들은
어떤 때는 고기에 찰싹 붙기도 하고, 어떤 때는 떨어져
나오기도 했다. 그리고 또 어떤 때는 큰 고기의 그늘
속에서 유유히 헤엄치기도 했다. 두 마리 모두 길이가
90센티미터가 넘었고, 빠른 속도로 헤엄칠 때는 마치
뱀장어처럼 온몸을 맹렬하게 흔들어 댔다.

노인은 지금 구슬 같은 땀을 흘리고 있었지만 햇볕
때문만은 아니었다. 고기가 침착하고 얌전하게 회전할
때마다 그는 줄을 끌어당기면서 이제 두 바퀴만 더 돌면
작살을 꽂을 기회가 오리라고 확신했다.

그러나 저 녀석을 가까이, 아주 가까이 끌어와야 해,
하고 그는 생각했다. 대가리를 노릴 것이 아니라 바로
심장을 겨눠야 해.

"이 늙은이야, 침착하고 기운을 내란 말이다." 그가
말했다.

다음 선회 때 고기의 등이 수면 위로 솟아올랐지만,
고기는 아직 배에서 너무 멀리 떨어져 있었다. 그다음 선회
때도 역시 거리는 너무 멀었지만 아까보다는 제법 물 위로
솟아올라 왔다. 노인은 줄을 조금만 더 끌어당기면 고기를
뱃전까지 오게 할 수 있다고 확신했다.

노인은 오래전부터 작살을 준비해 놓고 있었고,

작살에 매어 놓은 가벼운 줄은 둘둘 감아서 둥그런 광주리
안에 넣어 두었다. 그리고 그 끝을 이물의 말뚝에 단단히
매어 놓았다.

고기는 큼직한 꼬리만을 움직이며 무척 조용하고도
아름다운 모습으로 둥글게 맴돌면서 점점 더 가까이
다가오고 있었다. 노인은 고기를 가까이 끌어들이기 위해
있는 힘을 다해 줄을 잡아당기려고 애썼다. 한순간 고기는
약간 옆쪽으로 기우뚱했다. 그러더니 금방 다시 몸을
똑바로 하고 원을 그리기 시작했다.

"내가 저 녀석을 움직이게 건드렸구나. 마침내 저놈을
움직이게 한 거야." 노인이 말했다.

노인은 다시 한번 정신이 아찔해졌지만 혼신의
힘을 다해 큰 고기를 붙잡고 늘어졌다. 내가 저 녀석을
움직였어, 하고 그는 생각했다. 어쩌면 이번에는 저놈을
잡을 수 있을지도 몰라. 손아, 당겨라, 하고 그는 생각했다.
그리고 두 다리야, 끝까지 버텨 다오. 머리야, 너도
마지막까지 나를 위해 잘 견뎌 다오. 나를 위해 견뎌 줘야
해. 넌 지금껏 한 번도 정신을 잃은 적이 없지 않느냐.
이번에야말로 저 녀석을 끌어당기고 말 테다.

그러나 고기가 뱃전에 나란히 와 닿기 전부터
노인은 온 힘을 다해 잡아끌기 시작했지만 고기는 약간
뒤뚱거리더니 다시 몸을 똑바로 하고 도망쳐 버렸다.

"고기야, 이 녀석 고기야, 넌 결국 죽을 수밖에 없는 운명이야. 너도 나를 죽이겠단 말이냐?" 노인이 말했다.

그래 본들 얻는 게 아무것도 없어, 하고 노인은 생각했다. 입속이 바싹 말라 말이 제대로 나오지 않았지만 이제 손을 뻗어 물병을 잡을 기운도 없었다. 이번에는 저놈을 꼭 뱃전에 나란히 끌어다 붙이고 말 거야, 하고 그는 생각했다. 저렇게 계속 돌게 하다가는 내가 견디지 못할 것 같아. 아냐, 그럴 리가 없어, 하고 그는 스스로에게 타일렀다. 난 언제까지나 끄떡없을 거야.

다시 둥글게 원을 그리며 맴돌고 있을 때 노인은 고기를 거의 그의 손아귀에 잡다시피 했다. 그러나 고기는 또다시 몸을 곧추세우고 천천히 헤엄쳐 달아나 버렸다.

고기야, 네놈이 지금 나를 죽이고 있구나, 하고 노인은 생각했다. 하지만 네게도 그럴 권리는 있지. 한데 이 형제야, 난 지금껏 너보다 크고, 너보다 아름답고, 또 너보다 침착하고 고결한 놈은 보지 못했구나. 자, 그럼 이리 와서 나를 죽여 보려무나. 누가 누구를 죽이든 그게 무슨 상관이란 말이냐.

이제 머리가 점점 몽롱해지고 있는걸, 하고 그는 생각했다. 머리를 맑게 해야 해. 머리를 맑게 해서 어떻게 하면 인간답게 고통을 견딜 수 있는지를 알아야 해. 아니면 고기처럼 말이지, 하고 그는 생각했다.

"머리야, 맑아져라. 맑아지란 말이다." 노인은 자신의 귀에도 잘 들리지 않을 정도의 목소리로 말했다.

고기가 두 바퀴 다시 원을 그리며 맴돌았지만 사정은 마찬가지였다.

어떻게 된 일인지 잘 모르겠는걸, 하고 노인은 생각했다. 그는 그럴 때마다 거의 의식을 잃고 기절할 것만 같았다. 참으로 모를 일이야. 하지만 한 번만 더 시도해 봐야지.

노인은 다시 한번 시도해 보았다. 그러나 고기의 방향을 돌려 놓는 순간 그는 또다시 정신이 희미해지는 것을 느꼈다. 고기는 또다시 몸을 곧추세우고 큼직한 꼬리를 공중에서 갈지자로 흔들면서 천천히 헤엄쳐 달아나 버렸다.

다시 한번 해 봐야지, 하고 노인은 마음속으로 다짐했다. 비록 두 손은 힘이 빠져 우뭇가사리처럼 흐물흐물하고, 눈앞이 순간순간 가물가물했지만 말이다.

그는 다시 한번 시도해 보았지만 역시 마찬가지였다. 그렇다면 말이야, 하고 그는 생각했다. 행동으로 옮기기도 전에 그는 의식이 몽롱해지는 것을 느꼈다. 또 한 번 시도해 보자.

노인은 모든 고통과 마지막 남아 있는 힘, 그리고 오래전에 사라진 자부심을 총동원해 고기의 마지막

고통과 맞섰다. 고기는 그의 곁으로 다가와서 주둥이가
뱃전에 닿다시피 한 상태로 부드럽게 헤엄치면서 배 옆을
지나가기 시작했다. 은빛 살갗에 있는 자줏빛 줄무늬는
길고도 깊숙하고 넓게 물속까지 끝없이 이어져 있는
듯했다.

노인은 낚싯줄을 놓고 한쪽 발로 그것을 딛고 서서
작살을 힘껏 높이 치켜들었다가 마지막 힘을 다해, 아니,
그 이상으로, 자신의 가슴 높이까지 솟아오른 고기의
가슴지느러미 바로 뒤쪽 옆구리에 콱 꽂았다. 작살의
날이 고기의 살 속을 뚫고 들어가는 것이 느껴졌고, 그는
작살에 기대어 그것을 더 깊숙이 박고 나서 자신의 온
무게를 실어서 밀어 넣었다.

죽음을 맞은 고기는 갑자기 생기를 되찾은 듯이
수면 위에 길쭉하고 널찍한 몸뚱이와 함께 그 위력과
아름다움을 아낌없이 드러냈다. 배 안에 있는 노인보다도
더 높이 하늘로 치솟아 오르는 것처럼 보였다. 그런 뒤
고기가 첨벙 하고 물속에 떨어지는 바람에 물보라가 일어
노인과 배 위에 왈칵 쏟아져 내렸다.

노인은 의식이 몽롱하고 속이 메스꺼웠고 앞이 잘
보이지 않았다. 그래도 작살의 밧줄을 풀어 생살이 드러난
두 손으로 천천히 밧줄을 내어 주었다. 겨우 앞이 보이기
시작했을 때는 고기가 은빛 배때기를 드러내고 벌렁

자빠진 채 물 위에 떠 있었다. 작살 자루가 고기의 어깨에 비스듬히 꽂혀 불쑥 튀어나와 있었으며, 바다는 고기의 심장에서 뿜어 나오는 피로 온통 새빨갛게 물들고 있었다. 처음에는 깊이가 1킬로미터 반이 넘는 검푸른 바다에 떠 있는 고기 떼처럼 시커멓게 보였다. 그러더니 마침내 구름처럼 퍼져 나갔다. 고기는 은빛을 띠고 조용히 파도와 함께 표류하고 있었다.

노인은 가물거리는 시선으로 조심스럽게 바라보았다. 그러고 나서 작살의 밧줄을 이물 말뚝에 두 번 감아 놓고는 두 손으로 머리를 감쌌다.

"정신 차려야 해." 그는 이물 쪽 널빤지에 몸을 기대면서 말했다. "난 지쳐 버린 늙은이야. 하지만 난 내 형제인 이 고기를 죽였고, 이제부터는 노예처럼 더러운 노동을 시작해야 한다."

이제 올가미와 밧줄을 준비해서 저놈을 뱃전에 꼭 묶어 놓아야지, 하고 노인은 생각했다. 비록 지금은 우리 둘뿐이라 해도 무리하게 저놈을 배에 실었다간 배가 가라앉고 말 거야. 배 안에 고이는 물을 퍼낸다고 해도 말이지. 만반의 준비를 갖추고 난 뒤 저놈을 배에 잘 붙들어 매고, 돛대를 세워 돛을 올리고 항구로 돌아가는 수밖에 없어.

노인은 뱃전으로 고기를 끌어당겨 아가미에서

아가리로 밧줄을 꿰어서 대가리를 이물 옆에다 꼭 붙들어
매 놓기 시작했다. 이놈을 직접 똑똑히 보고 만지고
더듬어 보고 싶구나, 하고 그는 생각했다. 이놈은 내
재산이니까 말이야, 하고 그는 또 생각했다. 하지만 이놈을
만져 보고 싶은 건 그 때문만은 아냐. 난 이놈의 심장을
만져 본 것 같기도 해, 하고 그는 생각했다. 작살을 두
번째로 찔렀을 때였어. 자, 이제 이놈을 바싹 잡아당겨
꼬리와 배에 올가미를 하나씩 씌우고 단단히 배에 붙들어
매어야겠구나.

  "이 늙은이야, 어서 일을 시작하시지." 그가 말했다.
그러고는 물을 조금 마셨다. "싸움이 끝나고 나니 이제
노예처럼 뼈 빠지게 해야 할 일이 잔뜩 기다리고 있군."

  노인은 하늘을 올려다보고 나서 다시 고기한테로
눈을 돌렸다. 그리고 조심스럽게 해를 쳐다보았다. 정오가
지난 지 그렇게 오래지 않았군, 하고 그는 생각했다.
무역풍이 불어오고 있었다. 이제 낚싯줄 같은 건 아무래도
상관없어. 집으로 돌아가거든 그 아이와 함께 둘이서 다시
꼬아 이으면 돼.

  "자, 이리 온, 고기야." 그가 말했다. 그러나 고기는
오지 않았다. 그 대신 벌렁 누운 채 물 위에 둥실 떠 있어
노인이 배를 저어 고기 쪽으로 다가갔다.

  고기 옆에 배를 대고 고기 대가리를 배의 이물에다

붙들어 맬 때, 노인은 고기의 크기가 좀처럼 믿어지지
않았다. 그러나 그는 작살 밧줄을 말뚝에서 풀어 그것을
고기의 아가미로 넣어 턱으로 빼내고, 칼날처럼 뾰족한
주둥이를 한 번 감은 뒤 다시 다른 쪽 아가미로 꿰어서
주둥이를 또 한 번 감고 그 끝을 두 겹으로 얽어매어 이물
쪽 말뚝에 단단히 붙들어 맸다. 그러고 나서 그는 밧줄을
끊어 꼬리를 매려고 고물 쪽으로 갔다. 본디 자줏빛과
은빛이 뒤섞여 있던 고기 색깔은 이제 순전한 은빛으로
변해 있었고, 줄무늬는 꼬리와 똑같은 엷은 보랏빛을
띠고 있었다. 줄무늬의 폭은 손가락을 활짝 편 어른의
손바닥만큼 넓었으며, 눈은 잠망경의 반사경처럼, 행렬에
끼어 걸어가는 성자(聖者)의 눈처럼 초연했다.

　"그 방법으로밖에는 그놈을 죽일 수 없었어." 노인이
말했다. 물을 마시고 나자 그는 훨씬 기분이 좋아졌다.
기절할 것 같지도 않았고, 머리도 맑아졌다. 보아하니
700킬로그램은 될 것 같군, 하고 그는 생각했다. 어쩌면
더 나갈지도 몰라. 3분의 2만 고기로 만들어 450그램에
30센트씩 받는다면?

　"계산을 하자면 연필이 필요한데. 그걸 계산할 만큼
내 머리가 맑지 않아." 그가 말했다. "하지만 그 훌륭한
디마지오 선수도 오늘 내가 한 일을 자랑스럽게 여길
거야. 물론 난 발뒤꿈치에 뼈돌기는 없었지. 하지만 손과

등은 정말로 아팠거든." 발뒤꿈치에 생기는 뼈돌기라는
게 도대체 어떤 걸까, 하고 그는 생각했다. 깨닫지 못해서
그렇지 어쩌면 우리한테도 그런 게 있을지도 몰라.

노인은 고기를 고물과 이물 그리고 배 중앙부의
가로대에 단단히 붙들어 맸다. 고기가 너무 커서 훨씬 큰
배 한 척을 나란히 갖다 붙여 놓은 것 같았다. 입이 열리지
않도록 그는 줄을 한 가닥 끊어 고기의 아래턱을 주둥이에
잡아맸다. 그렇게 해야만 배가 그런대로 순조롭게 달릴
수 있기 때문이다. 그러고 나서 돛대를 세우고 갈고리대인
막대기와 활대를 장치하고 누덕누덕 기운 돛을 활짝
펴자 배가 움직이기 시작했다. 그는 고물에 반쯤 누운 채
남서쪽으로 방향을 잡았다.

노인에게는 남서쪽이 어느 쪽인지 알아내는 데
나침반이 필요 없었다. 무역풍이 와 닿는 감촉과 돛이
펴지는 상태만으로도 충분했다. 짤막한 낚싯줄에 후림
미끼라도 달아서 뭐라도 잡아 배를 채우고 목을 축이는
게 좋겠는걸. 그러나 후림 미끼를 찾을 수 없었고, 잡아
놓은 정어리는 벌써 썩어서 쓸 수 없게 되었다. 그래서
그는 할 수 없이 물 위에 떠 있는 누런 모자반류 해초를
갈고리대로 건져 올려 뱃바닥에 대고 툭툭 털어 그 속에
들어 있는 잔 새우가 떨어지도록 했다. 열두어 마리도
넘는 새우들이 마치 모래 벼룩처럼 팔딱팔딱 뛰었다.

노인은 엄지손가락과 집게손가락으로 새우 대가리를 잘라 내고 껍질과 꼬리까지 통째로 씹어 먹었다. 매우 작지만 자양분이 많고 맛이 좋다는 것을 그는 잘 알고 있었다.

노인의 물병에는 아직 두 번 마실 물이 남아 있었는데, 새우를 먹고 나서 한 번 마실 물의 반을 마셨다. 무거운 짐을 실은 배치고는 꽤 잘 달리고 있는 편이었고, 그는 키 손잡이를 겨드랑이에 끼우고 방향을 잡았다. 고기의 모습이 잘 보였다. 그는 두 손을 펴 보고 고물에 기댄 등의 감촉을 느끼고 나서야 비로소 이것이 꿈이 아니라 정말로 일어난 현실이라는 것을 깨달았다. 고기와의 싸움이 끝날 무렵 몹시 피로하고 의식이 아물거렸을 때, 그는 혹시 꿈을 꾸고 있는 것이 아닐까 하고 생각했었다. 고기가 물 위로 뛰어올라 물속으로 떨어지기 직전 공중에 움직이지 않고 떠 있는 모습을 본 순간, 그는 무슨 기적 같은 일이 일어난 거라 생각했고, 도저히 그 광경을 믿을 수 없었다. 지금은 잘 보이지만 그때는 눈도 잘 보이지 않았던 것이다.

이제 노인은 실제로 고기가 있는 데다 자신의 손과 등이 아파서 꿈이 아니라는 사실을 잘 알고 있었다. 두 손의 상처는 곧 낫겠지, 하고 그는 생각했다. 피를 깨끗이 닦아 냈으니 소금물이 낫게 해 줄 거야. 만의

깊은 바닷물보다 더 좋은 약은 없지. 이제 나는 오직
정신을 똑바로 차리고 있기만 하면 되는 거야. 두 손은
할 일을 모두 잘 끝냈고, 우리는 지금 무사히 항구로
돌아가는 중이야. 고기는 아가리를 굳게 다물고 꼬리를
꼿꼿이 아래위로 흔들면서 우리는 지금 마치 형제처럼
항해하고 있지 않은가. 그런데 그때 노인의 머리가 다시
약간 흐려지기 시작했다. 고기가 나를 데려가고 있는
건가, 아니면 내가 고기를 데려가고 있는 건가, 하고 그는
생각했다. 만약 내가 고기를 뒤에 두고 끌고 가고 있는
것이라면 아무런 문제가 없어. 고기 놈이 모든 위엄을
잃어버린 채 지금 배 안에 있다고 해도 역시 아무런 문제가
없지. 하지만 고기와 배는 지금 서로 묶인 채 나란히
항해하는 중이야. 만약 고기 놈이 나를 데리고 가는
거라면 그렇게 하라지, 하고 그는 생각했다. 나는 꾀가
있어 저놈보다 나은 것일 뿐 저놈은 내게 아무런 적의도
품고 있지 않았거든.

그들은 순조롭게 항해를 계속했고, 노인은 두 손을
소금물에 적시면서 정신을 똑바로 차리려고 애썼다. 하늘
높이 뭉게구름이 떠 있고 그 위에 엷은 새털구름이 많이
떠 있었는데 노인은 이것이 밤새도록 미풍이 불어 댈
징조임을 알고 있었다. 그는 그것이 꿈이 아닌 현실이라는
것을 확인이라도 하려는 듯이 줄곧 고기를 바라보았다.

최초의 상어가 습격해 온 것은 그로부터 한 시간 뒤의
일이었다.

상어는 우연히 나타난 것이 아니었다. 먹구름 같은
시꺼먼 피가 1킬로미터 반쯤 되는 깊은 바다 속으로
조용히 퍼져 나갔을 때부터 상어는 이미 심연에서
위쪽으로 올라왔던 것이다. 상어는 무섭게도 빨리, 아무런
거리낌 없이 올라와 푸른 수면을 가르고 햇살 속에 몸을
드러냈다. 그런 뒤에 다시 바다 속으로 들어가 피 냄새를
맡으며 배와 고기가 가고 있던 항로를 따라 헤엄치기
시작했다.

상어는 가끔 냄새를 놓쳐 버리기도 했다. 그러나 이내
냄새를 찾아내고 아무리 희미한 기미라도 발견해 내어
빠른 속도로 맹렬히 배를 뒤쫓아 왔다. 덩치가 아주 큰
마코상어[42]로 바다에서는 가장 빨리 헤엄칠 수 있는 놈인
데다 주둥이를 제외하고는 나무랄 데 없이 아름답게 생긴
놈이었다. 등은 황새치처럼 푸르고, 배때기는 은빛을
띠며, 가죽은 매끈하고 아름다웠다. 지금 수면 아래에서
높다란 등지느러미를 조금도 움직이지 않고 칼날처럼
물을 가르듯 빠르게 헤엄치는데, 꽉 다문 큼직한 주둥이를
빼놓고는 형태가 일반 황새치와 비슷했다. 이중으로 된

42　청상아리라고 부르는 상어의 일종.

입술 안쪽에는 이빨 여덟 줄이 안쪽으로 비스듬히 박혀
있었다. 대부분의 상어처럼 피라미드 모양의 이빨이
아니었다. 사람 손가락을 매 발톱처럼 오그린 모양을 하고
있었다. 노인의 손가락 길이만 한 이빨은 양쪽 가장자리가
마치 면도날처럼 날카롭게 날이 서 있었다. 바다에 사는
고기라면 어떤 고기든지 모조리 잡아먹을 것같이 생겼고,
속력이나 힘이나 무기 면에서 다른 고기들은 도저히
이놈을 당해 낼 재간이 없었다. 지금 그런 놈이 좀 더
신선한 피 냄새를 맡고 푸른 지느러미로 속력을 내며 휙휙
물을 가르고 있었다.

　　노인은 이놈이 다가오는 것을 보았을 때, 바다에서는
아무것도 두려운 것이 없고 하고 싶은 대로 해치우는
상어라는 것을 알았다. 상어가 다가오는 것을 지켜보면서
작살을 준비하고 밧줄을 단단히 묶었다. 그러나 고기를
배에 붙들어 매느라고 끊어 썼기 때문에 밧줄은 그만큼
짧았다.

　　이제 노인의 머리는 맑을 대로 맑아졌고 단호한
결의로 흘러 넘쳤지만 희망은 별로 없었다. 좋은 일이란
오래가지 않는 법이거든, 하고 그는 생각했다. 그는
상어가 가까이 다가오는 것을 지켜보면서 큰 고기를 힐끗
바라보았다. 차라리 꿈이었으면 좋았을걸, 하고 그는
생각했다. 상어가 공격해 오는 걸 막을 수는 없지만 혹시

해치울 수 있을지는 몰라. 에잇 '덴투소'[43] 놈, 하고 그는
생각했다. 빌어먹을 놈의 자식 같으니.

상어는 날쌔게 고물 쪽으로 다가왔고, 그놈이 큰
고기를 공격했을 때 노인은 쩍 벌린 아가리와 이상야릇한
눈알, 그리고 이빨을 쩔꺽거리면서 큰 고기의 꼬리 바로 위
부분을 물어뜯는 것을 보았다. 상어의 대가리가 물 밖으로
불쑥 올라오고 등허리도 물 위로 드러났다. 큰 고기의
껍질과 살점이 뜯기는 소리가 들릴 때, 노인은 대가리를
겨누어 두 눈을 잇는 선과 코에서 등허리로 똑바로 뻗어
나간 선이 교차하는 지점에다 작살을 푹 찔러 넣었다.
물론 상어에게 그런 선이 있을 리는 없었다. 다만 큼직하고
뾰족한 푸른 대가리며 커다란 눈알이며 짤깍 소리를
내면서 뭣이든 삼켜 버리는 불쑥 튀어나온 주둥이가
있을 뿐이었다. 그러나 노인은 그곳이 상어의 골이 들어
있는 부위임을 알고 바로 그곳을 찌른 것이었다. 피가
묻어 진득거리는 두 손으로 있는 힘을 다해 믿음직스러운
작살을 그곳에 내리꽂았다. 희망은 없었지만 단호한
결의와 가차 없는 적의를 품고 내리찍었던 것이다.

상어는 한 바퀴 뒹굴었고 노인은 상어의 눈알에
이제 더 이상 생기가 없다는 것을 알아차렸다. 상어는

---

43 '뾰족한 이빨'을 뜻하는 스페인어. 여기서는 마코상어를 가리킨다.

다시 한번 뒤집히면서 제 몸을 두 번이나 밧줄로 감아
버렸다. 노인은 상어가 죽었다는 것을 알았지만 상어는
자신의 죽음을 인정하려 들지 않았다. 배때기를 드러내고
벌렁 뒤집힌 채 상어는 꼬리로 물을 치고 주둥이를
딸깍거리면서 마치 쾌속정처럼 파도를 가르고 앞으로
나아갔다. 꼬리로 수면을 후려칠 때마다 하얀 물보라가
일었고, 밧줄이 팽팽해지면서 바르르 떨다가 그만 뚝
끊어져 버리자 몸뚱이의 4분의 3쯤이 물 밖으로 드러났다.
잠시 동안 상어는 수면 위에 조용히 떠 있었고, 노인은 그
모습을 지켜보았다. 이윽고 상어는 아주 천천히 물속으로
가라앉아 버렸다.

　"저놈이 20킬로그램쯤은 뜯어 갔겠는걸." 노인이 큰
소리로 중얼거렸다. 내 작살이랑 밧줄도 고스란히 가져가
버리고 말았어, 하고 그는 생각했다. 내 큰 고기가 또다시
피를 흘리고 있으니 다른 상어 떼가 몰려오겠지.

　노인은 몸뚱이가 뜯겨 성하지 않게 되어 버린 고기를
이제 더 이상 바라보고 싶지가 않았다. 고기가 습격을
받았을 때 마치 자신이 습격받는 듯한 느낌이 들었다.

　하지만 나는 내 고기를 공격한 상어를 죽였어, 하고
노인은 생각했다. 또한 놈은 내가 지금껏 봐 온 것 중에서
가장 큰 덴투소였어. 정말이지, 지금까지 큰 상어 놈들을
많이 보아 왔지만 말이야.

좋은 일이란 오래가는 법이 없구나, 하고 그는
생각했다. 차라리 이게 한낱 꿈이었더라면 얼마나 좋을까.
이 고기는 잡은 적도 없고, 지금 이 순간 침대에 신문지를
깔고 혼자 누워 있다면 얼마나 좋을까.

"하지만 인간은 패배하도록 창조된 게 아니야." 그가
말했다. "인간은 파멸당할 수는 있을지 몰라도 패배할
수는 없어." 하지만 고기를 죽여서 정말 안됐지 뭐야, 하고
그는 생각했다. 이제부터 정말 어려운 일이 닥쳐올 텐데
난 작살조차 갖고 있지 않으니. 덴투소란 놈은 무척이나
잔인하고 힘이 센 데다가 머리도 좋지. 하지만 그놈보다야
내가 더 똑똑하지. 아냐, 어쩌면 그렇지 않을는지도 몰라,
하고 그는 생각했다. 그놈보다 어쩌면 내가 좀 더 좋은
무기를 갖추고 있을 뿐인지도 몰라.

"이보게, 늙은이, 너무 생각하지 말게. 이대로 곧장
배를 몰다가 불운이 닥치면 그때 맞서 싸우시지." 그가 큰
소리로 말했다.

하지만 난 생각을 해야 해, 하고 그는 생각했다.
내게 남아 있는 것이라고는 생각하는 일밖에 없으니까.
생각하는 일하고 야구밖에 뭐가 있는가. 그런데 저 훌륭한
디마지오 선수는 내가 상어의 골통을 내리찍은 솜씨를
어떻게 생각할까? 그야 대단한 솜씨라고는 할 수 없지만,
하고 그는 생각했다. 그 정도라면 누구라도 할 수 있으니까.

하지만 내 손이 발뒤꿈치의 뼈돌기처럼 그렇게 불리한
조건이었을까? 나로서는 알 수 없는 일이지. 헤엄을 치다가
가오리를 밟아 침에 찔려 아래쪽 다리가 마비되고 참을 수
없을 만큼 아팠던 적을 제외하고는 발에 이상이 있어 본
적이 한 번도 없었거든.

"이 늙은이야, 뭔가 좀 유쾌한 일을 생각해 봐. 이제는
시시각각 집으로 가까이 다가가고 있지 않은가. 게다가
고기 무게가 20킬로그램이 줄어 배는 그만큼 가볍게
달리고 있고 말이야." 그가 말했다.

노인은 배가 해류 안쪽으로 들어가면 어떤 일이
일어날지 잘 알고 있었다. 그러나 지금으로서는 어떻게 할
도리가 없었다.

"아냐, 방법은 있어. 노의 손잡이에다 칼을 단단히
잡아매 놓으면 돼." 노인이 큰 소리로 말했다.

그래서 노인은 키를 겨드랑이 밑에 끼우고 발로
돛자락을 밟고 그 일을 했다.

"자, 됐어. 난 여전히 늙은이야. 하지만 전혀 무방비
상태에 있지는 않아." 그가 말했다.

미풍이 다시 불어오기 시작했고, 배는 미끄러지듯
달렸다. 고기의 앞쪽 부분만을 보고 있으려니 희망이 조금
되살아났다.

희망을 버린다는 건 어리석은 일이야, 하고 그는

생각했다. 더구나 그건 죄악이거든. 죄에 대해서는
생각하지 말자, 하고 그는 생각했다. 지금은 죄가 아니라도
생각할 문제들이 얼마든지 있으니까. 게다가 나는 죄가
뭔지 아무것도 모르고 있지 않은가.

난 죄가 뭔지 아무것도 모르고 있는 데다 죄를 믿고
있는지도 확실하지 않아. 고기를 죽이는 건 어쩌면 죄가
될지도 몰라. 설령 내가 먹고살아 가기 위해, 또 많은
사람들을 먹여 살리기 위해서 한 짓이라도 죄가 될 거야.
하지만 그렇게 되면 죄 아닌 게 없겠지. 죄에 대해서는
생각하지 말기로 하자. 그런 것을 생각하기에는 이미 때가
너무 늦었고, 또 죄에 대해 생각하는 일로 벌어먹고 사는
사람도 있으니까 말이야. 죄에 대해선 그런 사람들에게나
맡기면 돼. 고기가 고기로 태어난 것처럼 넌 어부로
태어났으니까. 산페드로[44]도 저 훌륭한 디마지오 선수의
아버지처럼 어부였지.

그러나 노인은 자신과 관련이 있는 일이라면 모든
걸 생각하기를 좋아했다. 더구나 읽을 책도 없었고 들을
라디오도 없었기 때문에 이것저것 생각을 많이 했고, 또한
죄에 대해서도 계속 생각했다. 네가 그 고기를 죽인 것은

---

44   싱(聖) 베드로를 가리키는 스페인어. 예수 그리스도는
      베드로에게 "고기를 낚는 어부가 아니라 사람을 낚는 어부가 되게
      하리라."(「마태복음」 4장 19절) 하고 말한다.

다만 먹고살기 위해서, 또는 식량으로 팔기 위해서만은
아니었어, 하고 그는 생각했다. 자존심 때문에, 그리고
어부이기 때문에 그 녀석을 죽인 거야. 너는 녀석이
아직 살아 있을 때도 사랑했고, 또 녀석이 죽은 뒤에도
사랑했지. 만약 네가 그놈을 사랑하고 있다면 죽여도 죄가
되지 않는 거야. 아니, 오히려 더 무거운 죄가 되는 걸까?

  "이 늙은이야, 생각을 너무 많이 하는군." 그가 큰
소리로 말했다.

  하지만 넌 덴투소를 죽였을 때 죽이는 걸 즐기고
있었잖아, 하고 노인은 생각했다. 그 녀석도 너처럼 산
고기를 먹고 사는 동물이야. 그놈은 다른 상어들처럼 썩은
고기를 먹는 놈도 아니고, 게걸스럽게 먹어 치우기만 하는
대식가도 아니야. 아름답고 고결하고 아무런 두려움도
모르는 놈이야.

  "내가 그 녀석을 죽인 건 정당방위였어. 그리고 정당한
방식으로 죽였다고." 노인은 큰 소리로 말했다.

  더구나 이 세상의 모든 것은 어떤 형태로든 다른
것들을 죽이고 있어, 하고 그는 생각했다. 고기를 잡는
일은 나를 살려 주지만, 동시에 나를 죽이기도 하지. 그
소년은 나를 살려 주고 있어, 하고 노인은 생각했다. 나
자신을 너무 속여서는 안 되지.

  노인은 뱃전 밖으로 몸을 내밀고 상어한테 물어뜯긴

고기의 살점을 조금 잡아뗐다. 그 고깃점을 씹으면서
고기의 질과 맛을 음미했다. 육류처럼 단단하고 물기가
많았지만 빛깔이 붉지는 않았다. 힘줄도 없어서 시장에
내다 팔면 가장 비싼 값을 받을 수 있을 것 같았다. 그러나
바닷물 속의 피 냄새를 없앨 도리가 없었으며, 노인은
최악의 사태가 다가오고 있다는 사실을 알아차리고
있었다.

미풍이 계속 불어왔다. 바람의 방향이 북동쪽으로
조금 바뀌었지만 노인은 바람이 자지는 않을 것이라고
믿고 있었다. 멀리 앞쪽을 바라다보았지만 돛 그림자 하나,
선체 그림자 하나, 배에서 피어오르는 연기 한 줄기 보이지
않았다. 다만 이물 쪽에서 양쪽으로 이리저리 날뛰는
날치와 물에 떠다니는 누런 모자반류 해초 더미가 보일
뿐이었다. 심지어 새 한 마리조차 볼 수 없었다.

노인은 고물 쪽에서 휴식을 취하며 원기를 돋우기
위해 청새치의 살을 가끔 뜯어 씹으면서 두 시간가량
항해해 나갔다. 바로 그때 상어 두 마리 중 첫 번째 놈이
다가오는 것이 보였다.

"아!"[45] 노인이 큰 소리로 외쳤다. 이 외침 소리는 다른

---

45 스페인어 감탄사 'Ay'. 화자는 이것을 다른 어떤 말로도 옮겨 놓을 수
    없다고 하는데, 영어 'Ah' 또는 'Oh'에 해당한다.

어떤 말로도 옮겨 놓을 수 없었다. 손바닥을 뚫고 널빤지에 못이 박히는 것을 느낄 때 무의식적으로 지르는 그런 소리라고나 할까.

"갈라노[46]구나." 그는 큰 소리로 말했다. 첫 번째 상어 뒤를 쫓아 바짝 따라오는 두 번째 상어의 지느러미가 보였다. 삼각형 모양의 갈색 지느러미와 빗자루로 휩쓸고 가는 듯한 꼬리의 움직임으로 보아 코가 삽처럼 생긴 상어라는 것을 알 수 있었다. 놈들은 냄새를 맡고 흥분해서 어쩔 줄 몰라 하고 있었고, 배가 너무 고파 멍청해졌는지 냄새를 놓쳤다 찾았다 하고 있었다. 그러면서 놈들은 점점 더 가까이 다가오고 있었다.

노인은 재빨리 돛줄을 붙들어 매고 키가 움직이지 않도록 단단히 고정시켰다. 그러고 나서 칼을 잡아맨 노를 집어 들었다. 두 손이 아파서 제대로 움직이지 않았기 때문에 될 수 있는 대로 살며시 그것을 들어 올렸다. 그런 뒤 노를 쥔 채 두 손의 통증을 풀어 보려고 번갈아 폈다 오므렸다 했다. 두 손의 통증에 아랑곳하지 않으려고 힘껏 손을 움켜쥐고는 상어들이 가까이 다가오는 것을 지켜보았다. 넓적하고 평평한 삽처럼 생긴 머리통이

---

46 본디 '멋지거나 용감하거나 우아한' 것을 뜻하는 스페인어이지만, 여기에서는 코가 삽 모양으로 생긴 '얼룩덜룩한' 상어를 가리킨다.

보였고, 끄트머리가 희고 널찍한 가슴지느러미도 보였다.
언제나 지독한 악취를 내뿜는 밉살스러운 이놈들은 다른
고기들을 직접 죽여서 먹기도 하고 썩은 고기를 먹기도
한다. 배가 고프면 노도 좋고 키도 좋고 아무거나 닥치는
대로 물어뜯는다. 바다거북이 물 위에 떠서 잠자고 있을
때 다리를 잘라 먹고 달아나는 것도 바로 이놈들이다.
이놈들은 배가 고프면 피 냄새나 생선 비린내가 나지
않아도 물속에 있는 사람에게까지 덤벼든다.

　"아! 갈라노 놈아, 이 갈라노 놈아, 어디 덤빌 테면 덤벼
보아라." 노인이 외쳤다.

　상어들이 다가왔다. 그러나 이놈들은 마코상어처럼
덤벼들지는 않았다. 그중 한 놈이 갑자기 몸을 뒤집어
배 밑으로 자취를 감추어 버렸는데, 노인은 상어 놈이
고기를 물어뜯고 잡아당길 때 배가 흔들리는 것을 느낄 수
있었다. 다른 한 놈은 가늘게 찢어진 누런 눈깔로 노인을
빤히 쳐다보더니 잽싸게 다가와 반달 모양의 주둥이를
쩍 벌리고 이미 뜯겨 나간 살 쪽을 잽싸게 덮쳤다. 골과
척추가 연결된 갈색 머리통과 등 위의 선이 뚜렷이
드러났다. 노인은 그곳을 향해 노에 매어 놓은 칼을 푹
찌르고 난 뒤 뽑아서 이번에는 고양이 눈깔 같은 누런
눈알을 향해 다시 한번 더 내리 찔렀다. 상어는 고기에게서
미끄러지듯 떨어져 나가며 죽으면서도 물어뜯은 살 조각을

삼키고 있었다.

　또 다른 상어가 배 밑에서 고기를 물어뜯고 있었기 때문에 배는 여전히 흔들렸다. 노인이 잽싸게 돛줄을 풀어 배가 옆으로 돌자 상어가 물 밑에서 모습을 드러냈다. 상어를 보자 그는 재빨리 뱃전 밖으로 몸을 내밀어 상어에게 일격을 가했다. 그러나 상어의 몸뚱이를 쳤을 뿐 껍질이 단단하여 칼이 제대로 뚫고 들어가지 못했다. 세게 찌르는 충격으로 그의 두 손뿐만 아니라 어깨까지 아팠다. 그러나 상어는 물 밖으로 대가리를 내밀고 재빨리 다가왔고, 노인은 상어가 코를 물 밖에 내놓고 고기를 물어뜯을 때 납작한 대가리 한복판을 정통으로 찔렀다. 노인은 칼을 뽑아 다시 한번 똑같은 부위를 찔렀다. 그러나 상어는 여전히 갈고리처럼 굽은 주둥이로 고기에 매달렸고, 그러자 이번에는 그놈의 왼쪽 눈을 칼로 푹 쑤셨다. 그래도 상어는 여전히 고기에 매달려 있었다.

　"그래도 모자라느냐?" 노인은 이렇게 말하고 이번에는 척추와 골통 사이에 칼날을 내리꽂았다. 이번에는 힘이 덜 들었고, 연골이 갈라지는 것이 느껴졌다. 노인은 노를 거꾸로 잡고는 상어의 주둥이 속에다 노깃을 비틀어 넣고 아가리를 벌렸다. 노를 한 바퀴 비틀자 상어가 미끄러지듯 떨어져 나갔다. 그러자 노인은 이렇게 말했다. "잘 가거라, 갈라노 놈아. 바다 밑으로 1킬로미터 반쯤 깊숙이

가라앉아라. 가서 네 친구를 만나 보렴. 아니면 네 어미를 만나거나."

노인은 칼날을 닦고 노를 내려놓았다. 그러고는 돛줄을 찾아내 동여매었고 돛에 바람을 가득 싣고 항로를 따라 배를 달리게 했다.

"놈들이 고기 4분의 1은 뜯어 간 것 같군. 그것도 가장 좋은 부위를 말이야." 노인은 큰 소리로 말했다. "차라리 이 일이 꿈이었더라면 좋았을걸. 또 이 고기를 잡지 않았더라면 좋았을걸. 고기야, 너한테는 정말 미안하게 되었구나. 그래서 모든 게 엉망이 되어 버렸던 거야." 그는 말을 멈추었고 이제 더 이상 고기를 바라보고 싶지 않았다. 피가 빠져나가고 바닷물에 깨끗이 씻긴 고기는 거울의 뒷면처럼 은색을 띠고 있었으나 줄무늬만은 아직도 선명했다.

"고기야, 난 이렇게 멀리 나오지 말았어야 했는데. 너를 위해서나 나를 위해서나 말이다. 고기야, 미안하구나." 그가 말했다.

자, 하고 노인은 자신에게 말했다. 칼을 잘 잡아맸는지 점검해 보고, 혹 끈이 끊어진 데가 없는지 살펴봐야지. 놈들이 계속 더 몰려올 테니 손도 제대로 쓸 수 있도록 해 둬야겠어.

"칼을 갈 숫돌이 있으면 좋으련만." 노인은 노 끝

부분에 묶은 끈을 살펴보고 나서 말했다. "숫돌을 가지고 올걸 그랬어." 갖고 왔어야 할 것이 많군, 하고 그는 생각했다. 하지만 이 늙은이야, 넌 그것들을 가지고 오지 않았잖아. 지금은 갖고 오지 않은 물건을 생각할 때가 아니야. 지금 갖고 있는 물건으로 뭘 할 수 있는지 생각해 보란 말이다.

"자넨 여러 모로 좋은 충고를 해 주는군. 하지만 이젠 그것도 신물이 났어." 그가 큰 소리로 말했다.

배가 앞으로 나아갈 때 노인은 겨드랑이 밑에 키를 끼우고 물속에 두 손을 담갔다.

"마지막 놈이 얼마나 많이 뜯어 먹었는지 모르겠군." 그가 말했다. "하지만 덕분에 배는 훨씬 가벼워졌어." 그는 물어뜯긴 고기의 아랫배 부분에 대해선 생각하고 싶지 않았다. 상어가 쿵 하고 덮칠 때마다 살점이 떨어져 나갔을 테니 지금쯤 고기는 온갖 상어가 뒤쫓아 오도록 바다에 고속도로처럼 널찍한 수로를 만들어 놓고 있다는 것을 잘 알고 있었다.

이것 한 마리면 한 사람이 한겨울 내내 먹고살 수 있을 텐데, 하고 노인은 생각했다. 그런 생각은 집어치워. 이젠 그저 휴식을 취하면서 남은 고기를 지킬 수 있도록 손이나 제대로 풀어 두도록 해. 이제 바다에는 피 냄새가 진동할 테니 내 손에서 나는 피 냄새쯤이야 아무것도 아닐 테지.

더구나 지금은 내 손의 출혈도 대단치가 않아. 또 걱정될
만한 상처도 없고. 피를 흘린 덕분에 왼손에 쥐가 나지
않는 건지도 몰라.

이제 무슨 생각을 해야 하나? 하고 노인은 생각했다.
아무것도 없어. 아무 생각도 하지 말고 다만 다음 상어
놈들을 기다리기로 하자. 차라리 이게 꿈이라면 얼마나
좋을까, 하고 노인은 생각했다. 하지만 누가 알겠어? 일이
모두 잘 풀리게 될지도 모르잖아.

다음에 공격해 온 놈도 코가 납작한 삽상어였다.
그놈은 마치 구유에다 주둥이를 갖다 대고 있는 돼지처럼
다가왔다. 만약 돼지한테 사람 머리가 그대로 쑥 들어가
버릴 만큼 그렇게 큰 주둥이가 있다면 말이다. 노인은
상어가 고기에게 덤벼들도록 그대로 내버려 두었다가 노
끝에 매어 둔 칼로 골통을 내리 찔렀다. 그러나 상어가
구르면서 몸뚱이를 뒤로 젖히는 바람에 칼날이 딱 하고
부러졌다.

노인은 자리에 앉아서 키를 잡았다. 큼직한 상어는
처음에는 실물 크기로 보이다가 차츰 작아지더니
나중에는 아주 조그마한 점이 되어 천천히 물속으로
가라앉아 버렸는데 노인은 그 모습을 보지 않았다. 그런
광경은 언제나 노인을 사로잡았었다. 그러나 지금은
거들떠보지도 않았다.

"아직 작살이 남아 있어. 하지만 별로 소용이 없을 거야. 그래도 노 두 개에 키 손잡이와 짤막한 몽둥이가 한 개 있어." 노인이 말했다.

이제 난 상어 놈들한테 완전히 지고 말았구나, 하고 노인은 생각했다. 이제 너무 늙어서 몽둥이로 상어를 때려죽일 만한 힘도 없어. 그렇지만 내게 노와 짤막한 몽둥이와 키 손잡이가 있는 한 끝까지 싸워 볼 테다.

노인은 다시 두 손을 바닷물 속에 담갔다. 벌써 오후가 저물어 가고 있었고, 바다와 하늘밖에는 아무것도 보이지 않았다. 바람은 전보다 훨씬 세차게 불고 있었고, 그래서 그는 어서 뭍이 보이기를 바랐다.

"이 늙은이야, 너는 지쳐 있단 말이야. 속속들이 지치고 만 거야." 그가 말했다.

상어 떼가 또다시 공격해 온 것은 해가 떨어지기 직전이었다.

노인은 고기가 물속에 만들어 놓은 것이 틀림없는 넓찍한 수로를 따라 쫓아오고 있는 갈색 지느러미들을 보았다. 이미 그놈들은 냄새를 찾아 이리저리 헤매지도 않았다. 어깨를 나란히 하고 똑바로 배를 향해 헤엄쳐 오고 있었다.

노인은 키를 고정시키고 돛줄을 단단히 동여맨 다음 손을 뻗어 고물 밑창에서 몽둥이를 찾아냈다. 그것은

부러진 노를 60센티미터가 넘는 길이로 자른 노의
손잡이였다. 손잡이가 있어서 한 손으로도 쉽게 다룰 수
있었다. 그는 오른손으로 그것을 움켜잡고 손목을 가볍게
움직이면서 상어 떼가 다가오는 것을 지켜보았다. 두 마리
모두 갈라노 상어였다.

　먼저 오는 놈이 고기를 물어뜯도록 내버려 두었다가
콧등이나 대가리를 정통으로 후려갈겨 줘야지, 하고 그는
생각했다.

　상어 두 마리는 바싹 붙어서 다가왔고, 바로 옆에
온 놈이 아가리를 딱 벌리고 고기의 은빛 옆구리에
덤벼들었을 때 노인은 몽둥이를 높이 치켜들었다가 넓적한
머리통 위에 꽝 하고 힘껏 내리갈겼다. 몽둥이가 상어의
머리통에 닿을 때 단단한 고무 같은 탄력이 느껴졌다.
그러나 또한 딱딱한 뼈의 감촉도 느껴졌다. 그는 상어가
고기한테서 스르르 미끄러져 떨어지는 순간, 다시 한번
세차게 콧등을 힘껏 후려갈겼다.

　또 한 마리는 가까이 다가왔다가 멀리 떨어졌다가
하다가 입을 딱 벌리고 다시 가까이 덤벼들었다. 그놈이
고기에게 덤벼들어 덥석 물었다가 입을 다물 때 주둥이
옆으로 살점이 허옇게 떨어져 나가는 것이 보였다.
노인은 힘차게 몽둥이를 휘둘러 그놈의 골통만을
내리쳤지만 상어는 그를 한 번 흘낏 바라보고 고기의

살을 물어뜯었다. 상어가 고기를 삼키려고 뒤로 물러날 때 또다시 그놈을 향해 몽둥이를 내리쳤지만 육중하고 단단한 고무 같은 탄력만 느껴질 뿐이었다.

"갈라노 놈아, 이리 덤벼라. 어디 다시 한번 덤벼 보아라." 노인이 소리쳤다.

상어는 와락 잽싸게 덤벼들었고, 노인은 그놈이 주둥이를 다물 때 내리쳤다. 그는 몽둥이를 되도록 높이 치켜들었다가 보기 좋게 힘껏 내리쳤다. 이번에는 상어의 골통 아래쪽 뼈에 맞는 것이 느껴졌으며, 상어가 굼뜨게 살점을 물어뜯고 고기에게서 서서히 물러날 때 또다시 같은 부위를 후려쳤다.

노인은 상어가 다시 한번 공격해 오려니 하고 지켜보았지만 두 놈 모두 나타나지 않았다. 잠시 후 한 놈이 수면 위에서 빙글빙글 원을 그리며 헤엄치고 있는 것이 보였다. 다른 놈은 이제 지느러미조차 보이지 않았다.

놈들을 죽이는 것까지야 기대할 수 없지, 하고 노인은 생각했다. 아마 한창때 같았으면 틀림없이 죽일 수도 있었을 테지만. 하지만 두 놈 모두에게 심한 상처를 입혔으니까 성하지는 못할 거야. 두 손으로 몽둥이를 휘두를 수만 있었다면 첫 번째 놈은 확실히 죽였을 텐데. 이렇게 늙었어도 말이야, 하고 그는 생각했다.

노인은 도무지 고기를 바라볼 생각이 들지 않았다.

이미 절반은 물어뜯겨 없어졌으리라는 것을 잘 알고
있었기 때문이다. 그가 상어 떼와 싸우는 동안 해는 벌써
떨어져 버렸다.

　"이제 곧 어두워지겠는걸. 그럼 이제 아바나의 불빛이
보이겠지. 혹시 너무 동쪽으로 나왔다면 새로운 해안의
불빛이 보일 테고." 그가 말했다.

　이제 그다지 멀리 떨어져 있지는 않을 텐데, 하고
노인은 생각했다. 아무도 나 때문에 걱정을 하지 않았으면
좋겠는데. 물론 그 아이는 내 걱정을 하고 있을 거야.
하지만 그 아이는 확신하고 있을 거야. 늙은 어부들도 내
걱정을 할 테지. 그 밖에 다른 많은 사람도 역시 걱정하고
있겠지, 하고 노인은 생각했다. 난 정말 좋은 마을에 살고
있구나.

　고기는 너무 심하게 뜯겨 있었기 때문에 노인은 이제
더 이상 고기에게 말을 걸 수가 없었다. 문득 어떤 생각이
그의 머리를 스쳐갔다.

　"고기는 이제 반동강이가 되었구나. 한때는 온전한 한
마리였는데. 내가 너무 멀리까지 나왔어. 내가 우리 둘을
모두 망쳐 버렸어." 노인이 말했다. "하지만 너랑 나 둘이서
많은 상어를 죽이고 다른 고기들도 죽이지 않았느냐.
고기야, 지금까지 넌 얼마나 많이 죽였니? 대가리에 뾰족한
창날 같은 주둥이를 공연히 달고 있는 건 아니잖아."

노인은 이 고기에 대해, 만약 이 고기가 자유롭게 헤엄쳐 돌아다닐 수 있다면 상어를 상대로 어떻게 싸울까, 하고 흐뭇한 마음으로 상상해 보았다. 고기의 주둥이를 잘라 내어 그것을 갖고 상어 놈들과 싸웠더라면 좋았을 텐데, 하고 그는 생각했다. 하지만 그것을 잘라 낼 도끼도 칼도 없지 않던가.

만약 잘라 낼 수 있어 노의 손잡이에 그것을 잡아맸다면 얼마나 훌륭한 무기가 되었겠는가. 그랬더라면 우리는 함께 싸울 수가 있었을 텐데. 한밤중에 상어 놈들이 다시 공격해 오면 어떻게 하지? 어떻게 할 작정이냐고?

"놈들과 싸우는 거지. 죽을 때까지 싸울 거야." 그가 말했다.

그러나 이제 날이 어두워진 데다 하늘에 비치는 훤한 빛도, 불빛도 보이지 않았고 다만 불어오는 바람에 돛이 한결같이 팽팽해져 있을 뿐, 노인은 어쩌면 자신이 이미 죽은 몸이 아닐까 하는 느낌이 들었다. 그래서 두 손을 마주 잡고 손바닥을 만져 보았다. 손은 죽어 있지 않았고, 그래서 두 손을 폈다 오므렸다 함으로써 살아 있다는 고통을 느낄 수 있었다. 고물에 몸을 기대어 보고 자신이 죽지 않았다는 것을 알았다. 어깨가 그렇게 말해 주었던 것이다.

만약 이 고기를 잡으면 기도를 하겠다고 약속했었지,
하고 그는 생각했다. 하지만 지금은 너무 지쳐서 기도를
드릴 수 없어. 부대를 가져다가 어깨를 덮는 게 좋겠어.

노인은 고물 쪽에 누워서 키를 잡고 하늘에 훤한
불빛이 비쳐 오기만을 기다렸다. 고기는 반밖에 남지
않았군, 하고 그는 생각했다. 운이 있으면, 어쩌면 앞쪽
반만이라도 가져갈 수 있겠지. 내게도 조금쯤은 운이 남아
있어야 할 게 아닌가. 그럴 리 없어, 하고 그는 말했다. 너무
멀리까지 나왔을 때 너는 이미 운수를 망쳐 버리고 만
거야.

"바보 같은 생각은 이제 그만하시지. 정신 똑바로
차리고 키나 잡아. 이제부터라도 행운이 찾아올지 어떻게
알아." 그가 큰 소리로 말했다.

"행운을 파는 곳이 있다면 조금 사고 싶군." 그가
말했다.

하지만 뭘로 사지? 그는 자신에게 물어보았다.
잃어버린 작살과 부러진 칼과 부상당한 이 손으로 그걸 살
수 있을까?

"어쩌면 살 수 있을지도 몰라. 넌 바다에서 보낸 여든
날하고도 나흘로 그것을 사려고 했어. 상대방도 네게 그걸
거의 팔아 줄 듯했잖아." 그가 말했다.

쓸데없는 생각은 하지 말자, 하고 노인은 생각했다.

행운의 여신이란 여러 모습으로 나타나는 법인데 누가
그것을 알아본단 말인가? 어쨌든 어떤 모습의 행운이라도
얼마쯤 손에 넣고 그것이 요구하는 대로 값을 치를 테야.
하늘에 훤한 불빛이 나타나면 좋을 텐데, 하고 그는
생각했다. 나는 바라는 게 너무 많구나. 하지만 지금 당장
절실히 바라는 건 그 훤한 불빛을 바라보는 거야. 그는 더
편한 자세로 앉아 키를 잡으면서 몸의 통증 때문에 자신이
죽지 않았다는 것을 느끼고 있었다.

밤 10시쯤 되었으리라고 생각될 무렵, 아바나시의
불빛이 하늘에 훤히 반사되는 것이 보였다. 처음에는
달이 뜨기 전의 하늘처럼 겨우 알아볼 수 있을 정도로
어렴풋할 뿐이었다. 그러다가 때마침 바람이 거세게
불어오자 거칠어진 바다 너머로 이제는 불빛이 흔들리지
않고 뚜렷이 보였다. 그는 불빛이 비치는 안쪽을 향해
배를 돌리고 이제 곧 멕시코 만류의 가장자리로 틀림없이
들어갈 것이라고 생각했다.

이제 싸움은 끝났어, 하고 그는 생각했다. 어쩌면 상어
떼가 다시 공격해 올지도 모르지. 하지만 이렇게 캄캄한
어둠 속에서 무기도 없이 상어를 상대로 어떻게 싸울 수
있단 말인가?

노인의 몸은 빳빳해지면서 아파 왔고, 밤의 냉기
때문에 상처가 난 곳과 긴장했던 몸 부위가 욱신거리며

쑤셨다. 더 이상 싸우지 않으면 좋으련만, 하고 그는
생각했다. 제발 또다시 싸우지 않아도 된다면 오죽이나
좋을까.

그러나 자정 무렵 노인은 다시 한번 싸우게 되었고,
이번에는 그것이 승산 없는 싸움이라는 것을 알았다.
상어는 떼를 지어 몰려왔고, 그의 눈에는 상어의
지느러미가 수면에 길게 만들어 내는 줄과 상어가
고기에게 덤벼들 때의 인광이 보일 뿐이었다. 그는 상어의
대갈통을 몽둥이로 마구 후려쳤으며, 상어 주둥이가
부서지는 소리를 들었고, 상어가 배 밑으로 들어갈 때
배가 흔들거리는 것을 느꼈다. 그는 이렇게 느낌과 소리에
의지해 필사적으로 몽둥이를 휘둘러 댔다. 그러나 뭔가가
몽둥이를 잡는 것이 느껴지는 순간 몽둥이마저 어디론가
사라져 버리고 말았다.

노인은 키에서 손잡이를 잡아 빼어 두 손으로
움켜쥐고 닥치는 대로 마구 후려갈겼다. 그러나 상어
떼는 이제 이물 쪽으로 몰려가서 한 놈씩 번갈아, 또는
한꺼번에 덤벼들어 고기를 물어뜯었다. 상어 떼가 다시 한
번 덤벼들려고 되돌아올 때 물어뜯긴 고기 살점이 바다
아래에서 밝은 빛을 내뿜고 있었다.

마침내 한 마리가 마지막으로 고기의 머리를 향해
돌진해 오자 노인은 이제 모든 것이 끝장났다는 사실을

알았다. 그는 잘 뜯기지 않는 육중한 고기 대가리를 물고
있는 상어 대가리를 향해 손잡이를 내리쳤다. 한 번, 또
한 번, 그리고 다시 한번 상어의 골통을 계속 내리갈겼다.
손잡이가 부러지는 소리가 들렸지만 조각난 끝으로 힘껏
상어를 찔렀다. 살을 뚫고 들어가는 것이 느껴졌고, 부러진
손잡이의 끝이 뾰족하다는 것을 알아차린 그는 그것을
다시 한번 깊숙이 찔러 박았다. 그러자 상어는 물었던
살점을 놓고 나뒹굴며 물러갔다. 그놈이 몰려들었던 상어
떼의 마지막 놈이었다. 뜯어 먹을 고기도 이제는 남아 있지
않았다.

노인은 이제 거의 숨을 쉴 수 없을 정도였고, 입속에
이상한 맛이 감돌았다. 구리 같은 들척지근한 맛이 느껴진
순간 노인은 덜컥 겁이 났다. 그러나 그렇게 심한 것은
아니었다.

노인은 바다에 침을 뱉으며 말했다. "이거나 처먹어라,
이 갈라노 놈아. 그리고 사람 죽인 꿈이나 꾸어라."

그는 이제 마침내 돌이킬 수 없을 정도로 완전히
녹초가 되고 말았다는 사실을 깨달았다. 고물 쪽으로
기어가 보니 톱니 모양으로 부러진 키 손잡이의 토막이
키 구멍에 잘 들어가 그런대로 충분히 방향을 잡을 수
있었다. 그는 부대를 어깨 위에 걸치고 배의 진로를 잡았다.
이제 배는 바다 위를 가볍게 미끄러지듯 달렸다. 그에게는

아무런 생각도 아무런 감정도 떠오르지 않았다. 노인은 모든 것을 초월한 채 가능한 한 배를 요령 있게 다루어 무사히 항구에 도착할 수 있도록 몰았다. 누군가 식탁에서 음식 부스러기를 주워 먹기라도 하듯 한밤중에도 상어 떼가 고기 잔해에 덤벼들었다. 그러나 노인은 상어 떼에 대해서는 전혀 관심을 두지 않고 오직 키 잡는 일에만 집중했다. 뱃전에 달린 무거운 짐이 없어진 배가 얼마나 가볍고도 순조롭게 바다 위를 미끄러지듯 달리는지만 느낄 뿐이었다.

배에는 이상이 없구나, 하고 그는 생각했다. 키 손잡이 말고는 전혀 피해가 없어. 손잡이 같은 거야 쉽게 갈아 끼울 수 있지.

노인은 이제 배가 해류 안으로 들어온 것을 느낄 수 있었고, 해안을 따라 있는 마을의 불빛이 보였다. 배가 어디쯤 와 있는지 알았기에 이제 항구로 돌아가는 것은 누워서 떡 먹기였다.

뭐니 뭐니 해도 바람은 우리의 친구니까, 하고 그는 생각했다. 때에 따라서 말이지, 하고 그는 단서를 붙였다. 그리고 거대한 바다, 그곳에는 우리의 친구도 있고 적도 있지. 그리고 참, 침대는, 하고 그는 생각했다. 침대는 내 친구거든. 침대 말이야, 하고 그는 생각했다. 침대란 참 좋은 물건이지. 녹초가 되었을 때 그렇게도 편안하게 해

주지, 하고 그는 생각했다. 침대가 얼마나 편안한 물건인지
예전엔 미처 몰랐었지. 한데 너를 이토록 녹초가 되게 만든
것은 도대체 뭐란 말이냐, 하고 그는 생각했다.

"아무것도 없어. 다만 너는 너무 멀리 나갔을 뿐이야."
그는 큰 소리로 말했다.

노인이 조그마한 항구 안으로 들어갔을 때, '테라스'의
불이 꺼져 있었기 때문에 다들 잠을 자고 있다는 것을
알 수 있었다. 산들바람이 꾸준히 불더니 지금은 점점
거세지고 있었다. 그러나 항구 안은 조용했고, 그는 바위
아래 조그마한 자갈밭에 배를 댔다. 도와주는 사람이
아무도 없었지만 노인은 될 수 있는 대로 배를 뭍 깊숙한
곳까지 바싹 끌어올렸다. 그러고 나서 배에서 내려 배를
바위에 단단히 붙들어 맸다.

노인은 돛대를 빼내고 돛을 감아서 묶었다. 그러고
나서 돛대를 어깨 위에 걸머메고 언덕길을 오르기
시작했다. 그제야 비로소 그는 자신이 얼마나 녹초가
되었는지 깨달을 수 있었다. 잠깐 발걸음을 멈추고 뒤를
돌아보니 가로등 불빛에 고기의 커다란 꼬리가 조각배의
고물 뒤쪽에 꼿꼿이 서 있는 것이 보였다. 그리고 허옇게
드러난 등뼈의 선과 뾰족한 주둥이가 달린 시커먼 머리통,
그리고 그 사이가 모조리 앙상하게 텅 비어 있는 것이
보였다.

노인은 다시 언덕길을 오르기 시작했고, 언덕
꼭대기에 이르렀을 때 그만 넘어져 돛대를 어깨에 걸머멘
채 한참 동안 누워 있었다. 일어나려고 애썼지만 너무
힘이 들었다. 그래서 가까스로 돛대를 어깨에 멘 채
앉아 길 쪽을 바라보았다. 마침 길 저쪽으로 고양이 한
마리가 오줌을 누려고 지나가고 있었고, 노인은 고양이를
물끄러미 바라보았다. 그러고는 다시 길 쪽을 물끄러미
바라다보았다.

마침내 노인은 돛대를 내려놓고 자리에서 일어섰다.
그리고 다시 돛대를 집어 어깨에 메고 길 위쪽으로
올라가기 시작했다. 오두막집에 도착할 때까지 노인은
다섯 번이나 쉬어야 했다.

오두막집에 들어간 노인은 돛대를 벽에 기대어 세웠다.
어둠 속에서 물병을 찾아 물을 한 모금 마셨다. 그러고는
침대에 벌렁 드러누웠다. 담요를 어깨와 등과 다리까지
덮고 두 팔을 쭉 뻗고 손바닥을 위로 펼친 채 신문지에
얼굴을 파묻고 잠이 들었다.

이튿날 아침에 소년이 오두막집 문 안을 들여다보았을
때 노인은 잠을 자고 있었다. 그날은 바람이 몹시 사납게
불어서 유망어선(流網漁船)이 바다에 나갈 수 없었기
때문에 소년은 늦잠을 자고 일어나 아침마다 그랬듯이
노인의 오두막집에 와 본 것이었다. 소년은 노인이 숨을

쉬고 있는지 확인하고 나서 노인의 두 손을 보더니 울기
시작했다. 그리고 커피를 가져오려고 조용히 오두막집을
빠져나와 길을 따라 내려가면서도 줄곧 엉엉 울었다.

많은 어부들이 조각배 주위에 모여 서서 뱃전에
매달려 있는 것을 구경하고 있었다. 한 어부는 바지를 걷어
올리고 물속으로 들어가 낚싯줄로 고기 잔해의 길이를
재고 있었다.

소년은 그곳으로 내려가지 않았다. 벌써 가 보았던
것이다. 어부 하나가 소년을 대신해 배를 살펴보고 있었다.

"노인은 좀 어떠시냐?" 어느 어부가 큰 소리로 물었다.

"주무시고 계세요." 소년이 큰 소리로 대답했다.
자기가 울고 있는 것을 어부들이 바라보고 있었지만
소년은 개의치 않았다. "그분을 깨우지 않는 게 좋겠어요."

"코끝에서 꼬리까지 무려 5.5미터나 되는군." 고기의
길이를 재던 어부가 소리를 질렀다.

"그렇게 될 거예요." 소년이 말했다.

소년은 '테라스'로 들어가서 커피 한 잔을 주문했다.

"뜨겁게 해 주세요. 우유랑 설탕도 듬뿍 넣어
주시고요."

"그 밖에 더 필요한 건 없니?"

"네, 없어요. 나중에 할아버지가 뭘 잡수실지
알아볼게요."

"정말 굉장한 고기더구나. 저렇게 큰 놈은 난생처음 보았다니까. 어제 네가 잡은 두 마리도 꽤 좋은 놈이었다만" 주인이 말했다.

"제가 잡은 고기, 그까짓 거야, 뭐." 소년은 이렇게 말하고 또다시 울기 시작했다.

"너도 뭐 좀 마실래?" 주인이 물었다.

"아뇨. 산티아고 할아버지를 귀찮게 하지 말라고 일러 주세요. 전 그만 돌아가 봐야겠어요." 소년은 대답했다.

"내가 마음 아파하더라고 전해 다오."

"고맙습니다." 소년이 대답했다.

소년은 뜨거운 커피가 든 깡통을 들고 노인의 오두막집으로 가서 노인이 잠을 깰 때까지 곁에 앉아 있었다. 노인은 한 번 깰 것 같은 기척을 보였다. 그러나 다시 깊은 잠에 빠졌고, 소년은 길 건너편으로 가서 커피를 따뜻하게 데울 나무를 빌려 왔다.

마침내 노인이 잠에서 깨어났다.

"일어나지 마세요." 소년이 말했다. "이걸 드세요." 소년은 유리잔에 커피를 조금 따랐다.

노인은 그것을 받아 마셨다.

"그놈들한테 내가 졌어, 마놀린. 놈들한테 내가 완전히 지고 만 거야." 노인이 말했다.

"할아버지가 고기한테 지신 게 아니에요. 고기한테

지신 게 아니라고요."

"그렇지. 정말 그래. 내가 진 건 그 뒤였어."

"페드리코[47] 아저씨가 배와 어구를 손질하고 있어요. 고기 대가리는 어떻게 하실 거예요?"

"페드리코더러 잘라서 고기 잡는 덫으로나 쓰라고 하지."

"그 창날 같은 주둥이는요?"

"갖고 싶거든 네가 가지렴."

"제가 갖고 싶어요. 이제 우리는 다른 일에 대해서 계획을 세워야 해요." 소년이 말했다.

"사람들이 나를 찾았니?"

"물론이죠. 해안 경비대랑 비행기까지 동원됐어요."

"바다는 엄청나게 넓고 배는 작으니 찾아내기가 여간 어렵지 않았을 테지." 노인이 말했다. 그는 자기 자신과 바다가 아닌, 이렇게 말 상대가 될 누군가가 있다는 게 얼마나 반가운지 새삼 느꼈다. "네가 보고 싶었단다. 그런데 넌 뭘 잡았니?" 노인이 물었다.

"첫날에는 한 마리 잡았고요, 이튿날에도 한 마리, 그리고 셋째 날엔 두 마리나 잡았어요."

"아주 잘했구나."

---

47 '베드로'를 뜻하는 스페인어.

"이젠 할아버지하고 같이 나가서 잡기로 해요."

"그건 안 돼. 내겐 운이 없어. 운이 다했거든."

"그런 소리 하지 마세요. 운은 제가 갖고 가면 되잖아요." 소년이 대꾸했다.

"네 가족이 뭐라고 하지 않을까?"

"상관없어요. 어제도 두 마리나 잡았는걸요. 하지만 전 아직도 배울 게 많으니까, 이제부턴 할아버지와 함께 나갈래요."

"잘 드는 도살용 창을 하나 구해서 고기잡이 나갈 때 늘 배에 갖고 다녀야겠더라. 낡은 포드 자동차의 판용수철로 창날을 만들 수 있을 거야. 과나바코아[48]에 가서 갈아 오면 될 거고. 불에 달구지 않아서 부러지기는 쉽겠지만 날카롭기는 할걸. 내 칼은 부러지고 말았어."

"제가 어디서 칼을 하나 구해 올게요. 용수철도 갈아 오고요. 이 브리사 바람이 며칠이나 계속될까요?"

"아마 사흘은 불걸. 어쩌면 그 이상 불지도 모르지."

"제가 뭐든 준비해 놓을게요. 할아버지는 손이나 어서 치료하도록 하세요." 소년이 말했다.

"이걸 낫게 하는 법은 잘 알고 있단다. 한데 말이다,

---

48   아바나만 근처에 있는 쿠바의 도시로 유럽인들이 가장 먼저 정착한 곳이다. 오늘날에는 아바나의 일부로 편입되어 있다.

밤중에 내가 이상한 것을 뱉어 냈는데 가슴속에서 뭔가
찢어지는 것 같은 기분이 들더구나.”

“그것도 빨리 치료하시고요. 자, 어서 자리에
누우세요, 할아버지. 깨끗한 셔츠를 갖다 드릴게요. 그리고
뭔가 잡수실 것도요.” 소년이 말했다.

“내가 없는 동안에 온 신문이 있거든 좀 가져다주렴.”
노인이 말했다.

“얼른 나으셔야 해요. 전 아직 할아버지한테 배울
게 너무 많으니까요. 또 할아버지는 제게 모든 걸 가르쳐
주셔야 해요. 대체 얼마나 고생하신 거예요?”

“많이 했지.” 노인이 대답했다.

“그럼 드실 것이랑 신문을 가져올게요.” 소년이 말했다.
“푹 쉬세요, 할아버지. 약국에서 손에 바를 약도 사
올게요.”

“페드리코한테 고기 대가리를 주는 걸 잊지 마라.”

“네, 잘 기억하고 있을게요.”

소년은 문밖으로 나와 발길에 닳고 닳은 산호초 길을
따라 걸어 내려가면서 또 엉엉 울었다.

그날 오후 ‘테라스’에는 관광객 일행이 찾아왔다. 빈
맥주 깡통과 죽은 꼬치고기 사이로 바다를 내려다보고
있던 한 여자가 문득 끄트머리에 거대한 꼬리가 달린 길고
엄청난 흰 등뼈를 발견했다. 동풍이 항구 밖에서 줄곧

거센 파도를 일으키며 불고 있는 동안 그 등뼈는 수면 위에
모습을 드러낸 채 해류에 휩쓸려 흔들리고 있었다.

"저게 뭐죠?" 여자가 웨이터에게 물으면서 이제
해류를 타고 바다로 밀려 나가기를 기다리는 쓰레기에
지나지 않는 그 엄청나게 큰 고기의 길쭉한 등뼈를 손으로
가리켰다.

"티부론[49]이죠. 상어랍니다." 웨이터가 대답했다.
그러면서 그는 사건의 경위를 설명하려고 애를 썼다.

"상어가 저토록 잘생기고 멋진 꼬리를 달고 있는 줄은
미처 몰랐어요."

"나도 몰랐는걸." 여자와 동행인 남자가 말했다.

길 위쪽의 오두막집에서 노인은 다시금 잠이 들어
있었다. 얼굴을 파묻고 엎드려 여전히 잠을 자고 있었고,
소년이 곁에 앉아서 그를 지켜보고 있었다. 노인은 사자
꿈을 꾸고 있었다.

F. 스콧 피츠제럴드와 함께 떠난 리옹 여행

들랑브르 거리에 있는 딩고 바에서 친해진 헤밍웨이와 스콧이
함께 떠난 리옹 여행. 빗속에서 지붕 없는 차를 타고 다니는
바람에 쫄딱 젖은 두 사람. 급기야 스콧은 감기에 걸리고 마는데,
이 여행 과연 무사히 마칠 수 있을까? 헤밍웨이가 파리에서의
작가 수업 시절을 기억하며 쓴 자서전 『이동 축제일』(1964년)에
수록.

F. 스콧 피츠제럴드와 함께 떠난 리옹 여행[1]

1   이 글은 어니스트 헤밍웨이가 1920년대 중엽 파리에서의 작가
    수업 시절을 기억하며 기록한 자서전 『이동 축제일』(1964, 복원판
    2009)에서 뽑은 것이다. 미국 현대 문학의 두 거인, 헤밍웨이와
    F. 스콧 피츠제럴드의 애증 관계를 엿볼 수 있는 더할 나위 없이
    좋은 글이다. 헤밍웨이보다 세 살 위인 피츠제럴드는 뉴욕의 찰스
    스크리브너스 선스 출판사의 편집자 맥스웰 퍼킨스에게 편지를
    보내 "헤밍웨이야말로 장래가 촉망되는 진짜 작가"라고 격찬을
    아끼지 않았다. 이것이 계기가 되어 헤밍웨이는 평생 스크리브너스
    출판사와 관계를 맺게 되었다. 헤밍웨이도 『위대한 개츠비』를 높이
    평가하면서 이러한 작품을 쓸 수 있는 작가라면 이보다 더 훌륭한
    작품을 얼마든지 쓸 수 있을 것이라는 기대를 품었다. 그러나
    불행하게도 헤밍웨이의 이러한 기대와는 달리 피츠제럴드가
    작가로서의 재능을 탕진하자 두 사람의 관계는 시간이 지나면서
    점점 소원해졌다. 헤밍웨이의 「킬리민자로의 눈」은 재능을 낭비한
    실패한 작가 피츠제럴드를 염두에 두고 쓴 작품이다. 이 작품을
    계기로 두 작가의 관계는 더욱더 소원해졌다.

그의 재능은 마치 나비의 날개 위에 꽃가루가
만들어 내는 무늬처럼 자연스러웠다. 나비가 제 날개의
아름다움을 알지 못하듯 한때 그는 자신의 재능을
깨닫지 못했고 무늬가 쓸려 나가거나 망가져도 좀처럼
알아차리지 못했다. 뒷날에야 그는 상처 입은 날개와 그
구조를 인식하게 되었고 생각하는 법을 배웠지만, 이제 더
이상 날 수 없었다. 비상에 대한 애정은 사라지고 애쓰지
않아도 날 수 있었던 시절의 기억만 남았기 때문이다.

내가 F. 스콧 피츠제럴드를 처음 만났을 때 아주
이상한 일이 일어났다. 그와 함께 있을 때면 이상한
일이 많이 일어났지만, 그때 그 일만은 결코 잊히지
않는다. 그날 나는 아무짝에도 쓸모없는 작자들 몇 명과
함께 들랑브르 거리에 있는 딩고 바에서 술을 마시고

있었는데 스콧이 술집에 들어왔다. 그는 자신을 소개한
뒤 함께 온 키 크고 호감이 가는 젊은이를 유명한 야구
투수 채플린이라고 소개했다. 나는 프린스턴 대학교
야구팀의 경기에 관심을 기울인 적이 없었던 터라 덩크
채플린이라는 이름을 한 번도 들어 본 적이 없었다. 그러나
그 젊은이는 보기 드물게 착해 보이는 데다 느긋하고
허물없이 굴었기 때문에 스콧보다는 오히려 그에게
마음이 끌렸다.

그 무렵 스콧은 잘생겼다고 해야 할지, 예쁘다고
해야 할지 그 중간에 해당하는 미소년 같은 남자였다.
곱실거리는 멋진 금발에 널찍한 이마, 정열적이면서도
다정한 두 눈, 아일랜드인 특유의 섬세한 입과 길쭉한
입술이 젊은 아가씨였더라면 미인의 입이라고 할 만했다.
턱도 야무지게 생기고 귀도 준수한 데다, 우아하다고 할
정도로 잘생긴 코는 결점 하나 없었다. 요컨대 그것만으로
잘생겼다고는 할 수 없을지 모르지만, 그의 미모는 피부색,
금발, 입 모양에서 비롯했다. 그를 잘 알 때까지 그의
입은 사람들을 초조하게 만들었으며, 그를 잘 알게 되고
나서부터는 더더욱 초조하게 만들었다.

그렇지 않아도 피츠제럴드를 한번 만나 보고 싶었던
터라, 나는 온종일 고되게 작업하고 들른 이곳에서
스콧뿐만 아니라 그때까지 알지 못했지만 이제는 친구가

된 훌륭한 야구 선수 덩크 채플린과 자리를 함께하게 된 사실이 꽤 놀라웠다. 스콧은 계속 말을 늘어놓았고, 나는 그가 하는 말이 민망하여— 그는 내 작품이 훌륭하다고 입에 침이 마르도록 칭찬했다 — 그의 말에 귀를 기울이는 대신 계속 그를 바라보며 그의 모습을 자세히 뜯어보았다. 이 무렵에는 면전에서 칭찬하는 것을 노골적인 모욕과 다름없다고 생각했다. 스콧이 샴페인을 주문했고, 그와 덩크와 나는 처음부터 같이 있었던 쓸모없는 작자들과 함께 샴페인을 마셨다. 스콧이 마치 연설이라도 하듯 혼자 말을 이어 나갔기 때문에 덩크와 나는 그의 말에 귀 기울이지 않은 채 그의 모습만 관찰하고 있었다. 그는 체구가 작고, 몸 상태가 그다지 좋아 보이지 않았으며, 얼굴이 조금 부어 있었다. 브룩스 브러더스 양복이 몸에 잘 맞는 그는 흰색 버튼다운 셔츠 위에 근위병 줄무늬 넥타이를 매고 있었다. 당시 파리에는 영국인들이 많았고, 어쩌다 딩고 바에 들르면 영국인이 두 명 정도는 있었으니 스콧에게 그 넥타이에 대해 귀띔해 줘야 하나 생각했다. 하지만 그것은 내가 상관할 바 아니니 그저 그를 좀 더 관찰했다. 그가 로마에서 그 넥타이를 구입했다는 사실은 나중에 알게 되었다.

　나는 그의 손이 그다지 작지 않으면서 잘생겼다는 것 말고는 그를 관찰하면서 알아낸 것이 별로 없었다. 그가

처음 바의 스툴에 올라앉을 때 보니 다리가 몹시 짧아
보였다. 만약 다리 길이가 평균치만 됐으면 아마 그는 키가
5센티미터쯤 더 컸을 것이다. 우리는 첫 번째 샴페인 한
병을 다 마시고 이미 두 번째 병을 마시는 중이었다. 그리고
스콧의 연설도 서서히 시들어 가고 있었다.

　덩크와 나는 샴페인을 마시기 전보다 기분이 훨씬
좋아지기 시작했고, 스콧의 연설이 끝나 가서 기뻤다.
그때까지만 해도 우리 부부는 내가 얼마나 훌륭한
작가인지 조심스럽게 숨기고 있었다. 물론 우리가 진심을
털어놓을 수 있을 만큼 아주 절친한 사람들은 제외하고
말이다. 스콧이 작가로서의 내 가능성에 대해 우리와
똑같이 행복한 결론에 도달했다는 것을 알고 나는 무척
기뻤지만, 그의 연설이 끝나 가는 것 또한 그에 못지않게
기뻤다. 그러나 연설이 끝나자 질문 시간이 시작되었다.
연설 중에는 그의 말을 듣지 않고 그를 관찰할 수 있었지만
질문은 피할 도리가 없었다. 뒷날 알게 된 일이지만, 스콧은
소설가라면 자신이 알 필요가 있는 것을 직접 친구들이나
지인들에게 물어볼 수 있어야 한다고 믿고 있었다. 그래서
그의 질문은 단도직입적이었다.

　"어니스트." 그가 말했다. "어니스트라고 불러도
괜찮겠지?"

　"덩크한테 물어봐." 내가 대답했다.

"바보같이 굴지 마. 이건 아주 진지한 문제니까. 어디 한번 말해 봐, 결혼하기 전에 아내랑 잤나?"

"잘 모르겠는데."

"모르겠다니, 그게 무슨 말이야?"

"기억이 안 나."

"아니, 그렇게 중요한 일을 어떻게 기억하지 못하지?"

"모르겠어." 내가 대답했다. "좀 이상하지?"

"이상한 정도가 아니라 고약해." 스콧이 대꾸했다. "당연히 기억하고 있어야지."

"미안해. 유감이지?"

"영국 놈처럼 말하지 마." 그가 말했다. "기억하려고 진지하게 노력해 봐."

"못 해." 내가 말했다. "가망 없어요."

"진심으로 기억하려고 노력할 수 있잖나."

나는 스콧의 연설이 꽤 거만하다는 생각이 들었다. 그가 누구에게나 그런 식으로 연설하고 다니는 게 아닌지 궁금했다. 그러나 그가 떠드는 내내 땀을 뻘뻘 흘리는 걸 보면 그렇지는 않다는 생각이 들었다. 아일랜드인 특유의 길고 완벽한 윗입술 위에는 땀방울이 송골송골 맺혀 있었다. 나는 그의 얼굴에서 눈을 돌려 스툴 높이 때문에 바닥에 닿지 않고 매달려 있는 그의 다리 길이를 살폈다. 그러고 나서 다시 그의 얼굴을 바라본 바로 그 순간, 그 이상한 일이 일어났던 것이다.

손에 샴페인 잔을 들고 있던 스콧의 얼굴 가죽이 팽팽하게 당겨지더니 조금 부은 것 같던 그의 얼굴에서 부기가 완전히 사라지면서 마치 데스마스크처럼 변했다. 두 눈은 움푹 꺼져 죽은 사람처럼 보였고, 입술은 팽팽하게 당겨지고 얼굴에서 핏기가 사라지면서 낯빛이 쓰고 난 양초의 밀랍 색깔을 띠었다. 그것은 분명 내 상상력이 만들어 낸 착시 현상이 아니었다. 내가 보는 앞에서 그의 얼굴은 마치 실제로 죽은 얼굴이나 데스마스크처럼 변해 있었다.

"스콧." 내가 불렀다. "괜찮아?"

그는 아무런 대답도 하지 않았고, 그의 얼굴은 전보다 더 긴장되었다.

"이 사람을 어서 응급실로 데려가는 게 좋겠어요." 내가 덩크 채플린에게 말했다.

"그럴 필요 없어요. 곧 괜찮아질 겁니다."

"숨이 넘어갈 것 같지 않아요?"

"아니에요. 이 친구, 가끔 이럴 때가 있거든요."

우리는 그를 택시에 태워 보냈다. 나는 그가 몹시 걱정되었지만 덩크는 괜찮으니 걱정할 필요 없다고 했다. "집에 도착할 때쯤이면 아마 괜찮아질 겁니다."

덩크의 말이 과연 옳았다. 며칠 뒤 클로즈리 데 릴라

카페에서 스콧을 다시 만났을 때 나는 그런 일이 일어난 것이 유감스럽고, 그때 대화를 나누며 술을 너무 빨리 마신 탓에 그런 일이 벌어진 것 같다고 말했다.

"유감이라니 그게 무슨 말인가? 내게 그런 일이 벌어졌다고? 어니스트, 도대체 지금 무슨 말을 하는 거야?"

"지난번 딩고 바에서 벌어진 일 말이야."

"딩고 바에선 아무 일도 없었어. 난 그저 자네와 함께 있었던 그 빌어먹을 영국 놈들이 지겨워 집으로 돌아갔을 뿐이야."

"그 자리에 영국인은 없었어. 바텐더를 제외하고는 말이야."

"숨길 필요 없네. 내가 지금 누굴 두고 말하는 건지 잘 알잖아."

"아!" 내가 말했다. 그는 그날 밤 늦은 시간에 딩고 바에 다시 갔거나, 아니면 뒷날 그곳에 갔을지 모른다. 그랬다, 다시 생각해 보니 그때 그 술집에 분명히 영국인이 두 명 있었다. 그의 말은 사실이었다. 그들이 누군지 생각났다. 그날 영국인들이 그 술집에 있었던 것이다.

"그래, 맞아!" 내가 인정했다. "물론 영국인들이 있었어."

"엉터리 귀족 칭호를 코에 걸고 몹시 무례하게 굴던 여자랑 그 여자 옆에 붙어 있던 멍청이 같은 술꾼이 있었지. 자네 친구들이라고 했던 거 같은데."

"내 친구 맞아. 그리고 그 여자는 가끔 무례하게 굴긴 하지."

"그것 봐. 그날 내가 포도주 몇 잔 마셨다고 그런 걸 감출 필요는 없잖아. 한데, 왜 그걸 감추려 했지? 난 자네가 그렇게 행동할 줄은 몰랐는데."

"잘 모르겠어." 나는 이런 대화를 그만두고 싶었다. 그때 갑자기 내 머리를 스치는 생각이 하나 있었다. "혹시 그 친구들이 넥타이 때문에 무례하게 굴었나?" 내가 물었다.

"그 작자들이 왜 내 넥타이 때문에 무례하게 굴었겠나? 난 그저 흰색 폴로셔츠에 무늬가 없는 검은색 니트 넥타이를 매고 있었는데."

나는 그 문제에 대해 손을 들고 말았다. 그는 내게 왜 이 카페를 좋아하는지 물었고, 나는 이 카페의 과거에 대해 설명해 주었다. 그러자 그도 그 카페에 호감을 갖기 시작했다. 이제부터 그곳을 좋아하려는 그와 오래전부터 그곳을 좋아한 나는 그렇게 클로즈리 데 릴라에 앉아서 한동안 이야기를 나누었다. 그는 내게 여러 실문을 던지면서 여러 작가들, 출판업자들, 에이전트들, 문학

평론가들, 조지 호러스 로리머,[2] 여러 풍문, 성공한
작가를 따라다니는 풍문과 경제 문제 등에 대해 이야기를
늘어놓았다. 그는 냉소적이면서도 재미있고 매우 쾌활하며
매력이 흘러넘치고 호감이 가는 사람이었다. 누구든
호감이 생기도록 구는 인물은 경계해야 한다는 점을
감안하더라도 말이다. 스콧은 과거에 자신이 쓴 모든
작품에 대해 경멸조로, 그러나 전혀 비통해하지 않으면서
이야기했는데, 과거 작품들의 결점들을 그렇게 담담하게,
전혀 비통해하지 않고 말할 만큼 최근의 새 작품이 그
자신에겐 너무나 훌륭한 작품이라는 걸 알 수 있었다.
그는 내게 그 새 작품인 『위대한 개츠비』를 읽어 보라고
했다. 그러면서 한 권밖에 없는 그 책을 누군가에게
빌려주었는데 돌려받는 즉시 내게 보여 주겠다고 했다.
겸손한 작가들이 훌륭한 작품을 완성했을 때 으레 표하는
예의 부끄러움을 제외하고, 그가 말하는 바로는 이
작품이 얼마나 훌륭한지 짐작도 할 수 없었다.(다만 겸손한
작가들이라면 어떤 훌륭한 작품을 완성했을 때 으레 그러하듯 그는
그 책에 대해 부끄러워했다.) 나는 그가 어서 책을 돌려받아
내가 읽어 볼 수 있기를 바랐다.

　스콧은 그 책이 그다지 잘 팔리지는 않지만 서평은

2　　George Horace Lorimer(1867~1937). 미국의 저널리스트.

꽤 좋다는 말을 맥스웰 퍼킨스한테서 들었다고 했다. 그 책에 대해 가장 좋은 평을 했던 길버트 셀리즈의 서평을 내게 보여 준 것이 그날이었는지, 아니면 뒷날이었는지는 잘 기억나지 않는다. 길버트 셀리즈가 좀 더 좋은 평론가였더라면 아마 더 좋았을 것이다. 스콧은 그 책이 잘 팔리지 않아서 당황스럽고 마음이 상했지만, 앞에서 말했던 것처럼 전혀 비통해하지 않았다. 그 작품의 가치에 대해서 그는 수줍어하면서도 만족하고 있었다.

그날 우리가 클로즈리 데 릴라의 테라스에 앉아 땅거미가 내려앉는 모습과 지나가는 사람들과 저녁이 시시각각 잿빛으로 바뀌는 모습을 바라보는 동안, 우리가 마신 위스키소다 두 잔은 스콧에게 아무런 화학 작용을 일으키지 않았다. 혹시나 싶어 나는 그를 세심하게 관찰했지만 지난번과 같은 일은 일어나지 않았다. 그는 내게 황당한 질문을 던지거나 나를 당황스럽게 만들지도 않았고, 지루한 연설을 늘어놓지도 않았으며, 정상인처럼 총명하고 매력적으로 처신했다.

피츠제럴드는 그와 자기 아내 젤다가 고약한 날씨 탓에 그들의 소형차 르노를 리옹에 두고 올 수밖에 없었다고 말했다. 그러면서 나더러 함께 기차를 타고 리옹에 가서 그 차를 몰고 파리로 돌아올 수 있는지 물었다. 피츠제럴드 부부는 에투알에서 그다지 멀지

않은 틸시트 거리 14번지에 가구 딸린 아파트를 세내어
살고 있었다. 바야흐로 봄이 막바지에 접어들어 시골
풍경이 더할 나위 없이 아름다울 터였으므로 우리는 아주
멋진 여행을 할 수 있으리라고 생각했다. 스콧은 무척
다정하면서도 이성적이었고, 우리가 위스키를 두 잔이나
연거푸 마시는 동안에도 그에게는 아무런 일도 일어나지
않았다. 그는 매력적이고 분별력 있게 행동했기 때문에
지난번 딩고 바에서 벌어진 사건은 한낱 불쾌한 꿈처럼
생각되었다. 그래서 나는 그의 제안대로 함께 리옹에
가겠다고 말하고 언제 출발할지 물었다.

　　우리는 이튿날 다시 만나 아침에 출발하는 리옹행
특급열차 편을 알아보기로 했다. 이 열차는 편한 시간대에
출발하고 아주 고속으로 달렸다. 지금 생각해 보니 이
열차는 디종 한 곳에서만 정차했던 것 같다. 리옹에
도착하는 대로 자동차 상태를 점검한 뒤 근사하게 저녁을
먹고 이튿날 아침 일찍 파리로 올라오기로 계획을 세웠다.

　　나는 이 여행에 무척 고무되어 있었다. 나보다 나이가
많고 성공한 작가와 함께하는 여행이기 때문이었다.
돌아오는 자동차 안에서 그와 대화하면서 내가 알고
싶었던 유익한 정보를 많이 얻게 될 것이 아닌가. 지금
생각해 보면 스콧을 나이 든 작가로 여겼던 게 이상하지만,
『위대한 개츠비』를 아직 읽어 보기 전이었던 그 무렵

나는 그를 무척 나이가 든 작가로 생각하고 있었다.
삼 년 전 《새터데이 이브닝 포스트》에 읽을 만한 단편
소설 몇 편을 게재했던 것으로 기억할 뿐 그를 진지한
작가라고는 한 번도 생각해 본 적이 없었다. 클로즈리 데
릴라 카페에서 그는 자기가 어떻게 좋은 단편 소설들을
쓰는지, (《포스트》에 정말로 어울리는 작품들 말이다.) 그러고
나서 어떻게 원고를 수정해서 넘기는지 내게 말해 주었다.
잡지에 팔기에 안성맞춤인 단편 소설로 만들기 위해
어떻게 이야기를 비틀어야 하는지 그는 잘 알고 있다고
했다. 나는 그의 말에 충격을 받고서 그것은 몸 파는
창녀들이나 하는 짓거리라고 말했다. 그러나 그는 그게
창녀들이 하는 짓거리이기는 해도 좋은 작품을 쓸 돈을
마련하려면 잡지사에서 돈을 벌어야 하므로 그렇게 할
수밖에 없다고 했다. 나는 그에게 작가라면 자기 재능을
파괴하지 않고 능력이 닿는 데까지 가장 좋은 글을
써야 한다고 말했다. 그러나 그는 진짜 작품을 먼저 써
놓았기 때문에 비록 그것을 파괴하고 변형한다 해도
궁극적으로는 아무런 해가 되지 않는다고 반박했다.
나는 그의 논리에 동의할 수 없었고, 그의 말을 반박하고
싶었다. 그러나 내 신념을 입증하고 그를 설득하려면 내가
쓴 장편 소설 한 편이 있어야 했지만, 나는 아직 그러한
장편 소설을 집필하지 못한 상태였다. 내 작품을 하나하나

분석하여 쉽게 기교를 부린 대목을 모두 삭제하고 대상을
묘사하기보다는 글에 생명을 불어넣으려고 시도한 이후
글을 쓴다는 것은 경이로운 일이었다. 그러나 동시에
그것은 몹시 힘든 작업이기도 했다. 무엇보다도 장편
소설처럼 길이가 긴 작품을 쓸 수 있을지 엄두가 나지
않았다. 문단 하나를 완성하기 위해 아침 내내 붙들고
씨름해야 할 때도 자주 있었다.

내 아내 해들리는 이미 읽어 본 스콧의 작품을
그다지 높게 평가하지는 않았지만 내가 그와 여행하기로
했다는 말을 듣자 기뻐했다. 그녀가 생각하는 훌륭한
작가는 헨리 제임스였다. 그녀는 내가 잠시 작품 집필에서
벗어나 여행을 떠나고 휴식을 취하게 된 것을 다행으로
생각했다. 물론 우리한테도 자동차가 있어서 둘이 함께
여행할 수 있었더라면 좋았을 것이다. 그러나 그러한
일이 생길 수 있다는 기대조차 할 수 없었다. 나는
가을에 미국에서 첫 단편집을 출판하기로 한 보니 앤드
라이브라이트 출판사로부터 선금 200달러를 받았다. 또
베를린의 《프랑크푸르터 차이퉁》과 《데어 케르슈니트》,
그리고 파리의 《디스 쿼터》와 《트랜스애틀랜틱 리뷰》에
단편 소설들을 팔고 있었다. 그러나 우리는 7월에
스페인 팜플로나에서 열리는 축제와 그 뒤 마드리드와
발렌시아에서 열리는 축제에 가려고 꼭 필요한 데만 돈을

쓰며 허리띠를 졸라매고 있었다.

출발하기로 한 날 아침 일찍 나는 파리 리옹역에
도착해 역 건물 밖에서 스콧을 기다렸다. 열차표 두
장 모두 그가 가져오기로 되어 있었다. 출발 시각이
다가왔지만 그는 나타나지 않았다. 그래서 나는 선로
입장권을 구입해 역사 안으로 들어가 기차 옆을 따라
걸어가면서 그를 찾아보았다. 스콧은 보이지 않고 긴
기차가 서서히 움직이기 시작하기에 나는 서둘러 기차에
올라탔다. 그리고 어느 객실엔가 그가 타고 있기만을
바라며 객실 하나하나 훑고 지나갔다. 기차는 무척
길었고, 어디에도 그는 없었다. 나는 검표원에게 사정을
설명하고 이등실표 비용을 지불하고 나서 ─ 삼등실은
자리가 없었다 ─ 리옹에서 가장 좋은 호텔이 어디인지
물어보았다. 디종에서 스콧에게 전보를 쳐서 리옹에서
기다릴 호텔 주소를 그에게 알려 주는 길밖에 도리가
없었다. 그가 출발하기 전에 내 전보를 받지 못할 테지만
그의 아내가 그에게 다시 전보를 보내면 될 듯싶었다.
그때까지 나는 어른이 기차를 놓쳤다는 말을 한 번도 들어
본 적이 없었다. 그런데 이번 여행에서 나는 여러 가지 일을
처음 배우게 되었다.

그 당시 나는 걸핏하면 욱하고 화를 내는 등 성질이
고약했지만, 기차가 몽트로를 지날 무렵에는 화가

가라앉아 이제 바깥 경치를 즐길 수 있게 되었다. 정오에
식당 칸에서 맛있는 점심을 먹고 생테밀리옹산 포도주를
마셨다. 나는 정말 한심한 바보처럼 다른 누군가가 경비를
지불하기로 한 여행을 받아들이고 그 때문에 아내와
나의 소중한 스페인 여행 자금을 허비하면서 소중한
교훈을 얻었다. 나는 그때까지 경비를 분담하지 않고 다른
사람이 경비를 대는 여행을 받아들인 적이 한 번도 없었다.
그래서 나는 이 여행에서도 호텔비와 식사비를 똑같이
분담하자고 주장했다. 그러나 피츠제럴드가 약속대로
나타날지조차 알 수 없는 상황이었다. 화가 치민 나는
어느새 '스콧'을 '피츠제럴드'라고 낮추어 부르고 있었다.
출발할 때는 몹시 화가 났지만 다행히 점차 화를 가라앉힐
수 있었다. 어쨌든 이런 여행은 화를 잘 내는 사람에게는
어울리지 않았다.

　　리옹에 도착한 나는 스콧이 리옹을 향해 파리를
떠나면서 어느 호텔에 묵을 것인지는 알리지 않았다는
것을 알게 되었다. 나는 스콧의 집에서 전화를 받은
가정부에게 내가 리옹에서 머물 호텔 주소를 남겼고,
그녀는 그가 전화하면 전하겠노라고 했다. 부인은 몸이
불편하여 아직 침실에서 잠을 자고 있다고 했다. 나는
리옹 시내의 모든 호텔로 전화를 걸어 메시지를 남겼지만
끝내 스콧을 찾을 수 없었다. 나는 카페에서 아페리티프나

한잔하면서 신문을 읽으려고 호텔방을 나섰다. 카페에서 나는 생계 수단으로 불을 집어삼키기도 하고 이가 하나도 없는 잇몸으로 동전을 물고 엄지와 검지로 구부리는 등 묘기를 부리는 사나이를 만났다. 잇몸이 몹시 아팠을 텐데도 겉으로 보기에는 아무렇지도 않은 듯했다. 그는 차력이 그다지 나쁜 직업은 아니라고 했다. 그에게 함께 한잔하자고 권했더니 기뻐했다. 얼굴이 거무스레했지만 잘생겼고 불을 집어삼키는 묘기를 부릴 때는 환하게 광채가 났다. 그는 리옹 같은 도시에서는 불을 삼키거나 잇몸으로 동전을 구부리는 묘기를 부려도 별로 돈이 되지 않는다고 설명했다. 가짜로 불을 집어삼키는 사람들이 이러한 직종을 망쳐 놓고 있고, 그런 사람들이 묘기를 하도록 내버려두는 곳에서는 앞으로도 계속 그렇게 될 것이라고 개탄했다. 그는 저녁 내내 불을 집어삼키는 묘기를 부려도 그날 저녁에 입에 풀칠하기 힘들다고 투덜댔다. 나는 그에게 한 잔 더 마셔서 입안에 남아 있는 석유를 헹구어 내라고 권한 다음, 만약 값싸고 맛있는 음식을 파는 식당을 알고 있으면 그곳에서 나와 함께 식사를 하는 게 어떻겠냐고 제안했다. 그랬더니 그 사람은 아주 훌륭한 식당 하나를 알고 있다고 했다.

　어느 알제리 식당에서 아주 값싸게 저녁을 먹었는데, 그 집 음식과 알제리 포도주는 내 입맛에 잘 맞았다. 불을

집어삼키는 묘기를 부리는 그 남자는 사람이 좋았고, 이
없이도 이가 있는 대부분의 사람들처럼 음식을 잘 씹는
모습이 신기했다. 그가 내게 직업이 뭐냐고 묻기에 나는
갓 데뷔한 신인 작가라고 대답했다. 그는 내게 어떤 글을
쓰느냐고 물었고, 나는 단편 소설을 쓴다고 대답했다.
그랬더니 그는 이야깃거리를 많이 알고 있다면서 그중
몇 가지는 아무도 글로 쓴 적이 없는 기상천외하고
무시무시한 이야기라고 했다. 그는 그런 이야기들을
들려줄 수 있다고 했고, 나는 그것을 글로 써서 얼마간
돈을 벌면 내가 공평하다고 생각하는 만큼 계산해서
그의 몫을 챙겨 주겠다고 했다. 한 술 더 떠서 그는 우리가
함께 북아프리카에 갈 수 있다고도 했다. 그가 나를 블루
술탄의 나라로 데려갈 것이고, 그곳에서 어느 누구도 들어
본 적이 없는 이야기를 들을 수 있다고 했다.

　　내가 그에게 그런 이야기들이 어떤 종류의 이야기냐고
묻자 그는 전투, 사형 집행, 고문, 강간, 끔찍한 풍습,
믿기지 않는 관습, 환락 등 내가 원하는 모든 것이
있다고 했다. 그러는 동안 스콧의 기별을 확인하러
호텔로 돌아가야 할 시간이 다가오고 있었다. 그래서
나는 식사비를 계산하고 나서 그에게 언젠가 틀림없이
다시 만나게 될 것이라고 말했다. 그는 자기가 현재
마르세유 쪽으로 이동하면서 일하는 중이라고 했고, 나는

어디에서든 곧 다시 만나게 될 것이라고 말하고 나서
저녁이 맛있었다고 덧붙였다. 구부러진 동전들을 다시
펴서 식탁 위에 차곡차곡 쌓아 놓는 그를 남겨 둔 채 나는
호텔을 향해 천천히 걸어갔다.

리옹의 밤은 그다지 쾌적하지 않았다. 리옹은
사치스러운 대도시로 부유한 사람들이 좋아할 만한
곳이었다. 리옹의 레스토랑에서 먹을 수 있다는 맛있는
닭고기 요리에 대한 소문은 몇 해 전부터 익히 들어 왔지만
아내와 나는 닭고기보다 양고기 요리를 더 좋아했다.
양고기는 그야말로 훌륭했다.

스콧한테서는 아무런 메시지도 와 있지 않았기에
나는 익숙하지 않은 호화로운 호텔의 침대 속으로 들어가
실비아 비치[3] 서점에서 빌린 투르게네프의 『사냥꾼 일기』
첫 권을 펼쳐 들었다. 지난 삼 년 동안 이런 고급 호텔에
머문 적이 없는 나는 창문을 활짝 열어 놓은 채 침대
머리맡에 베개 몇 개를 겹쳐 쌓아 올린 뒤 등을 기대고
편안한 자세로 느긋하게 투르게네프와 함께 시간을
보내다가 그만 스르르 잠들고 말았다. 아침 식사를 하려고
면도를 하고 있는데 프런트 데스크에서 연락이 왔다.

---

3   Sylvia Beach(1887~1962). 미국 태생의 서점 주인. 출판사도
      운영했다.

1층에서 신사 한 분이 나를 기다린다고 했다.

"그분께 올라오라고 전해 주겠나?" 이렇게 말하고
나서 나는 이른 아침부터 기지개를 켜며 잠에서 깨어나는
대도시의 활기찬 소음을 들으며 면도를 계속했다.

스콧이 위층으로 올라오지 않아서 로비에서 그를
만났다.

"계획을 이렇게 엉망으로 만들어 대단히 미안하네."
그가 사과했다. "자네가 어느 호텔에 머무를지만 알았어도
이렇게 일이 꼬이지는 않았을 텐데."

"괜찮아." 내가 말했다. 우리는 이제부터 아주
오랫동안 자동차를 몰고 함께 가야 했기에 나는 평화를
원했다. "어떤 기차로 내려왔나?"

"자네가 탄 기차가 출발하고 나서 바로 얼마 뒤 떠나는
기차를 탔지. 좌석이 무척 편안한 기차더군. 우리 둘이
함께 내려왔으면 좋았을 텐데."

"아침 식사는 했나?"

"아니, 아직. 자네를 찾느라 시내 구석구석을 뒤지고
다녔지."

"그거 참 안됐군." 내가 말했다. "집에서 내가 이 호텔에
머문다고 말하지 않던가?"

"아니. 사실은 아내가 몸이 불편해서 이번 여행은
취소하는 편이 나을 뻔했어. 지금까지 여행이 모두

엉망이었거든."

"얼른 아침을 먹고 자동차를 찾아서 떠나기로 하지."
내가 말했다.

"그렇게 하지. 여기서 아침을 먹을까?"

"카페에서 먹는 게 더 빠를걸."

"하지만 음식은 이곳이 훨씬 낫겠지."

"그럼 그렇게 하지."

호텔의 아침 메뉴는 햄과 달걀을 곁들인 푸짐한
미국식 식사로 아주 훌륭했다. 하지만 음식을 주문하고
기다렸다가 음식을 먹고, 그러고 나서 또 계산한다고
기다리느라 한 시간 가까이 허비했다. 더구나 웨이터가
계산서를 가져오자 스콧은 호텔에서 점심 도시락을
주문하려 했다. 나는 차를 타고 올라가다가 마콩에서 그
지역 포도주를 한 병 사고 샤르퀴트리 가게에서 샌드위치
재료를 사서 점심을 해결하면 된다면서 그를 만류하려
했다. 만약 그런 가게들이 아직 문을 열지 않는다 해도
길을 가면서 중간에 들를 만한 식당이 많았기 때문이다.
그러나 스콧은 전에 내가 리옹에 소문난 닭고기 요리가
있다고 했다면서 그걸 한번 먹어 봐야 하지 않겠냐고 우겨
댔다. 결국 우리는 가게에서 사는 것보다 무려 네다섯 배
비싼 가격으로 점심 도시락을 주문했다.

스콧은 나를 만나러 오기 전에 이미 한잔 걸친

게 분명했고, 한잔 더 하고 싶어 하는 눈치여서 나는
출발하기 전에 바에서 뭘 좀 마시지 않겠냐고 물었다.
그러나 그는 자기가 아침부터 술을 마시는 사람이
아니라며 오히려 나더러 아침에 술을 마시는 사람이냐고
물었다. 나는 그때그때 기분과 그날 해야 할 일에 따라
다르다고 대답했다. 그는 만약 내가 술 생각이 나서
그런다면 혼자 마시게 할 수 없으니 자기가 대작해
주겠다고 했다. 그래서 우리는 호텔에서 점심 도시락을
준비하는 동안 바에서 위스키에 페리에 광천수를 타서
한 잔씩 마셨다. 그러고 나니 우리는 모두 기분이 훨씬
좋아졌다.

　스콧이 모든 비용을 지불하고 싶어 했지만 내가 호텔
투숙비와 바에서 마신 술값을 지불했다. 여행을 시작할
때부터 나는 이 문제로 마음이 조금 불편했다. 내가 돈을
많이 지불하면 할수록 그만큼 기분이 훨씬 좋아진다는
것을 알아차렸다. 나는 스페인 여행을 하려고 모아 둔 돈을
낭비하고 있었지만, 실비아 비치에게 신용이 좋아 지금
낭비하는 돈만큼 그녀에게서 빌려 쓰고 갚을 수 있었다.

　스콧이 자동차를 맡겨 둔 정비 공장에 가 보니
놀랍게도 그의 조그마한 르노 자동차에는 지붕이 없었다.
배가 마르세유 항구에 도착하여 차를 내릴 때 지붕이
파손되었거나 마르세유에서 어떤 다른 이유로 파손된

것 같은데, 그의 아내 젤다는 지붕을 아예 절단해 버리고 새 지붕을 씌우지 않았다고 했다. 스콧의 말로는 그의 아내는 지붕이 있는 자동차를 아주 싫어한다는 것이다. 아내와 함께 마르세유에서 리옹까지 그 먼 길을 지붕 없는 차를 몰고 오다가 비가 쏟아지는 바람에 그곳에서 여행을 중단했다고 한다. 비록 지붕은 없지만 자동차 상태는 양호했다. 스콧은 세차비와 윤활유값, 추가로 넣은 휘발유 2리터 비용을 두고 실랑이를 벌인 뒤 비용을 지불했다. 그러는 동안 정비공이 다가와 엔진의 피스톤링을 갈아야 한다고 나에게 말했다. 차를 맡기던 날 윤활유와 냉각수가 부족한 상태에서 계속 몰고 온 것 같다면서 어떻게 엔진이 과열되어 페인트를 녹여 버렸는지 보여 주었다. 그는 내게 파리에 가면 자동차 주인을 설득해 피스톤링을 교체하게 하라면서, 그렇게 하면 이 성능 좋은 차가 제 수명을 다할 수 있을 거라고 귀띔해 주었다.

　　"저 손님은 차 지붕을 복구하지 말라고 하더군요."

　　"그래요?"

　　"차 소유주는 차를 제대로 보수할 의무가 있는데 말예요."

　　"물론 그렇겠지요."

　　"두 신사분께선 방수 코트를 갖고 다니겠죠?"

　　"아뇨. 지붕이 없는 차인 줄 몰랐거든요." 내가

대답했다.

"저분께 조심하라고 말씀 좀 해 주십시오." 그가
애원하듯 말했다. "적어도 자동차에 관해서는 말이죠."

"아!" 내가 내뱉었다.

우리는 리옹에서 북쪽으로 한 시간쯤 달리다가 비가
쏟아져 차를 세웠다.

그날 우리는 비 때문에 모르긴 몰라도 아마 열 번 정도
차를 세워야 했다. 어떤 때는 지나가는 소나기였지만 어떤
때는 오랫동안 내렸다. 만약 방수 코트를 준비했더라면
제법 즐겁게 봄비 속의 드라이브를 즐겼을 것이다. 그러나
우리는 비가 쏟아질 때마다 어쩔 수 없이 길가의 나무
밑이나 도로 옆 카페에 들어가 비를 피해야 했다. 우리는
리옹 호텔에서 가져온 기막히게 맛있는 도시락을 먹었다.
송로 버섯을 넣고 구운 환상적인 닭고기 요리와 맛있는
빵, 그리고 마콩산 백포도주는 가히 일품이었다. 스콧은
우리가 차를 멈추고 백포도주를 조금씩 홀짝거릴 때마다
무척 행복해했다. 나는 마콩에서 아주 좋은 백포도주 네
병을 샀고, 필요할 때마다 내가 코르크 마개를 땄다.

전에도 스콧이 포도주를 병째로 마신 적이 있는지는
알 수 없지만, 그는 그날 그렇게 포도주를 마시면서 마치
호기심에 슬럼가를 처음 방문한 사람이나, 난생처음
수영복도 입지 않고 알몸으로 수영하는 소녀처럼

흥분하고 있었다. 그러나 이른 오후가 되자 그는 자신의 건강에 대해 걱정하기 시작했다. 그는 내게 최근에 폐울혈(肺鬱血)로 사망한 두 사람의 이야기를 들려주었다. 두 사람 모두 이탈리아에서 사망했는데 그는 큰 충격을 받았다고 했다.

내가 '폐울혈'이라는 말이 폐렴을 뜻하는 낡은 용어라고 말하자, 스콧은 내가 그 병을 잘 모른다며 내 말이 전혀 틀렸다고 했다. 그의 설명에 따르면, 폐울혈이 유럽에만 있는 질병이고, 설령 내가 아버지의 의학 서적들을 읽어 봤다 해도 그 책에는 미국인들의 질병에 대해서만 나와 있을 테니 내가 그 병에 대해 알 리 없다고 했다. 나는 아버지도 유럽에서 공부를 하셨다고 대꾸했다. 그러나 스콧은 폐울혈이 오직 유럽에서만 최근에 나타난 질병이므로 우리 아버지는 그 병에 대해 잘 모를 거라고 주장했다. 그는 또한 미국에서도 지역마다 발병하는 질병이 서로 다르며, 만약 우리 아버지가 미국의 중서부가 아닌 뉴욕에서 개업했다면 전혀 다른 온갖 유형의 질병에 정통했을 거라고 했다. 그는 '온갖 유형'이라는 표현을 사용했다.

나는 미국의 어떤 지역에서는 흔히 볼 수 있지만 다른 지역에서는 좀처럼 찾아볼 수 없는 질병도 있기 때문에 그의 말에 일리가 있다고 말했다. 그러면서

뉴올리언스에는 많지만 시카고에는 별로 없는 나병을
실례로 들었다. 그러나 나는 여러 지역에 퍼져 있는
의사들끼리 서로 지식과 정보를 교환하는 시스템이 있다는
사실을 지적하면서, 그가 폐울혈을 화제로 꺼냈으니
하는 말이지만, 나는 《미국의학협회지(JAMA)》에 실린
유럽의 폐울혈에 관한 권위 있는 논문을 읽은 적이 있는데,
이 논문에서는 폐울혈의 역사를 히포크라테스 시대로
거슬러 올라가더라고 했다. 이 말을 들은 스콧은 잠시
말을 중단했고, 나는 그에게 마콩산 백포도주를 한 모금
더 마시라고 권했다. 알코올 함유량이 낮으면서도 적당히
감칠맛이 나지만 좋은 포도주가 폐울혈에 특효라고 할 수
있기 때문이었다.

  스콧은 포도주를 마시고 원기를 조금 되찾는 듯했지만
곧 다시 상태가 나빠졌다. 그는 내가 말한 진성 유럽형
폐울혈을 예고하는 고열이나 섬망 증세가 나타나기 전에
우리가 대도시에 도착할 수 있을지 내게 물었다. 나는
뇌이에 있는 미국 병원에서 편도선을 소작(燒灼)하려고
기다리는 동안 프랑스의 한 의학 저널에서도 폐울혈에
관한 기사를 읽은 적이 있는데, 지금 그 기사를 번역하는
중이라고 그에게 말했다. '소작하다'라는 어휘가 스콧에게
위안을 주는 것 같았다. 그러나 그는 우리가 언제 대도시에
도착할 수 있을지 알고 싶어 했고, 나는 서둘러 간다면

삼십오 분 안에 도착할 수 있을 것이라고 대답했다. 그러자
스콧은 내가 죽음을 두려워한 적이 있는지 물었고, 나는
가끔 다른 사람들보다 더 죽음을 두려워할 때가 있다고
대답했다.

그때 비가 억수같이 쏟아지기 시작했고, 우리는
그다음 마을 어느 카페에 들어가 비를 피했다. 그날 오후에
있었던 일을 모두 상세하게 기억할 수는 없지만, 우리가
마침내 샬롱쉬르손인 듯한 마을의 한 호텔에 도착했을
때는 밤이 깊어 약국들이 모두 문을 닫은 상태였다.
스콧은 호텔에 도착하자마자 옷을 벗고 잠자리에 들었다.
그는 자신이 폐울혈로 죽는 것은 상관없지만, 젤다와
어린 딸 스코티를 누가 돌봐 줄 것인지 걱정된다고
했다. 나로서는 아내 해들리와 어린 아들 범비를 돌보는
것만으로도 벅차서 그 두 사람까지 돌볼 여력이 있을지
확신이 서지 않았지만, 힘닿는 데까지 그들을 돌보겠다고
말했고, 그러자 스콧은 고맙다고 했다. 나는 젤다가 술을
너무 많이 마시지 못하게 해야 하고, 스코티에게는 영어
가정교사를 붙여 줘야 한다는 말도 잊지 않았다.

우리는 비에 젖은 옷을 벗어 말려 달라고 호텔에
맡겼기 때문에 잠옷 차림으로 있었다. 밖에는 여전히 비가
내리고 있었지만 전깃불을 환하게 밝힌 방 안은 쾌적했다.
스콧은 폐울혈과 싸울 체력을 비축하느라 침대에 누워

있었다. 그의 맥박을 재 보니 1분에 72회로 정상적이었고, 이마를 짚어 보니 열도 없었다. 그에게 심호흡을 시키고 가슴에 귀를 대고 들어 보니 폐와 기관지도 정상적이었다.

"이봐, 스콧." 내가 말했다. "자네의 지금 상태는 무척 양호해. 감기에 걸리지 않으려면 그냥 침대에 누워서 쉬어. 내가 레모네이드와 위스키를 각각 한 잔씩 주문할 테니 아스피린 한 알과 함께 마시도록 해. 그러면 기분도 나아지고 감기도 걸리지 않을 테니."

"그런 구닥다리 같은 민간요법으로 뭘 어쩌겠다는 거야." 스콧이 내뱉었다.

"열이 전혀 없어. 빌어먹을, 열이 없는데 어떻게 폐울혈에 걸린다는 거야?"

"내 앞에서 욕설을 내뱉지 마." 스콧이 말했다. "신열이 없는지 어떻게 알아?"

"맥박도 정상이고, 손으로 짚어 보니 열도 없으니까."

"손으로 짚어 봤다고." 스콧이 비통한 목소리로 말했다. "자네가 내 진정한 친구라면 당장 체온계를 구해 오게."

"지금 잠옷 바람으로 있잖아."

"그럼 사람을 부르면 되잖아."

나는 벨을 눌러 웨이터를 불렀다. 그러나 아무도 오지 않아서 나는 다시 벨을 눌렀다가 아예 웨이터를 찾으러

복도로 나갔다. 스콧은 두 눈을 감고 침대에 누워 천천히 그리고 조심스럽게 호흡하고 있었다. 밀랍처럼 창백해진 얼굴과 완벽한 이목구비 때문에 그는 이미 숨을 거둔 십자군 병사처럼 보였다. 나는 이제 이 문학가의 삶이라는 것에 진절머리가 나기 시작했고, (만약 내가 살아가는 삶이 문학가의 삶이라고 부를 수 있다면) 오늘의 집필 작업을 거르게 된 것이 안타까웠으며, 하는 일 없이 허송세월한 하루가 저물 무렵이면 어김없이 나를 괴롭히던 죽음과도 같은 고독을 느끼기 시작했다. 나는 스콧에 대해, 이 바보 같은 촌극에 진절머리가 났지만, 마침내 웨이터를 찾아 그에게 돈을 주며 체온계와 아스피린을 사 오라고 했고, 또 레몬주스 두 잔과 더블위스키 두 잔을 주문했다. 나는 위스키를 병째로 주문하고 싶었지만 호텔에서는 잔으로만 팔았다.

　방으로 돌아와 보니 스콧은 여전히 무덤 속 시신처럼 누워 있었다. 두 눈을 지그시 감고 자못 품위 있게 숨을 쉬며 누워 있는 모습이 마치 스스로 자신을 기념하려고 만들어 놓은 조각상과 같았다.

　내가 방으로 들어오는 기척을 듣고 그가 물었다.

"체온계를 구해 왔나?"

　나는 그에게 다가가 그의 이마에 손을 얹었다. 무덤 속 시신처럼 그렇게 싸늘하지는 않았다. 그러나 서늘하고 축축한 느낌이 들었다.

"아니." 내가 대답했다.

"자네가 가져올 줄 알았는데."

"구해 오라고 사람을 보냈어."

"그건 직접 가져오는 것과는 다르지."

"물론 똑같지는 않겠지."

미친 사람에게 화를 낼 수 없듯이 스콧에게도 화를 낼 수 없었지만, 이 모든 어리석은 일에 연루된 나 자신에게 점점 화가 치밀고 있었다. 물론 그의 두려움에는 어느 정도 일리가 있었고, 나도 그 점은 잘 알고 있었다. 그 무렵에는 폐렴으로 사망하는 사람이 거의 없다시피 했지만 대부분 알코올중독자들은 지금은 없어지다시피 한 폐렴으로 사망했다. 그러나 그는 술을 아주 조금만 마셔도 취했으므로 그를 알코올중독자로는 볼 수 없었다.

당시 유럽에서는 포도주를 음식처럼 몸에 좋은 정상적인 식품일 뿐만 아니라 행복과 기쁨과 즐거움을 주는 음료로 간주하고 있었다. 포도주를 마신다는 것은 속물근성을 드러내는 태도도 아니고, 과장하여 멋을 부리는 행동도 아니었으며, 그렇다고 유행을 따르는 취향도 아니었다. 그것은 음식을 먹는 것과 똑같이 자연스러운 일이었으며, 내게는 필요한 일이었다. 나는 포도주나 과일주나 맥주를 곁들이지 않고 식사를 한다는 것을

상상조차 할 수 없었다. 나는 단맛이 나거나 달콤하거나
너무 독한 포도주를 제외하고는 모든 종류의 포도주를
좋아했다. 그래서 내가 스콧과 나눠 마신, 꽤 약하고
단맛이 없는 마콩 백포도주 몇 병이 그의 몸 안에서 화학
반응을 일으켜 그를 바보로 만들 수 있으리라고는 미처
생각하지 못했다. 물론 아침에 페리에를 탄 위스키도
한 잔 마셨지만 내가 알코올중독자들에게 무지했던 탓에
그 위스키 한 잔도 빗속에서 지붕 없는 차를 운전하는
남자에게 큰 해를 끼칠 수 있다는 사실을 깨닫지 못했다.
알코올이 몸속에서 아주 빠른 속도로 산화했을 것이다.

　　내가 부탁한 물건들을 웨이터가 가져오기를 기다리는
동안 나는 소파에 앉아 신문을 읽으며 우리가 마지막으로
차를 멈췄을 때 마개를 딴 마콩 백포도주를 마저 마셨다.
프랑스에 살다 보면 일간신문에는 늘 몇 가지 놀랄 만한
범죄 사건 기사가 실렸다. 이 기사들은 마치 연재소설처럼
여러 날을 두고 계속 이어지곤 했는데, 미국의
연재소설과는 달리 지난 이야기에 대한 요약이 없기
때문에 각 사건의 첫 부분을 꼼꼼히 읽어 둬야 했다. 가장
중요한 첫 번째 이야기를 모르면 미국 연재소설을 읽을
때 느끼는 재미를 느낄 수 없었다. 그러므로 프랑스에서
여행 중에 신문을 읽으면 각종 범죄나 염문, 스캔들의 전후
관계를 따라가며 읽을 수 없어서 실망하게 되고, 카페에

앉아 차분히 신문을 읽을 때의 즐거움을 놓치게 마련이다.
그날 저녁 나는 파리의 한 카페에서 그날 조간신문을
읽으며 오가는 사람들을 바라보다가 저녁 식사 전에 마콩
백포도주보다 조금 더 좋은 포도주를 마신다면 얼마나
좋을까 하고 생각했다. 그러나 그날 저녁 나는 스콧을
돌보고 있었고, 그저 지금 상태를 즐길 수밖에 없었다.

웨이터가 술잔 두 개와 레몬주스, 얼음, 위스키, 그리고
페리에 한 병을 들고 들어오더니 체온계는 약국이 문을
닫아 구하지 못했다고 했다. 그래도 그는 아스피린 몇 알을
얻어 왔다. 나는 그에게 체온계를 빌릴 수 있는 곳을 한번
알아봐 달라고 부탁했다. 스콧이 눈을 뜨고 아일랜드인
특유의 험악한 눈길로 웨이터를 바라보았다.

"상황이 얼마나 심각한지 이 사람에게 알려 줬나?"
스콧이 내게 물었다.

"아마 알고 있을 거야."

"제발 좀 제대로 이해시켜 줘."

나는 웨이터에게 상황을 제대로 이해시키려고
애썼지만 그는 이렇게 말할 뿐이었다. "전 제가 가져올 수
있는 물건만 가져올 뿐입니다."

"자네, 이 종업원에게 팁은 충분히 줬겠지?" 스콧이
물었다. "저 사람들은 팁 때문에 일을 하거든."

"그건 몰랐는데." 내가 대답했다. "호텔에서

종업원들에게 월급 외에 수당도 지급하는 걸로 알고
있는데.”

　“내 말은, 그들에게 팁을 두둑이 줘야 우리가
부탁하는 일을 해 준다는 거야. 종업원 대부분은 철저히
썩었거든.”

　나는 에번 시프먼이 생각났다. 또 클로즈리 데 릴라에
미국식 바가 생기는 바람에 콧수염을 잘라야 했던 카페
웨이터가 생각났다. 그리고 내가 스콧을 만나기 훨씬 전에
몽루즈에 있는 그 웨이터의 집에 가서 정원을 가꾸던
에번이 떠올랐고, 릴라에서 우리가 모두 얼마나 오랫동안
좋은 친구로 지냈는지, 그동안 있었던 모든 이동, 그리고
그것이 우리 모두에게 어떤 의미가 있었는지 생각났다.
나는 어쩌면 전에 릴라와 관련한 여러 이야기를 스콧에게
모두 들려준 적이 있을지라도 다시 한번 들려줄까
생각했지만, 그는 그곳 웨이터들이나 그들의 걱정거리,
그들의 훌륭한 서비스, 그들의 온정 따위에는 전혀 관심이
없다는 것을 알 수 있었다. 그 무렵 스콧은 프랑스인들을
몹시 미워했다. 그가 자주 만나는 프랑스인들은 그가
말을 전혀 알아듣지 못하는 카페 웨이터들, 택시 기사들,
자동차 정비공들, 그리고 집주인이었기 때문에 그에게는
그들을 모욕하거나 윽박지르는 기회가 많았던 것이다.

　스콧은 프랑스인보다 이탈리아인을 훨씬 더 싫어했다.

술에 취하지 않은 맨정신일 때도 그는 이탈리아인에 대해
좋게 말하는 법이 없었다. 영국인들을 자주 미워했지만,
그들을 너그럽게 봐주기도 했고 또 존경할 때도 있었다.
나는 그가 독일인이나 오스트리아인에 대해 어떻게
생각하는지 알 수 없다. 나는 그가 그 국가 사람들이나
스위스인을 만난 적이 있는지조차 알지 못한다.

　그날 밤 호텔 방에서 나는 피츠제럴드가 조용히
있어 주는 것만으로도 무척 다행스럽게 생각했다. 나는
위스키에 레모네이드를 타서 그에게 아스피린 두 알과
함께 건네주었고, 그는 아무 저항 없이 그리고 놀랄
만큼 침착하게 아스피린을 삼키고 위스키를 조금씩
마셨다. 그는 이제 눈을 뜨고 먼 곳을 바라보고 있었다.
나는 나름대로 행복한 상태에서 — 어쩌면 너무 행복해
보였는지 모른다 — 신문에 실린 범죄 기사를 읽고 있었다.

　"자네는 아주 냉정한 사람이지?" 그가 느닷없이
물었다. 나는 그를 바라보며 진단은 잘못되지 않았더라도
처방은 잘못되었다는 사실을 알았다. 위스키가 우리에게
좋지 않은 식으로 작용하고 있다는 것을 깨달았다.

　"그게 무슨 말이지, 스콧?"

　"자네는 거기 앉아서 더러운 프랑스 신문지 쪽지나
읽고 있잖아. 내가 지금 죽어 가고 있는 게 자네에겐 별로
대수롭지 않다는 거겠지?"

"의사를 부를까?"

"아니. 난 거지 같은 프랑스 시골 의사 따위는 싫어."

"그럼 원하는 게 뭐야?"

"난 지금 체온을 재고 싶을 뿐이야. 그런 다음, 말린
옷을 찾아 입고 파리행 특급열차를 타고 뇌이에 가서
그곳에 있는 미국 병원에 가고 싶어."

"우리 옷은 내일 아침이나 돼야 마를 거야. 그리고
지금은 특급열차가 없어."

"난 체온을 재고 싶다니까."

꽤 오랫동안 이런 승강이가 벌어진 뒤 마침내 웨이터가
체온계를 들고 나타났다.

"이런 것밖에 없는 거야?" 내가 그에게 물었다.
웨이터가 들어올 때 스콧은 눈을 감고 있었는데 그 모습은
뒤마의 소설『동백꽃 여인』의 주인공만큼이나 죽은
사람처럼 보였다. 나는 그처럼 순식간에 얼굴에서 핏기가
사라지는 사람을 본 적이 없었고, 그 피가 모조리 어디로
갔는지 궁금했다.

"호텔에는 이것밖에는 없습니다." 웨이터가 말하면서
내게 체온계를 건네주었다. 그것은 목욕물 온도를 재는
온도계로 뒷면은 나무로 되어 있고 욕조에 담그기에
편하도록 긴 금속 줄이 달려 있었다. 나는 위스키를 재빨리
꿀꺽 들이켜고 나서 창문을 열고 비가 내리는 바깥 풍경을

물끄러미 바라보았다. 내가 몸을 돌리자 스콧이 나를
쳐다보고 있었다.

나는 의사처럼 온도계를 흔들면서 말했다. "항문에
넣어서 재는 체온계가 아니라서 다행이야."

"그걸 어디에 넣으려고?"

"겨드랑이에 끼우지." 나는 이렇게 말하며 온도계를
내 겨드랑이에 끼웠다.

"체온계를 그렇게 망치지 말게." 스콧이 말했다. 나는
한 번에 팔목을 움직여 빠른 동작으로 온도계의 수은을
털어낸 다음 그의 잠옷 단추를 풀고 겨드랑이에 끼워
넣었다. 그리고 동시에 그의 서늘한 이마를 짚어 보고
나서 맥박을 다시 한번 재 보았다. 그는 정면을 바라보고
있었다. 맥박 수는 72였다. 나는 온도계를 사 분 동안
그대로 두었다.

"병원에서는 일 분만 재던 거 같던데." 스콧이 말했다.

"이건 보통 체온계보다 크지." 내가 설명했다. "그러니
사이즈에 맞게 그만큼 오래 끼우고 있어야 해요. 이
온도계는 섭씨로 돼 있어."

마침내 나는 온도계를 꺼내 침대 머리맡에 있는 독서
램프 쪽으로 가져갔다.

"몇 도인가?"

"37.6도군."

"정상 체온이 몇 도지?"

"이 정도면 정상이야."

"확실해?"

"확실해."

"자네도 한번 재 봐. 확실한 게 좋으니까."

나는 다시 온도계의 수은을 털어내고는 내 잠옷
단추를 풀고 겨드랑이에 끼우고 나서 시계를 보며
기다렸다가 온도계 눈금을 살펴보았다.

"몇 도인가?"

나는 눈금을 살펴보았다. "정확히 같은 온도야."

"지금 자네 기분은 어떤가?"

"더할 나위 없이 좋아." 내가 대답했다. 나는 37.6도가
정말로 정상 체온인지 아닌지 기억해 내려고 애쓰고
있었다. 그러나 그것은 상관없는 일이었다. 가만히 놔둔
온도계의 눈금이 줄곧 30도를 가리키고 있었기 때문이다.

스콧이 조금 미심쩍어했기 때문에 나는 그에게 다시
한번 재 보겠냐고 물었다.

"아냐." 그가 대답했다. "이렇게 빨리 회복되어서 우리
두 사람에게 정말로 다행이군. 하긴 난 언제나 회복력
하나는 끝내주니까."

"지금 스콧 씨 건강 상태는 아무 문제가 없어." 네가
말했다. "침대에서 조금 더 쉬다가 가볍게 저녁을 먹고 푹

자고 나면 내일 아침 일찍 출발할 수 있을 거야." 사실 나는
방수 코트 두 벌을 구입해야겠다고 생각했지만 그러려면
그에게서 돈을 빌려야 하는데, 지금 그 문제로 그와
입씨름하고 싶지 않았다.

스콧은 침대에 그대로 누워 있지 않으려 했다.
일어나서 옷을 입고 아래층으로 내려가 젤다에게 전화를
걸어 자기 상태가 괜찮다는 것을 알리고 싶어 했다.

"사모님이 왜 지금 선생님의 건강에 문제가 있다고
생각하겠어?"

"결혼 후 처음으로 아내와 떨어져 지내는 밤이거든.
그래서 아내와 통화하고 싶은 걸세. 그게 우리에게 어떤
의미가 있는지 자네도 알고 있겠지?"

물론 나는 부부가 결혼 후 처음 떨어져 자는 밤이
어떤 의미가 있는지는 잘 알고 있었지만, 바로 전날 밤에
피츠제럴드와 젤다가 어떻게 함께 잠을 잘 수 있었을지는
이해할 수 없었다. 그러나 그 문제는 우리 두 사람이
논쟁을 벌일 것이 아니었다. 스콧은 위스키사워를 단번에
들이켜고는 한 잔 더 주문해 달라고 했다. 나는 웨이터를
찾아서 온도계를 돌려준 뒤 우리 옷이 어떻게 되어 가는지
물어보았다. 그는 한 시간 정도면 다 마를 거라고 했다.
"다리미질을 시키면 마를 겁니다. 아주 바싹 말라도
상관없겠죠."

웨이터가 감기를 예방하는 데 좋다는 음료 두 잔을
가져와서 내가 한 잔 마시고 스콧에게 한 잔 건네주며
천천히 마시라고 했다. 나는 그가 감기라도 걸릴까 봐
걱정되었다. 만약 그가 감기처럼 확실한 증세가 나타나는
병에라도 걸리는 날에는 입원하겠다고 설칠 게 분명했다.
그러나 그 음료를 마시고 얼마 동안 기분이 아주 좋아진
그는 결혼 후 처음으로 떨어져 자는 밤이라는 사실에서
연상되는 슬픈 감정 때문에 행복해했다. 결국 그는 더 참지
못하고 잠옷 위에 가운을 걸치더니 아내와 통화하려고
아래층으로 내려갔다.

스콧은 전화가 연결되려면 다소 시간이 걸리기
때문에 다시 방으로 올라왔고, 바로 이어 웨이터가
더블위스키사워 두 잔을 들고 들어왔다. 나는 그때 그가
그렇게 술을 많이 마시는 모습을 처음 보았지만, 생기가
돌고 말이 많아지는 것을 제외하고는 알코올이 그에게
어떤 영향을 끼치는 것 같지는 않았다. 그는 젤다와의
결혼 생활에 대해 이야기하기 시작했다. 그는 1차 세계
대전 중에 그녀를 처음 만나 그녀를 놓칠 뻔하다 다시
만나 결혼하게 됐다고 했다. 그러고 나서 스콧은 일 년
전쯤 생라파엘에서 그들에게 일어난 비극적 사건에 대해
말했다. 젤다가 프랑스 해군 항공기 조종사를 만나 사랑에
빠졌다는 첫 번째 사연은 정말로 서글픈 이야기로, 나는

그것이 사실이라고 믿어 의심치 않았다. 잠시 뒤 그는 마치 소설을 쓸 때 사용하려고 이리저리 시도해 보는 것처럼 똑같은 이야기의 여러 버전을 들려주었지만, 어느 것 하나 첫 번째 버전만큼 슬프지 않았다. 모든 버전이 사실이겠지만 나는 그중에서 첫 번째 버전을 믿었다. 이야기가 거듭될수록 내용은 점점 더 좋아졌지만 어떤 버전도 맨 처음 버전처럼 내 마음을 아프게 하지는 못했다.

스콧은 표현력이 매우 훌륭했고 이야기를 구성지게 잘했다. 그는 글을 쓸 때 철자법이나 구두점에 별로 신경 쓰지 않았지만, 그렇다고 제대로 고치지 않은 그의 편지를 읽을 때처럼 무식하다는 느낌은 들지 않았다. 우리가 만난 지 이 년이 되어서야 그는 내 이름 철자를 제대로 쓸 수 있었다. 그러나 그다음은 긴 이름 철자였고, 아마도 매번 점점 더 어려워졌을 것이다. 그래서 나는 그가 마침내 내 이름을 정확하게 쓸 수 있게 된 것을 높이 평가한다. 그 밖에도 그는 이제 더 많은 중요한 철자를 제대로 쓰게 되었고, 더 많은 중요한 일을 논리적으로 생각할 줄 알게 되었다.

그러나 그날 밤 스콧은 생라파엘에서 어떤 일이 일어났는지 내가 알고 이해하고 인정하기를 바랐다. 그의 이야기를 들으면서 나는 다이빙대 위의 창공에서 요란한 소리를 내며 날아다니는 일인승 수상 비행기와

눈부신 바다, 수상 비행기의 플로트 모습과 그것이 수면에
드리우는 그림자, 햇볕에 그을린 짙은 단발의 젤다, 밝은
금발의 스콧, 그리고 젤다와 사랑에 빠진 청년의 검게 탄
얼굴을 실제로 눈앞에서 보는 듯이 생생하게 그려 낼 수
있었다. 만약 그 이야기가 사실이고 그 모든 일이 실제로
일어났다면 어떻게 스콧이 매일 밤 젤다와 한 침대에서
잠을 잘 수 있는지 궁금했지만 그에게 물어볼 수는 없었다.
어쩌면 그래서 그 무렵 다른 누구한테서 들은 어떤
이야기보다 더 슬픈 것이 아닌가 싶었다. 또 어쩌면 그는
바로 전날 밤에 일어난 일을 기억하지 못하듯이 그 일도
제대로 기억하지 못하는지도 모른다.

　전화가 연결되기 전에 옷이 도착하여 우리는 옷을
챙겨 입고 저녁을 먹으러 아래층으로 내려갔다. 스콧은
조금 불안정해 보였고, 적개심 같은 감정을 품고 사람들을
곁눈질로 바라보았다. 전채로 식탁용 플뢰르 포도주 한
병과 아주 맛있는 달팽이 요리를 주문해 반쯤 먹었을 때
전화가 연결되었다. 그는 거의 한 시간 동안 자리를 비웠다.
나는 할 수 없이 그가 먹던 달팽이 요리까지 버터와 마늘과
파슬리 소스에 찍어 먹어치웠고, 포도주도 플뢰르 한 병을
다시 마셨다. 그가 돌아오자 나는 그에게 달팽이 요리를
더 시켜 주겠다고 했지만 그는 더 먹고 싶지 않다고 했다.
그는 간단하게 식사하는 것을 좋아했다. 스테이크도,

파테도, 베이컨도, 오믈렛도 원하지 않았다. 그는 닭고기를
원했다. 점심 때 아주 맛있는 닭고기 요리를 먹었지만
우리는 여전히 닭고기로 유명한 지방에 머물고 있기
때문에 풀라르드 드 브레스와 근처 몽타니에서 생산된
가벼운 백포도주를 마셨다. 스콧은 식사를 하는 둥 마는
둥 했고 백포도주 한 잔을 또 홀짝거릴 뿐이었다. 그러던
그가 갑자기 두 손으로 머리를 감싸더니 의식을 잃었다.
그 동작은 지극히 자연스러웠고, 거기에는 어떤 극적
요소도 없었다. 심지어 그가 술잔을 엎지르거나 깨뜨리지
않으려고 조심하는 것처럼 생각되었다. 나는 웨이터와
함께 그를 방으로 데리고 올라와 침대에 눕히고 속옷만
남기고 옷을 모두 벗겼다. 그리고 그의 옷을 옷걸이에 걸어
놓고 침대 시트를 걷어서 그를 덮어 주었다. 나는 창문을
열고 비가 그친 것을 확인한 뒤 창문을 그냥 열어 두었다.
　　나는 다시 아래층으로 내려가 스콧을 생각하며
식사를 마쳤다. 그는 술을 마시지 말았어야 했다. 결국
내가 그를 제대로 돌보지 못했던 것이다. 그가 마신 술이
그를 지나치게 자극하여 그에게 독이 되었다. 나는 이튿날
마시는 술의 양을 최소한으로 줄여야겠다고 생각했다.
나는 그에게 우리가 파리로 돌아가는 중이며 나는 작품을
쓰기 위해서는 술을 줄이는 훈련을 해야 한다고 말할
생각이었다. 물론 그것은 사실이 아니었다. 정찬을 한

뒤든, 글을 쓰기 전이든, 아니면 글을 쓰는 동안이든 나는 전혀 술을 마시지 않는 훈련을 했다. 어쨌든 나는 방으로 올라가 창문을 모두 활짝 열어 놓은 채 옷을 벗고 침대에 눕자마자 곧바로 잠이 들었다.

날씨가 맑게 갠 이튿날 우리는 비에 씻긴 싱그러운 공기와 전혀 새로운 모습으로 탈바꿈한 언덕과 농장과 포도밭을 바라보며 코트도르 지방을 지나 파리를 향해 자동차를 몰았다. 건강한 모습을 되찾은 스콧은 무척 명랑하고 쾌활한 태도로 마이클 앨런이 쓴 여러 작품의 줄거리를 하나하나 들려주었다. 그는 마이클 앨런이야말로 주목해야 할 작가라면서 그와 내가 앨런에게서 배울 점이 많다고 덧붙였다. 내가 그의 책을 읽은 적이 없다고 말하자 스콧은 그것을 다 읽을 필요는 없다고 했다. 그러면서 그는 내게 그의 소설 줄거리를 요약하고 등장인물들을 묘사해 주었다. 말하자면 그는 마이클 앨런에 관한 박사 학위 논문 한 편을 내게 구두로 강의해 준 셈이었다.

나는 스콧에게 전날 밤 젤다와 통화할 때 전화선 상태가 괜찮았는지 물었고, 그는 가히 나쁜 편이 아니었으며 아내와 할 말이 많았다고 대답했다. 식사 때 나는 내가 찾을 수 있었던 가장 약한 포도주 한 병을 주문한 다음 스콧에게 내가 파리에 도착해 글을 쓰기 위해 준비해야 하니 무슨 일이 있어도 포도주 반병이 넘어서는

안 되고, 내가 더는 술을 주문하지 못하게 말려 달라고
부탁했다. 그는 놀랍게도 내 부탁에 잘 협조해 주었다.
포도주 한 병이 거의 바닥 날 무렵 내가 불안해하는
모습을 보이자 그는 자기 술잔에서 포도주를 조금 덜어
내게 주었다.

　나는 스콧의 집 앞에서 그와 헤어져 택시를 탔다.
집으로 돌아와 아내의 얼굴을 보자 무척 반가웠다. 나는
아내와 함께 한잔하러 클로즈리 데 릴라로 직행했다.
우리는 헤어졌다 다시 만난 아이들처럼 마냥 즐거웠고,
나는 아내에게 여행 이야기를 들려주었다.

　“그럼 당신은 전혀 즐겁지도 않고, 아무것도 얻은 게
없단 말이에요, 태티?” 아내가 물었다.

　“그의 말을 귀담아들었다면 마이클 앨런에 대해
배웠지. 또 정리할 수는 없지만 다른 것들도 배웠어.”

　“스콧은 전혀 행복하지 않아요?”

　“아마 그럴 거야.”

　“불쌍한 사람이로군요.”

　“난 중요한 사실을 한 가지 깨달았지.”

　“그게 뭔데요?”

　“좋아하지 않는 사람하고는 절대로 함께 여행을
가서는 안 된다는 사실 말이야.”

　“맞는 말 아닌가요?”

"암, 맞고말고. 그리고 우린 함께 스페인에 가는 거야."

"그렇죠. 이제 육 주도 남지 않았어요. 그리고 올해는 아무도 우리 여행을 망치지 못하게 하자고요."

"물론이지. 팜플로나 축제가 끝나면 마드리드로 가고, 그다음엔 발렌시아로 가는 거야."

"음-음-음." 아내가 고양이처럼 부드러운 소리를 냈다.

"가련한 스콧." 내가 내뱉었다.

"우리 모두가 불쌍한 존재죠." 아내가 대꾸했다. "털만 풍성하고 돈이 없는 고양이들이잖아요."

"우린 엄청나게 운이 좋은 편이야."

"그래요. 우린 그 운을 잘 붙잡고 있어야 해요."

아내와 나는 카페 테이블의 목판을 살짝 두드렸고, 웨이터는 우리가 무엇을 원하는지 알려고 다가왔다. 그러나 우리가 원하는 것은 웨이터도, 다른 누구도 가져다줄 수 없는 것이었고, 그것은 카페 테이블의 목판이나 대리석 상판을 두드린다 해도 얻을 수 있는 것이 아니었다. 하지만 그날 밤 우리는 그 사실을 알지 못했고, 그래서 마냥 행복하기만 했다.

여행을 한 며칠 뒤 스콧은 자기 책을 가지고 나를 찾아왔다. 재킷 표지가 요란했는데 야단스럽고 허접한 모양을 보고 당황한 기억이 난다. 싸구려 공상과학 소설에나 어울릴 법한 표지였다. 스콧은 표지 때문에 기분 상하지 말라며 그것은 책에서 중요한 의미가 있는 롱아일랜드 고속도로에 있는 광고 표지판과 관계가 있다고 설명했다. 자기도 전에는 이 표지가 마음에 들었지만 지금은 별로 좋아하지 않는다고 덧붙였다. 나는 책을 읽기 전에 그 표지부터 벗겨 버렸다.

그 책을 다 읽고 난 나는 스콧이 무슨 짓을 하든, 그리고 그가 어떻게 처신하든 그것은 일종의 질병과 같은 것이니 할 수 있는 데까지 그를 도와주고 그의 좋은 친구가 되기로 마음먹었다. 그에게는 내가 아는 누구보다도 좋은 친구들이 많았다. 내가 그에게 도움이 될지 안 될지는 알 수 없지만 나 역시 그의 좋은 친구 중 하나가 되기로 했다. 그가 『위대한 개츠비』처럼 훌륭한 소설을 쓸 수 있다면 그보다 더 좋은 작품도 얼마든지 쓸 수 있으리라는 확신이 들었다. 나는 아직 젤다를 만나 보지 못했기 때문에 스콧에게 엄청난 불행을 안겨 준 그 사건에 대해 정확히 알지 못했다. 그러나 머지않아 그 진상을 알게 될 터였다.

노벨 문학상 수상 연설문

1954년에 노벨 문학상을 받은 헤밍웨이의 수상 기념 연설. 글을 쓴다는 것은 최상의 경우일지라도 고독할 수밖에 없다. 작가는 혼자서 쓸 수밖에 없으며, 훌륭한 작가는 날마다 영원성이 부재와 마주할 수밖에 없다는 헤밍웨이의 말이 독자에게 오랜 여운을 남긴다.

노벨 문학상 수상 연설문[1]

1 헤밍웨이는 1953년『노인과 바다』로 퓰리처상을 받았고, 그 이듬해 노벨 문학상을 수상했다. 노벨 문학상은 개별적인 작품에 수여하는 상이 아니라 인류에 기여한 작가의 업적에 주는 상이기 때문에 특별히 이 작품에 준 상은 아니었다. 그러나 노벨 문학상 선정위원회는 헤밍웨이를 수상자로 선정한 이유에 대하여 "최근 『노인과 바다』에서 보여 준 탁월한 서술 기법과 그가 현대 문체에 끼친 영향"을 언급했다. 누 번에 길진 비행기 시고로 헤밍웨이는 노벨 문학상 시상식에 참석할 수 없었고, 그를 대신하여 스웨덴 주재 미국 대사 존 C. 캐봇이 스웨덴 국왕으로부터 상을 받았다.

저에게는 연설하는 재능도, 웅변술이나 수사(修辭)를
구사하는 능력도 없지만 노벨 문학상 운영위원들의 호의에
감사드리고 싶습니다.

노벨 문학상을 받지 못한 위대한 작가들을 잘 알고
있는 작가라면 그 어느 누구도 겸손한 마음으로 이 상을
수상하지 않을 수 없을 것입니다. 그들이 어떤 작가들인지
굳이 밝힐 필요는 없겠습니다. 이 자리에 계신 모든 분들은
자신들의 지식과 양심에 따라 이미 자신만의 명단을
작성해 놓고 있을지도 모릅니다.

저는 한 작가가 자신의 가슴에 품고 있는 모든 것을
밝힌 연설문을 제 조국의 대사(大使)에게 대신 읽어 달라고
부탁할 수는 없을 것입니다. 한 인간이 쓰는 글에 담겨
있는 모든 것들은 당장에는 알아볼 수 없을지도 모릅니다.
그리고 이 점에서 때로 그는 운이 좋을 수도 있습니다.

그러나 궁극적으로 그것들은 아주 명료하게 밝혀집니다.
이 점 때문에, 또 작가가 소유한 연금술의 정도에 따라
그는 오래 기억되거나 잊히게 될 것입니다.

글을 쓴다는 것은 최상의 경우라도 고독한 일입니다.
작가들을 위한 단체는 작가의 고독을 덜어 줍니다만,
그것이 작가의 창작을 진작시켜 줄지는 의문입니다.
작가는 자신의 고독을 벗어 버림으로써 대중의 인기가
높아지기도 하지만, 그러다가 자칫 작품의 질이 떨어질
때도 종종 있습니다. 작가는 혼자서 작업할 수밖에
없으며, 만약 그가 훌륭한 작가라면 그는 날마다 영원성
또는 영원성의 부재를 직면해야 합니다.

진정한 작가에게 작품 한 편 한 편은 성취감 너머에
있는 그 무엇을 이루기 위해 다시 시도하는 새로운
시작이어야 합니다. 그는 언제나 자신이 이루지 못한
그 어떤 것, 또는 다른 작가들이 시도했다가 실패한 그
무엇인가를 성취하려고 시도해야 합니다. 그러고 나서
만약 큰 행운이 따른다면 성공을 거두게 될 것입니다.

문학 작품을 쓰는 것이 이미 훌륭하게 쓴 다른
작품을 다른 방식으로 다시 쓰는 것에 지나지 않는다면
창작이란 얼마나 간단할까요. 한 작가가 그가 갈 수 있는
먼 곳을 넘어, 그 누구도 그를 도와줄 수 없는 그 먼 곳까지
자신을 몰아가는 것은 바로 우리에게 과거에 그런 위대한

작가들이 있었기 때문입니다.

　　작가치고는 너무 길게 말한 것 같습니다. 작가는 꼭
해야 할 말을 입으로 말하지 않고 글로 써야 합니다. 다시
한번 감사드립니다.

작품 너머

1   헤밍웨이가 1952년에 발표한 『노인과 바다』의 주인공
      산티아고의 실제 모델은 과연 누구인가. 유력한 후보는
      둘. 1934년 어선을 사서 '필라르'라 이름 붙인 헤밍웨이는
      낚시 선생을 둘 모시는데 한 사람은 그해 항해사가 되어
      낚시를 가르친 카를로스 구티에레스, 또 한 사람은 1938년
      필라르 호의 항해사 그레고리오 후엔테스. 구티에레스는
      헤밍웨이와 심해 낚시를 할 때 청새치와 사투를 벌인 경험을
      들려줬고, 산티아고를 빼닮은 후엔테스는 코히마르 언덕에
      사는 궁핍한 어부의 삶을 작가에게 경험케 했다. 김욱동
      역자의 탁월한 해석이 담긴 작품 해설을 읽으며 답을 추리해
      보자.

산티아고의 모델은 누구인가?[1]

문학 작품은 다른 유기체와 같아서 진공 속에서는 생겨날 수도 삶을 유지할 수도 없다. '현대의 고전'의 반열에 올라 있는 어니스트 헤밍웨이의 『노인과 바다』도 구체적인 역사적 시대와 사회적 공간이 만들어 낸 산물이다. 이 점에서는 그 주인공 산티아고도 크게 다르지 않다. 물론 헤밍웨이는 "산티아고는 어떤 특정 인물에 바탕을 두고 창조하지 않았다."라고 잘라 말한 적이 있다. 그러나 작가는 아무리 허구적 인물이라도 실제 인물에서 간접 또는 직접 영향을 받게 마련이다. 그렇다면 헤밍웨이는 과연 어떤 실제 인물을 모델로 삼아 산티아고라는 허구적 인물을 창조해 냈는가? 이 물음에 대한 답을 두고 그동안 비평가들과 학자들 사이에서는 의견이 서로 엇갈려 왔다.

이 물음에 대한 답을 찾으려면 무엇보다도 먼저

헤밍웨이가 동아프리카에서 즐기던 사파리 사냥을 마치고
막 미국에 돌아온 1934년 4월을 주목해야 한다. 이 무렵
그는 '미국 문단의 거인', 아프리카 초원과 그곳에 살던
야생 동물에 빗대어 말하자면 '라이언 킹'처럼 군림하던
시기였다. 『태양은 다시 떠오른다』(1926)와 『무기여 잘
있어라』(1929)를 출간하여 미국은 말할 것도 없고 전
세계에 걸쳐 문명(文名)을 크게 떨치고 있었다.

사파리 사냥 여행에서 돌아오자마자 헤밍웨이는
곧바로 뉴욕시 브루클린에 위치한 윌러 조선소를
찾아갔다. 그곳에서 그는 7500달러를 지불하고 길이
11미터가 넘는 어선 한 척을 구입한 뒤 '필라르(Pilar)'라는
이름을 붙였다. 그런데 이 '필라르'는 두 번째 아내 폴린
파이퍼의 별명이었다. 그러나 이 이름은 또한 『누구를
위하여 종은 울리나』(1940)에서 그가 스페인 내전 중
프랑코 반란군에 맞서 싸우는 스페인 민병대 대장
파블로의 아내에게 붙인 이름이기도 하다. 필라르야말로
헤밍웨이가 이 소설에서 어머니 같은 대지, 온갖 시련과
역경을 겪으며 삶에서 터득한 지혜, 스페인 민중의 힘을
대변하는 긍정적 인물로 묘사한 여성이다.

헤밍웨이에게 이 '필라르' 호는 단순히 고기잡이배의
의미를 뛰어넘어 평생 피난처 같은 구실을 했다. 이
배를 타고 그는 그의 작품에 이런저런 시비를 걸며

괴롭히던 동료 작가들과 비평가들에게서 잠시 벗어날 수
있었을뿐더러 때로는 이혼 같은 불편한 인간관계에서도
도피할 수 있었다. 더구나 그는 이 배를 타고 대해(大海)
낚시를 즐기면서 『노인과 바다』 같은 새로운 작품을
창작하는 데 필요한 영감을 얻기도 했다.

　또한 이 배를 계기로 헤밍웨이는 문체에서도 변화가
일어났다. "산문이란 실내 장식이 아니라 건축물이다.
그리고 바로크 양식은 이제 지나갔다."라고 설파할
만큼 그는 문장의 호흡이 긴 만연체나 온갖 미사여구를
구사하는 화려체를 끔찍이 싫어했다. 그의 문체는 이른바
'하드보일드 스타일'이라는 용어로 요약할 수 있다.
이러한 문체 때문에 헤밍웨이는 동시대 미국 작가인
윌리엄 포크너와 자주 부딪혔다. 포크너는 헤밍웨이를
두고 "독자에게 사전 한번 찾아보게 할 어휘를 한 마디도
사용해 본 적이 없는 작가"라고 매도했다. 이에 대해
헤밍웨이는 포크너를 두고 "가련한 포크너! 정말로 그
사람은 심각한 어휘만 사용하면 심각한 정서가 나온다고
생각하는가?"라고 비꼬았다.

　헤밍웨이가 사용한 건물 비유를 한 발 더 밀고
나간다면 그의 문체는 명동 성당이 아니라 여의도
63빌딩과 같다. 군더더기 하나 없이 오직 기능을 강조한
건축 양식 말이다. 그런데 필라르 호를 타고 대양 낚시를

즐기던 1930년대 중엽 이후 헤밍웨이의 문체에 조금씩
변화가 일어나기 시작했다. 좀처럼 종속절을 사용하지
않는 간단명료한 평서문이 조금씩 길어졌다. 해안으로부터
점점 멀어지고 시시콜콜한 문단 정치에서 점차 벗어나고
멕시코 만류에서 홀로 낚시를 즐기면 즐길수록 그의
육체와 영혼이 좀 더 자유로워지면서 그의 문체에도
변화가 생겼다. 다시 말해 이 무렵부터 그의 문체는
복잡한 실내 장식은 아니라고 해도 적어도 창문에 커튼
하나 매달고 벽에 그림 한 폭 걸 정도는 되었다.

　　그런가 하면 헤밍웨이에게 필라르 호는 삶의 의미를
터득하는 일종의 교육장과 다름없었다. 그는 이 무렵에
쓴 일기 한 구석에 "만약 그 배에서 일어난 모든 것을 배울
수만 있다면 넌 모든 인생을 얻게 될 거다."라고 적었다.
그는 평소 삶과 죽음이 교차하는 전쟁터, 그리고 그것을
축소해 놓은 투우장을 삶의 교육장이라고 생각하고 있었다.
그런데 헤밍웨이는 이제 그 교육장을 전쟁터나 투우장에서
망망대해로 옮겨 놓았던 것이다. 멕시코 만류가 흐르는
드넓은 대양은 이제 그에게 남겨진 마지막 보루였다.

　　필라르 호를 구입한 헤밍웨이는 배를 운전하고
그에게 대양 낚시를 가르쳐 줄 사람이 필요했다. 그래서
그가 고용한 인물이 바로 쿠바 태생의 어부 카를로스
구티에레스였다. 헤밍웨이는 필라르 호를 구입하기 일 년

전에도 쿠바에서 그를 고용해 청새치(말린) 낚시를 한 적이 있었다. 구티에레스는 그에게 미끼를 사용하는 방법부터 고기 낚는 방법에 이르기까지 심해 낚시와 관련한 모든 것을 가르쳐 준, 말하자면 그의 낚시 멘토였다.

1936년 4월 헤밍웨이는 《에스콰이어》에 '걸프 만류에서 보낸 편지'라는 부제를 붙인 「푸른 파도를 타고」라는 산문을 기고했다. 이 글 첫머리에서 그는 "이 세상에 인간 사냥 같은 사냥은 없으며, 무장한 인간을 오랫동안 사냥해 보고 그것을 좋아한 사람들이라면 그 뒤 어떤 다른 사냥도 결코 좋아할 수 없다."라고 잘라 말한다. 이 세상에 심해 낚시만큼 훌륭한 스포츠가 없다고 말하려고 이렇게 먼저 운을 뗀 것이다. 어찌 되었건 이 글에서 헤밍웨이는 구티에레스와 함께 심해 낚시를 한 경험을 적는다. 이때 헤밍웨이의 나이 서른네 살, 구티에레스의 나이 쉰세 살이었다. 헤밍웨이는 언젠가 때가 되면 그와 심해 낚시를 한 경험과 낚시질을 하면서 그에게서 전해들은 이야기를 작품으로 써 보겠노라고 언급했다. 그가 『노인과 바다』를 집필한 것이 1951년이고 《라이프》에 발표한 것이 1952년 9월이니 무려 십오 년의 세월이 흐른 셈이다.

「푸른 파도를 타고」에서 헤밍웨이는 멕시코 만류를 "인간이 탐험하지 않은 미지의 공간"으로 파악한다.

그는 "그중에서 처음에는 오직 그 언저리, 그 뒤에는 수천 마일에 이르는 해류에서 십여 곳에서만 낚시를 했기 때문에 어느 누구도 그곳에 어떤 물고기가 살고 있는지, 얼마나 오래되고 또 얼마나 큰 고기들이 살고 있는지, 서로 다른 수심에 어떤 종류의 고기들이나 생물이 살고 있는지 전혀 알지 못한다."라고 밝힌다. 이렇듯 쿠바와 북미 대륙 사이에 놓인 멕시코 만류는 작가 헤밍웨이에게는 아프리카 오지처럼 미개척지와 다름없었다.

구티에레스는 일곱 살 때 아버지를 따라 조각배를 타고 낚시질을 시작하여 오십 년 가까이 청새치 낚시를 해 온 베테랑급 어부였다. 언젠가 한번은 청새치를 낚았는데 두 번이나 공중에 뛰어오르더니 낚싯줄을 물고 150패덤 넘게 계속 바닷속을 헤매면서 이리저리 어부를 끌고 다녔다. (1패덤이 1.83미터니 150패덤이라면 무려 274.3미터가 넘는 길이다.) 구티에레스는 또 한 번 엄청나게 큰 청새치를 잡은 적이 있었다. 이틀 동안 청새치와 사투를 벌인 끝에 그는 실신한 상태로 다른 어부들에게 가까스로 구출되었다. 그의 조각배 옆에는 절반 넘게 살이 뜯겨 나간 엄청나게 큰 물고기가 대가리와 함께 매달려 있었다. 앙상하게 뼈만 남다시피 한 그 물고기가 무려 800파운드, 그러니까 380킬로그램이 넘을 만큼 엄청나게 컸다. 구티에레스는 이 청새치와도 이틀 꼬박 사투를 벌였던

것이다. 그가 동료 어부들에게 구출되었을 때 그는 거의
정신이 나가다시피 한 상태였고, 조각배 옆에는 아직도
상어들이 배 주위를 맴돌고 있었다.

누가 보더라도 구티에레스가 필라르 호를 타고
헤밍웨이와 함께 심해 낚시를 하면서 그에게 들려준 낚시
경험은 『노인과 바다』의 줄거리와 비슷하다는 사실을
금방 알 수 있다. 크기가 엄청난 청새치를 잡는 과정도
그러하고, 그러한 청새치와 사투를 벌인 것도 그러하다.
그런가 하면 그가 상어 떼의 습격을 받고 잡은 청새치를
잃게 되는 것도 그러하다. 헤밍웨이가 구티에레스를 처음
만났을 때 쿠바 어부는 산티아고처럼 이미 노인으로
오십 년째 고기를 낚아 오고 있었다. 헤밍웨이는 찰스
스크리브너스 출판사의 편집자 맥스웰 퍼킨스에게 보낸
편지에서 『노인과 바다』를 구상하는 데 구티에레스의
역할이 적지 않았다고 밝힌 적이 있다.

노인 어부 하나가 사흘 밤낮으로 혼자서 조각배를 타고
청새치와 사투를 벌이고, 잡은 고기를 배에 실을 수 없어 배
옆에 묶어 놓았는데 마침내 상어 떼들이 공격해 뜯어먹은
이야기. 그것은 쿠바 해안에서 일어난 놀라운 이야기입니다.
그 이야기를 제대로 이해하기 위해 나는 카를로스
구티에레스 노인의 조각배를 타고 그와 함께 바다로

나갑니다. 다른 배들이 보이지 않은 곳에 홀로 조각배를
타고 청새치와 사투를 벌이며 그가 하는 일거수일투족, 그가
생각하는 모든 것을 이해하기 위해서 말이죠. 제가 만약
그것을 제대로 포착한다면 훌륭한 스토리가 될 것입니다.
한 편의 소설이 될 수 있는 그러한 스토리 말입니다.

　물론 구티에레스의 경험담은 그의 조각배 옆에
매달려 있는 청새치처럼 뼈만 앙상하기 그지없다. 그러나
헤밍웨이는 상어 떼에 찢긴 청새치의 앙상한 뼈에 살을
붙이고 피를 통하게 했다. 만약 그가 구티에레스를 만나지
못했더라면 아마 이 작품을 쓰지 못했을지도 모른다.
비록 썼다고 해도 지금 독자들이 읽는 작품과는 적잖이
다를 것이다. 이렇게 한낱 어부의 낚시 경험담에 지나지
않는 이야기를 한 편의 예술 작품으로 승화시킬 수 있었던
것은 작가 헤밍웨이의 타고난 예술적 재능이다. 그것은
마치 나무토막이 목수의 손을 거치면서 아름다운 가구로
태어나거나, 대리석 조각이 조각가의 손에서 조각품으로
태어나는 것과 같다.
　헤밍웨이는 카를로스 구티에레스에 이어 또 다른
실제 인물을 『노인과 바다』의 주인공 산티아고의 모델로
삼았다. 그레고리오 후엔테스가 바로 그 사람이다.
헤밍웨이보다 두 살 위인 그는 아프리카 서쪽에 있는

스페인령(嶺) 카나리아 제도에서 태어난 쿠바 어부다. 후엔테스는 일곱 살 때 아버지를 따라 갑판원으로 처음 배를 탔다. 십 대에는 카나리아 제도에서 카리브해 트리니다드와 푸에르토리코, 그리고 스페인의 발렌시아와 세비야에서 남아메리카를 오가는 화물선에서 선원으로 일했다. 그러다가 스물두 살 때 그는 마침내 쿠바로 이민을 가서 평생 어부로 살았다.

1938년 후엔테스는 구티에레스의 뒤를 이어 필라르 호의 항해사가 되었다. 이 무렵 헤밍웨이의 연인 제인 메이슨이 헤밍웨이에게서 구티에레스를 뺏다시피 해 자기 배의 항해사로 고용해 버렸다. 헤밍웨이가 마사 겔혼(결국 그의 세 번째 아내가 됨)과 급격히 가까워지자 질투심이 폭발했던 것이다. 그래서 헤밍웨이는 후엔테스를 고용했고, 1959년 피델 카스트로가 혁명을 일으켜 쿠바를 사회주의 국가로 만든 이듬해 헤밍웨이가 쿠바를 떠날 때까지 두 사람은 친구로 지냈다.

「푸른 파도를 타고」에서 엿볼 수 있듯이 엄밀한 의미에서 산티아고의 모델은 후엔테스라기보다는 오히려 구티에레스로 보는 쪽이 더 옳을지 모른다. 그러나 여러 정황으로 미루어 보면 두 사람 모두를 산티아고의 모델로 간주하는 것이 좋을 듯하다. 후엔테스는 구티에레스보다 훨씬 더 오랫동안 헤밍웨이와 친하게 지냈다.『노인과

바다』의 지리적 배경인 코히마르 마을에 살던 후엔테스는
헤밍웨이와 지리적으로나 정서적으로 가까울 수밖에
없었다. 아바나 근교 헤밍웨이의 저택 '핑카 비히아'에서
코히마르까지는 17킬로미터로 자동차로 겨우 이십여
분밖에 걸리지 않는다.

더구나 산티아고를 면밀히 살펴보면 볼수록
후엔테스와 적잖이 닮았다는 점이 밝혀진다. 가령
산티아고는 코히마르 마을 언덕에 있는 오두막집에서 살고
있다. '구아노'라는 대왕야자수의 튼튼한 껍질로 지은 이
집 안에는 침대, 식탁, 의자가 각각 하나씩 있고 흙바닥에
숯불로 음식을 만드는 자리가 한 군데 있을 뿐 아무런
살림도 없다. 그는 이렇게 열악하기 그지없는 집에서
혼자서 궁핍하게 살고 있다.

이렇게 산티아고가 가난하게 사는 것을 보면 쿠바
태생이 아닌 이민자일 가능성이 크다. 실제로 20세기
전반기 가난한 스페인 사람들이 새로운 삶의 터전을 찾아
쿠바를 비롯한 중앙아메리카와 남아메리카로 이민을
왔다. 산티아고도 아마 그러한 이민자 가운데 한 사람이다.
대부분의 이민자들은 다시 본국으로 돌아갔지만 일부
이민자들은 산티아고처럼 이런저런 사정으로 돌아가지
못하고 쿠바에 계속 남아 가난한 어부로 살아갈 수밖에
없었다. 또한 산티아고가 다른 어부들과는 달리 유독

큰 고기를 잡으려고 노력하는 것도 뒤늦게 뿌리를 내린
쿠바에서 열등감을 해소하고 살아남으려는 생존 전략에
지나지 않는다고 보는 비평가들도 있다. 산티아고가
카나리아 제도에서 이민 온 사람이라는 것은 그가 잠을
잘 때 "섬들의 하얀 봉우리들이 바다 위에 우뚝 솟아 있는
모습"이나 "카나리아 군도의 여러 항구와 정박지", 또는
"아프리카 해변에서 노니는 사자들"에 관한 꿈을 자주
꾼다는 사실이 뒷받침한다.

　　헤밍웨이는 쿠바를 떠나 미국 아이다호주에 거처를
옮기고 난 지 채 일 년도 되지 않아 자살로 삶을 마감했다.
그보다 무려 사십여 년 더 오래 산 후엔테스는 쿠바의
헤밍웨이 유적지를 관람하려고 지구촌 곳곳에서 찾아오는
관광객들에게 아바나와 코히마르 안내인 역할을 했다.
아직 살아 있는 사람 중에서 그보다 더 헤밍웨이를 잘 알고
있는 사람이 없었다. 후엔테스는 관광객들에게 신화나
전설에 가까운 '미국 문학의 거인'에 관한 이야기를 한껏
부풀려 들려주거나 헤밍웨이를 대신해 함께 기념사진을
찍곤 했다. 그는 관광객들이 수고비로 건네주는
10~20달러로 생계를 유지하며 살다가 2002년 1월
코히마르에서 사망했다. 유난히 시가를 즐기던 후엔테스는
만년에 폐암에 걸렸고, 그가 사망할 때 그의 나이는 무려
104세였다.

연보

어니스트 헤밍웨이 연보

일찍부터 작가로서의 재능을 드러내다

1899년   7월 21일 미국 일리노이주 오크파크에서 의사인
               아버지 클래런스 헤밍웨이(Clarence Hemingway)와
               음악 교사인 어머니 그레이스 헤밍웨이(Grace
               Hemingway)의 여섯 자녀 중 둘째로 태어났다.

1913년(14세)   오크파크 고등학교(후에 오크파크 및 리버포리스트
               고등학교로 개명)에 입학했다. 재학 시절
               저널리스트와 작가로서 재능을 보였다.

1917년(18세)   대학 입학을 포기하고 《캔자스시티 스타》 신문사의
               수습기자로 취직했다. 이때 특유의 '하드보일드'
               문체를 익히기 시작했다.

전쟁의 한복판으로 들어가다

1918년(19세)　4월에 신문기자를 그만두고 1차 세계 대전에
참전하기 위해 미 육군에 자원하지만 권투 연습 중
다친 시력 때문에 입대가 거부되었다. 5월 미 적십자
부대의 앰뷸런스 운전사로 지원해 이탈리아 전선에
투입됐다. 이탈리아 북부 포살타 디 피아베에서
박격포 포탄 및 중기관총 사격을 당해 두 다리에
중상을 입었다. 밀라노 육군병원에서 치료를 받던
중 여섯 살 연상인 미국 간호장교 애그니스 본
쿠로스키와 사랑에 빠졌다. 이탈리아 정부로부터
무공훈장을 받았다.

1919년(20세)　1차 세계 대전 종전 후 미국에 돌아오지만 나이가
어리다는 이유로 애그니스 본 쿠로스키로부터
청혼을 거절당했다.

1920년(21세)　어린 시절부터 계속된 어머니와의 불화로 집을
나갔다. 캐나다 온타리오주 토론토로 이주해
《토론토 스타》의 기자로 일했다. 이 해 말 시카고로
돌아와 주식 투자 잡지사에서 편집인으로 잠시
일했다. 이 무렵 소설가 셔우드 앤더슨과 친교를
맺기 시작했다.

파리에서 창작의 기반을 닦다

1921년(22세)　해들리 리처드슨(Hadley Richardson)과 결혼했다.

《토론토 스타》및 《스타 위클리》의 기자 겸 해외 특파원 자격으로 파리에 갔다. 이때 셔우드 앤더슨이 파리에 거주하는 미국 작가 거트루드 스타인에게 전할 추천서를 써 주었다. 파리에 머물면서 '국외 추방 작가'들과 교류하며 문학 수업을 받았다.

1922년(23세) 《토론토 스타》특파원 자격으로 그리스-터키 전쟁을 취재하기 위해 오늘날의 터키 이즈미르에 해당하는 스미르나를 여행했다. 파리에서 에즈라 파운드와 거트루드 스타인에게서 소설 작법을 배웠다. 해들리가 파리의 리옹역에서 헤밍웨이의 미발표 원고 전부를 분실했다.

1923년(24세) 임신 중인 아내 해들리와 함께 스페인 팜플로나로 투우 구경을 갔다. 10월에 첫 아들 존 해들리(범비)가 태어나 잠시 토론토를 방문했다. 『세 편의 단편과 열 편의 시(Three Stories and Ten Poems)』를 한정판으로 파리에서 출간했다.

1924년(25세) 포드 매덕스 포드를 도와 《트랜스애틀랜틱 리뷰》를 편집했다. 단편 소품집 『우리 시대에(In Our Time)』를 파리에서 출간했다. 아내와 존 더스패서스 등과 함께 스페인 팜플로나를 두 번째로 여행했다.

1925년(26세) 아내와 어린 시절의 친구 빌 스미스 등과 함께 스페인의 팜플로나를 세 번째로 여행했다. 파리의

'딩고 바'에서 세 살 위인 F. 스콧 피츠제럴드를 만나
교류하게 되었다. 자전적인 인물인 닉 애덤스를
주인공으로 하는 일련의 단편 소설이 수록된
『우리 시대에(In Our Time)』를 미국의 보니 앤드
라이브라이트 출판사에서 출간했다. 오스트리아
슈룬스에서 겨울을 보냈다.

1926년(27세)　　F. 스콧 피츠제럴드의 소개로 미국의 출판인
찰스 스크리브너와 편집자 맥스웰 퍼킨스를
알게 됐다. 셔우드 앤더슨을 패러디한 중장편
소설『봄의 계류(The Torrents of Spring)』를 찰스
스크리브너스에서 출간했다. 그 후 헤밍웨이의 모든
작품은 이 출판사에서 출간되었다. 아내 해들리와
두 번째 아내가 될 폴린 파이퍼(Pauline Pfeiffer)와
함께 스페인 팜플로나를 여행했다.『태양은 다시
떠오른다(The Sun Also Rises)』를 출간했다.

1927년(28세)　　해들리와 이혼하고 한 달 뒤 파리《보그》에서
근무하던 부유한 패션 작가 폴린 파이퍼와
재혼했다. 단편집『여자 없는 남자(Men Without
Women)』를 출간했다.

1928년(29세)　　프랑스 파리를 떠나 미국 플로리다주 키웨스트로
이주했다. 1950년대까지 이곳에서 살면서
주요 작품을 집필했다. 둘째 아들 패드릭
헤밍웨이(Patrick Hemingway)가 태어났다. 12월에
아버지가 권총으로 자살했다.

1929년(30세)　『무기여 잘 있어라(A Farewell to Arms)』를 출간했다. 상업적으로 성공한 첫 작품으로 출간 넉 달 만에 8만 부가 판매되었다.

1933년(34세)　단편집 『승자에게는 아무것도 주지 마라(Winner Take Nothing)』를 출간했다. 아프리카 케냐로 석 달에 걸친 사파리 사냥을 갔다.

1935년(36세)　아프리카 사파리를 다룬 논픽션 『아프리카의 푸른 언덕(Green Hills of Africa)』을 출간했다.

스페인 내전과 2차 세계 대전

1937년(38세)　북아메리카신문연맹(NANA)의 통신 특파원 자격으로 스페인 내전을 취재했다. 이때 공화정부파를 지원해 저술과 강연 등을 통해서 모금 활동을 했다. 사회 소설 『유산자와 무산자(To Have and Have Not)』를 출간했다.

1938년(39세)　선전 영화 대본인 『스페인의 땅(The Spanish Earth)』을 출간했다. 『제5열 및 최초의 49단편(The Fifth Column and the First Forth-Nine Stories)』을 출간했다. 「제5열」은 헤밍웨이의 유일한 희곡 작품이다.

1939년(40세)　11월 폴린 파이퍼와 별거하고 쿠바 아바나 교외에 저택을 구입해 '전망 좋은 농장'이라는 뜻의 '핑카 비히아'로 명명하고 그곳으로 이주했다.

1940년(41세) 작가이자 신문기자인 마사 겔혼(Martha Gelhorn)과
세 번째로 결혼했다. 희곡 작품 『제5열』을
단행본으로 출간했다. 스페인 내전을 배경으로 한
소설 『누구를 위하여 종은 울리나(For Whom the Bell
Tolls)』를 출간했다.

1942년(43세) 2차 세계 대전 중 미 해군에 자원해 자신의 보트
'필라르' 호로 쿠바 해안에서 독일 잠수함을
수색하지만 한 척도 발견하지 못했다. 전쟁
이야기를 모은 『전쟁 중인 사람들(Men at War)』을
편집하고 서문을 썼다.

1944년(45세) 《콜리어》의 전쟁 특파원으로 연합군의 노르망디
상륙 작전과 독일 진격 등을 취재하고 파리
입성에도 참가했다. 런던에서 신문기자이자
특파원인 메리 웰시를 만나 사귀기 시작했다.

1946년(47세) 3월 메리 웰시(Mary Welsh)와 네 번째로 결혼한 뒤
쿠바와 미국 아이다호주 케첨에서 살기 시작했다.

1947년(48세) 2차 세계 대전 중 독일 잠수함 수색에 공헌한 점을
인정받아 미국 정부로부터 훈장을 받았다.

1950년(51세) 9월 장편 소설 『강을 건너 숲속으로(Across the River
and Into the Trees)』를 출간했다.

인생의 역작과 함께 맞이한 죽음

1952년(53세) 9월 『노인과 바다(The Old Man and the Sea)』를 《라이프》에 발표한 후 단행본으로 출간했다.

1953년(54세) 『노인과 바다』로 퓰리처상을 수상했다. 메리 웰시와 함께 동아프리카로 두 번째 사파리 사냥 여행을 떠났다.

1954년(55세) 아프리카에서 연이은 두 번의 비행기 사고와 들불로 중상을 입었다. 한때 헤밍웨이가 사망했다는 풍문이 전 세계에 퍼지기도 했다. 12월 미국 작가로서는 다섯 번째로 노벨 문학상을 수상했다.

1961년(62세) 쿠바를 영원히 떠났다. 그동안 헤밍웨이와 친교를 맺어 온 피델 카스트로가 권좌에 올랐다. '핑카 비히아'를 정부에서 소유하다 뒷날 헤밍웨이 박물관으로 개조했다. 우울증, 알코올중독증, 기타 질병에 시달리다 7월 2일 케첨의 자택에서 엽총으로 자살했다. 가톨릭 의식으로 장례식이 치러진 뒤 아이다호주 선밸리에 묻혔다.

1964년 유작 『이동 축제일(A Moveable Feast)』이 출간되었다. 이후 『해류 속의 섬들(Islands in the Stream)』, 『닉 애덤스 이야기(The Nick Adams Stories)』, 『88편의 시(88 Poems)』, 『위험한 여름(The Dangerous Summer)』, 『에덴동산(The Garden of

Eden)』 등의 유작이 연이어 출간되었다.

1987년   『어니스트 헤밍웨이 단편전집(The Complete Short
             Stories of Ernest Hemingway)』이 출간되었다.

1999년   허구적 자서전 『여명의 진실(True at First Light)』을
             아들 패트릭이 편집해 출간했다.

디 에센셜
어니스트 헤밍웨이

1판 1쇄 펴냄   2021년 6월 24일
2판 1쇄 펴냄   2022년 1월 21일
2판 3쇄 펴냄   2024년 4월 12일

지은이   어니스트 헤밍웨이
옮긴이   김욱동
발행인   박근섭, 박상준
펴낸곳   (주)민음사

출판등록   1966. 5. 19.(제16-490호)
주소   (우편번호 06027) 서울특별시 강남구 도산대로1길 62(신사동)
        강남출판문화센터 5층
        대표전화 02-515-2000 | 팩시밀리 02-515-2007

홈페이지   www.minumsa.com

ISBN 978-89-374-7294-7 03840

＊잘못 만들어진 책은 구입처에서 교환해 드립니다.

# #

소설x에세이로 만나는
'디 에센셜' 시리즈

조지 오웰

식민지 경찰에서 거리의 부랑자가 되었다가
베스트셀러 작가로 명성을 얻기까지
'가장 정치적인' 작가 오웰은 어떤 미래를 예언했나

#1984 #나는_왜_쓰는가 #코끼리를_쏘다

버지니아 울프

당대 최고 수준의 지적 문화를 향유하는 환경에서 성장했지만
그 역시 남자 형제에게 이브닝드레스를 검사받는 '여성'이었다
울프가 말하는 여성, 자유, 그리고 쓰기

#자기만의_방 #큐_식물원 #유산

다자이 오사무

'어떻게 살 것인가?'만큼 '어떻게 죽을 것인가?'에 천착했던
자기 파멸의 상징 다자이 오사무
그가 구했던 희망, 구애했던 인간에 대하여

#인간_실격 #비용의_아내 #여치

어니스트 헤밍웨이

작가는 혼자서 쓸 수밖에 없으며, 날마다 영원성의 부재와
마주할 수밖에 없다고 말한 어니스트 헤밍웨이
그가 바라본 바다, 그리고 인간의 고독

#노인과_바다 #깨끗하고_밝은_곳 #빗속의_고양이